KB253006

로맨틱 코미디 선생님

로맨틱 코미디 선생님

초판 1쇄 찍은 날 § 2004년 3월 19일
초판 1쇄 펴낸 날 § 2004년 3월 29일

지은이 § 펀펀
펴낸이 § 서경석

편집장 § 문혜영
편집 § 이종민 · 신혜미
마케팅 § 정필 · 강양원 · 이선구 · 김규진 · 홍현경

펴낸곳 § 도서출판 청어람
등록번호 § 제1081-1-89호
등록일자 § 1999. 5. 31
어람번호 § 제5-0015호

주소 § 경기도 부천시 원미구 심곡1동 350-1 남성B/D 3F (우) 420-011
전화 § 032-656-4452 팩스 § 032-656-4453
http://www.chungeoram.com
E-mail § eoram99@chollian.net

ⓒ 펀펀, 2004

ISBN 89-5831-061-8 03810

hungeoram romance novel

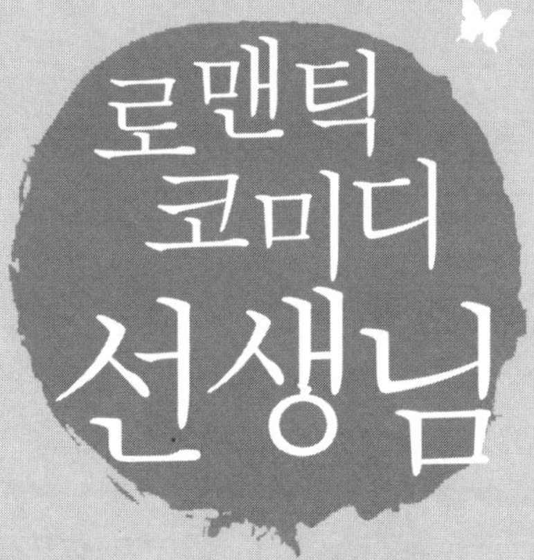

로맨틱 코미디 선생님

| 변변 지음 |

도서출판

청어람

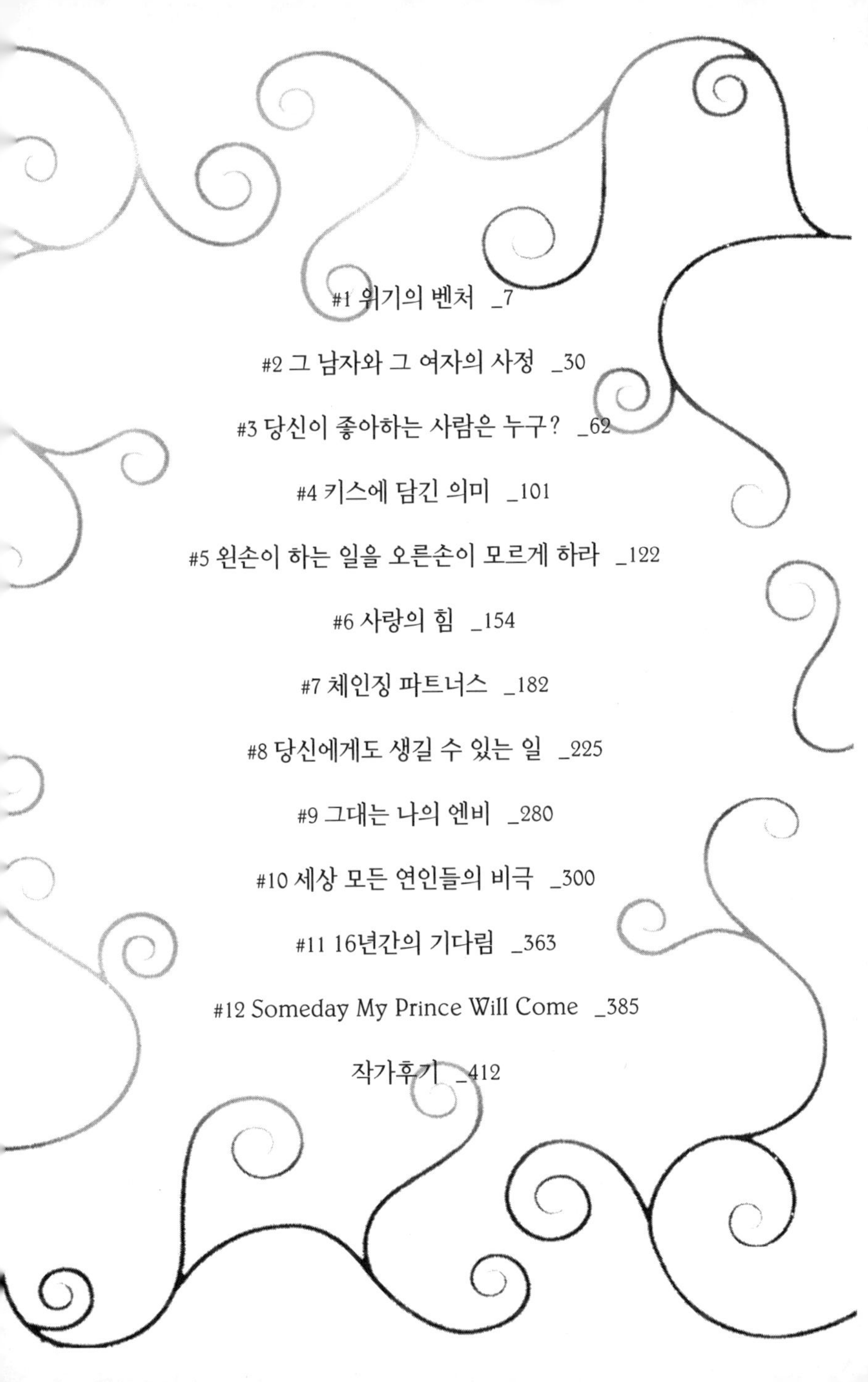

#1 위기의 벤처 _7

#2 그 남자와 그 여자의 사정 _30

#3 당신이 좋아하는 사람은 누구? _62

#4 키스에 담긴 의미 _101

#5 왼손이 하는 일을 오른손이 모르게 하라 _122

#6 사랑의 힘 _154

#7 체인징 파트너스 _182

#8 당신에게도 생길 수 있는 일 _225

#9 그대는 나의 엔비 _280

#10 세상 모든 연인들의 비극 _300

#11 16년간의 기다림 _363

#12 Someday My Prince Will Come _385

작가후기 _412

찰칵.

미터기의 디지털 숫자가 드디어 네 자리로 돌입했다. 일 미터도 채 안 되는 차들 사이를 요리조리 빠져나가는 퀵 서비스 오토바이의 곡예를 부러운 눈으로 쫓던 지원은 마침내 가방을 부여잡았다.

"아저씨, 여기서 세워주세요."

"여기서 내리시겠다고요?"

운전기사는 룸미러로 뒷좌석을 쳐다보며 물었다. 지원은 지갑을 찾아 부지런히 가방 안을 휘저으며 생각했다. 택시가 진작부터 서 있었다는 걸 새삼 일깨우려 하는 말일까, 아니면 교통 체증의 중심부에 자기만 오도가도 못하게 남겨놓고 탈출하는 야속한 손님에 대한 원망?

"여기서 거기까지는 아직 세 블록이나 더 남았는데?"

심퉁맞은 어투는 후자임을 증명하였고, 실랑이를 벌이는 사이 찰칵하며 미터기의 요금은 동전 하나를 더 요구하고 있었다. 지원은 도망치듯 만 원짜리를 던지며 문을 열었다.

"돈이 만 원밖에 없거든요."

차에서 내린 지원은 참았던 숨을 한꺼번에 들이 내쉬었다. 매연으로 가득한 도심의 한복판에서 들이마신 거라고는 이산화탄소뿐이겠지만 그래도 기분은 한결 나아졌다.

오후 두 시 반. 강남역에서 삼성역에 이르는 테헤란로는 먹이를 나르는 개미의 행렬처럼 차들이 길게 늘어서 있었다. 서울에 있는 차란 차는 모두 이곳에 집결한 것 같았다. 조금의 끼어들기조차 허용하지 않겠다는 듯 다닥다닥 붙어 있는 차들. 여차하면 횡단보도에 서 있는 사람들이 차 지붕 위로 올라 길을 건너야 할지도 모를 정도다. 이렇듯 엉뚱한 상상의 비약에 피식 웃고 있는데 가방 속의 핸드폰이 울렸다.

"네, 민지원입니다."

[무비즈의 성영민입니다.]

"아, 성 실장님."

[사무실에 전화드렸더니 아직 안 들어오셨다고 하던데 아직 밖이신가 보죠?]

"네. 지금 들어가고 있는 길이에요. 차가 많이 막혀서요."

인터넷 벤처에서 홍보를 담당하다 회사가 망하면서 지금의 무비즈로 자리를 옮긴 성영민 실장. 과부 사정은 홀아비가 안다고 어려운 상황을 겪어본 만큼 지원의 처지를 십분 이해했고, 지원으로서도 그 어느 클라이언트보다도 원만한 파트너십을 유지할 수 있었다.

[그렇군요. 저, 아까 사장님이 하신 말씀은 너무 염두에 두지 마십시오.]

자신보다 나이는 어리지만 됨됨이가 바르고 여러모로 속이 깊은 사람이었다, 그는. 조 사장으로 인해 지원의 기분이 상했을 것을 내심 염려하여 전화를 준 것이리라. 신경 써준 것은 고마웠지만 다시금 불쾌했던 대화로 생각이 미치자 울컥 화가 치밀어 올랐다.

"민 팀장, 거기도 요즘 많이 어렵다면서?"

새로 개봉하는 영화의 홍보 사이트 계약을 마치고 점심 식사가 끝나갈 무렵. 경기가 전반적으로 불황이어서 많은 벤처 기업들이 직원들 월급 주기도 힘들어한다, 그래도 영화 쪽은 오히려 나아지고 있어 다행이다, 라는 등의 얘기가 오가고 있을 때였다. 맞은편에 앉아 있던 무비즈의 대표, 조종수 사장이 마침 기다리고 있었다는 듯 물었다.

"그게 무슨 말씀이세요?"

"에이, 왜 이러시나. 이미 이쪽 바닥에 소문이 파다한걸."

"전 도통 무슨 말씀이신지 모르겠는데요? 어디서 어떤 소문을 들으셨는데요?"

지원은 미소를 잃지 않되 조 사장을 또렷이 쳐다보며 말했다. 옆에 있던 성 실장이 어떻게 해서든 화제를 전환해 보려 했지만 조 실장은 태연히 무시했다.

"아는 사람 다 아는 얘긴데 왜? 펀딩 받은 건 진작 바닥났고, 현금 흐름도 마땅치 않아 산소마스크 쓰고 오늘내일한다고."

"……."

"지금이라도 우리 무비즈로 옮기지 그래? 우리가 하루 이틀 보아온 사이도 아니고, 내 민 팀장 능력 알고 있으니까 대우도 거기보단 더 좋게 해드리지. 어때요?"

지원은 심한 굴욕감을 느꼈다. 생각 같아서는 마시고 있던 물을 그 느글거리는 얼굴에 부어버리고 싶었다. 그러나 그것은 어디까지나 민지원이라는 개인의 생각일 뿐 전체 수입의 절반가량을, 그것도 고정적으로 가져다 주는 갑의 총책임자에게 을의 입장인 회사의 팀장으로서는 고작 다음과 같이 말하는 것이 전부였다.

"말씀은 고맙습니다. 하지만 저희 회사 어려움이야 없지 않지만 모두 열심히 하고 있고, 또 앞으로 조금씩 좋아질 거라 믿고 있습니다. 게다가 회사 경영이야 저보다 윗분들의 영역이고, 실무자로서는 지금 진행되고 있는 일 신경 쓰는 것만으로도 벅차 다른 생각은 하고 싶지 않습니다."

"어이쿠, 시간이 벌써 이렇게 됐네. 민 팀장님, 들어가 보셔야죠?"

조 사장이 무어라 말을 하기 전에 성 실장이 화급히 자리에서 일어났고, 두 사람의 만류에도 불구하고 지원은 체할 것 같은 점심 식사 값을 계산했다. 그것도 빳빳한 만 원짜리 현찰로. 덕분에 세 블록이나 걸어오는 신세가 되었지만 후회는 없었다. 그렇게라도 하지 않고서는 갑갑한 마음과 더부룩한 속이 견딜 수 없었을 것이다.

[사장님으로서는 민 팀장님을 좋게 보셔서 걱정이 되어 그러신 거니까…….]

물론 지원도 조 사장이 나쁜 뜻에서 한 말이 아니라는 것은 알고 있었다. 조종수 사장은 제 잘난 맛에 사는 유형의 인간이기는 해도 근본적으로 악한 사람은 아니다. 제 딴에는 자신의 능력을 과시함으로써 지원에게 호감을 표출하고 싶었던 것이리라.

"네, 전 괜찮으니까 염려 마세요. 저 이제 엘리베이터 타기 때문에 전화가 끊어질 것 같거든요? 그럼 다음에 뵙겠습니다."

지원은 서둘러 전화를 끊고는 육중한 회전문을 밀었다. 기분 탓인지 반년 동안 수도 없이 들락거렸던 로비가 낯설게만 느껴졌다. 붉은 융단 깔린 바닥도, 입주사의 위치를 알리는 안내판도, 멋진 제복의 경비원도, 엘리베이터 입구에 놓여진 거대한 행운목도, 모두가 이제는 사라진 꿈이라고 말하며 그녀를 비웃는 것만 같았다.

땡 하는 소리와 함께 엘리베이터의 문이 열렸다. 기다리던 사람들은 삼삼오오 무리를 지어 양 옆으로 비켜섰다. 그러나 딴생각에 빠져 있던 지원은 무의식중에 앞으로 발을 내디뎠고, 그

바람에 엘리베이터 안에서 앞서 나오던 사람과 정면으로 충돌하고 말았다.

"아얏!"

"Oh, Sorry."

얼마나 세게 부딪쳤는지 코가 찡하면서 눈물이 핑 돌았다. 그러나 아픔도 잠시, 익숙하지 않은 언어에 지원은 눈이 동그래져 고개를 들었다.

"Are you OK?"

웬 남자가 걱정스러운 눈으로 그녀를 내려다보고 있었다. 지원은 놀란 나머지 한 발자국 뒤로 물러서며 허둥지둥 고개를 끄덕였다. 방금 전의 충돌 탓인지 단정히 빗어 뒤로 넘긴 앞머리 한 가닥이 남자의 이마 위에 흘러내려 있었다. 지원이 어색하게 연신 고개를 끄덕여 보이자 남자는 보일 듯 말 듯한 미소를 지어 보이고는 천천히 머리를 쓸어 올리며 걸음을 옮겼다.

밝은 회색 빛 양복을 입고 서류 가방을 든 채 로비를 가로지르는 남자의 모습은 광고에 나오는 전형적인 비즈니스맨의 분위기를 자아냈다. 지원은 남자가 남긴 은은한 무스크 향을 느끼며 나지막한 휘파람을 불었다.

'휘유, 멋진걸?'

바로 그때였다. 일행에 합류해 회전문을 나서던 남자가 고개를 갸우뚱거리더니 뒤를 돌아보는 것이었다. 순간 그와 시선이 마주친 지원은 화들짝 놀라 옆에 열린 엘리베이터로 무작정 뛰어들었다.

‘에구, 이게 무슨 망신이냐.’

황망함에 지원의 가슴은 콩닥거렸고 뒤늦게나마 이성을 되찾은 때는 자신이 탄 엘리베이터가 지하로 내려가는 것을 깨달은 후였다. 결국 고스란히 지하 3층까지 내려갔다가 다시 15층으로 올라와야 했지만 스스로가 생각해도 우스운 해프닝은 회사 일로 인해 드리워졌던 먹구름을 잠시나마 거둬가는 역할을 했다.

“팀장님, 이제 들어오세요?”

엘리베이터에서 내리는 지원을 발견한 같은 팀의 박은미 대리가 양치 도구를 흔들며 그녀에게 달려왔다.

“어, 무슨 일 있으셨어요? 얼굴이 빨개요.”

“별일 아냐. 엘리베이터에서 좀 부딪쳤어.”

하는 수 없이 지원은 은미와 함께 화장실로 들어갔다. 거울을 보니 은미의 말대로 이마와 코뿐 아니라 얼굴이 전체적으로 벌겋게 달아올라 있었다. 지원은 서둘러 콤팩트를 꺼내 여기저기 바르기 시작했다.

“와, 팀장님이 그 정도면 상대방은 뼈에 금이 갔겠는데요?”

“어디 금뿐이겠어? 잘하면 가슴팍에 키스 마크까지 남았을지 모르지.”

장난기 넘치는 은미의 농담에 지원도 지지 않고 맞받아쳤다. 아닌 게 아니라 오늘따라 외부로 나가는 바람에 유달리 화장이 진했다. 게다가 점심 식사 이후 립스틱을 바르고 티슈로 살짝 찍어낸 게 전부였으니. 남자의 키와 부딪친 각도 등을 가늠해보니 아닌 게 아니라 남자에게도 자신 못지 않은 상흔이 남아 있을 법도 했다.

"가셨던 일은 잘되셨어요?"

"응. 사무실도 별일없지?"

"별일있었죠."

"응? 무슨 일?"

"점심 시간 좀 지나서 일단의 손님들이 사장님을 찾아왔었어
요."

"어떤 손님?"

"저희들이야 모르죠. 갑자기 찾아와서 사장님하고, 이사님들
하고 한참 얘기하다가 갔는데 모르긴 해도 그냥 클라이언트는
아닌 것 같았어요. 그리고……."

갑자기 은미는 입을 다물었다. 말을 해야 할지 말지 망설이는
것 같았다. 그녀가 머뭇거리자 지원은 가슴이 철렁했다. 박은미
하면 회사 내에서 걸어다니는 소식통이라고 불릴 정도로 눈치
가 빨랐다. 그런 그녀가 이상 기류를 감지했다면… 온갖 불길한
예감이 지원의 머리 속을 떠돌았다.

"그리고?"

"아아, 이런 말씀 드려도 되나?"

"괜찮아, 얘기해 봐. 그리고 뭐?"

지원이 계속해서 다그치자 은미는 할 수 없다는 듯 입을 열었
다.

"그 일행 중 한 명이 정말 멋졌어요. 딱 제 타입인 거 있죠?"

"……."

“아이, 팀장님, 그런 눈으로 보지 마세요. 그래서 제가 말 안 하려고 했는데…….”

무안한 듯 말끝을 흐리는 은미. 지원은 고개를 절레절레 저었다. 어쩌랴, 자신의 노파심을 탓할 수밖에.

“들어가서 일이나 하자.”

✻

발신인:강성혁 이사.
수신인:사내 6개 팀 팀장.
제목:25일 오후 4시 회의 참석 요망.

출근하자마자 기계적으로 메일함을 열었던 지원은 각종 스팸 메일 속에서 빨간색 중요도 표시를 첨부한 메일을 발견한 순간 뒷목이 뻣뻣해졌다.

오후 4시, 대회의실에서 팀장급 회의 있습니다. 외부 미팅이 있는 분들도 그 시각까지는 돌아와 전원 참석해 주시기 바랍니다.

지극히 사무적인 두 줄의 문장이 전하는 의미는 분명했다.

‘드디어 올 게 왔구나.’

안건이 무엇일지는 익히 짐작이 갔다. 지금만 해도 유리 벽 탓에 내부가 훤히 들여다보이는 사장실에서는 경영지원팀의 정

보훈 팀장과 윤진기 사장이 담배 연기를 뻑뻑 뿜어내며 서로를
고문하고 있었다. 아직 본격적인 업무가 시작되기 전임에도 커
피나 신문을 들고 사내를 어슬렁거리는 이가 하나도 없는 것도
이러한 기류를 감지했기 때문이리라.

지원은 책상 서랍을 열어 담배를 꺼냈다. 빈속에 담배는 스스
로 정한 금기였지만 신경 쓸 계제가 아니었다. 파티션의 행렬을
따라 휴게실로 이어지는 복도에는 무겁고도 눅눅한 공기가 저
변에 깔려 있었다. 아울러 덤으로 얹혀진 적막감에 지원은 숨이
막히는 것 같았다.

'결국 이 지경까지 오고야 만 것인가.'

신경질적으로 문 손잡이를 잡아당기던 지원은 그 자리에 멈
칫했다. 벽에 붙은 공기 청정기가 무색하게 휴게실 안은 이미
다른 이의 담배 연기로 점령당한 상태였다. 입구를 등진 채 창
밖을 바라보고 있는 그림자 하나.

그였다.

"어, 민 팀장."

인기척을 느낀 성혁이 고개를 돌려 지원을 보았다. 그의 시선
을 대한 지원은 급히 밖으로 물러서며 문을 닫으려 했다.

"죄송합니다. 전 안에 계신 줄 모르고……."

"괜찮아. 들어와."

"아뇨, 방해가 되니까……."

"괜찮다니까. 거기 그러고 서 있으면 연기 밖으로 나간다."

지원은 하는 수 없이 안으로 들어서서는 문을 닫았다.

"담배?"

성혁이 내미는 담뱃갑을 받아 들며 지원은 마른침을 꿀꺽 삼켰다.

타임리스 타임.

무한의 시간, 영원한 시간.

입에서 연기가 나갈 때마다 지원의 마음속으로 옅은 아이보리 상자에 새겨진 문구가 스며들었다. 누군지 모르지만 저 네이밍을 한 사람은 세월이 가도 남는 담배가 되라는 뜻에서 지었으리라. 그러나 그녀에게는 성혁과 단둘이 있는 이 순간이 바로 그렇게끔 느껴졌다. 비록 그것이 일상의 한 찰나에 지나지 않더라도.

"내가 보낸 메일 봤나?"

"네."

지원은 곧바로 쓸데없는 사념을 거둬내며 스스로를 꾸짖었다. 당장 먹고 사는 것이 급급한 현실의 한복판에서 이 무슨 감정의 사치란 말인가.

"그렇군."

성혁의 얼굴이 씁쓸하게 일그러졌다. 재정을 총괄하는 이사로서 자정이 가까운 시각에 혼자 남아 메일을 썼을 모습이 떠오르면서 지원은 덩달아 담배 맛이 썼다.

"눈치 챘겠지만 당분간 급여는 좀 힘들 거 같아."

"그렇게 어려운가요?"

지원의 질문에는 단순히 월급 유무 이상의 것이 담겨 있었다. 얼마 전 무비즈의 조 사장한테서 들은 이야기도 있거니와 최근

몇몇 클라이언트들에게서도 안부를 묻는 전화가 적지 않게 걸려오고 있었다. 이런저런 말을 하며 조심스럽게 떠보는 말의 뉘앙스는 한결같이 회사의 존립 자체에 대한 의구심을 전하고 있었던 것이다.

"지금 상황에서는 그래. 드림 캐피탈 쪽과만 잘됐어도 어떻게든 해볼 수 있었겠는데……."

드림 캐피탈은 최초의 투자사이자 가장 큰 지분을 가지고 있는 곳이었다. 막대한 금액을 투자했던 만큼 그동안 쏟아 넣은 돈을 포기하기보다는 어떻게든 회사를 살려 본전치기라도 하고 싶었을 것이다. 어쩌면 서로에게 있어 마지막 거래가 될지도 모를 재펀딩 준비에 경영지원팀이 근 보름 넘게 밤샘 작업을 했고 드림 캐피탈 사람들이 며칠 동안 PT 및 감사를 위해 회사를 들락거렸다. 그 투자 여부에 따라 양쪽 회사가 사느냐 죽느냐의 기로에 서 있다 해도 과언이 아니었기에 모두가 촉각을 세우고 지켜보았다.

중반까지는 비교적 순조롭게 풀려 나가던 것이 난항을 보이게 된 것은 바로 사원 수였다. 투자자는 어려운 처지에 맞지 않게 덩치가 너무 크다며 직원을 현재의 절반 수준으로 줄일 것을 요구했다. 엔지니어 출신의 윤진기 사장은 그것만은 받아들일 수 없다며 버텼고 끝내 합의점을 찾지 못하고 결렬되고 만 것이었다.

"사장님이 너무 무리수를 뒀어. 살 사람이라도 사는 방법을 찾았어야 했는데……."

성혁은 안타까운 듯 중얼거렸다. 그러나 지원은 그 부분만큼은 쉽사리 동의할 수 없었다. 관점의 차이야 있겠지만 직접 실무를 담당하는 그녀로서는 회사가 잉여 인원으로 비대해져 있다고는 생각지 않았다. 업무량은 늘 포화 상태였고, 철야 작업은 시도 때도 없이 계속되었다. 그리고 함께 지새온 수많은 낮과 밤에는 나도, 너도 없었다. 오직 우리가 있을 뿐. 그렇게 스스로를 희생해 가며 정신없이 달려왔기에 지금 위치의 에이전시로 성장할 수 있었지 않은가.

그런데…… 그런데 이제 와서 우리는 지방덩어리입니다, 라고 말하며 생살을 잘라내라고? 가당치도 않은 처사다.

"다른 방법은 전혀 없는 건가요?"

"방법, 방법이라……."

성혁은 한숨을 쉬며 힘없이 되뇌었다. 축 처진 어깨를 보자 막연했던 위기감이 뼛속 깊이 스며들었다. 집보다도 더 많은 시간을 보낸 사무실이고, 가족보다도 더 가족과 같은 동료들이었다. 지원은 그 모든 것을 가혹한 현실에 빼앗기고 싶지 않았다. 무엇보다도 눈앞의 이 사람과 함께하는 시간을.

"만일……."

들릴 듯 말 듯한 목소리에 지원은 고개를 들었다. 물끄러미 혼탁한 담배 연기를 좇던 성혁의 눈이 일순 묘하게 빛나고 있었다. 그는 잠시 지원을 응시하더니 이내 창밖으로 시선을 던졌다. 그리고는 자신만의 생각에 빠질 때면 늘 그리하듯 관자놀이를 어루만졌다.

“강 이사님?”

“응? 아, 그래.”

다시 마주한 성혁의 얼굴은 좀 전까지와는 달랐다. 지원은 내심 그가 하려던 말이 무엇인지 궁금했지만 왠지 물을 수 없었다. 그는 절반도 채 타지 않은 담배를 분질러 끄고는 영문을 알 수 없는 말과 함께 휴게실을 나섰다.

“자, 힘내자고. 죽은 사람은 되살릴 수 없지만 산 사람은 죽지 않을 수 있으니까.”

“그렇게 찾아 헤맸던 꿈에서라도 잊지 못했던, 눈앞에 어른거리던 그 어느 날을 기억하니, 넌……. 어어디이에—”

김동철이 목이 터져라 불러대는 ‘우리가 쏜 화살은 어디로 갔을까’는 거의 고문에 가까웠다. 그는 자신이 김동률과 닮은 것은 이름과 생김새만이라는 것을 잊고 있는 듯했다. 고역스런 소음에 쏟아지는 야유에도 불구하고 마이크를 45도 각도로 치켜세우고 눈까지 질끈 감은 채 무아지경에 빠져 있는 동철. 그리고 노래가 2절로 들어서자 잔소리를 해대던 팀원들도 그에 전염된 듯 하나둘씩 따라 부르기 시작했다.

무엇이 앞길을 막든 그 어느 누가 훼방을 놓든

티없이 웃어버리던 그 어느 날을 기억하니, 넌.

우리가 다짐했던 건 질끈 동여맸던 건

그게 무엇이었든 뜨거웠었고,

태양을 겨냥했었든 숲을 꿰뚫었었든
다만 타오르던 가슴에서 터져 나오던.
이제는 모두 어디에—
그 기억이라도, 그 흔적이라도 어디에—
그 마음이라도, 그 다짐이라도.

그렇게 독창이 합창으로 변해 버린 장면을 보고 있자니 지원은 가슴이 먹먹했다.

벌써 석 달째 체납된 월급. 회사 분위기는 암울 그 자체였고 직원들의 사기도 내리막길로 치달았다. 특히 말이 전략 기획이지 아예 영업 관리로 전락해 버린 지원의 팀은 더 할 말이 없었다. 모두가 이구동성으로 부르고 있는 저 노래는 그들의 상황을 그대로 대변해 주고 있었던 것이다.

"이대로 들어가실 거예요?"

노래방에서 나오자 벌써 자정이 가까워져 있었지만 모두가 아쉬운 듯 입맛을 다셨다. 회사 형편이 형편인만큼 회식도 없었던지라 팀원들은 모처럼 물 만난 고기처럼 퍼덕였다.

"좋아. 기분이다, 3차 가자!"

"와아아, 가자!"

팀원들은 함성을 지르며 앞서 나갔다. 그 모습을 보고 있자니 마이너스 통장의 숫자가 좀 더 올라가는 게 뭐 그리 대수냐 싶었다. 갈지자 형태로 왔다 갔다 하던 팀원들이 갑자기 왼쪽 골목으로 접어들었다. 서둘러 그들을 쫓던 지원은 전방의 낯익은 얼굴을 발견하고는 순간 걸음을 멈추었다.

몇 미터 전방에 말쑥한 정장 차림의 성혁이 낯선 남자 두 명과 함께 있었다. 성혁과 50대 초반가량의 남자는 무언가 이야기를 나누고 있었고, 그들과 삼각형 구도로 맞은편에서 서 있는 남자는 이쪽으로 등을 보인 채 오른손을 올리고 있는 게 통화 중인 것 같았다. 이윽고 모범택시가 와 섰고, 두 남자는 성혁과 악수를 나누고는 차에 올랐다. 그들을 태운 택시가 지원이 서 있는 곳을 스치면서 그녀는 차창 너머로 보이는 젊은 남자의 옆모습에 미간을 찌푸렸다. 생소하면서도 왠지 낯설지 않은, 뭐랄까, 일종의 데자부와 같은 느낌이 지원을 엄습했기 때문이다.

"민 팀장 아냐?"

바로 곁에서 들려오는 저음의 목소리. 멀어져 가는 택시의 뒤꽁무니를 좇던 지원은 퍼뜩 정신이 들면서 고개를 돌렸다. 어느새 성혁이 다가와 있었다.

"퇴근이 늦었군."

"아, 회식이 있어서요."

그리고 그 회식은 아직도 진행 중이라는 데에 생각이 미치자 지원은 당혹스러워졌다. 팀원들이 사라진 방향을 보았지만 어디로 들어갔는지 아무도 보이지 않았다. 어쩌면 은미가 자신이 사라진 것을 눈치 채고 위치를 남겼을지도 모르겠다 싶어 핸드폰을 꺼내려 할 때였다.

"혹시 괜찮다면 조용한 데서 술 한잔할까?"

지원이 아무 대답 없이 눈만 껌벅이자 성혁은 변명처럼 덧붙였다.

"민 팀장한테 할 얘기도 있고 해서 말이야."

말끝을 흐리는 얼굴이 어둠 속에서 발갛게 달아오른 것처럼 느껴진 건 아무래도 착각이리라. 지원은 텀블링을 구르듯 장난치는 심장을 꾸짖으며 그의 뒤를 따랐다.

"방금 뭐라고 하셨어요?"

지원은 자신의 귀를 의심하며 되물었다. 아무래도 술을 너무 많이 마신 나머지 청각에 이상이 생긴 모양이었다. 그렇지 않고서야…….

"합병이라니, 그게 무슨 말씀이세요?"

"흥분하지 말고 내 얘기 마저 들어봐. 드림 캐피탈이 최근 리얼테크 캐피탈에 인수된 건 알고 있지?"

이어지는 성혁의 설명은 다음과 같았다.

드림 캐피탈의 최대 주주였던 리얼테크가 드림 캐피탈의 경영권을 인수하면서 그간의 투자 대상에 대한 실사에 착수하였고, 그 과정에서 지원의 회사에 대한 투자 규모가 큰 것과 재펀딩 협상이 있었다는 것을 알게 되었다. 리얼테크 역시 현 회사의 브랜드 가치와 내부 경영구조가 탄탄한 것은 인정했지만 기존의 손실액과 국내 시장 상황을 고려해 볼 때 선뜻 재투자를 하기는 어려웠다. 그렇다고 손을 놓자니 막대한 투자액이 그대로 날아갈 수밖에 없으니 그야말로 진퇴양난이었다. 그렇게 리얼테크의 경영진이 그 처리 방안을 놓고 한참을 고민하던 중 누군가가 절묘한 해결책을 제시하였다.

독자적인 회생은 어려울지 몰라도 포장을 달리하면?

마침 리얼테크의 투자 대상 중에는 나스닥에 상장된 해외 법인체가 있었고, 지원의 회사와 그 SI업체를 하나로 묶으면 대외적인 시너지 효과를 얻을 수 있다는 것이었다.

"어디까지나 명목상이지 내부적으로는 큰 변화는 없어. 어차피 합병되는 회사야 미국에 있으니까 그쪽은 그쪽대로 가는 거고, 리얼테크에서 이사 한 명을 우리 쪽에 파견하겠다고는 했지만 그건 의례적인 거니까 신경 쓰지 않아도 돼."

"……."

"기존 우리 회사에 있는 인원도 그대로 가져가고, 필요하면 더 늘릴 수도 있어. 게다가 이건 우리로서도 좋은 기회야. 해외시장으로도 진출할 수 있는 활로가 열린 거라고."

성혁이 들뜬 목소리로 설명해 나갈수록 머리 속은 복잡해져만 갔다. 상장, 인수, 합병. 신문지상에서 벤처업체들을 지겹도록 쫓아다니며 괴롭히던 단어들이 그녀에게도 현실로 다가오고 있었다. 물론 어떻게든 회사가 굴러갈 방법을 찾았으니 기뻐할 일이다. 하지만 정말 성혁의 말대로 간판만 바꿔 다는 것 이상의 의미는 없는 것일까.

"문제는 저쪽에서 쉽지 않은 조건을 내걸었다는 거지."

"조건이라뇨?"

성혁의 말을 하나하나 곱씹으며 생각을 정리하던 지원이 반짝 고개를 들었다.

"6개월 내로 흑자 전환하고 1년 내 그간 투자금의 1/3을 회수할 것."

"그런 말도 안 되는……. 지금 그게 가능한 얘기라고 보세요?"

"힘들겠지, 시장 상황도 좋지 않은 지금에서는."

성혁은 담배를 빼 물었다. 날렵하게 뻗은 그의 콧날 위로 주홍빛 라이터 불빛이 춤을 추었다. 그는 담배 연기를 길게 내뿜고는 한숨처럼 말을 토해냈다.

"하지만 해내야지. 그게 사장님을 돌아오시게 할 수 있는 유일한 방법이니까."

"그게 무슨 말씀이세요?"

반문하는 지원의 목소리가 탁하게 갈라졌다. 아니야, 그건 아닐 거야. 테이블 위의 담뱃갑을 집어 드는 손이 조금씩 떨리고 있었다. 지원은 불길한 예감을 떨치려는 듯 성혁을 보았지만 그의 착잡한 눈길은 불안을 가중시킬 뿐이었다.

"설마……."

성혁은 보일 듯 말 듯 고개를 끄덕이며 조용히 말했다.

"리얼테크는 우리 사장님이 일선에서 물러나길 바라고 있어."

*

다다미방 안에는 싸늘한 정적이 감돌고 있었다. 테이블 위에 놓인 갖은 음식은 거의 손을 대지 않은 채였다. 모여 앉은 7명 중 누구도 쉽사리 입을 열지 못했다. 모두가 눈길 둘 곳을 찾지 못하고 시선을 피한 채 서로의 눈치만 살피고 있을 뿐.

마침내 윤진기 사장이 어색한 미소와 함께 입을 열었다.

"그간 모두 고생 많았어요. 끝까지 함께하면서 좋은 결과를 볼 수 있었으면 했는데 아쉽게 됐습니다. 다 내 능력이 부족한 탓입니다. 자, 한잔들 듭시다."

윤 사장은 황급히 얼굴에서 그늘을 거두었다. 그리고는 한 사람 한 사람씩 잔을 채워주면서 수고했다는 말을 건넸다.

"민 팀장."

"네, 사장님."

"미안해, 제대로 지원도 못해주고 전략기획팀한테 영업이나 하게 해서."

"그런 말씀 마세요."

"이제 다 잘될 거야. 힘내라고."

따뜻한 격려의 말에 지원은 눈앞이 부옇게 흐려졌다.

"그리고 강 이사, 그간 애 많이 썼습니다."

"죄송합니다."

"그 무슨 소립니까. 우리 회사가 살게 된 게 다 강 이사 덕분인 거, 압니다."

"……."

"여러분 모두 지금까지처럼 앞으로도 열심히 해줄 거라고 믿습니다. 비록 내 안에서 함께하지는 못하지만 밖에서나마 이 회사가 정말 잘되길 바랍니다."

언뜻 윤 사장의 눈가에 희미한 물기가 어렸다. 끝까지 의연함을 잃지 않으려 애쓰는 그의 모습은 애처롭기까지 했다.

지원은 더 이상 그 자리에서 지켜볼 수가 없었다. 가방을 챙겨 들고는 자리에서 벌떡 일어났다.

"민 팀장, 기다려!"

뒤따라 나온 성혁의 다급한 목소리가 그녀의 발목을 잡았다. 지원은 그의 부름을 무시한 채 걸음을 더 빨리했다. 그러나 일식집의 문밖으로 나서는 순간 성혁의 손이 그녀를 따라잡았다.

"갑자기 그렇게 나가 버리면 어떻게 해?"

"저, 회사 그만두겠습니다. 사직서는 미처 준비하지 못했습니다. 내일 아침 사무실에 가는 대로 쓰겠습니다."

지원은 조용하지만 단호하게 말했다. 가쁜 숨을 몰아쉬던 성혁의 얼굴이 뻣뻣하게 굳어졌다.

"지금 무슨 소리야? 한두 살 먹은 어린애도 아니고 왜 이래? 지금 상황을 몰라서 이러는 거야?"

당혹감과 분노로 뒤섞인 나지막한 으르렁거림이 지원의 귓전을 때렸다.

"아니오, 잘 알고 있습니다. 네, 그래요. 어차피 돈줄 쥔 사람 맘이겠죠. 그쪽에서 우리 사장을 자르고 자기네들이 원하는 사람을 사장으로 앉히고 싶다는데 누가 뭐라고 하겠어요? 네, 우리 회사를 구해주는 것만으로도 감지덕지해야 하겠죠."

지원은 눈앞에 서 있는 성혁이 리얼테크의 사람이라도 되는 양 몰아쳐 갔다.

"하지만 말이죠, 돈으로 회사는 살 수 있을지 모르지만 사람

마음은 아니에요. 강 이사님도 아시잖아요? 우리 회사가 어떤 회사인지, 사장님이 어떤 마음으로 이 회사에 모든 걸 바쳐 오셨는지. 그런데, 그런 걸 뻔히 아는데 이런 식으로 사장님을 내칠 수는 없어요. 이건, 이건 정말 아니에요.”

격앙되었던 외침은 점차 흐느낌으로 바뀌었다. 서러움이 해일같이 밀려들면서 울컥 눈물이 솟구치는 것을 막을 수 없었다.

“민지원.”

소름 끼칠 정도로 차분한 목소리가 또박또박 그녀의 이름을 불렀다. 눈물을 훔쳐 내느라 바쁘던 지원의 손이 동작을 멈추었다. 그리고 자신도 모르게 고개를 돌렸다.

“넌 지금 내 마음은 편할 거라고 생각하나? 사장이야 쫓겨나든 말든 어떻게든 회사가 살았으니 다행이다, 이럴 거 같냐고.”

지원은 아무런 대답도 할 수 없었다. 두꺼운 가면을 뒤집어쓰고 있는 것처럼 무표정한 얼굴, 그리고 자신을 응시하고 있는 어두운 눈동자. 이 년 가까이 지켜본 이에게 이렇게 낯선 얼굴이 있을 줄은 몰랐다.

“리얼테크에서 차기 사장으로 내정한 게 누군지 알아?”

“…….”

“바로 나야.”

✱

그날 이후.

합병 소식이 언론에 공표되면서 일은 신속하게 진행되었다. 신문지상에서는 어려운 닷컴 업계에 단비를 내리는 소식이라며 스포트라이트를 비추었고, 합병의 일등공신이자 새로운 CEO인 성혁에게는 인터뷰 요청이 쇄도하였다. 누군가의 표현대로 산소마스크를 쓰고 오늘내일하던 환자가 실력이 뛰어난 의사를 만나 극적으로 회생한 셈이었다.

윤진기 사장의 갑작스런 퇴임으로 인해 술렁이던 직원들도 체납된 월급이 다시 나오고 특별 위로금까지 지급되자 언제 그랬냐는 듯 조용해졌다. 창업자의 몰락을 안타까워하던 사람도, 이프로지라는 회사의 간판이 내려지는 것을 아쉬워하는 사람도 차츰 찾아볼 수 없게 되었다. 그 변화의 한가운데서 지원은 돈으로 회사를 살 수는 있어도 사람을 살 수는 없다고 말했던 자신이 바보가 된 느낌이었다.

그 일련의 사태가 진행되는 동안 지원은 휴가라는 명목상의 이유를 대고 사무실을 나가지 않았다. 아무리 대의를 위해 소의를 희생한다는 명분이 있어도 윤 사장의 퇴임을 눈뜨고 지켜보는 것은 가혹한 일이었다. 누가 뭐래도 윤진기 사장은 맨주먹으로 이프로지라는 회사를 일궈낸 장본인이었고, 특히나 지원에게 있어서는 벼랑 끝에 선 그녀에게 전혀 새로운 삶을 제시한 은인이기도 했던 것이다.

그리고 일주일 후. 다시 회사를 찾았을 때는 새로운 인연이 그녀를 기다리고 있었다.

그 남자와 그 여자의 사정

"**팀**장님, 인연, 아니, 운명이라는 걸 믿으세요? 우연처럼 마주친 사람을 다시 만나게 될 확률이 얼마나 된다고 생각하세요?"

"그게 무슨 뚱딴지 같은 소리야?"

"왜, 불교에서는 옷깃만 스쳐도 인연이라고 하잖아요. 그런데……."

도대체 무슨 일이기에 저렇게 수선을 떠는 것일까. 평소와 달리 은미의 얼굴에서는 월요병의 흔적을 조금도 찾을 수 없었다. 오히려 희색이 완연한 게 갓 프러포즈라도 받은 사람 같았다. 잠자코 그녀의 수다에 귀를 기울이던 지원은 문득 자신이 휴가 가기 전 은미가 소개팅 약속을 잡던 일이 떠올랐다.

‘오라, 그게 잘된 거로군.’

어떤 사람이냐고 물어보려는 찰나, 내선을 알리는 빨간 불이 들어오면서 벨이 울렸다. 성혁으로부터의 호출이었다.

“은미 씨, 조금 이따가 다시 얘기하자.”

“네, 빨리 오셔야 돼요!”

무심코 이사실로 향한 지원은 방이 텅 비어 있는 것을 보고는 고개를 갸우뚱거렸다. 그새 자리라도 비우신 것일까. 주변을 두리번거리던 눈에 책장 앞에 쌓인 이삿짐용 상자들이 들어왔다.

그제야 지원은 그 방의 주인이 바뀌었음을 깨달았다. 실질적인 변화가 주는 무게감이 가슴에 얹혀지면서 그녀는 쓴웃음을 지으며 사장실로 걸음을 옮겼다.

“부르셨어요?”

“어서 와, 민 팀장.”

성혁은 반색하며 지원에게 자리를 권했다.

“그래, 휴가는 잘 다녀왔어?”

“네, 이사…… 아, 죄송합니다. 사장님.”

지원은 황급히 호칭을 정정했다. 그러자 성혁이 웃으며 손을 내저었다.

“괜찮아. 나도 아직은 그렇게 불리는 게 익숙하지 않아. 이 자리도 그렇고.”

그러나 제삼자가 보기에 성혁은 전혀 어색해 보이지 않았다. 이 방만 하더라도 조금 전에 들렀던 어수선한 방과는 달리 정갈하게 정리가 되어 있었고 그는 줄곧 그곳의 임자였던 듯 아주 편안하고 느긋해 보였다. 지원은 새삼스런 눈으로 책상 위의 명패를 보았다. 대표이사 강성혁이라는 위치가 왠지 그와의 거리를 더 멀어지게 만들 것만 같았다.

"그럼 예전에 쓰시던 방은요?"

"아, 거긴 리얼테크에서 파견 나온 이사가 쓸 거야. 제임스 강이라고."

"제임스 강요?"

지원으로서는 기묘한 우연에 놀라 물었다. 하필이면 강씨라니. 성혁이 쓰던 방에 성혁을 부르던 호칭까지 고스란히 낯선 사람에게 넘어가 버린 셈이다.

"어렸을 때 이민을 가서 그쪽 시민권을 가지고 있다더군. 그래서인지 한국말이 좀 서툴고, 이쪽 물정을 잘 몰라. 나이도 좀 어리고. 그러고 보니 민 팀장은 휴가 중이었으니 아직 인사도 못했겠군. 잠시만."

성혁이 책상 위의 스피커폰을 눌렀다. 몇 차례의 신호음이 울렸지만 응답이 없었다.

"자리를 비웠나……."

"제가 지나올 때 보니까 아무도 안 계시던데요."

"그래? 그럼 이따가 들어오는 대로 소개를 시켜주도록 하지."

"알겠습니다. 그럼 전 이만."

"민 팀장."

"네?"

"민 팀장이 마음에 걸려하는 거, 다 알지만 그래도 잘해주리라고 믿어. 우리 조금만 참고 열심히 해보자고."

"네, 이사…… 아니, 사장님."

성혁의 따스한 눈빛을 대하자 지원은 마음 한구석이 뭉클해졌다. 그녀가 합병에 대해 백 프로 찬성하는 입장이 아니었던 것을 알기에 사소한 것도 신경이 쓰이는 것이리라.

"걱정하실 일은 없을 거예요. 저 잘해보겠습니다."

"그래, 그래야 민 팀장답지."

대견한 듯 고개를 끄덕이는 성혁. 지원은 애정을 넘어 존경심을 담은 눈으로 그를 보았다. 불과 세 살밖에 나지 않는 나이 차였지만 그는 마치 아빠처럼, 그리고 때로는 선생님처럼 그녀에게 안정감과 신뢰감을 불러일으켰다.

지원이 막 자리에서 일어서려 하던 때였다.

"오, 마침 저기 오는군. 강 이사!"

성혁은 상체를 일으키며 밖을 향해 손짓했다. 지원은 그의 손이 가리키는 방향으로 슬쩍 고개를 돌렸다. 복도 끝 부분에서 장신의 한 남자가 주머니에 손을 찔러 넣은 채 걸어오고 있는 게 보였다.

"좋은 아침입니다—"

이윽고 문 여는 소리와 함께 들려오는 경쾌한 음성. 지원은 자세를 바로하며 자리에서 일어났다. 아직까지도 그녀를 설레게 하는 강 이사라는 말을 이제는 다른 이에게 넘겨주어야 할 시간이었다.

"인사해요, 민 팀장. 앞으로 민 팀장과 함께 일하게 될 제임스 강 이사. 그리고 이쪽은 전략기획팀의 민지원 팀장.”

“처음 뵙겠습니다. 민지원입니다.”

꾸벅 인사를 하는데 코끝을 스치는 독특한 무스크 향. 지원은 명치를 얻어맞은 것처럼 숨이 턱 막혀 고개를 들었다. 새로운 이사의 낯설지 않은 얼굴. 엘리베이터의 그 남자였다.

“지원?”

의례적으로 인사를 나누던 남자가 눈빛을 빛낸 것은 바로 그때였다.

“민지원, 민지원…… 민지원이라…….”

무슨 이유에서인지 남자는 그 말만 반복하면서 심상치 않은 눈초리로 그녀를 훑었다. 자신의 이름이 질긴 고기라도 되는 양 남자의 입에서 되새김질될 때마다 지원의 얼굴은 점점 달아올랐다.

‘아예 회를 쳐라, 회를 쳐.’

졸지에 희롱거리가 된 것 같은 기분에 지원은 한순간이나마 남자에게 호감을 느꼈던 것이 억울할 따름이었다.

“흐음, 민지원.”

남자는 경매장에 나온 물건을 평가하는 사람마냥 턱에 손까지 괸 채 고개를 끄덕였다. 한참을 그렇게 그녀를 주시하던 그가 입꼬리를 올리더니 마침내 입을 열었다.

“아―주 프리티한 이름이군요.”

‘그렇게 말하는 댁의 발음은 아―주 느끼하군요.’

반사적으로 이렇게 쏘아붙여 주고 싶었지만 한 가닥 남아 있는 예의가 바리케이드를 쳤다. 정말이지 차려입은 옷이 아까울 정도로 매너라고는 황인 남자다. 면전에서 사람을 잔뜩 무안하게 하고는 고작 한다는 말이 뭐? 프리티?

"이렇게 다—시 만나다니, 정—말 반갑습니다."

남자는 활짝 웃으며 손을 내밀었다. 다시라는 단어를 쓴 걸 보니 그도 엘리베이터에서 있었던 일을 떠올린 게 분명했다. 그러나 지원은 그 손을 무시한 채 형식적인 목례만 건넸다. 옆에 서 있던 성혁이 난처해하는 게 보였지만 남자의 태도가 괘씸해 그냥 넘길 수 없었다.

"강 이사님!"

"네, 민지원 씨."

그는 장난기 많은 소년처럼 웃으며 대답했다. 흐느적거리는 억양 탓이었을까. 저 '씨' 라는 호칭이 유독 선명하게 귓전에 와 박혔다. 지원은 실실 웃어대는 남자를 지그시 노려보며 말했다.

"제 이름은 굴렁쇠가 아닙니다."

"……무슨 뜻?"

비로소 그의 얼굴에서 웃음기가 걷혀졌다. 어리둥절해하는 남자를 뒤로한 채 사장실을 나서며 지원은 표독스럽게 덧붙였다.

"그렇게 발음을 굴려가며 부르실 필요가 없다는 뜻이죠."

"너무 기분 나쁘게 생각하지 말아요."

지원이 휑하니 방을 나가 버린 후 가장 당황한 것은 성혁이었다. 물론 자신이 보기에도 지원이 불쾌하게 느낄 상황인 것은 분명했다. 하지만 그래도 명색이 자신보다 상사인 사람을 소개받는 자리에서 저런 태도를 취하다니.

성혁은 난감해하며 남자의 눈치를 살폈다. 그러나 정작 당사자인 그는 무엇이 그리 재미있는지 아직까지도 배를 잡고 있었다. 성혁으로서는 이러한 남자의 반응 역시 의외가 아닐 수 없었다. 합병과 관련, 몇 차례 미팅을 가지면서 관찰한 바에 의하면 그는 나이는 어리지만 함부로 대할 수 없는 상대였다. 더구나 비즈니스와 관계되어서는 그토록 냉철하던 남자에게 이처럼 실없는 구석이 있으리라고는 생각지 못했다.

"전략기획팀장이라고 하셨죠? 그럼 저랑 같은 파트로군요."

"그런 셈이죠."

"여기 있은 지는 오래됐습니까?"

"회사가 생기고 얼마 안 되어서 합류했으니까 꽤 됐지요. 준 창립 멤버나 다름없어요."

"그렇군요."

남자의 입가에 묘한 미소가 어렸다.

'민지원이라······.'

만일 그의 추측이 틀리지 않다면 그녀는······.

"참, 지낼 곳은 정했나요?"

"아직 호텔에 있습니다."

"저런. 시설이야 괜찮을지 모르지만 그래도 하루 이틀 머물 게 아닌데······."

"그렇지 않아도 인터넷 사이트에서 사무실 근방의 원룸을 찾아보고 있습니다. 몇 군데 골라놓기는 했는데 사진만 보고 구하기는 좀 그래서요.”

“아무래도 직접 가서 보는 게 좋을 겁니다. 강 이사가 다니는 게 불편할 테니 내 경영지원팀의 정 팀장한테 사무실 근처 원룸을 알아보라고 하지요.”

“아, 그러실 필요까지는 없습니다.”

“괜찮아요. 이제 우린 한식구나 다름없으니 그런 거 신경 쓰지 맙시다.”

어차피 숙소도 회사에서 잡아주기로 계약되어 있던 터였다. 대차 대조표에 능한 정보훈 팀장이라면 이래저래 적합한 집을 찾을 수 있을 것이다. 성혁이 호의를 베푼 데에는 내심 그러한 계산도 섞여 있었다.

“그렇다면 한 가지 부탁드리고 싶은 게 있습니다만.”

남자의 눈빛이 묘하게 빛났다.

“이게 마지막입니다.”

짜증 반, 자포자기 반인 부동산 직원이 아주 쐐기를 박았다.

벌써 3시간째였다, 이 남자와 테헤란 일대를 돌아다니는 게. 성혁의 부탁만 아니었더라도 일찌감치 자리를 떴을 것이다. 도대체 한두 살 먹은 어린아이도 아닌 마당에 무엇 때문에 집을 구하는 뒤치다꺼리를 해줘야 한단 말인가.

게다가 이제까지 돌아본 집은 한결같이 풀 옵션의 고급스런 원룸이었다. 지원으로서는 부러운 눈으로 침만 삼켜야 하는 집을 두고 이 남자는 매번 꼬투리를 잡는 것이었다. 침대 매트리스가 딱딱하다, 냉장고의 소음이 너무 크다, 온수가 미지근하게 나온다, 블라인드 색상이 너무 칙칙하다… 하다못해 룸 넘버에 4자가 들어간 게 싫다까지. 얼굴만 멀쩡할 뿐이지 매너는 황, 게다가 까다로움은 정말이지 극에 달하는 남자였다.

"어떻습니까? 이 정도면 가격도 그렇고 시설도 그렇고 상당히 좋은 편인데요."

"흠."

지원과 부동산 직원은 마른침을 삼키며 남자의 반응을 기다렸다. 그는 침대에 몸을 던져 눌러보기도 하고, 욕실의 수도를 틀어보기도 하고, 탁상 스탠드의 불을 켰다 껐다 반복했다.

"강 이사님, 참고로 말씀드리지만 이 근처의 원룸은 대개 다 비슷해요. 그리고 이 정도면 지내시는 데 전혀 불편함이 없을 것 같은데요?"

조바심을 느낀 지원이 지원 사격에 나섰다. 그러나 남자는 이번에도 그녀의 기대를 배신했다.

"다 좋은데……."

"좋은데?"

"올라오는 계단이 너무 가파르군요."

어이없이 바라보는 네 개의 눈동자 앞에서 남자는 정말이지 아쉽다는 듯 어깨를 으쓱였다. 은근과 끈기로 똘똘 뭉친 부동산 직원이 마지막 희망을 부여잡으며 말했다.

"아까 계단으로 올라오셔서 그렇지 여긴 엘리베이터가 있습

니다.”

그러나 애처로운 시도에도 불구하고 남자는 고개를 설레설레 저었다.

“전 엘리베이터는 가급적 타지 않습니다. 폐쇄 공포증이 있거 든요.”

지원과 부동산 직원은 누가 먼저라고 할 것 없이 이마에 손을 얹었다. 그리고는 서로에게 끈끈한 동지 의식마저 느끼며 등을 돌렸다.

“시간이 늦었는데 식사 어때요?”

“아뇨. 그냥 들어가서 쉬는 게 좋겠습니다. 지금 많—이 피곤 하거든요.”

마지막 원룸을 보고 나오니 이미 날은 저물어 있었다. 오후 나절 일할 시간을 날리고 돌아다니면서 얻은 소득이라고는 퉁 퉁 부은 다리와 못지 않게 삐쭉 나온 입뿐이었다. 지원은 그 입 을 비집고 터져 나오려는 욕설을 애써 되삼키며 성큼성큼 앞서 나갔다.

“민 팀장님은 어디 사십니까?”

“우리 집에서 살아요.”

지원은 눈길조차 주지 않고 샐쭉하게 되받아쳤다. 어디 너도 한번 당해봐라.

“그 우리 집은 위치가?”

“우리 동네에 있지요.”

썰렁하다 못해 유치하기 짝이 없는 대꾸였지만 이런 식으로
라도 남자의 속을 긁어놓지 않고는 잠도 오지 않을 것 같았다.

"그리고 그 우리 동네는 물론 인(in) 서울이겠죠?"

역시 만만치 않은 남자다. 뛰어야 부처님 손바닥 안이라는 듯
천연덕스레 물어오는 품새 하고는. 만면에 가득한 음흉한 미소
에 지원은 정신이 아찔해질 지경이었다.

"식사 대신 제가 댁까지 모셔다 드리죠."

"아니오, 괜찮아요."

"저 때문에 고생하셨는데 그 정도는 해드려야죠."

참 눈물겨운 배려였다.

"전 그저 사장님께서 시키신 일이라 한 거니까 신경 쓰지 않
으셔도 됩니다."

"그래도 고생하신 건 강 사장님이 아니라 민 팀장님 아니십니
까. 자, 어서 타시죠."

남자는 발음이 느끼하고, 매너가 황이며, 성격은 까다로운 데
다가 고집까지 고래 심줄처럼 질겼다. 더 이상의 실랑이를 할
기운도 남아 있지 않았기에 지원은 하는 수 없이 그의 차에 올
라탔다. 겉으로 표현은 안 했지만 퉁퉁 부은 발로 가파른 언덕
배기에 있는 집까지 걸어 올라갈 생각을 하니 피곤이 더욱 가중
되던 참이었다. 마음 한구석에는 그래도 편하게 집까지 갈 수
있는 데 대한 안도감도 없지 않았다. 그러나 지원은 얼마 못 가
그 판단이 틀렸음을 절감했다.

"저기에서 좌회전이오. 아니, 이번 신호 말고요. 네, 저기 모

퉁이요……. 여기서 차선 변경하셔야 해요. 저 앞의 사거리에서 우회전하시고요……. 앗, 여기 이 골목이요!”

결국 서울 지리라고는 하나도 모르는 남자로 인해 지원은 피로를 풀기는커녕 바짝 긴장한 상태로 길잡이 노릇을 해야 했다. 그렇게 아슬아슬 곡예와 같은 드라이브가 종착역에 도착했을 때 언덕 입구에 차를 세운 남자는 남의 속도 모르고 태평스레 말했다.

“와우, 야경이 멋지군요.”

“원래 야경은 어디나 다 멋지죠.”

지원은 뻣뻣한 뒷목을 어루만지며 차 문을 열었다.

“고맙습니다. 조심해서 들어가세요.”

어린애처럼 탄성을 내지르며 눈앞에 펼쳐진 광경에서 시선을 떼지 못하는 남자에게 지원은 의례적인 인사를 던졌다. 과연 이 철부지가 되돌아가는 길은 제대로 찾을 수 있을까. 한편으로 걱정이 되기는 했지만 섣불리 남자에게 신경 쓰고 싶지 않았다.

‘민지원, 동정심은 금물이다. 이 남자도 다 큰 어른이야. 길에서 밤새 헤맨다 하더라도 그건 네 탓이 아니라고.’

그렇게 갈등을 접으며 막 문을 닫는데 혼잣말처럼 중얼거리는 소리가 들렸다.

“전 예전부터 이렇게 동네가 한눈에 내려다보이는 곳에서 살고 싶었죠.”

✳

"정 팀장님, 혹시 오늘 오후에 시간 좀 나세요?"

"특별한 건 없는데 왜?"

지원은 속으로 쾌재를 외쳤다. 어떻게 하면 강 이사의 집 구하기 프로젝트에서 발을 뺄 수 있을까 밤새 고민한 결과 도달한 결론은 하나였다. 바로 오랑캐로 오랑캐를 잡자는 것. 깐깐한 정 팀장이라면 강 이사의 그 까다로운 성격을 어느 정도 견제할 수 있을 것이다. 아니, 오히려 둘은 죽이 척척 맞을지도 모르지.

"새로 온 강 이사님 말이죠……."

"강 이사? 아, 그러니까 생각나는군. 사실 나도 민 팀장한테 물어보고 싶은 게 있었어."

정 팀장은 아주 중요한 사실을 잊고 있었다는 듯 지원의 말을 가로챘다. 선수를 뺏긴 지원은 하는 수 없이 보훈의 얘기가 이어지기를 기다렸다. 그는 주위를 두리번거리더니 목소리를 낮췄다.

"혹시 그 친구랑 무슨 일 있었어?"

"무슨 일이라뇨?"

"쉿, 목소리가 너무 커."

정 팀장은 화급히 주변을 살피더니 지원을 탕비실 쪽으로 잡아끌었다. 아무도 없는 것을 확인하고는 탕비실 문을 닫은 그는 담배를 빼 물었다.

"아니, 강 이사가 민 팀장에 대해서 이것저것 묻기에 말이야."

지원은 미간을 찌푸렸다. 이건 또 무슨 얘기란 말인가.

“뭘 물었는데요?”

“여기 오기 전에 어떤 일 했는지 같은 이전 히스토리부터 시작해서 가족 관계는 어떻게 되는지…… 뭐 이러저러한 것들을 다 묻더라고.”

경영지원팀은 사내 인사 관리까지 책임지고 있었기에 사원에 대한 웬만한 이력은 다 꿰뚫고 있었다. 갑자기 지원은 자신이 강 이사 앞에서 발가벗겨진 느낌이 들면서 머리가 띵했다. 이 남자가 급기야 스토커 짓까지?

“그래서 다 말씀하셨어요?”

“다는 아니고 그냥 대략적으로 얘기했지. 어쩔 수 없잖아. 그래도 상사인데.”

지원의 도끼눈에 보훈은 변명조로 말을 얼버무렸다.

“왜 그런 걸 알려고 하는지를 물어보셨어야죠!”

“그야 묻기야 물었지. 그런데…….”

바로 그때 호랑이도 제 말 하면 온다는 속담을 입증이라도 하듯 탕비실의 문이 열리며 한 남자가 얼굴을 디밀었다. 그러자 보훈은 도둑이 제 발 저린다는 속담의 완벽한 샘플을 보여주려는 듯 화들짝 놀라며 자리에서 일어섰다.

“앗, 이사님!”

“아니, 정 팀장님, 왜 그렇게 놀라십니까?”

“아, 아무것도 아닙니다.”

“두 분 무슨 비밀 이야기라도 하고 계셨던 겁니까?”

“하하, 비밀은 무슨 비밀요…….”

보훈은 휘휘 손으로 담배 연기를 없애며 어색한 웃음을 흘렸
다. 정색하며 부인하는 그를 미심쩍은 눈으로 보던 남자는 슬쩍
떠보듯 물었다.

"혹시 두 분 제 얘기를 하시던 중이었습니까?"

지원은 남자에 대한 프로필에 한 항목을 추가했다.

다섯, 눈치 하나는 빠르다.

"아, 아뇨!"

"네, 맞아요!"

지원과 보훈의 입에서 동시에 다른 대답이 터져 나왔다. 유진
은 순간 어리둥절해하며 두 사람을 번갈아 보았다. 보훈이 일그
러진 눈을 껌벅거리며 눈치를 줬지만 지원은 태연하게, 사람 좋
은 미소까지 흘리며 말을 이었다.

"강 이사님 집을 구하는 것 때문예요. 사실 제가 오늘 오후에
계속 미팅이 있어서 같이 봐드리기가 어려울 것 같거든요. 그래
서 정 팀장님께 대신 부탁드리고 있던 참이었어요."

그의 눈치가 시속 140이면 그녀의 순발력은 이미 속도계를
벗어났다. 감탄에 마지않는 눈으로 지원을 일견한 보훈이 재빨
리 입을 맞추기 시작했다.

"네, 맞습니다. 아무래도 제가 이 근처를 빠삭하거든요. 여기
사무실 구할 때 안면 터놓은 부동산도 있으니 잘해줄 겁니다."

그러나 애써 맞춘 박자에도 불구하고 노래는 삑사리가 나고
있었다.

"말씀은 감사합니다만 민 팀장님 덕분에 이제 필요없게 됐습

니다.”

“제 덕분이라뇨?”

“어제 민 팀장님 데려다 드리고 돌아가는 길에 부동산이 있기에 물어봤더니 괜찮은 집이 있어서 계약을 했거든요.”

“네에? 그럼…….”

‘설…… 마, 아니겠지, 아닐 거야.’

지원은 제발 자신의 불길한 예감이 기우이기를 바랐다. 그러나 유진은 그녀의 간절한 염원을 비웃는 듯 천연덕스레 말했다.

“이번 토요일 날 들어가니까 시간 되시면 짐 좀 날라주시죠, 이웃사촌님.”

“잠시만요, 강 이사님!”

더 이상은 참을 수 없었다.

발음이 느끼하고, 매너가 황이고, 성격이 까다롭고, 고집이 센 것까지는 봐줄 수 있었다. 지구상의 인구가 6억도 넘는다는데 하필이면 저런 스타일의 상사를 맞이한 자신의 신세를 한탄하고, 어디까지나 지랄맞은 개성이라고 생각하면 그만이었다. 그러나 스토커처럼 남의 뒷조사나 하며 신발 밑창에 들러붙은 껌처럼 끈적거리면서 쫓아다니는 것은 용납할 수 없었다.

“도대체 왜 이러시는 거죠?”

“무슨 말씀이신지?”

가만히 있는 사람한테 왜 시비냐는 식의 말투였다. 이거 방귀 낀 사람이 도리어 성낸다더니 완전히 그 꼴이잖아? 분노에 혈압

이 분수처럼 수직 상승하면서 이성이 마비되어 버리는 것 같았
다. 더 이상 예의고 뭐고 따질 계제가 아니었다.

"저한테 무슨 불만 있으시면 직접 말로 하시죠. 괜히 엉뚱한
데 가서 남의 뒷조사나 하지 마시고요."

"아, 그 얘기라면 여기서 이러실 게 아니라 제 방에서 하시죠."

남자는 지원이 뭐라고 하기도 전에 성큼성큼 자기 방으로 들
어가 버렸다. 지원은 입을 떡 벌린 채 그의 밉살맞은 꽁무니를
좇다가 주변의 눈을 의식하고는 하는 수 없이 걸음을 옮겼다.

"앉으시죠."

"됐습니다. 뒷조사의 경위나 말씀해 주시죠."

"앉으시면 말씀드리겠습니다."

눈은 웃고 있었지만 목소리는 한 치의 양보도 없었다. 그래,
네 고집 고래 심줄처럼 질기다. 지원은 의자에 털썩 소리가 나
게 주저앉았다. 그제야 남자는 만족스러운 듯 입을 열었다.

"제가 경영지원팀에 민지원 팀장님에 대해서 물었던 이유는
확인을 위해서였습니다."

"확인이라니, 뭘 말이죠?"

"이곳에 오시기 전에 사설 학원에서 근무를 하셨더군요."

"그래요."

"그럼 전혀 연관이 없는 직종으로 이전을 하신 건데……."

"그게 문제가 되나요?"

"그렇다기보다는 다만……."

남자는 책상 위의 서류 더미에서 무언가를 찾고 있었다.

"혹시 제 경력이 미흡하다고 생각되어 그러시는 것이라면 한 말씀 드리고 싶군요. 제가 이 바닥에서 일을 하게 된 건 여기가 처음이기는 하지만 정식으로 윤 사장님, 그러니까 이전 사장님과 면접을 봐서 들어오게 된 거고 와서도 흠잡힐 만한 소리는 듣지 않았습니다. 누구처럼 낙하산을 타고 들어온 것도 아닌……."

지원의 심기는 그야말로 일촉즉발의 가스통과도 같았다. 남자가 꼬투리를 잡고 있는 것이 일과 관계된 것이라 판단되었기에 최대한 냉정을 유지하면서 설명을 하고 있는 것이었다. 그러나 그 낙하산의 주인공은 지원의 이러한 노력에 물을 끼얹는, 아니, 성냥불을 긋는 말을 했다.

"참, 아직 미혼이시죠? 서른둘이면 적은 나이가 아닌데 결혼을 하지 않은 특별한 이유라도 있으십니까?"

"……."

"아니면 혹시 이혼이라도 하셨나요?"

"강 이사님!"

지원은 자리에서 벌떡 일어났다.

"영어를 잘하실 테니 It's none of your business라는 말도 아시겠죠. 무슨 생각에서 이러시는지 모르겠지만 전 지금 심히 불쾌합니다."

"전 섭섭한데요?"

"네?"

"그걸 보시고도 지금처럼 말씀하실 수 있을지 궁금하군요."

남자는 지원에게 한 장의 종이를 건네며 장담하듯 웃었다.

"그거 찾느라고 아주 혼났어요. 미국에 있는 동생한테 부탁해서 디카로 찍어 파일로 받은 겁니다. 인쇄가 선명하지는 않지만, 그래도 알아보실 수는 있겠죠?"

지원의 귀에 더 이상 남자의 말은 들어오지 않았다.

흐릿한 인쇄물 속에서 웃고 있는 까까머리의 학생. 분명 낯이 익은 얼굴이었다. 아니, 낯이 익은 정도가 아니라 이건……. 반신반의하며 흑백 사진 속의 아이와 눈앞의 남자를 번갈아 보는 지원의 눈이 점점 더 커지고 있었다.

"그럼 서, 설마……."

"빙고!"

지원은 뜻밖의 사실에 뒷머리를 강타당한 나머지 자리에 털썩 주저앉았다. 그러자 남자는 이제야 살았다는 듯 두 손을 높이 치켜들었다. 그리고는 여전히 믿어지지 않는 듯 어안이 벙벙해 있는 그녀를 보며 한껏 애교 섞인 목소리로 말했다.

"네, 맞습니다. 저 강유진입니다, 선생님."

"우리 애가 머리는 좋은데 도통 노력을 안 해서 말이죠."

늘 듣던 레퍼토리. 새삼스러울 것도 없었다. 단지 눈앞의 학부형이 도저히 중학교 3학년짜리 자녀를 두었다고 믿어지지 않는 외모의 여주인이라는 사실만 제외하고는.

"잘 부탁해요. 민 선생만 믿을게요."

"최선을 다하겠습니다."

지원은 한껏 공손하게 고개를 숙여 보였다.

"아줌마, 유진이 아직 안 들어왔나요?"

"네, 아직인데요."

"애도 참, 선생님 오신다고 말해 뒀는데……."

"곧 오겠죠. 기다리겠습니다."

"그래요, 그럼. 아줌마, 민 선생님 유진이 방으로 안내해 드려요."

가정부는 지원을 이층에 있는 방으로 데리고 올라갔다.

"여기서 기다리시면 곧 올 거예요. 전 내려가서 과일을 좀 가지고 올게요."

"네, 고맙습니다."

지원은 가방을 내려놓은 후 천천히 방 안을 둘러보았다. 깨끗하게 정돈되어 있었지만 여자 아이 특유의 아기자기한 맛은 없었다. 아니, 오히려 건조하다 못해 삭막할 정도였다. 가구라고는 책상, 침대, 옷장, 책장이 전부였고 여자 아이들 방에서 흔히 볼 수 있는 화장대는커녕 거울도 없었다. 책상의 절반을 차지하다시피 한 컴퓨터, 그리고 책장에 꽂힌 책도 대부분이 컴퓨터에 관계된 것이었다.

'여자 아이치고는 취향이 독특한걸?'

책장을 따라 훑던 지원의 시선이 벽에 걸린 액자에 머물렀다. 중학생으로 보이는 여자애 하나가 같은 또래의 남학생과 팔짱을 끼고 웃고 있는 사진이었다.

'어쭈, 남자 친구까지……. 요즘 애들은 정말 빠르다니까. 그

런데 엄마랑은 별로 안 닮았네?'

엄마를 닮았으면 굉장히 미인일 텐데 안타깝다는 생각을 할 때였다. 문이 벌컥 열리며 누군가가 안으로 들어섰다.

"어?"

"아!"

까까머리의 남학생은 안에 사람이 있을 줄 몰랐다는 듯 멈칫했고, 지원은 눈앞의 아이가 방금 본 사진 속의 인물임을 알아채고는 고개를 끄덕였다.

'아하, 남자 친구가 아니라 동생이었군.'

까까머리는 경계의 눈초리를 빛내며 물었다.

"누구세요?"

"난 민지원이라고 새로 온 유진이 과외 선생님이야. 넌 유진이 동생?"

까까머리는 미간을 찌푸렸다. 지원은 아차 싶었다. 고등학생치고는 어려 보이긴 했지만 겉보기와는 다른 게 요즘 애들이니까. 그녀는 서둘러 덧붙였다.

"아, 유진이 오빠인가 보구나."

그러나 되돌아온 것은 더 일그러진 표정이었다.

"제가 강유진인데요."

"뭐라고?"

"선생님, 과일 좀 드세요. 어, 유진 학생, 언제 왔어?"

상황을 알 길 없는 가정부는 어안이 벙벙해져 있는 지원과 생뚱한 표정의 유진을 가로질러 책상 위에 과일과 차를 두고는 나

가 버렸고 두 사람 사이에는 껄끄러운 적막이 흘렀다. 유진이라
는 이름만 듣고 여학생이라고 생각한 것이 오산이었다. 지원은
이 난감한 상황을 어떻게 헤쳐 나갈까 머리를 굴렸지만 뾰족한
수가 보이지 않았다.

"강유진, 유진이라……. 아주 프리티한 이름이구나. 하
하……."

그게 눈앞의 남자와의 첫 만남이었다.

후에 알게 된 바에 의하면 유진은 그의 이름에 콤플렉스를 가
지고 있었다. 게다가 당시 유명한 여자 성우와 비슷한 성과 이
름 때문에 학교에서 친구들에게도 놀림을 받았기에 더욱 그럴
수밖에. 그러니까 처음부터 지원은 유진의 콤플렉스에 불을 지
른 셈이었다.

"너, 너, 그럼 처음부터 내가 누군지 알고 있었단 말이야?"

"당연하죠. 엘리베이터 앞에서 부딪친 그때부터 난 알아봤다
고요. 혹시나 해서 확인하러 쫓아갔지만 이미 지하층으로 내려
간 후였고, 차를 타고 나오겠거니 주차장 출입구에서 삼십 분도
넘게 기다렸었다니까요."

"그럼 내 이름을 가지고 장난친 것도……."

"그때 얼마나 섭섭했다고요. 난 단번에 알아봤는데 선생님은
전혀 모르는 것 같더라고요. 그래서 그렇게 힌트를 주면 당연히
기억하리라고 생각했던 거죠. 물론 그것도 실패로 돌아갔지만."

지원은 비로소 그날 유진이 '다시 만나 반갑다'고 한 진의를

깨달을 수 있었다.

"집을 구하러 다니는 동안도 내내 언제 날 알아볼까, 얼마나 궁금했다고요."

유진은 다분히 힐책하듯 말했다. 그러나 지원은 아직도 이 상황이 믿어지지 않았다. 그도 그럴 것이 그녀의 기억 속에 있는 유진은 까까머리에 여드름이 가득한 꼬마였다. 물론 출중한 외모의 어머니를 닮아 크면 여자들깨나 후리게 생겼다라고 생각하지 않았던 것은 아니지만 이렇게 멋진 남자로 성장할 줄은 꿈에도 몰랐다.

"미안. 하지만 난 전혀 몰랐어. 네가 너무나 많이 변해서 말이야."

지원이 유진의 가정교사 노릇을 한 것은 중학교 3학년 때부터 고등학교 2학년이 되는 시기, 그러니까 지원이 스무 살 때부터 스물두 살이 되던 해까지였다. 자신이야 어차피 클 대로 다 큰 상태라 변화가 있어도 미미하겠지만 한창 자랄 나이였던 유진은 상상을 초월했다. 마치 쭈글쭈글한 번데기가 아름다운 빛깔의 나비가 되듯 완전히 환골탈태를 한 것이다.

"하긴, 나도 선생님 보고 많이 놀랐어요."

"왜? 너무 많이 늙어서?"

"아니오. 그 반대로 하나도 안 변해서요. 인상이 좀 더 근엄해지고 눈가에 주름살이 늘어난 것 빼고는."

장난기 어린 답변에 지원은 십 년이라는 세월을 거슬러 다시 서른둘이라는 나이로 돌아왔다. 그녀의 얼굴이 경직되는 것을 감지한 유진은 피식 웃으며 손을 내저었다.

"농담이에요. 하나도 안 변했어요."

"거짓말 마."

"정말 예전 그대로의 모습이에요. 그러니 단박에 알아봤죠."

처음부터 알아봤다는 말에 다소 위안이 되기는 했지만 이내 심경이 복잡해졌다. 옛 제자와의 뜻밖의 해우가 주는 기쁨은 어디론가 사라져 버리고 그녀가 처한 사태의 심각성이 느껴지기 시작한 것이다. 서로가 누군지 뻔히 다 아는 상황에서 같은 회사에서 근무를 한다? 그것도 한때 제자였던 녀석을 상사로 모시면서? 성격을 달리한 고민이 뒷골을 사정없이 잡아당겼다. 차라리 능글맞은 플레이보이 상사를 모시게 된 자신의 신세를 한탄하는 쪽이 백 번 나았을 것이다.

지원은 감격에 젖어 있는 유진을 앞에 두고 가만히 한숨을 내쉬었다.

'자아, 이제 이 일을 어찌한다?'

✳

회의실에는 서먹한 긴장감이 흐르고 있었다. 참석자들은 마치 외부의 클라이언트를 대하듯 접대용 미소를 보이며 슬금슬금 눈치를 살피고 있었다. 아이러니컬하게도 지원은 그 낯선 공기의 흐름에 도리어 안정감을 느꼈다. 뒷목덜미부터 어깨까지 뻣뻣하게 경직된 채 앉아 있어야 하는 게 적어도 자신만은 아니라는 데에서 오는 일말의 위안이었다.

그 어색한 분위기에서 자유로운 이는 단둘, 헤드에 앉은 성혁과 그 우측에 자리 잡은 유진뿐이었다. 성혁은 처음이라고는 믿을 수 없을 정도로 능란하게 회의를 주도해 나갔고, 유진은 푹신한 등받이에 등을 파묻은 채 팔짱을 끼고는 주변 사람들을 관찰하듯 주시하고 있었다.

"이제 전략기획팀 차례군요. 민 팀장?"

성혁의 호명에 혹시라도 옆에 앉은 유진과 눈이 마주칠까 싶어 보고 자료에만 시선을 두고 있던 지원은 빠른 속도로 보고서를 읽어 내려가기 시작했다.

"무비즈에서 의뢰한 홍보 사이트는 지난 주 무사히 런칭을 했습니다. 그쪽의 평가도 그렇고 이용자들의 반응도 기대 이상으로 좋은 편이어서 다음 계약에도 무리가 없을 것 같습니다. 그리고 로즈메리 닷컴은 김종수 팀장님이 말씀하신 대로 개발 마무리 단계고 다음 주부터 베타 테스트에 들어갈 예정입니다. 그리고 다른 사항은……."

흘깃 성혁의 반응을 살피던 지원은 유진이 의자를 당겨 앉으며 보고서에 손을 대는 것을 보았다. 왠지 불길한 예감이 엄습했고 지원은 서둘러 말을 이었다.

"최근 RFP가 급격히 늘어나고 있습니다."

주위에서 나지막한 탄성이 터져 나왔다.

RFP(Request for Proposal)란 일반적으로 큰 규모의 클라이언트가 프로젝트를 수행함에 있어 에이전시 선정을 위해 제안서를 요청하는 것을 뜻했다. 먹이를 찾아 산기슭을 헤매는 승냥이처럼 일감이 없나 여기저기 기웃거리던 때를 지내온 이들에게는 장밋빛 신호탄이 아닐 수 없었다.

"듣던 중 반가운 소식이군."

"아무래도 그간 기사가 많이 나간 까닭이라고 생각되는데 현재 내부 역량을 고려할 때 동시에 처리하기는 어려울 것 같습니다. 몇 곳을 추려서……."

그때였다.

"RFP를 의뢰한 대표적인 곳을 말씀해 주시겠습니까?"

잠자코 침묵을 지키고 있던 유진이 입을 열자 회의실 내의 공기가 일순 긴장되었다. 시선이 두 사람을 번갈아 오갔고 지원은 다시 뒷목이 뻣뻣해졌다.

"H그룹의 쇼핑몰 리뉴얼 프로젝트, X여행사 사이트의 신규 런칭, K은행의 합병으로 인한 사이트 통합 프로젝트, G그룹의 홍보 사이트 등입니다."

"흠."

마치 시험지를 채점하는 선생님처럼 유진은 천천히 서류를 한 장 한 장 넘겼다. 모두의 주목을 받으며 보고서의 마지막 장까지 훑은 그는 턱을 만지작거렸다. 지원은 저도 모르게 가슴이 뜨끔했다. 예전에도 저랬지. 한껏 설명을 해주면 아무 소리 없이 다 듣고는 막판에 꼭 저렇게 묘한 표정을 짓곤 했어. 그리고 항상 그 뒤에 이어졌던 것은…….

"좋군요."

유진은 가뿐한 미소를 지으며 주위를 둘러보았다. 그리고 그렇게 유유히 춤을 추던 눈길은 이내 지원에게로 고정되었다.

"그런데 이것들에 대해 제안서를 준비하려면 만만치 않은 작업일 텐데, 현재 리소스는 어떻습니까?"

"조금 전에 말씀드린 대로 동시다발적으로 가져가기는 어렵다고 봅니다. 내부 회의를 거쳐 몇 군데를 추려서 진행을 해야 할 것 같습니다."

"그 결정은 민 팀장님이 내리십니까?"

"일차적으로 저희 팀에서 검토를 해서 보고를 드리고 최종 결정은 사장님께서 내리십니다."

"아, 그렇군요. 저희 팀이라고 하시면 당연히 저도 포함되겠군요."

어조는 부드럽기 그지없었지만 지원은 그 이면에 담긴 뜻을 확실히 파악할 수 있었다. 그러니까 그 팀의 책임자로 있는 자신에게 보고 사항을 미리 알리지 않은 것에 대한 우회적 비난이었던 것이다.

"자자, 조직 개편에 따른 업무 구조 변경에 대해 사전에 조율을 못했으니 내 잘못입니다. 강 이사, 민 팀장, 그리고 다른 분들도 이해해 주기 바랍니다. 강 이사의 지적대로 이제 전략기획 쪽과 관계된 일은 강 이사가 주관하게 됩니다. 하지만 민 팀장이 실무선에서의 책임자인 것은 변함이 없습니다."

성혁의 민첩한 중재가 두 사람 사이의 첨예한 긴장감을 가로막았다. 어디로 또 불똥이 튈까 숨을 죽인 채 지켜보던 일동은 안도의 한숨을 내쉬었다.

"죄송합니다. 제가 아무래도 아직 회사 상황을 잘 모르기 때문에 다른 파트에 대해서는 뭐라고 할 말이 없었습니다. 하지만 적어도 민 팀장님 같은 경우는 제가 관여하는 부분인만큼 전체 회의 전에 따로 논의가 필요할 것 같다는 뜻에서 말씀을 드렸던 겁니다."

유들유들한 미소와 함께 취해오는 화해의 제스처. 지원은 지금처럼 유진이 밉살맞아 보인 적이 없었다.

"……잘 알겠습니다."

구겨진 명함, 압정, 클립, 스태플러, 볼펜, 칫솔, 업소용 라이터, 그리고 티슈…….

각종 사물들이 좁은 공간 내에서 대 지각 변동을 겪으며 아우성을 치고 있었다. 마구잡이로 서랍 속을 휘젓던 지원의 손은 한참 동안 달그락거리는 소음을 내뱉은 후 짜증 어린 외침으로 변하고야 말았다.

"박 대리, 혹시 타이레놀 남은 거 있어?"

이제나저제나 터질까, 지원의 눈치를 살피던 맞은편의 은미가 화들짝 서랍을 열었다. 그리고는 잠시 후 기어들어 가는 목소리로 대답했다.

"없는데요."

주눅이 들어 껌벅거리는 눈동자 위로 유성처럼 스쳐 가는 불안. 은미뿐 아니라 다른 직원들도 팀장의 심기가 불편하다는 것을 일찌감치 알아채고는 숨소리를 죽여가며 눈치를 보고 있었다.

'한강에서 뺨 맞고 종로에서 화풀이한다더니. 이게 뭐냐, 민지원. 팀장이라고 유세냐?'

지원은 자신의 태도가 한심스러워 더 짜증스러웠다.

"사다 드릴까요?"

두통약을 준비하지 못한 것이 자신의 잘못이라도 되는 양 은미가 조심스럽게 물어왔다. 어느새 그녀의 손에는 지갑까지 들려 있었다.

"아니야, 됐어. 바람도 쐴 겸 내가 갔다 올래."

지원은 경직된 얼굴 근육에 채찍질을 가해 그럴듯하게 웃어 보이고는 사무실을 나왔다.

"아줌마, 복권 주세요."

"어떤 걸로요?"

"아무거나요. 지금 당장 긁을 수 있는 거면 다 괜찮아요."

잡화가게 주인은 즉석복권 꾸러미를 집으며 되물었다.

"몇 장이나 드려요?"

"한 장…… 아니, 열 장 주세요."

복권을 받아 든 지원은 냅다 벤치에 앉아서 동전을 꺼내 긁기 시작했다.

"한 장에 일억 원씩이니까 다 맞으면 십억이군. 좋다, 이것만 돼봐라. 바로 사무실로 들어가 네 그 자신만만한 얼굴에 한 장

던져 주마. 어, 이거 뭐야? 꽝이잖아? 뭐, 9억이라도 괜찮아. 에이, 이것도? 하긴, 다 맞으면 이 세상 사람들 다 부자 돼서 살겠지. ……제길, 왜 이렇게 안 맞나? 5억, 3억, 1억……. 아니, 하다못해 본전이라도 찾게 해주라!"

그러나 벤치 위에 널브러진 복권들이 그녀에게 현실을 인정하라고 소리치고 있었다.

"민지원, 네 인생 참 딱하다. 어쩌면 재수가 없어도 이렇게 없냐!"

지원은 자신을 향해 끌끌 혀를 찬 후 자리를 털고 일어났다. 그리고 사무실로 발걸음을 옮기려 하던 때였다. 5미터 전방에서 주변을 두리번거리고 있는 유진이 줌 렌즈로 포착한 듯 단박에 그녀의 눈에 와 박혔다.

"으아, 내가 미쳐, 정말. 저 화상은 왜 또 나온 거야?"

지원은 반사적으로 몸을 돌려 반대 편을 향해 걷기 시작했다.

"민지원 팀장님, 잠시만요!"

멀리서 자신을 부르는 소리가 메아리처럼 들려왔다. 그러나 지원은 그 부름을 외면한 채 경보 선수처럼 걸음을 재촉하며 앞으로 나갔다. 그렇게 얼마나 갔을까. 돌연 누군가가 팔을 잡았다. 그 억센 손의 주인공이 누군지 보지 않아도 알 수 있었다. 급하게 달려온 듯 규칙적으로 들리는 거친 숨소리. 지원은 마음속으로 1부터 10까지 하나하나 센 후 천천히 몸을 돌렸다.

"어머, 강 이사님? 무슨 일이세요, 이렇게 헐레벌떡?"

유진은 가쁜 숨을 가다듬었다. 한국에 들어온 이후 운동을 못한 탓인지 심하게 옆구리가 당겼다. 금방이라도 끊어질 것 같은 통증을 억누르며 가까스로 입을 열었다.

"아까 일 때문에 기분 상하신 거예요?"

"천만에요. 제가 기분이 상하긴 왜 상해요?"

지원은 생긋 미소까지 지었다. 하지만 그 속이 빤히 들여다보이는 행동에 속을 유진이 아니었다. 옛날부터 지원은 못마땅한 일이 있을 때면 오히려 저런 식의 웃음을 짓곤 했다.

나 지금 기분 무지 더럽다, 그러니 알아서 기어, 하는 식.

뭣 모르는 사람이 보면 도저히 속마음을 알아챌 수 없는, 그런 완벽한 가면. 액면 그대로 받아들였다가 된통당한 게 한두 번의 일이 아니었다. 유진은 씁쓸한 입맛을 다시며 그녀를 달랬다.

"너무 언짢게 생각지 말아요. 저도 어쩔 수 없다고요. 어디까지나 일은 일이니까……."

"아무렴요. 강 이사님이 제 윗분이신데 당연한 요구죠. 언감생심 제가 어찌 강 이사님께 이래라저래라 할 수 있겠어요?"

이제는 빠드득 이를 가는 소리마저 들리는 것 같았다. 유진은 상황이 자신의 생각과는 다르게 자꾸 꼬여가는 게 답답한 나머지 버럭 소리를 질렀다.

"민 팀장님!"

"뭐? 민 팀장니임?"

쩌렁쩌렁한 일갈과 함께 만면을 감돌던 가식적인 미소가 사라졌다.

"어쭈, 강유진. 너 많이 컸다."

냉랭하면서도 비아냥거리는 어조. 갑자기 벗겨진 가면에 오히려 놀란 것은 유진이었다. 그녀가 옛날처럼 자신을 대해주기를 바라고 있었지만 이렇듯 돌변한 태도로 대하자 섣불리 말을 붙일 수 없었다.

"저, 그러니까 그게……."

어찌할 바를 모르고 난감해하는 유진을 보자 지원은 피식 웃음이 나왔다. 과거에 자신이 야단을 칠 때면 쥐 죽은 듯 입도 뻥긋 못하던 모습이 겹쳐졌던 것이다.

하긴, 그도 입장이 난처하기는 매한가지일 것이다. 상황이 그렇게 된 것일 뿐 유진의 탓은 아니었다. 모든 결정은 자신의 손아귀에 놓인 것인지도 몰랐다. 까짓거 무비즈의 조종수 사장 같은 이도 견디는데 그보다야 훨씬 낫지 않겠는가.

"선생님!"

"네?"

"너 한 번 해병은 영원한 해병인 거 몰라?"

"……."

"회사에서는 민 팀장일지 모르지만, 회사 밖에서는 선생님이라고 불러. 알았어?"

어리둥절해하던 유진은 지원의 의중을 파악하는 데는 오랜 시간이 걸리지 않았다. 그는 이내 차렷 자세를 취하더니 씩씩하게 거수경례를 해 보였다.

"넵, 알아 모시겠습니다. 선—생—님!"

당신이 좋아하는 사람은 누구?

금요일 밤의 호프집은 한 주의 스트레스를 술로써 풀어내려는 샐러리맨들로 인산인해였다. 다닥다닥 붙은 테이블에 꽉 들어찬 사람들이 쏟아내는 열기는 알코올기로 달아오른 분위기를 더욱 뜨겁게 달궈놓고 있었다.

"자, 전략기획팀에 새로운 대빵을 환영하는 의미에서 다같이 건배!"

"건배!"

RFP 기획과 관련된 회의가 끝나고 유진은 팀의 화합 도모를 위해 함께 식사할 것을 제안하였다. 팀장인 지원으로서도 미우나 고우나 상사는 상사이고, 그의 등장으로 서먹해진 분위기를 풀어야 할 책임이 있었던 만큼 응할 수밖에 없었다. 식사보다는 술자리가 서로 가까워지는 데 도움이 된다는 팀원들의 주장에 따라 일동은 근처의 단골 술집에 자리를 잡았다.

처음에는 유진을 의식하던 팀원들도 3,000cc 피처를 네 통 정도 비울 무렵이 되자 긴장을 풀고는 화기애애하게 어울리기 시작했다. 유진이 앞장서 잔을 권하며 분위기를 풀려고 노력을 한 데다가 아무래도 비슷한 또래—물론 이건 지원만 아는 사실이었지만—이다 보니 자연스럽게 의기가 통하는 모양이었다.

"동철 씨, 나 거기 라이터 좀."

지원은 담배를 입에 문 채 대각선 방향으로 앉은 김동철의 앞에 놓인 라이터를 가리켰다. 그러나 주변의 소음에 묻혀서인지 동철은 못 알아들은 듯했다. 지원이 다시 한 번 말하려고 하자 옆에 앉은 유진이 라이터를 집어 들더니 불을 켜며 말했다.

"민 팀장님은 담배를 무척이나 즐겨 피우시는군요."

"말도 마세요. 얼마나 골초신데요. 다른 건 없어도 담배 없이는 못 사실걸요?"

회의 때마다 비흡연자의 권리를 주장하며 금연을 외치던 은미가 고자질하듯 토를 달았다.

"언제부터 담배를 피우기 시작하셨습니까?"

"어디 보자, 그러니까 그게 대학교 2학년 때였죠. 과외를 하던 학생이 있었는데, 어찌나 공부를 못하던지. 하나를 가르쳐 주면 둘을 까먹는 녀석이었어요."

"이야, 정말 꼴통이었나 보죠?"

동철의 말에 유진의 얼굴이 찌그러진 캔처럼 일그러졌다. 그

꼴통이 지금은 어엿한 회사의 이사가 되어 자신들의 목줄을 쥐고 있는 줄은 꿈에도 생각지 못하리라. 지원은 터져 나오려는 실소를 참으며 이야기를 계속했다.

"하여간 진짜 속을 썩이는 녀석이었는데…… 어느 날인가는 글쎄, 책가방에서 담배가 나오지 않겠어요? 당장 압수해서 집으로 가져왔죠. 그런데 그날 밤 뺏어온 담배를 보니까 갑자기 피워보고 싶더라고요. 녀석 때문에 답답한 마음도 있겠다, 그렇게 해서 입에 대기 시작하게 된 거죠."

무언의 원망이 가득한 유진의 눈길.

'그래서 그게 나 때문이란 말이에요?'

'그렇다. 메롱.'

지원은 담배 연기를 혓바닥 삼아 보란 듯 내뿜었다.

"강 이사님은 담배 안 피우세요?"

"네, 안 피웁니다."

"미국에서는 고등학생들도 담배 피우고 그러지 않나요? 오히려 손댈 기회가 많았을 텐데 어떻게 안 피울 수 있으셨어요?"

"거기에는 저도 사연이 있지요."

"어떤 사연요?"

"한국에 있을 때 과외를 받은 적이 있는데, 그 선생이 무척이나 악랄했거든요."

순간 연기가 코로 들어가면서 눈물이 핑 돌았다. 뭣이라, 악랄?

"친구들이 권해서 저도 호기심에 담배를 피웠던 적이 있는데,

운 나쁘게도 그 과외 선생한테 걸렸던 겁니다. '어쭈? 공부도 못하는 것이 담배를 피워? 어째 넌 하라는 공부는 안 하고 나쁜 것만 골라 배우냐?' 뭐 그런 식으로 어찌나 갈구는지, 그 이후로 담배만 보면 그 선생이 떠올라서 아주 진저리가 쳐지더군요."

"어휴, 진짜 쪼잔한 선생이었나 보네요. 강 이사님, 한 잔 받으세요."

"아, 네."

유진은 은미가 따라주는 잔을 받으며 지원을 향해 슬쩍 눈을 찡긋해 보였다.

'피장파장입니다.'

'그래, 한번 해보겠다는 거지? 좋아, 진검승부다.'

지원은 검을 빼 들듯 잔을 들었다.

"강 이사님, 저랑 건배 한번 하시죠."

"그럴까요?"

두 사람의 잔이 허공에서 부딪쳤다. 살벌한 신경전이 전초전에서 본 게임으로 들어갔음을 알리는 신호탄이었다. 일동은 모두 원샷 구호를 외쳐 대며 테이블을 두드렸다. 유진은 그 요구에 부응이라도 하는 듯 단숨에 들이마시기 시작했고, 지원은 잠시 입을 대었다가 마치 갑자기 생각난 게 있다는 듯 잔을 내려놓았다.

"그런데 강 이사님, 원래부터 이름이 제임스는 아니셨을 텐데 한국 이름은 뭔가요?"

커헉.

유진은 하마터면 마시던 맥주를 뱉어낼 뻔했다. 지원의 질문에 은미를 비롯하여 다른 팀원들도 호기심 가득한 눈으로 자신의 대답을 기다리고 있었다.

"하아, 제 원래 이름이요. 그건 극비라서……."

'선생님, 정말 이렇게 나오시렵니까.'

"어머, 알려주지 못할 특별한 이유라도 있으신가요?"

'강유진, 아무리 날고 기어봤자 내 손바닥 안이다. 네 아킬레스건쯤이야 이미 훤하다고.'

"그렇다기보다는……."

'지피지기면 백전백승이라. 좋습니다. 뭐, 선생님만 저에 대해 빠삭하신 건 아니니까.'

"차라리 여러분이 한번 맞혀보시죠."

'어쭈. 시간 벌기 작전으로 나서시겠단 말이지?'

"그냥 말씀하시면 될 것을 괜히 호기심만 더 자극하시네요. 맞히면 무슨 상품이라도 있나요?"

'너 지금 네 스스로 무덤을 파고 있다는 거 알고나 있니?'

"물론입니다."

'길고 짧은 건 대어보랬다고 그게 제 무덤이 될지는 두고 봐야죠.'

"만일 남자 분이 맞히시면 제가 일주일 동안 밥을 사고 여자 분이 맞히시면 아주 진한 아메리칸 스타일의 키스를 선사해 드리죠."

커헉.

이번에는 지원이 마시고 있던 맥주를 뿜어내고야 말았다. 허겁지겁 냅킨으로 입가를 닦는 사이 탄성인지 야유인지 모를 함성이 한바탕 테이블을 휩쓸었고, 유진은 의연하게 좌중을 돌아보며 덧붙였다.

"두 가지 힌트를 드리도록 하죠. 하나는 여자 이름으로 많이 쓰인다는 것, 그리고 또 하나는 미국의 유명 극작가의 이름과도 동일하다는 것입니다."

"미국의 극작가요? 한국 이름인데요?"

"네. 공교롭게도 발음이 같습니다."

"설마 순이는 아니겠죠?"

누군가 던진 답변에 이내 폭소가 터져 나왔다. 몇몇은 순이? 그럼 강순이? 하며 박장대소를 했고 그 얼토당토않은 추측에 유진도 따라 웃을 수밖에 없었다.

"순이 알렌을 떠올리신 모양이군요. 물론 순이는 시나리오 작가이자 영화 감독인 우디 알렌의 연인이기는 하지만 자신이 극작가는 아니죠. 고로 땡입니다."

"그럼 누가 있을까……."

스무고개에 재미가 들린 일동은 열심히 머리를 굴려봤지만 쉽게 떠오를 리 만무했다. 유진은 안타깝다는 듯 의식적으로 중얼거렸다.

"흠, 아마 영문학을 전공하신 분이라면 익히 아실 법도 한데……."

"맞다! 팀장님, 영문과 나오지 않으셨어요?"

은미의 외침에 모두의 시선이 지원에게로 쏠렸다. 유진은 전혀 예상치 못했다는 듯 시치미를 떼며 천연덕스레 말했다.

"오, 그래요? 그럼 민 팀장님이라면 맞히실 수 있겠군요."

'뭐 하십니까? 손수 멍석까지 깔아드렸는데.'

"그, 그게 그렇긴 한데, 워낙 예전에 배운 거다 보니까……."

'너, 너, 강유진……. 정말 죽고 싶냐?

지원은 앞에 놓인 잔이 항복의 백기라도 되는 듯 높이 올리며 외쳤다.

"자, 우리 다같이 거국적으로 건배 한번 하죠."

"에이, 뭐예요."

기대감에 차 있던 일동은 바람 빠진 풍선처럼 얼굴을 찌푸렸다. 지원이 기계적인 미소를 띠며 재차 종용했지만 이미 동조할 분위기가 아니었다.

바로 그때 그녀를 살리는 구원의 동아줄이 천장에 달린 스피커에서 내려왔다.

"안녕하세요, 안녕하세요! 프라이데이 나이트 이벤트 시간입니다! 즐거운 이 금요일 밤, 변함없이 저희 비어호프를 찾아주신 고객 여러분께 진심으로 감사드립니다. 오늘은 특히 새로 출시되는 위스키를 협찬받아 무료로 시음해 보실 수 있는 기회도 마련했습니다. 지금 저희 아리따운 도우미가 번호가 적힌 종이가 들어 있는 상자를 가지고 여러분을 찾아가고 있습니다. 각 테이블에서 한 분씩 번호를 추첨하여 당첨되신 분께는 푸짐한 상품을 드리도록 하겠습니다. 3등 세 분께는……."

미니스커트 아래 늘씬한 각선미를 자랑하는 여자 서넛이 하얀 상자를 들고 홀을 오가는 것이 보였다. 조금 전까지만 해도 스무고개에 몰입해 있던 팀원들도 현란한 이벤트에 정신을 뺏긴 채 환호했다. 그 극적인 타이밍에 지원은 안도의 한숨을 내쉬며 주최측의 선처에 감사할 따름이었다.

"그리고 마지막 1등에 당첨되신 분이 계신 테이블은 오늘의 술값을 공짜로 하겠습니다!"

공짜라는 말에 술에 흥건히 젖어 있던 눈들이 일시에 또렷해졌다.

"뭐야? 술값이 공짜?"

"와, 오늘 완전히 봉 잡은 날이네!"

"우리 지금까지 얼마 마셨지? 거기 계산서 좀 줘봐."

"볼 거 뭐 있나. 술 더 시켜!"

"안주도요! 훈제 치킨하고 골뱅이 어때요?"

"어디 보자, 15만원도 안 되는데요?"

"어휴, 껌값이네. 여기서 굳은 돈은 2차에서 쓰는 거 맞죠?"

"자, 다같이 원샷해요, 원샷!"

모두가 신이 나서 떠들어대고 있었다. 그도 그럴 것이 지원의 팀은 주량을 보고 팀원들을 뽑았다는 얘기가 돌 정도로 사내에서도 알아주는 술고래팀이었다. 유일하게 주량이 맥주 한 병인 은미조차 분위기에 취했는지 잔을 치켜들고 있었으니…….

"안녕하세요! 이번에 새로 출시된 저희 위스키 스카치 네이비랍니다. 향도 좋고, 뒷맛도 깔끔해서 정말 드시기 좋을 거예요. 많이많이 사랑해 주시고요, 즐거운 밤 되시기 바랍니다!"

얼굴인지 가면인지 분간이 안 갈 정도로 짙은 화장을 한 도우미는 직업적인 멘트를 한바탕 쏟아낸 후 생글생글 웃으며 덧붙였다.

"자, 어느 분이 뽑으시겠어요?"

갑자기 일동이 입을 다물었다. 고양이를 피할 방법을 찾아내고 환호성을 질러대던 쥐들이 누가 과연 고양이의 목에 방울을 달 것인가라는 딜레마에 빠져든 셈이었다. 흥분의 도가니에 취해 있던 이들은 정색을 하고는 서로의 옆구리를 찌르기 시작했다.

"은미 대리가 하지?"

고개를 도리도리하는 은미.

"전 손 떨려서 못하겠어요. 안 되면 그 불평을 어떻게 감당하려고요."

"그럼 동철 씨가 할래?"

손을 휘휘 내젓는 동철.

"전 가뜩이나 팀의 막내인데 박 대리님보다 더하죠. 차라리 오 선배가 하세요."

화들짝 놀라며 펄쩍 뛰는 준호.

"아이고, 무슨 소리. 난 어젯밤에 개꿈 꿨어."

조금 전까지만 해도 1등은 맡아놓은 당상인 듯 기세등등하던 이들이 너나 할 것 없이 꼬리를 내리며 꽁무니를 뺐다. 막상 운

명의 순간이 닥치자 모두가 현실 감각이 돌아온 모양이었다. 한
껏 부푼 기대감을 충족시켜 영웅이 되기보다는 만고의 역적이
될 확률이 훨씬 더 높다는…….

잠자코 쥐들의 향연을 보고 있던 유진이 입을 열었다.

"그냥 민 팀장님이 뽑으시죠."

그러자 모두가 반색을 하며 유진이 열어놓은 탈출구를 향해
내달리기 시작했다.

"그래, 팀장님이 하면 되겠구나! 왜 그 생각을 못했을까?"

"맞아요, 그게 제일 낫겠네요."

"그럼, 이런 건 누가 뭐래도 팀장이 결정해야지."

"자, 팀장님의 손에 우리의 운명을 맡기는 거야."

말은 잘한다. 이게 맡기는 거냐, 떠미는 거지!

졸지에 벼랑 끝에 몰린 지원은 발을 최대한 안으로 디디며 버
텼다.

"난 안 돼. 절대 못해."

"왜요?"

"어째 감이 안 좋아."

"어허, 약한 모습!"

"에이, 팀장님답지 않게 왜 이러세요?"

"맞아. 저기가 고지다! 나를 따르라! 가 팀장님 스타일이잖아
요."

"그건 어디까지나 일 얘기고 난 원래 이런 것 해서 맞았던 적
이 한 번도 없단 말이야."

차마 난생처음 샀던 복권이 모조리 꽝이었다는 얘기는 할 수 없었다.

"재미로 하는 건데 어때요. 설마 안 되어도 팀장님 갈굴 사람은 없잖아요."

"뭐가 그리 어렵습니까. 그냥 눈 딱 감고 뽑으면 되는 걸."

"팀장님이 이렇게 빼시면 저희가 어떻게 믿고 따르겠어요? 정말 실망이에요."

오오, 은미 너마저! 이건 설득이 아니라 거의 반 협박이잖아!

완전히 중세시대 마녀사냥의 한 장면이 연출되고 있었다. 그리고 불행하게도 마녀로 찍혀 화형대에 오른 이는 자신이었다. 그녀를 재판에 회부한 유진은 헤벌쭉 웃으며 발을 뒤로 뺐으며, 희생양을 마련한 이들은 옳다구나 공격의 고삐를 잡아당겼다. 그리고 급기야는 관람석에 있던 도우미까지 돌을 집어 들었다.

"말씀 중에 죄송하지만 저희가 다른 테이블도 돌아야 해서 시간이 없거든요?"

"거봐요, 빨리 뽑으시라니까요."

"아이고, 이거 도우미 아가씨 팔 떨어지겠네."

"혹시 추첨하실 분을 못 정하셔서 그런 거라면 저 멋진 오빠가 하시면 어떨까요? 원래 행운의 여신은 잘생긴 남자를 좋아한다고 하잖아요."

그러면서 가부키 분장의 도우미는 유진을 향해 의미심장한 미소를 보냈다.

"저 말입니까?"

순간 모두의 고개가 일시에 유진에게로 향했다.

"오, 그것도 괜찮겠다."

"맞아요. 어차피 오늘 강 이사님이 한턱 내신다고 했으니까."

"그래, 나도 지금 막 강 이사님이 1등을 뽑을 것 같다는 필이 강하게 꽂혔어."

"아무렴. 팀장 끗발보다는 이사 끗발이 나을 거야."

아니, 이 인간들이 보자 보자 하니까…….

팀원들의 변절에 심사가 뒤틀린 지원은 버럭 소리를 질렀다.

"상자 이리 주세요! 내가 뽑을게요!"

44번.

성화에 못 이겨, 혹은 순간적으로 치민 오기에 휩싸여 뽑은 번호는 다름 아닌 44번이었다. 아니나 다를까, 테이블 위의 번호표를 보며 모두가 한마디씩 하기 시작했다.

"이거 아무래도 불길한걸."

"죽을 4가 두 개라니, 좀 그렇죠? 행운의 7 같은 게 나왔어야 하는데."

"이거 전부 몇 번까지 있는 거야?"

"아까 서빙하는 종업원한테 물어봤는데 테이블이 총 49개래요."

"그럼 49대 1의 확률인가?"

"열 명 이상 되는 테이블에는 두 개씩 뽑게 했다니까 그보다 더할 거야."

"우리 술값 얼마 나왔어?"

"20만원이 훨씬 넘었어요."

"으아, 뭘 그리 많이 먹었지?"

"아까 술이랑 안주랑 막 시켰잖아요, 어차피 공짜라고 하면서."

"이거 순전히 장삿속 아냐, 이런 식으로 바람 넣어서 매상 올리려는? 제기랄, 2차는 다 글렀네. 차라리 내가 뽑을 걸 그랬나 봐."

"오 선배, 개꿈 꿨다면서요?"

"그게 곰곰이 생각해 보니까 개가 잠깐 스쳐 지나가고 막판에 가서는 돼지가 나왔던 거 같기도 해. 동물원 가는 꿈이었거든."

난상토의를 지켜보는 지원, 한마디로 어이가 없었다.

언제는 따놓은 당상인마냥 이 집 술 다 먹을 것처럼 설치더니, 정작 추첨할 때가 되어서는 깨갱거리며 책임을 떠넘기고. 그저 재미로 하는 거니까 맘 놓고 하라더니, 이제 와서 기껏 하는 소리가 뭐? 번호가 불길해? 지금 부침개 뒤집나? 말은 왜 이리 바꾸는 거야!

"진정들 하시고 한 잔 드시죠. 아직 뚜껑도 열리지 않았는데 조바심 낼 필요 없지 않습니까."

유진이 사뭇 그녀의 마음을 헤아린 듯 말했다. 그러나 지원은 전혀 반갑지 않았다.

'술이 참 잘도 넘어가겠다. 내가 누구 때문에 이런 수난을 겪고 있는데!'

'에이, 그렇게 도끼눈 뜨지 마세요. 다 잘될 거예요.'

천연덕스런 미소에 체할 것 같은 술을 꾸역꾸역 밀어 넣자마자 운명의 시간이 도래하였다.

"이제 여러분이 손꼽아 기다리시던 번호 추첨의 시간이 돌아왔습니다. 앞서 말씀드린 대로 3등 세 분과 2등 두 분, 그리고 1등 한 분. 이렇게 총 다섯 분께 행운이 돌아가게 되겠습니다. 먼저 3등 추첨이 있겠습니다. 3등 세 분께는 저희 호프에서 10만원 상당의 술을 마실 수 있는 상품권을 드리겠습니다."

"우리 술값이 20만원 넘게 나왔으니까 저거면 절반 정도는 건지는 거네."

"저거라도 됐으면 좋겠다."

도우미가 상자 속으로 손을 집어넣었다. 일동은 이야기를 중단한 채 도우미의 행동을 예의 주시했다. 이윽고 도우미가 세 장의 종이를 진행자에게 건넸다.

"네, 여기 3등, 세 장의 번호가 있습니다. 하나씩 펴보도록 하겠습니다. 4번! 34번! 그리고 45번! 당첨되신 분은 번호표를 가지고 이 앞으로 나와주시기 바랍니다. 다시 한 번 말씀드리겠습니다. 3등 세 분 4번, 34번, 그리고 45번입니다."

홀 여기저기서 함성이 터져 나왔다.

"아휴, 아깝다. 하나 차이네."

"그러게 말이에요."

"아직 세 번의 기회가 더 있으니까 기다려 보시죠."

"이제 2등 두 분을 추첨하겠습니다. 2등은 수입 양주 전문회사 짜릿해에서 협찬해 주신 위스키 선물세트가 되겠습니다."

진행자 옆에 선 도우미가 위스키를 살짝 들어 올려 보였다. 일동은 탐욕스런 시선으로 위스키를 쏘아보았고 침이 꼴깍 넘어가는 소리마저 들렸다. 모 맥주 광고의 '눈으로 마신다' 는 카피는 실로 진실임이 확인되는 순간이었다.

"2등 두 분입니다. 먼저14번, 그리고 54번!"

"꺄아아악! 우리야!"

"이야호! 됐다, 됐어!"

지원의 테이블을 사이에 두고 양 옆에서 비명에 가까운 환호성이 터졌다. 그와 동시 이쪽의 사람들은 일시에 김빠진 맥주에서 나올 법한 한숨을 토해냈다. 희비가 엇갈리는 순간이었다. 팡파르가 울려 퍼지고 무대로 나간 두 명의 당첨자는 위스키가 승리의 트로피라도 되는 것처럼 자랑스럽게 품에 안고 돌아왔고 팀원들은 한없이 부러운 눈으로 그들을 바라볼 따름이었다.

"마지막으로 1등 행운의 번호 추첨은 비어호프의 사장님께서 해주시겠습니다."

조폭 스타일의 깍두기 머리를 한 사장이 어슬렁어슬렁 단상 위로 올라섰다. 그리고 큼지막한 손을 상자 안에 넣고 한참을 휘휘 젓더니 마침내 종이 하나를 끄집어내었다. 모두가 학처럼 목을 길게 빼고는 그 종이의 행보를 뚫어져라 바라보았다.

"오래 기다리셨습니다. 그럼 이제 1등을 발표하도록 하겠습니다. 행운의 주인공은…… 흠흠, 제가 다 목이 잠기는군요. 죄송합니다. 자, 말씀드리겠습니다. 공짜 술과 위스키 세트를 받을 오늘의 행운 번호는 사아십……."

이런 종류의 쇼가 다 그렇듯이 진행자는 일부러 말꼬리를 길게 늘였고 여기저기서 아쉬움과 기대 뒤섞인 탄성이 들려왔다. 그들의 테이블도 예외가 아니었다.

"지금 사십이라고 했지? 맞지?"

"어, 어떻게 해! 나 지금 가슴이 막 떨려."

"짜식, 빨리 부르지 않고 뭐 하냐! 기다리는 사람 숨넘어가겠네."

"이럴 게 아니라 우리 다같이 기를 모으자. 사십사! 사십사!"

"사십사! 사십사!"

어느새 팀원들은 모두 44를 구호처럼 외쳐 대었고 지원도 덩달아 합세하며 간절히 기도하기 시작했다.

'하느님, 부처님, 마호메트님…… 아니, 누구라도 좋습니다. 제발 저를 불쌍히 여기시어 이 시련에서 구해내 주신다면 제발 44번을…….'

두둥둥둥둥둥.

무대 위의 드럼이 요란하게 울리며 긴장감을 고조시켰다. 지원의 심장도 그 소리와 박자를 같이하며 쿵쿵거렸다. 운명의 번호를 손에 쥔 진행자는 느긋하게 종이와 좌중을 번갈아 보면서 약을 올리더니 분위기가 정점에 도달한 것에 흡족한 표정을 지으며 입을 열었다.

"삼번! 네, 43번입니다! 축하드립니다."

결국 계산서는 테이블 탈출에 실패하였다. 모두를 휩쌌던 흥

분은 심지가 다 타서 꺼져 버린 촛불처럼 자취를 감췄고 꼭 초
상집 좌판에 벌린 술자리 같은 심드렁한 분위기가 되어버렸다.
그 와중에 무언가 곰곰이 생각하던 동철이 고개를 설레설레 저
었다.

"야, 이거 정말 장난 아니다."

"뭐가?"

"당첨된 번호 6개 말이에요. 다 4가 들어가요."

"정말?"

"그렇다니까요. 3등이 4, 34, 45였죠. 2등이 14, 54죠, 그리
고 1등이 43번이었잖아요."

"헉, 진짜네."

"게다가 우리 테이블 양쪽에서 당첨이 됐잖아?"

"아까 도우미가 저쪽부터 돌았는데 우리가 끝 부분이어서 번
호표도 얼마 없었을 거예요."

"……그래서?"

"…….

"얘기 계속해 봐. 그래서 그게 어쨌다는 건데?"

"아뇨. 뭐, 그냥 그렇다는 거죠. 우연의 일치치고는 참…….

"이제 보니 4가 들어가는 숫자도 그다지 나쁜 번호가 아니야.
그치?"

"그러게요. 완전히 행운의 번호였잖아요. 그런 번호를 더블로
뽑으셨다니 팀장님, 정말 대단하십니다. 하하…….

"박 대리, 뭐 해? 팀장님 잔 비었잖아. 자자, 우리 건배합시다!"

건배를 제창하며 잔을 든 팀원들은 차마 못한 말 대신 일치된 눈빛을 교환했다.

'어쩌면 운이 없어도 이렇게 더럽게 없을 수가 있을까.'

지원의 살벌한 표정에 합죽이가 된 팀원들. 아까부터 그들의 난상토의를 지켜보고 있던 유진은 쿡쿡 터져 나오는 웃음을 참느라 곤욕이었다. 아무리 술자리라도 이처럼 격의없는 대화가 오갈 수 있다는 것은 팀의 유대 관계가 상당히 끈끈하다는 것을 말해 주고 있었다. 그는 자유로우면서도 서로 간의 애정이 넘치는 이 분위기가 썩 마음에 들었다.

"이럴 게 아니라 우리 자리 옮기죠."

"맞아요. 분위기 좀 바꾸는 게 좋을 거 같아요."

"그래, 맥주만 계속 마셨더니 배가 터질 것 같다."

"2차는 얼큰한 찌개에 소주 어때요, 소주!"

"좋지. 자, 일어서자고."

일동은 주섬주섬 소지품을 챙겼고, 지원은 테이블 위에 천덕꾸러기처럼 놓여 있는 계산서를 집어 들었다. 그러자 언제 봤는지 유진이 그 손을 가로막고 나섰다.

"그건 제게 주십시오."

"아니, 됐어요. 제가 낼래요."

"오늘은 제가 한턱 내기로 하지 않았습니까."

"저 때문에 공짜 술 마실 행운이 날아가 버렸는데 이건 제가 내야죠."

"어차피 전 그런 요행 따위는 바라지 않았으니 상관없습니다."

"제가 상관있다니까요!"

지원은 계산서를 쥔 손에 힘을 주며 으르렁거렸다. 이미 경험해 본 바 유진의 고집은 고래 심줄처럼 질겼다. 그때야 뭣 모르고 상사라고 생각했기에 얌전히 물러선 것이지만 이제는 상황이 달랐다. 지원은 어디까지나 그의 선생이었고, 이들의 팀장이었다. 이대로 계산서를 넘기기에는 자존심이 허락지 않았다.

"어? 팀장님, 삐치셨구나! 장난 좀 한 걸 가지고 왜 그러세요."

"생사람 잡지 마. 삐치긴 누가 삐쳤다고 그래."

지원은 주위를 의식하고는 미소를 띠며 휴전을 제안했다.

"자, 이사님, 이건 제가 계산할 테니 2차를 내시죠."

'유진아, 내 성질 알지? 자꾸 사소한 것에 목숨 걸지 마라.'

"아닙니다. 그건 그거고, 이건 이거죠."

'선생님이면 선생님답게 대범하셔야지, 이런 것에 삐치셔야 되겠습니까.'

그렇게 서로 한 치의 양보도 없이 불꽃을 튀기면서 계산서의 소유권을 주장하고 있을 때 돌연 요란한 생음악 소리와 함께 다시 무대 쪽의 조명이 들어왔다. 그 급작스런 전환에 첨예한 설전을 지켜보던 팀원들은 물론 당사자인 두 사람까지도 일시에 시선을 돌렸다.

"자, 금요일 밤 이벤트 2부의 시간이 돌아왔습니다. 여러분의 열화와 같은 성원에 힘입어 이 시간에는 특별히 아까 당첨되지 못하신 분들을 위한 패자부활전을 준비했습니다. 지금 저희 아리따운 바텐더가 새로 출시된 위스키를 가지고 특제 폭탄주를 만들고 있습니다. 남녀 한 분씩 팀을 이루셔서 이 폭탄주를 누가 제일 빨리 마시느냐에 따라 승패가 결정되는 게임입니다. 1등은 1부에서와 마찬가지로 오늘 마신 술값이 공짜가 되겠습니다."

어둠 속에서 유진의 눈이 예사롭지 않게 반짝였다.

"한번 해볼까요?"

과연 회식비가 없어 배고프고 술에 굶주린 시절을 보내온 이들은 달랐다. 진행자의 공짜라는 말과 유진의 '원 모어 트라이'에 모두는 사전 약속이라도 한 것처럼 동시에 자리에 주저앉았다. 그리고는 언제 우리가 일어나기라도 했냐는 얼굴로 무대를 향해 환호성을 보내는 것이었다. 확실히 공짜라면 양잿물이라도 들이마실 사람들이었다. 그런 마당에 폭탄주라고 대수였으랴.

이제 문제는 또다시 누가 총대를 메느냐였다. 그것도 여자 중에서.

"자, 저랑 같이 폭탄주에 도전하실 분?"

애초에 유진의 제안이 발목을 잡았던 만큼 그가 나가는 것은 기정사실인 셈. 그는 자신만만한 태도로 파트너를 물색하기 시작했다…… 고 하기도 뭐했다. 어차피 지금 있는 여자라고는 지원과 은미, 단둘이었으니까.

"은미 씨가 나가라."

"으악! 팀장님, 지금 취하셨어요? 저 저거 마시면 최소한 사망이에요.”

은미가 언급한 ‘저거’의 실체를 보니 최소한 그녀의 호들갑이 내숭이라든지 엄살이 아니라는 사실이 입증되었다. 아무래도 진행자가 언급한 특제의 의미는 질이 아닌 양인 듯했다. 화려한 조명을 받으며 단상 위에서 빛나는 폭탄주는 온 더 락 잔도 아닌, 그렇다고 일반 맥주 잔도 아닌 500cc 잔이었던 것이다.

“저 정도의 폭탄주를 마시고도 버틸 수 있는 주량이라면…….”

일동의 심상치 않은 눈초리에 지원은 오금이 저렸다.

“안 돼! 안 돼! 아니, 못해! 못해!”

지원은 사력을 다해 고개를 흔들었다. 고개를 내저을 때마다 차라리 날 죽여라는 무언의 외침이 애처롭게 울려 퍼졌다. 하지만 아무도 그녀의 비명에 귀를 기울이지 않았다.

“선착순으로 딱 세 커플만 모시겠습니다. 자, 일, 이, 삼, 사…… 오! 네, 이 팀까지.”

진행자가 가리키는 손가락이 그녀를 향하고 있다는 것을 알아챈 순간, 지원은 어느새 무대 위에 서 있는 자신을 발견했다. 유진의 손아귀에 이끌려 눈 깜짝할 새에 이른바 텔레포트라는 것을 경험한 것이다.

“룰은 아까 말씀드린 것과 같습니다. 폭탄주를 가지고 두 분이 러브 샷을 하시면 됩니다. 먼저 마신 팀이 잔을 머리 위에 거꾸로 세워 확인사살을 하면 그걸로 승패를 가르도록 하겠습니다.”

일사천리로 쏘대는 진행자의 말에 지원은 정신이 퍼뜩 들었
다.

'자, 잠깐. 아까 말씀드린 대로라니? 러브 샷이라는 얘기는
없었는데? 그럼 지금 나한테 얘랑 러브 샷을 하라는 거야?

그러나 무언의 항변에도 불구하고 분위기를 띄워야 할 막중
한 임무를 지닌 진행자는 준비된 멘트를 읊어댔다.

"바로 본 게임으로 들어가면 재미가 없으니까 그전에 예심을
치르도록 하겠습니다. 각 팀에서 한 분씩 나오셔서 장기자랑을
하도록 하겠습니다."

지원은 눈앞이 노래졌다. 러브 샷만으로도 모자라서 이 많은
관중 앞에서 재롱까지 떨어 보이라고? 그저 주량이 센 죄로 끌
려 나온 자신에게 운명은 가혹하게도 너무도 많은 것을 요구하
고 있었다.

"선생님이 하실래요?"

"뭘?"

"뭐긴요, 장기자랑이죠."

"내 오장 육부를 꺼내서 보여주라고?"

유진은 얌전히 손을 들었다. 썰렁한 농담에 완전히 얼어붙었
다는 식으로.

"그럼 첫 번째 분을 모시겠습니다."

서로 나가라고 옥신각신하던 첫 번째 팀에서 급기야는 가위
바위보까지 하더니 허연 얼굴의 남자가 튕겨 나왔다.

"에, 장기라고 하기까지는 뭐하지만… 전 성대모사를 하겠습

니다.”

이미 한물 간 이주일의 콩나물 무치기와 나훈아의 무시로가 끝나고 예의상에 지나지 않는 박수 소리가 드문드문 들려왔다. 머리를 긁적이며 내려가는 남자와는 달리 두 번째 커플의 여자가 자신만만하게 마이크를 낚아챘다.

“전 노래를 할게요. 글로리아 가녀의 ‘I’ll Survive’입니다.”

여자의 가창력은 가히 수준급이었고 쩌렁쩌렁하게 울려 퍼지는 노래 소리는 금요일 밤의 열기를 더욱 달뜨게 했다. 기필코 끝까지 살아남으리라는 각오를 담은 노래가 끝나자 우레와 같은 박수 소리가 터졌다. 마침내 지원과 유진 팀의 차례가 되었다.

“혹시 몇 가지 소도구를 써도 되겠습니까?”

유진은 넥타이를 느슨하게 풀며 물었다. 뭔가 본격적으로 해 보겠다는 제스처에 진행자는 반색을 하며 고개를 끄덕였다. 유진은 바 위에 놓여 있던 틴(칵테일 제조용 컵)을 집어 들었다. 그리고는 홀에 있는 손님들을 향해 두 손을 높이 치켜들고는 맞부딪치는 시늉을 해 보였다. 그 모션에 사람들은 최면에 걸린 듯 하나둘 박수를 치기 시작했다.

관중들이 만들어내는 박자를 맞춰 고개를 끄덕이던 유진이 갑자기 와이셔츠의 목 부분에 손을 넣더니 홱 하니 잡아당겼다. 우두둑 소리와 함께 단추가 빙그르 날면서 가슴께까지 맨살이 드러났다. 상상치도 못한 그의 난동에 지원의 입은 함지박처럼 벌어지고 여기저기서 비명에 가까운 탄성과 휘파람 소리가 들려왔다. 유진은 그러한 반응에 화답하듯 미소를 지어 보이고는 틴을 던져 올렸다. 떨어진 단추를 나중에 어떻게 찾아야 하나를 고민하던 지원은 이내 자신의 눈을 의심할 수밖에 없었다. 유진은 조금 전 폭탄주를 제작한 바텐더보다도 훨씬 능숙한 솜씨로 틴을 다루며 춤을 추고 있었다. 등배 운동조차 제대로 되지 않는 지원으로서는 경악에 가까운 모션이었다.

'인간의 몸이 저렇게 유연할 수 있다니!'

이윽고 유진의 현란한 플레어가 끝나자 모두가 환호성을 내질렀다. 물론 그중에서도 가장 자지러진 것은 지원의 테이블이었다.

"예비전의 결과는 압도적으로 3번째 커플로 돌아갔습니다만, 본 게임에서도 그 실력을 발휘할 수 있을지가 의문이군요. 다른 분들도 아직 승패가 결정난 것은 아니니 미리 포기하실 필요는 없습니다. 자, 그럼 시작합니다. 세 팀 모두 자세에 들어가 주십쇼."

유진이 500cc 잔을 지원에게 건넸다. 지원은 사약이라도 받는 것처럼 그와 잔을 번갈아 쏘아보다가 마지못해 어정쩡하게 다가섰다. 조금 전의 격한 율동으로 인해 그의 이마에는 송골송골 땀방울이 맺혀 있었고, 불규칙적으로 들리는 거친 숨소리가 귓가를 간질였다.

'신호 떨어지면 단숨에 들이키는 거예요.'

'내 걱정 말고 너나 잘해, 연체동물.'

각자 한쪽 팔을 엮은 상태에서 눈빛으로 이야기를 나누는 지원과 유진. 그때 그 은밀한 대화를 방해하고 나선 이가 있었으니.

"거기 뭐 하십니까? 두 분 웬수지셨습니까? 그렇게 멀리 떨어져서야 어디 러브 샷이라고 할 수 있겠습니까? 자자, 좀 더 바싹 붙으시고……. 그렇죠, 그래야죠."

정말 미치고 환장할 노릇이었다. 가뜩이나 오른쪽 팔 안쪽으로 유진의 단단한 근육이 느껴져 거북스러운 상태였는데 더 붙으라니. 몸소 포즈 수정에 나선 진행자 덕택에 이제 지원과 유진은 팔뿐이 아닌 전체적으로 신체를 밀착시키고 있었다.

"자, 그럼 준비하시고……. 요이 땅!"

이후의 상황이 어떻게 전개되었는지, 지원은 기억이 없다. 그저 빨리 이 어색한 자세에서 벗어나야 한다는 일념 하에 식도로 연 채 들이켰을 뿐이고, 되넘어오려 하는 액체를 초인적인 힘을 발휘해 삼키고, 반사적으로 잔을 머리 위로 거꾸로 들어 보였다. 환호성이 귓전을 때리고, 다른 두 커플이 컥컥거리며 단상에서 내려가는 모습이 잠시 스쳐 가고, 요란한 박수갈채가 쏟아진 후에야 지원은 비로소 자신의 수고가 헛되지 않았음을 알았다.

"축하드립니다! 예비 전부터 심상치 않았던 세 번째 팀이 결국 오늘 패자부활전의 승자가 되셨습니다!"

진행자의 공표에 유진은 여유있게 팀원들이 있는 테이블을 향해 브이 자 표시까지 그려 보이며 승자의 기쁨을 만끽했다. 그러나 지원은 금방이라도 밀어 넣은 술이 재분출될 것만 같아 표정 관리에 급급할 따름이었다. 떠들썩한 팡파르 소리가 사그라지면서 진행자의 인터뷰가 시작되었다.

"두 분은 어떤 관계십니까?"

"아, 저희는……."

유진이 막 뭐라고 말하려 하는 순간, 지원은 반사적으로 마이크를 잡아당겼다.

"같은 직장에 다니고 있습니다. 같은 팀이고요."

아울러 덧붙이고 싶었다. 우리 그냥 내려가게 해주세요!라고. 그러나 눈치가 없는 것인지 투철한 직업의식의 발로인지 진행자는 접대성 멘트를 입에 올리기에 급급했다.

"아하, 그러시군요. 이거 참, 이 정도 외모에 그 탁월한 춤 솜씨까지! 이렇게 멋진 부하 직원을 두셔서 참 행복하시겠습니다."

"……이분이 저희 이사님이십니다."

좌중에서 폭소가 터져 왔고 진행자의 얼굴에서 처음으로 당황한 기색이 엿보였다.

"아이고, 이런. 죄송합니다. 남자 분이 훨씬 젊어 보이셔서 말이죠."

마지막 말은 차라리 아니하였음이 나았다. 부글부글 끓는 속에 자리로 돌아오는 지원은 1등의 영예와 술값 공제라는 전리품을 안고 있음에도 불구하고 뭐 씹은 얼굴을 하고 있었다.

후반전이 끝나고 로스 타임에 역전골을 넣은 선수처럼 의기양양하게 비어호프를 나선 이들은 1차에서의 수확을 밑천 삼아 근처에 있는 바로 자리를 옮겼다. 팀원들에 의해 거의 끌려오다시피 한 지원이 화장실로 직행하여 폭탄주의 잔해를 쏟아내고 돌아왔을 때는 이미 양주와 맥주, 그리고 화려하게 세팅된 과일 안주가 테이블 위에 놓여 있었다.

"양주는 도대체 누가 시킨 거야!"

비명처럼 내지른 소리에 모두의 손가락이 한 사람에게로 향했다. 지원이 그 사고뭉치 원흉을 향해 비난의 눈빛을 보내자 천연덕스런 답변이 되돌아왔다.

"한턱 내겠다고 했는데 공짜 술을 마셔 버렸으니 이렇게라도 해야죠."

평소 같으면 꿈쩍도 안 할 주량이었지만 아까 처넣은 폭탄주가 체한 탓인지, 혹은 행운(?)의 숫자를 뽑아 몰매를 맞은 탓인지 속이 계속 편치 않았다. 게다가 이대로 마시다가는 급기야 어떤 추태를 부릴지 모른다는 불안감이 잠재해 있었기에 더욱 그랬다. 어떻게든 빠져나갈 방법을 강구하던 지원은 은미를 걸고넘어졌다.

"은미 씨, 오늘 많이 마시지 않았어? 자기 주량을 훨씬 넘어섰잖아."

"그렇긴 한데요, 오늘은 술이 참 잘 들어가네요. 제가 평소에는 잘 못 마시지만 대신 일 년에 몇 번은 밑 빠진 독이 되는 날이 있거든요. 호호호."

지원은 통탄했다. 저렇게 허파에 바람 든 밑 빠진 독이 될 줄 알았다면 아까의 폭탄주를 저 독에 넣었어야 하는 것을.

"자, 강 이사님, 아까의 실력을 발휘하셔서 근사한 폭탄 좀 제조해 주시죠."

기다렸다는 듯 유진은 날렵하게 폭탄주 제조에 나섰다. 그의 손을 거치는 잔은 하나같이 허리케인 급의 회오리를 과시하며 차례차례 한 사람씩 돌아갔다. 이윽고 어김없이 그녀에게도 그 폭풍은 도래하였다.

"죄송합니다. 전 속이 좀 거북해서요."

지원은 유진이 내민 폭탄주를 미소로 거부했다. 그러나 이미 유진의 편으로 돌아서서 한통속이 된 이들이 곱게 넘길 리가 없었다.

"어허, 팀장님답지 않게 왜 이리 약한 모습을 보이실까?"

"글쎄 말이에요. 우리 팀을 술 권하는 팀으로 만드신 장본인이시면서."

"이거 강 이사님의 기가 너무 세서 팀장님이 눌리시는 거 아냐?"

"정 힘드시면 그냥 맥주를 드셔도 전 상관없습니다."

너그러운 상사임을 자처하는 유진의 태도가 지원의 오기에 불을 지폈음은 자명했다.

그래, 네놈은 옛 제자고 뭐고 아무것도 아니다. 그저 새로 온 상사일 뿐. 어차피 현실은 냉혹한 것, 이 조직 사회에서 살아남기 위해 이런 식으로 술잔을 비운 것이 어디 한두 번이었으랴. 내 오늘 가는 데까지 가주마. 적어도 네가 죽기 전까지는 절대 안 죽는다.

지원은 이를 악물고 잔을 덥석 받아 단숨에 넘겼다. 그녀의 비장한 각오를 알 길 없는 팀원들은 요란한 박수를 보냈다.

그렇게 폭탄주 파도타기가 끝나고 난 뒤.

"이거 그냥 마시니까 재미가 없네. 오늘 같은 날은 그냥 이빠이 마시고 전사해야 하는데 말이야."

"아, 그래! 강 이사님도 새로 오시고 했으니 우리 진실게임 하는 거 어때요?"

"그거 좋은 생각이다. 간만에 진실게임 해보자!"

"그냥 진실게임만 하면 긴장감이 없으니까 있다없다게임이랑 같이 하죠?"

"그것도 좋지. 그럼 있다없다로 시작해서 걸리는 사람은 자동적으로 진실게임으로 넘어가는 거다."

"오케이! 오케이!"

제청의 목소리는 꼬리를 물고 이어졌다. 울렁거리는 속을 부여안은 채 그 광경을 지켜보던 지원은 울어야 할지 웃어야 할지 감이 잡히지 않았다. 매사 팀워크에 살고 팀워크에 죽자고 부르짖어오기야 했었지만 이처럼 일치 단합된 모습을 보일 줄이야.

"어떠세요, 강 이사님?"

일동은 지원은 아예 제쳐 둔 채 유진의 동의를 구했다. 이미 최종 결재가 어느 선에서 이루어지는지 감지한 상태였고, 평소와 달리 심기가 불편한 호랑이 팀장보다는 유진 쪽이 훨씬 호락호락한 상대였다. 과연 그들의 기대에 한 치의 어긋남도 없이 유진은 어깨를 으쓱이며 고개를 끄덕였다.

"저야 좋습니다. 그런데 그 진실게임이란 게 뭐죠?"

너무나도 진지한 얼굴로 되묻는 유진을 보며 모두는 순간 동작 그만이 되어버렸다. 어이가 없다 못해 경악에 가깝게 굳어버린 표정이 말하는 바는 하나 같았으니…….

'아니, 세상에! 진실게임이 뭔지 모르는 사람이 대한민국에 있단 말인가!'

"강 이사님은 일찍이 이민을 가셨으니 모르실 수도 있겠네요. 진실게임이란 말이죠……."

단지 그대가 선생이라는, 아니, 선생이었다는 이유만으로. 지원은 궁지에 몰린 옛 제자에 대한 연민의 정 내지는 책임감, 혹은 쪽팔림을 느꼈고, 그의 무지에 대한 필연적인 이유 제시와 더불어 부연 설명에 들어갔다.

"상대방의 질문에 대해 진실만을 얘기해야 하는 게임이에요. 만일 얘기하기가 곤란해서 답변을 거부할 경우 대신 벌칙으로 술을 마시는 거죠."

"아하, 그렇군요."

"그리고 있다없다게임이란 선이 되는 누군가가 나는 뭐가 있다, 혹은 없다는 문장을 만들고 그에 해당되지 않는 사람들이 지는 거예요. 가령 나는 무좀이 있다, 라고 한다면 없는 사람은 다 걸리는 거죠."

"팀장님, 예를 들어도 하필이면 그런 걸 드십니까?"

"뭐 어때서? 지난번에 전원이 다 걸리는 기록을 세운 아주 대표적인 샘플이잖아, 무좀맨."

지원의 대꾸에 동철의 벌건 얼굴이 완전히 홍시가 되었고 팀원들은 폭소를 터뜨렸다.

팀에 새로 합류하게 된 동철의 환영 회식날. 신고식이 원래 그렇듯 팀원들은 암묵적인 동의 하에 그를 타깃으로 삼아 집중적으로 공격을 했다. 동철은 낯 뜨거운 고백을 수차례 쏟아낸 후에야 기존 멤버들의 트릭에 넘어갔다는 것을 깨닫고는 이를 갈며 복수를 다짐했다. 이윽고 자신의 차례에 이르자 비장의 무기라며 선보인 것이 바로 저 무좀이었으니. 제정신이 돌아온 그가 땅을 치고 후회했지만 무좀맨이라는 별칭은 모두의 뇌리에 박힌 후였다. 결국 그는 진실게임 사상 뭐 피하려다 뭐 밟은 케이스로 남게 되었던 것이다.

"아아, 조용, 조용. 이러다가 게임 시작하기도 전에 날 새버리겠어요."

은미가 어수선한 분위기를 가라앉히려는 듯 좌중을 돌아보았다. 모두가 동의하듯 고개를 끄덕였고, 그 와중에 지원은 보았다. 팀 사이에 오가는 기묘한 눈빛을. 그것은 동철을 도마대에 올릴 때와 다를 바가 없었다. 지원은 내심 쾌재를 부르며 작전 개시를 알리는 축포를 쏘아올렸다.

"자, 그럼 강 이사님도 게임의 룰을 숙지하신 것 같으니 이제 슬슬 시작해 볼까요?"

"이번엔 제 차례죠? 어디 보자, 뭘 하면 좋을까……. 아, 그래. 나의 가족은 모두 한국에 있다!"

"오호, 있다!"

"있다!"

“물론 나도 있지!”

“……없다.”

기다렸다는 듯 함성이 터져 나왔다.

“와아, 강 이사님 또 걸리셨네?”

“어째 오늘 일진이 나쁘신 것 같다, 우리 강 이사님.”

“그러게. 어떻게 내리 네 번을 걸리냐. 이건 기록이다, 기록.”

어쩌면 저렇게 천연덕스레 시치미를 뗄 수 있을까. 호들갑스러운 너스레에 유진은 내심 혀를 내둘렀다. 자신이 그들의 의도적인 덫에 걸려들었다는 걸 깨달은 것은 연달아 세 번을 걸리고 난 후였다. 그도 그럴 것이 첫 번째 명제는 ‘내가 나온 대학은 한국에 있다’ 였고, 두 번째는 ‘나는 주민 등록 번호가 있다’, 그리고 세 번째는 ‘나는 미국식 이름이 없다’ 이었던 것이다.

“강 이사님, 첫사랑 얘기해 주세요!”

네 번째 명제를 제시한 은미가 진실게임의 화두를 던졌다.

“첫사랑이요?”

“네. 언제, 누구였으며, 어떻게 됐는지 아주 자세하게요.”

“에이, 약하다, 약해. 첫사랑이 뭐야? 차라리 즐기는 체위나 가장 오랫동안 간 시간이나 그런 걸…… 아야!”

지원의 가격에 동철은 옆구리를 부여잡은 채 다음 말을 잇지 못했다.

“좋습니다. 말하죠. 음, 제 첫사랑은 중3 때였죠.”

지원의 귀가 쫑긋 열렸다.

중3 때면 유진과 처음 만나던 해다. 그 까까머리 중학생이 좋아하던 여학생이 있었다니. 아무리 되짚어봐도 그녀의 기억 속에는 사랑의 열병을 앓던 유진의 모습이 없었다. 자신도 전혀 눈치 채지 못하게 흠모하던 여자가 있었단 말인가.

"와아, 강 이사님, 썩 조숙하셨네. 중3이면 열여섯 살이잖아요?"

"네. 16년을 기다려 제 운명의 상대를 만난 셈이죠."

지극히 느끼한 발언에 야유인지 환호인지 모를 소리가 테이블 위를 휩쓸었다.

"허리까지 내려오는 긴 생머리에 하얀 옷을 즐겨 입던 그녀는……."

긴 생머리가 허리까지? 게다가 하얀 옷? 어째 남자들의 환상이란 하나같이 판박이 같은지. 그 환상에 일조하여 그 정도 길이의 머리를 감으려면 샴푸가 얼마나 드는지, 하얀 옷을 빨려면 세척제며 표백제가 얼마나 드는지 남자들은 알기나 하는 것일까. 아니, 그걸 다 떠나서 그런 이미지를 만들기 위해 들이는 시간과 노력이 정말 가치가 있는지 한 번이라도 생각해 본 적이 있을까. 한때는 그 환상에 일조했던 그녀였지만 본래 개구리 올챙이 적 생각을 못하는 법. 내심 혀를 차며 유진의 말이 이어지기를 기다렸다.

"사부이기도 했죠."

"사부요? 선생님 말이에요?"

"네, 그렇습니다."

"와아! 선생님과 제자의 사랑. 이거 한국판 로맨스다, 로맨스."

모두가 나름대로의 상상에 환호성을 지었다. 하지만 지원은 정작 그 대목에 이르자 고개를 갸우뚱하지 않을 수 없었다. 사부라는 단어에 과거의 기억이 희미하게나마 떠오른 까닭이었다.

'너 이 녀석, 설마……'

'쉿, 가만히 계세요. 재미있잖아요.'

과연 앉아서 당하고만 있을 유진이 아니었다.

"그녀의 성은 소씨요……."

"소? 음매하는 소?"

"소라는 성씨도 있어요?"

"왜, 거 있잖아. 소지섭, 소유진, 걔네들 다 소씨잖아."

"소찬휘도 있어."

지원은 어디까지 가나 보자는 심정으로 툭 하니 한마디를 던졌다. 그러자 이내 아아, 그렇구나. 일제히 고개를 끄덕이며 수긍하는 사람들. 유진은 지원의 공조에 반색을 하며 다시금 설을 풀었다.

"이름은 용녀였으니……."

"용녀? 이름이 좀 이상하다……."

"혹시 용띠여서 이름을 그렇게 지은 게 아닐까? 왜, 예전 일본식 이름이 좀 그렇잖아."

"설마 옹녀를 잘못 말씀하신 건 아니겠죠?"

"옹녀? 그럼 강 이사님이 변강쇠였단 말이야?"

일파만파 번져 가는 기막힌 반응을 지켜보던 지원은 끝내 박장대소를 하고야 말았다.

"어휴, 정말이지 내 웬만해서는 그냥 있으려고 했는데 더 이상은 안 되겠다. 강 이사님이 얘기한 그 여자 이름 붙여봐. 뭐가 돼?"

팀원들은 선생님의 질문에 답을 하는 초등학생들처럼 이구동성으로 입을 모았다.

"성이 소씨고 이름이 용녀니까 소용녀요."

"그래. 소용녀 몰라, 소용녀? 김용의 무협지 〈영웅문〉에 나오는 여주인공이잖아. 다들 속아넘어간 거야."

지원의 설명에 잠시 얼이 빠져 있던 모두가 이내 정신을 되찾고는 뭐야, 그런 거였어? 하는 표정으로 유진을 노려봤다.

"네, 마시겠습니다."

결국 지원의 인터럽트에 연달아 넉 잔을 마시게 된 유진. 정색을 하고는 토를 달았다.

"그런데 이건 좀 언페어하군요. 모두가 '한국'에 있는 걸 가지고 있다 없다를 하시니 말입니다."

그러자 팀원들은 전혀 몰랐다는 듯 고개를 갸웃거렸다.

"우리가 그랬나?"

"정말 따져 보니까 그러네. 그래서였구나, 우리 쪽에 술이 한 잔도 안 돌아온 게."

"이런! 강 이사님이 걸리실 만했네요."

"그럼 이제부터는 한국에 있다 없다, 이런 건 하지 말도록 하죠."

큰 선심이라도 쓰는 것처럼 말하기는 했지만 남은 것은 지원과 유진 두 사람뿐. 게다가 순번에 따라 돌아온 것은 유진 차례였으니 오히려 그에게는 악수에 지나지 않았다. 지원은 팀원들의 뻔뻔스러움과 영특함에 감탄하지 않을 수 없었다.

"자, 강 이사님 차례죠? 어서 시작하시죠."

사악한 미소를 머금고 한 목소리로 외치는 그들의 머리 위에서는 일단의 생각이 뭉게뭉게 구름이 되어 피어올랐다. 잠자코 있었으면 본전이라도 찾았을 것을, 이라는. 그러나 정작 당사자인 유진에게서는 일말의 패색도 찾아볼 수 없었다. 오히려 비장의 무기가 준비되어 있는 듯 느긋한 태도를 보일 뿐. 이윽고 사뭇 의미심장한 눈빛이 그 뭉게구름의 장벽을 뚫고 천천히 좌중을 둘러보았다. 그리고는 던진 한마디.

"나는 지금 단추가 떨어진 옷을 입고 있다."

"괜찮아요?"

"네 눈에는 지금 내가 괜찮은 걸로 보이니?"

"그러게 누가 그렇게 마시래요?"

"야! 네가 마지막에 그런 질문만 하지 않았어도……. 욱, 너 저리 가! 또 넘어…… 우욱!"

말을 끝맺기도 전에 지원은 얼굴을 땅에 처박았다. 한참 동안 등을 두드려 주던 유진이 손수건과 함께 타박조의 훈계를 건넸다.

"예전엔 어땠는지 몰라도 이젠 술 좀 줄이세요. 나이 생각도 하셔야지, 선생님이 무슨 이팔청춘이라고 주는 대로 술을 다 받아 마십니까?"

"너 누군 뭐 좋아서 꾸역꾸역 마셨는지 아니? 네가 상황을 그렇게 만들어갔잖아! 게다가 너 지금 그 말, 누가 들음 나 알코올 중독자인 줄 알겠다. 오버하지 마."

"선생님이야말로 왜 화를 내세요? 전 어디까지나 걱정이 돼서 그런 건데."

"됐다, 됐어. 내 몸 내가 알아서 챙기니까 걱정 안 해줘도 돼."

입을 열 때마다 퍼져 나오는 술 냄새에 머리가 지끈거렸다. 더 이상 게워낼 것도 없다 싶은 생각이 든 지원은 가방을 뒤적이며 지갑을 찾았다.

"뭐 찾으세요?"

"동전."

"동전은 왜요?"

"난 술 마시면 커피로 입가심해야 해. 너 저기 자판기 보이지? 가서 한 잔만 빼와라."

회사를 벗어난 곳에서의 주도권은 역시 지원에게 있었다. 지원이 지목한 '저기 자판기'는 못해도 백 미터는 떨어진 위치에 있었지만 유진은 일언반구없이 자판기로 향했다. 마치 주인이 던진 장난감 공을 주우러 가는 강아지처럼…… 이라고 하기에는 걸음걸이가 심통맞아 보였지만. 어쨌거나 털레털레 걷는 뒷모습을 흐뭇한 눈으로 보던 지원은 담배를 꺼내 물었다.

'녀석, 저 키 큰 것 좀 보라니까. 옛날에는 정말 내 키 정도밖에 되지 않는 땅꼬마였는데 확실히 미국물이 좋기는 좋은가 봐. 가만있자, 그러면 지금 저 녀석이 몇 살인 거야? 내가 대2 때 중3이었

으니까 벌써 스물여덟이나 됐잖아? 세월 정말 빠르다, 빨라.'

"알아서 챙기신다는 분이 바로 담배를 빼 뭅니까?"

어느새 눈앞에 내밀어진 커피 잔에는 유진의 볼멘소리가 가득 담겨 있었다.

"너 자꾸 잔소리하지 말고 어서 들어가."

"오밤중에 이 허허벌판에 여자 혼자 놔두고 가라고요?"

"여자? 허, 네눈에 내가 여자로 보이니?"

지원은 콧방귀를 뀌며 담배 연기를 정면으로 뱉어냈다. 그러자 유진은 질색을 하며 휘휘 연기를 흩었다. 지원은 그 모양새가 우스워 킥킥댔고, 못마땅한 눈으로 내려다보던 그는 옆에 털썩 주저앉으며 혼잣말처럼 중얼거렸다.

"물론 나한테야 그냥 여자로 안 보이지만 다른 남자들도 그렇게 보는 건 아니니까."

"그냥 여자로 안 보이면 뭐로 보이는데?"

"술 취한 여자로 보이죠."

"너 어디 가서 그런 썰렁한 농담 하지 마라. 나니까 이해하지 다른 사람들은 바로 동사한다."

"어련하겠습니까, 이게 다 누구한테 배운 건데요. 선생님의 유일한 필살기인데 제자라도 전수받아서 써먹어야죠."

"아이고, 말대꾸라도 안 함 밉지나 않지."

샐쭉하게 쏘아붙였지만 그래도 남자라고 곁에 붙어 앉아 있는 유진이 사뭇 대견스러웠다.

'아무래도 표어 하나 개작해야겠어. 잘 키운 제자 하나 열 보디가드 안 부럽다로. 물론 저 곱상한 얼굴에 시비 거는 불량배와 싸우기는커녕 제 몸 하나 잘 건사할 수 있을지는 의문이지만. 그래, 괜히 아까운 애 몸 축내면 안 되니까 그냥 남자로 하자. 잘 키운 제자 하나 열 남자 안 부럽다……'

"아까 물었던 거 말인데요."

"응? 아까 뭐?"

혼자만의 상상에 소리없이 웃고 있던 지원이 고개를 돌렸다. 물끄러미 그녀를 주시하던 유진은 눈앞에 펼쳐진 야경에 시선을 던지며 지나가는 말처럼 물었다.

"지금 좋아하는 사람 있어요?"

'아, 그래……. 저게 녀석이 던진 진실게임의 질문이었지. 그리고 그에 대한 답변 대신 스트레이트로 원샷을 했고, 덕분에 또 바로 화장실로 직행을 했고, 결국 녀석이 나를 떠맡고 여기까지 오게 된 거였지……'

까만 하늘에 성근 별들이 반짝이고 있었다. 그리고 언덕 아래에는 하늘의 별보다 몇 곱절 많은 불빛이 촘촘히 자신의 존재를 밝히고 있었다. 그 눈부시게 아름다운 광경을 대하고 있노라니 가슴이 뭉클해지며 눈물이 나올 것만 같았다. 참으로 오랜만의 일이었다, 이렇듯 야경을 보며 벅차오르는 감동을 느끼는 것은.

그래서였을까. 지원은 알 수 없는 힘에 이끌려 가만히 고개를 끄덕였다.

"응, 있어."

키스에 담긴 의미

"**팀**장님, 강 이사님 있잖아요."

"강 이사…… 님이 뭐?"

지원은 입 안의 햄버거가 목에 걸릴 것 같아 코크의 스트로를 빼고 단숨에 들이마셨다. 아무래도 쉽게 익숙해지지 않는 일이었다, 제자였던 녀석에게 존칭을 쓴다는 것은.

"너무너무 자상하신 거 있죠? 제가 오늘 아침에 커피를 타러 탕비실에 갔는데 마침 강 이사님이 계시더라고요. 절 보시더니 글쎄 직접 커피를 타주시지 않겠어요?"

순간 과외 수업을 가면 꼬박꼬박 과일과 커피를 갖다 바치던 그의 모습이 떠올랐다. 어머니가 사업 때문에 집을 비우는 일이 다반사이기도 했지만 가정부가 해줘도 되는 일을 항상 나서서 챙기던 그였다.

"정말 강 이사님 보면 아메리칸 스타일이 확실히 다르긴 다르다는 걸 느껴요."

초롱초롱한 눈빛, 윤기 어린 목소리, 그리고 발그스레한 얼굴까지. 한낮의 백일몽에 빠져 있는 은미를 보고 있자니 어디선가 비상벨이 울리는 소리가 들렸다.

"은미 씨, 혹시……."

"네?"

"아니, 아니야."

강 이사한테 마음있어?라는 말이 목구멍까지 올라왔지만 햄버거와 함께 꿀꺽 삼켰다. 어디까지나 사적인 범주의 질문인데다가, 설사 확인한다고 해서 도움을 줄 만한 형편도 되지 않았다. 그러나 내리사랑은 있어도 치사랑은 없다더니. 은미는 이런 지원의 배려를 조금도 헤아리지 못한 채 도리어 핀잔을 주는 것 아닌가.

"싱거워라. 왜 말을 하다가 마세요? 팀장님, 요즘 어디 나사 하나 빠지신 거 같아요."

"나사가 빠졌다니?"

"지금처럼 말 꺼내다 말지를 않나, 멍하니 딴생각에 빠져 계시지를 않나……."

"지금이야 그렇다 치고, 딴생각을 했다고? 내가?"

은미는 갑자기 짓궂게 눈빛을 빛내며 단언하듯 말했다.

"그렇다니까요. 그리고 제가 보건대 그런 징후가 나타나는 건

사랑에 빠졌을 때예요."

지원은 허를 찔린 기분에 할 말을 잃었다.

성혁이 미국 출장으로 사무실을 비운 지 일주일째. 아닌 게 아니라 어느 날부터인가 지원은 마음에 틈새가 벌어지고 있음을 감지했다. 처음에는 일상사에 지장을 줄 정도가 아니었다. 그저 때때로 허하다는 느낌을 갖게 할 뿐. 그러나 시간이 지나면 지날수록 그 공백은 점점 더 커져만 갔고, 하루에도 몇 번씩 그 구멍을 들여다보는 자신을 발견하게 된 것이다.

이제까지 직장 상사와 부하 직원의 틀을 벗어난 적도 없었고, 정작 그가 지원을 어떻게 생각하고 있는지조차 알 수 없었다. 그러나 지원은 성혁의 무관심에 낙담하지도, 자신의 사랑을 보답받고 싶다는 생각도 하지 않았다. 그를 바라볼 수만 있어도, 그의 사소한 눈길이 머무는 것만으로도, 그와 함께 있는 것 자체만으로도 그녀의 사랑이 유지되기에 충분했다. 마치 학창 시절, 멋진 선생님을 흠모하던 것처럼.

"앗, 팀장님. 아무 말씀도 못하시네? 정말이에요? 누구예요?"

십대들로 떠들썩한 패스트푸드점의 분위기도 그렇거니와 직장인의 점심 시간은 사랑타령에 젖어 있기에는 턱없이 짧았다.

장난 반 진담으로 반 지원의 연애 상대를 밝혀내겠다고 수선을 떨던 은미는 결국 수선을 맡긴 구두를 찾아오겠다며 털레털레 백화점으로 향했다. 성혁이 귀국할 날짜를 헤아리며 들어오던 지원을 보자마자 프런트 데스크를 지키고 있던 경희가 구세주를 만난 듯 반색을 하며 달려왔다.

"민 팀장님, 혹시 강 이사님 어디 가셨는지 아세요?"

'제기랄. 내가 강 이사 비서야? 왜 모두들 날 붙잡고 그 녀석 이야기를 하는 거야!'

"점심 시간이잖아. 밥 먹으러…… 아니, 식사하러 가셨겠지."

"아이 참, 큰일 났네. 전화도 안 받으시고."

"무슨 일인데 그래?"

"손님이 와서 기다리고 계시거든요. 일단 강 이사님 방으로 모셔다 드리긴 했는데 한참 됐어요. 강 이사님이랑은 연락도 안 되고."

"사전 약속도 없이 왔대?"

"약속하셨대요. 그러니까 더 난처하죠."

"누구라는 말은 없었고?"

"H그룹에서 왔다고 하던데요."

순간 지원의 이마에 4차선 도로가 뚫렸다.

"혹시 얻어맞은 것처럼 퍼런 눈 화장에 입술은 쥐 잡아먹은 것처럼 빨갛게 칠한 여자 아냐?"

"여자가 맞기는 한데……. 아, 그러고 보니 화장이 좀 진하긴 했어요."

그러나 워낙에 미인인지라 그 화장이 전혀 튀어 보이지 않더라는 말은 생략했다. 지원의 예사롭지 않은 반응을 감지할 정도의 눈치는 있었던 것이다. 아니나 다를까, 지원은 못내 떨떠름

한 표정으로 문제의 방을 노려보며 말했다.

"알았어. 내가 가볼 테니 경희 씨는 일 봐."

유진의 방이 점점 가까워질수록 걸음걸이에 힘이 들어갔다. 마치 구령에 맞춰 걷는 신병처럼 한 발자국 내밀 때마다 '손님이다, 손님. 클라이언트다, 클라이언트'를 되뇌었다. 그러나 이러한 노력에도 불구하고 방 안에서 어슬렁거리는 여자의 모습이 시야로 들어오자 머리에 스팀이 팍 오르면서 아무리 다려도 펴지지 않는 주름처럼 인상이 자동으로 일그러졌다.

그러니까 그게 나흘 전의 일이었다.

"죄송합니다. 저희 사장님께서 갑자기 해외 출장을 가시는 바람에 같이 오시지 못했습니다. 양해를 부탁드립니다."

음료수가 테이블 위에 놓여지고, 명함과 더불어 간략한 수인사가 오갔다. 명색이 이사인 유진이 H그룹의 사람들과 의례적인 대화를 나누는 사이 지원은 노트북을 꺼내 빔 프로젝트에 연결을 하고 프린트해 온 제안서를 한 부씩 돌렸다. 만반의 준비가 끝나고 지원은 크게 심호흡을 한 후 쇼타임의 개막을 알리는 선언을 했다.

"그럼 이제 시작하겠습니다."

"잠깐만요. 정 실장님이 아직 안 오셨습니다."

"어허, 제일 중요한 사람이 빠졌군. 우리야 뭐 봐도 아나. 실제 관련된 사람이 있어야지."

"자리에 안 계셔서 메모를 남겨두기는 했는데 다시 나가서 찾아보겠습니다."

　여기까지만 하더라도 크게 매뉴얼에서 벗어난 것은 아니었다. 어느 회의든 예정된 시각에 전원이 참석하는 경우는 오히려 드문 편이니까. 특히나 중요한 위치에 있는 사람, 혹은 자기가 없으면 회의가 절대 시작하지 않는다고 믿는 사람들은 꼭 느지막이 어슬렁거리며 나타나는 습성이 있다. 장사 한두 번 하는 것도 아니고 PT에 이력이 나다 못해 진력이 나려고 하는 지원으로서야 오히려 여유를 가지고 녹차를 홀짝일 시간을 번 셈이었다. 그런데…….

　"아, 거기 PT가 오늘이었어?"

　방음이라는 것은 안에 있는 소리가 밖에 나가지 않게 하는 것이지 외부의 소리는 안으로 다 들리게 되어 있다는 사실을 확인이라도 시키듯 쩌렁쩌렁 울려 퍼지는 하이소프라노 목소리.

　"어차피 어제 PT한 데다가 맡기기로 거의 결정났잖아. 근데 뭐 하러 시간 낭비를 해?"

　"앗, 뜨거!"

　지원은 입천장을 덴 상태에서 급히 종이컵을 테이블 위에 내려놓았다. 다행인지 불행인지 회의실 안의 시선은 문을 벌컥 열고 들어서는 여자에게로 모아진 상태였고, 호들갑스런 행차의 나팔을 울리며 등장한 여자는 만인의 주목을 받은 것이 당연하다는 듯 미소를 지었다.

　"어머, 벌써 다들 와 계셨네?"

　사람의 직감이란 참 놀랍기도 하지.

　지원은 회의실 밖에서 들려오는 목소리를 접했을 때, 아니,

PT를 막 시작하려는 순간 참석자가 한 명 오지 않았다는 사실을 알았을 때부터 막연하게나마 호감을 가질 수 없는 부류의 상대임을 느꼈다. 그러나 막상 여자를 눈앞에 대하고 보니 호감의 유무 정도가 아니었다.

자신보다 얼굴 하나가 더 있는 키에, 풍선을 얹어놓은 것처럼 빵빵한 가슴, 쫙 달라붙는 타이즈가 선보이는 각선미, 흑단 같은 긴 머리만 아니었다면 서양 사람인 줄로 착각할 정도의 뚜렷한 이목구비, 게다가 패션 잡지에서나 볼 수 있을 법한 독특한 화장까지. 확실히 여자의 적은 여자라는 말은 사실이었다. 지원은 모델 뺨치게 생긴, 아니, 모델을 해도 전혀 손색이 없을 여자가 빙글빙글 웃고 있는 것을 보자 갑자기 고양이 앞에 쥐가 된 것처럼 주눅이 들었다.

"이분들이 이프로지에서 오신 분들?"

'들'이라는 복수형이 무색하게 여자의 시선은 바로 유진에게 꽂혔다.

"처음 뵙겠습니다. 제임스 강이라고 합니다."

준비라도 하고 있었던 듯 유진은 바로 명함을 내밀었다. 마치 나이트의 삐끼가 업소용 명함을 건네는 것처럼…… 보였다, 지원의 눈에는. 유진이 건넨 명함을 받아 든 여자 역시 눈을 묘하게 치켜떴다.

"오호, 이사님이시네? 보기보다 나이가 많으신가?"

그러면서 유진을 위아래로 훑는 여자. 그 광경을 지켜보던 지원은 눈꼴이 시리다 못해 금방이라도 툭 빠져나올 것 같았다.

여기가 무슨 호스트 바도 아니고, 신성한 회의실에서 저게 뭐 하는 작태란 말인가. 그러나 더욱 기가 막힌 것은 여자의 혼잣 말—이라고 하기에는 지나치게 큰 중얼거림—이었다.

"하긴, 뭐 작은 회사니까 이사쯤이야……."

급기야 플러그가 꽂혔다. 아무리 을 앞에서 떵떵거리는 게 갑이라 하더라도 여자의 안하무인은 도를 지나쳤다. 어차피 눈치를 보아하니 내정된 업체도 따로 있는 것 같은 판세에 죽더라도 찍소리는 해야 속이 시원할 것 같았다.

"이것 보세……."

그러나 지원의 죽더라도 찍소리는 유진의 끼어들기에 가로막혔으니.

"맞습니다. 저희 회사, H그룹에 비하면 어린애 같은 회사고, 저도 나이가 많진 않습니다. 하지만 보신 대로 나이나 서열보다는 능력 중심으로 평가하기 때문에 더욱 발전 가능성이 있고 장래가 촉망되는 곳이죠."

오오, 나이스 샷!

십 년 묵은 체증이 한꺼번에 내려가는 것 같았다. 얼굴색 하나 변치 않고 여유있게 되받아치기를 한 유진이 기특하여 지원은 등이라도 두드려 주고 싶었다. 어이구, 내 새끼. 의젓하기도 하지. 언제 이렇게 컸누, 라고 하면서.

유진의 답변에 여자는 깔깔 웃으며 손을 내밀었다.

"정애란이에요. 얼마나 능력있는지 앞으로 확인할 기회가 있었으면 좋겠네요."

"기회를 주신다면야 기꺼이."

의미심장한 미소와 더불어 유진은 여자의 손을 잡았다. 그가 대견스럽게 느껴졌던 것도 잠시, 그 맞잡은 손 사이에서 지원은 기묘한 소외감과 더불어 불길한 예감을 느꼈다. 묘하게 조성된 화해 무드에 두 사람의 행동을 지켜보던 관중들은 한결 풀어진 얼굴로 자리에 앉았다. 지원은 프레젠테이션 자료를 화면에 띄우며 편치 않은 목소리로 말했다.

"자, 이제 불 좀 꺼주시겠어요?"

그 문제의 여자가 유진을 찾아온 것이었다.

"어머, 정애란 실장님, 웬일이세요, 이 작은 회사까지 몸소 와주시고?"

지원은 최대한의 친근감을 표시하며 밝게 말했다. 물론 상대방이 인식할 정도로 '작은' 이라는 단어에 힘을 주는 것도 잊지 않았다.

'자, 민지원, 여긴 너의 홈그라운드다. 주눅 들 것 없어. 상대는 그저 너의 상사를 찾아온 손님일 뿐. 되도록 껄끄럽지 않게 조용히 돌려보내는 것이 너의 할 일이야.'

그러나 이런 피나는 마인드 컨트롤에도 불구하고 되돌아온 부메랑은,

"뭐, 직접 와보니 생각만큼 작은 건 아니네요. 그런데 제임스는요?"

제.임.스.

연출된 미소가 허물어지면서 지원의 눈이 반사적으로 올라갔다. 한때는 해가 지지 않는 대영제국 국왕의 이름이었고, 쭉쭉빵빵 팔등신 미녀들을 눈짓 하나에도 껌벅 죽이는 멋진 스파이의 이름이기도 했건만. 애란은 유진을 마치 자신의 애완견이라도 되는 듯한 뉘앙스로 부르고 있었던 것이다.

"제임스랑 나랑 대학 동창이에요. 그날 저녁 먹다가 그 얘기를 듣고 얼마나 놀랐는지 몰라요. 정말 이런 인연도 쉽지 않잖아요?"

화자는 변명이라고 덧붙였을지 모르지만 귀에 나사가 꽂힌 청자의 입장에서는 몇 바퀴 우회한 자랑으로만 들릴 뿐이었다.

'인연? 아니, 그건 그렇다 치고, 그날은 또 뭐야? 게다가 저녁?'

예기치 않은 정보에 적이 놀랐지만 내색할 수는 없었다. 짐짓 아무렇지 않은 척 화제를 돌리는 것이 고작이었다.

"약속을 하고 오신 건가요?"

"아까 분명 얘기했는데요."

"이상하네. 강 이사님이 약속을 하고 일부러 자리를 비우실 분이 아닌데……. 일단 제가 연락을 해보죠."

수화기를 들고 유진의 핸드폰 번호를 눌렀다. 내심 조금 전까지 유진과 연락이 안 되더라는 경희의 말을 떠올리며. 몇 차례의 신호음만 이어지고 그럼 그렇지 하며 수화기를 막 내려놓으려는 순간, 그 손길을 잡는 목소리가 있었다.

[네, 제임스 강입니다.]

"……강 이사님, 저 민지원입니다."

[어? 선생님, 웬일이세요?]

"지금 어디세요?"

[지금요? 사무실 들어가는 길…….]

지원은 황급히 유진의 말을 끊었다.

"어머! 그러세요? 네에, 중요한 손님이 오셔서 외부 미팅 중이시라고요? 그럼 금방 오시기는 힘들겠네요."

[아니오. 이제 곧 도착하는데요.]

"아, 네. 그러셨군요. 아니요. 그런 건 아니고요. 알겠습니다. 그럼요, 그쪽이 더 중요한 미팅인데 당연하죠. 제가 설명드릴게요. 네, 이해하실 거예요. 그럼 천천히 들어오세요. 아주 천—천—히—요."

[선생님! 지금 무슨…….]

딸깍.

지원은 가차없이 수화기를 내려놓았다. 그리고 애란에게 계획된 미소를 지어 보였다. 물론 만면에 낭패라는 표정을 살짝 뒤집어쓴 채.

"이를 어쩌죠? 강 이사님이 중요한 손님을 접대 중이라고 하시네요. 그 손님이 갑자기 오시는 바람에 미처 연락을 드리시지 못했나 봐요. 죄송하다 전해달라고 하시네요."

"제임스가 그래요, 나한테 미안하다고?"

애란은 미심쩍은 눈초리로 되물었다.

"네, 강 이사님이 워낙 바쁘신 분이라서요."

"할 수 없군요. 오늘은 이만 가죠."

무언가 생각에 잠겨 있던 애란이 자리에서 일어섰다. 성큼성큼 앞서 나가는 그녀를 지나가던 몇몇 남직원들이 경탄 어린 눈길로 좇았다.

공주님의 행차를 모시는 시녀처럼 뒤를 따르던 지원은 엘리베이터 앞에 이르러서야 드디어 고난의 시간이 끝난 것에 안도의 한숨을 내쉬었다. 그러나 그것은 오산이었다. 방심은 금물이라는 것을 알려주기라도 하듯 엘리베이터의 문이 열리며 최후의 복병이 내린 것이었다.

"선생…… 어? 정 실장이 여긴 어쩐 일이야?"

"볼일이 있어서 근처에 왔던 길에 들렀어. 점심이나 같이 할까 하고."

"이런, 미리 연락이라도 하지."

"깜짝 놀래켜 주려고 그랬지. 원래 예기치 않은 손님이 더 반가운 법이잖아."

둘 사이에 오가는 대화에 귀를 쫑긋 세우고 있던 지원. 돌아가는 상황을 파악하는 데는 정확히 십 초가 걸렸다.

"저기, 아까 분명 약속을 하셨다고 하지 않으셨나요?"

애란은 피식 웃음을 터뜨렸다.

"민…… 아, 미안해요. 성함이 어떻게 되시더라?"

"민지원 팀장님이셔. 그날 소개했었잖아."

"그래, 민지원 씨. 아주 재미있는 분이네요? 좋겠다, 제임스. 이렇게 상사를 깍듯이 모시는 부하 직원을 둬서."

생긋 비웃음을 날리며 유유히 엘리베이터에 오르는 애란. 어처구니없는 펀치에 그로기 상태가 되어 휘청이던 지원은 보았다. 그 섹시하고 요염한 엉덩이 끝에 아홉 개나 되는 꼬리가 살랑살랑 흔들리고 있는 것을.

"그 회사 자기가 세웠다니? 사장도 아니고 실장이면서 유세는 무슨 유세야? 내참, 기가 막혀서."

애란을 태운 엘리베이터의 문이 닫히기가 무섭게 지원의 머리는 뚜껑이 열렸고, 쌓였던 불평의 소리가 용수철을 달고 한꺼번에 튀어나오기 시작했다.

"뭐, 직접 세운 건 아니지만 거기 오너가 친척이래요. 큰아버지라던가?"

그러고 보니 여자의 성도 정씨였다. 모델 수준급의 외모로도 모자라 말로만 듣던 로열패밀리의 등장인가. 과연 오만방자에 안하무인의 요건은 골고루 갖춘 셈이었다.

"그건 어떻게 알았어?"

"네?"

"너 저 여자랑 따로 만났니?"

"그게 우리 PT했던 다음날인가, 전화가 왔더라고요. 자기가 그날 너무 실례한 것 같다고 사과하는 뜻에서 저녁을 사고 싶다고. 왜, 그날 있잖아요. 제가 저녁 같이 드시자고 했더니 바빠서 밥은커녕 밤새게 생겼다고 짜증 내셨던."

지원도 기억했다. 최근 런칭한 로즈메리 닷컴 사이트에서 계

속 버그가 발생하는 바람에 클라이언트로 엄청난 컴플레인을
받고 개발팀의 김경호 팀장과 대판 붙었던 날. 남은 열받아 죽
겠는데 실실 웃으며 저녁 어쩌고 하기에 말도 채 끝나기 전에
쫓아버렸던 것이다.

"아무리 그래도 그렇지, 그날 그렇게 수모를 당하고 넙죽 받
아들이다니. 밥이 제대로 넘어가던?"

"그럼요, 미인이랑 먹는 밥인데. 맛있기만 하던데요?"

"……."

"하하, 이건 농담이구요. 어쨌든 놓치기 아까운 기회잖아요."

기회.

그 말에 갑자기 지원의 머리 속에 하나의 영상이 홀로그램처
럼 떠오르기 시작했다. 어두운 조명 속에서 움직이는 남녀의 실
루엣. 여자가 긴 머리를 찰랑거리며 남자에게로 다가가더니 그
의 어깨에 팔을 두른다. 남자는 그윽한 눈빛으로 여자의 행동을
주시하고……. 남자의 뒷목덜미를 어루만지던 여자의 손이 천
천히 앞으로 이동하더니 남자의 가슴을 쓰다듬다가 이윽고 넥
타이를 풀기 시작…… 자, 잠깐만!

아니! 저건!

갑자기 홀로그램이 사라지고 시선이 그의 가슴에 꽂혔다. 지
원은 휘둥그레진 눈을 껌벅이며 자신이 보고 있는 것을 재차 확
인했다. 그러나 그 선명한 잔상은 결코 상상의 산물이 아니었
다.

"이사님, 잠시 드릴 말씀이 있는데요."

유진은 갑작스레 돌변한 지원의 태도에 어리둥절했다. 조금 전까지만 해도 잡아먹을 듯 으르렁거리던 그녀가 이렇듯 나긋나긋한 목소리를 내다니. 게다가 주위를 살피며 은밀하게 속삭이는 것이 아닌가.

"좀 조용한 자리에서 말씀드렸으면 하는데요."

"그럼 제 방으로 가시죠."

유진은 고개를 갸웃거리며 걸음을 옮겼다. 다소곳하게 뒤를 따르던 지원은 방에 들어서자마자 재깍 통유리의 블라인드를 내렸다. 그리고는 안면을 싹 바꾼 채 목소리를 높였다.

"야, 강유진!"

"네, 넷?"

"너 그게 뭐니, 그게?"

"뭐가요?"

유진의 반문에 지원은 쏜살같이 달려들어 넥타이 목을 잡았다. 예기치 않게 목덜미를 잡힌 유진은 연신 헛기침을 토했다.

"왜 그러세요. 민 팀, 아니, 선생님."

"여기 묻어 있는 거, 이거 보여, 안 보여?"

"도대체 뭐가 묻었기에 이러시는 건데요?"

유진은 숨이 막혀 눈물까지 맺힌 눈동자를 내리깔며 시선을 던졌다. 지원의 손아귀를 따라 천천히 아래를 훑어 내려가자 넥타이의 중앙 부분에 선명한 입술 자국이 새겨져 있는 것이 보였다.

"어엇? 언제 이런 게……."

유진의 두 눈이 휘둥그레졌고, 그제야 지원은 유진의 넥타이를 잡았던 손을 풀었다.

"이런 걸 꼭 광고하고 다녀야겠니?"

"이상하네. 왜 이런 게 여기 묻어 있지?"

"변명하지 마. 니 생활을 말해 주는 증표인데 뭘 그래?"

유진은 펄쩍 뛰며 넥타이를 풀어헤쳤다.

"아우 참! 난 정말 모르는 일이에요."

"허어, 그러셔?"

지원은 눈을 가느다랗게 뜬 채 탐색하듯 물었다.

"너 혹시 만원버스 타고 다니니?"

"아니오."

"그럼 지하철?"

"차 가지고 다니는 거 아시잖아요."

"흠, 참 이상도 하지. 도대체 본인도 알지 못하는 사이에 어디서 그런 게 묻었을까?"

지원이 시니컬하게 비아냥거리자 유진은 기가 막혔다.

"난 정말 결백하다니까요. 이 타이는 한국에 들어오는 기념으로 선물받은 것인데다가 여기 와서는 한 번도 맨 적이 없는……아니다, 딱 한 번 매긴 맸구나."

"그 딱 한 번의 밤이 아주 진했나 보지. 언제 묻었는지조차 모를 정도로 말이야."

입 안에 모래알이라도 가득 찬 것처럼 지원은 통명스레 내뱉었다.

'넥타이 좀 아래쪽에 묻었으니 그 여자의 키를 봐서는 아닐 것 같긴 한데. 아니지, 어쩌면 실내라서 하이힐을 벗은 상태였는지도 몰라. 어쩌면 점점 아래로 내려가고 있었는지도……. 내가 지금 무슨 상상을 하고 있는 거야! 없어져라, 없어져……. 근데 그 여자 입술이 저렇게 조막만했나? 거의 입 큰 개구리 수준이었던 것 같은데…….'

한편 기억을 더듬던 유진의 뇌리에 문제의 날이 되살아났다. 중대한 미팅인지라 드물게 점잖아 보이는 진회색 양복을 입었고 그에 맞출 만한 타이가 없을까 한참을 고심하다가 포장지도 뜯지 않았던 타이로 생각이 미쳤던 게 떠올랐다.

'그래. 그날 처음으로 이 타이를 매었지. 그리고 그날은 다름 아닌…….'

테이프를 되감는데 여념이 없던 유진은 마침내 딱 소리를 내며 손가락을 맞부딪쳤다.

"아하! I got it, I got it."

부력을 발견한 기쁨에 유레카를 외치며 알몸으로 거리를 내달린 아르키메데스가 저랬을까. 갑자기 환호성을 내지르는 모습에 도리어 놀란 것은 지원이었다.

"왜 그렇게 싱글벙글이야?"

"수수께끼를 풀었거든요."

"수수께끼?"

"네, 이게 어떻게 해서 묻게 되었는지요."

그러면서 의미심장한 웃음을 짓는 유진. 무언가 주객이 전도

된 느낌이었다. 분명 자신은 녀석을 나무라기 위해 지적한 것인
데 당사자는 저렇듯 히죽거리고 있으니. 혹시 그 문제의 진한
밤을 회상하며 저러는 것일까?

"그나저나 선생님은 상당히 눈이 좋으시네요?"

"그, 그게 무슨 말이야?"

"자줏빛 넥타이라 저도 미처 보지 못했는데 그게 눈에 띄었으
니 말이에요."

지원의 얼굴이 화끈 달아올랐다. 유진과 애란이 함께 있는 모
습이 하도 다정해 보여 남세스런 상상을 하던 와중에 보게 된
것이라고는 실토할 수 없는 노릇이었다.

"그래, 행여나 제자 녀석 남에게 흠잡힐 것 없나 매사 전전긍
긍이다. 됐니?"

"오호, 그럼 우리 쪽에 맡기기로 최종 결정이 났단 말이지?
알았어. 고마워, 정 실장. 그 결정 후회하지 않을 거야. 물론, 내
가 근사한 곳에서 한턱 내도록 하지. 그럼 내일 중으로 계약서
보내도록 할게."

핸드폰 폴더를 닫은 유진은 주먹을 불끈 쥐며 나지막이 소리
를 질렀다.

"Yes!"

H그룹의 프로젝트가 유진 쪽으로 최종 낙찰되었음을 알리는
애란의 전화. 짐작치 못했던 것은 아니지만 실제 통보를 받으니
하늘을 날 것 같은 기분이었다.

"무슨 좋은 일이라도 있수?"

첫 거래를 튼 날부터 유진이 호호아줌마란 별명을 붙인 세탁소 여주인이 드라이클리닝이 끝난 양복 꾸러미 챙기며 물었다.

"저희 회사가 새로운 프로젝트, 음, 그러니까 일감을 받게 되었거든요."

"아휴, 좋겠네. 요즘 같은 불경기에 일감이 끊이지 않는다는 게 어디야. 우리도 요즘 저 아래 셀프 빨래방인가 뭔가가 생기고부터 손님이 줄어서 걱정이라우. 원래 옷도 사람 손길을 타야 오래가는 법인데 요즘 사람들은 그걸 몰라, 그걸. 돈 몇 푼 아끼려다 비싼 옷 망치고 말지."

"그러게 말입니다. 4만 5천원이라고 하셨죠? 여기 있습니다. 그리고 이건 이번에 맡길 세탁물이고요."

그냥 듣고 있다가는 언제 끝날지 모르는 수다에 당한 게 한두 번의 일이 아니었다. 유진은 아침에 가지고 나왔던 세탁물과 입고 있던 재킷을 벗어주며 호호아줌마의 입을 막았다.

"와이셔츠도 맡기시게?"

"네. 다림질을 할 시간이 마땅치 않아서요."

"하긴, 와이셔츠 다림질만큼 신경 쓰이고 시간을 잡아먹는 것도 없지. 그러니까 총각도 빨랑 참한 색시 만나서 장가들어유. 언제까지 세탁소 신세질 수 없잖우? 뭐, 우리야 총각 같은 손님이 있으니 먹고 사는 거지만……. 여기 주머니에 뭐가 들었네? 이것도 맡기는 거유?"

무심코 재킷을 벗어 건넸던 유진의 시선은 일순 그 사물에 고정되었다. 호호아줌마의 손에는 지원의 성화에 못 이겨 낮에 사무실에서 풀고는 주머니에 넣어두었던 넥타이가 들려 있었다.

"아하, 여기 얼룩이 묻어 있구먼. 내 이건 그냥 서비스로 해드릴게."

"아, 아뇨. 그건 됐습니다."

멍하니 서 있던 유진이 퍼뜩 제정신이 든 듯 황급히 넥타이를 낚아챘다. 사정을 알지 못하는 호호아줌마가 어리둥절해하자 그는 겸연쩍은 미소를 지으며 말했다.

"이건 지워지면 안 되는 거거든요……."

연신 고개를 갸웃거리는 주인을 뒤로하고 서둘러 세탁소를 빠져나온 유진은 깊은 숨을 들이마셨다. 등 뒤로 식은땀이 흐르면서 가슴이 두근거리는 것이 마치 옆집 누나의 속옷을 훔치고 가슴 졸이는 사춘기 소년이라도 된 기분이었다. 게다가 지워지면 안 된다니. 스스로가 생각해도 참 낯 뜨거운 말이 아닐 수 없었다.

실소를 머금으며 유진은 양복 꾸러미를 뒷좌석에 던지고는 시동을 걸었다. 내리기 전에 걸어둔 CD에서 루이 암스트롱의 'A Kiss To Build Dream On'이 흘러나왔다.

혼자서 상상에 잠겨 있을 때면 당신과 함께 있어요.
나름대로 로맨스를 만들어내며, 그것이 실제라고 믿으면서 말이죠.

귓전을 간질이는 걸쭉한 목소리. 유진은 바지 주머니에 찔러 넣은 넥타이를 꺼내 물끄러미 바라보았다. 자줏빛 넥타이 위에 남은 아련한 흔적 위로 지원의 얼굴이 아스라이 겹쳐졌다.

그녀는 상상이나 할 수 있을까.

그녀를 펄쩍 뛰게 만든 그 입술 자국의 주인공이 다름 아닌 자신이라는 사실을.

당신의 입술을 잠시만 내게 주세요.

나의 상상이 이 순간만큼은 살아 숨 쉬게 될 수 있도록.

오직 당신의 키스만이 이 꿈을 현실로 만들 수 있으니까요.

유진은 알 수 없는 힘에 이끌려 넥타이를 가만히 입술에 가져다 대었다.

정확히 바로 그 자리에.

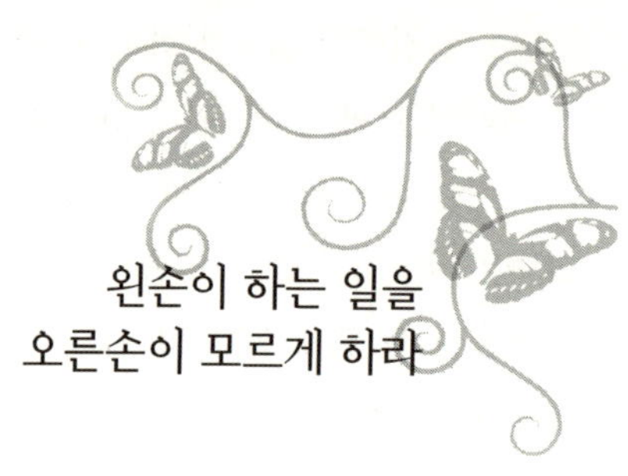

왼손이 하는 일을
오른손이 모르게 하라

지원은 입이 떡 벌어진 채 눈을 두서너 차례 껌벅였다. 처음에는 꿈이라고 생각했다. 거듭되는 스트레스에 못 이겨 악몽을 꾸고 있는 것이라고. 그러나 아무리 감았다 떴다를 반복해도 모니터에 떠오른 화면은 그대로였다. 오색형형한 비주얼 이미지가 있어야 할 곳에는 까만 텍스트 문구만이 떡하니 버티고 있을 뿐이었다.

페이지를 찾을 수 없습니다.

급기야 파랗게 질렸던 얼굴색이 눈앞의 화면처럼 허옇게 변했다. 며칠 전부터 속을 썩이던 로즈메리 사이트가 급기야 다운이 된 것이다.

"박, 박 대리, 개발팀에는 연락했어?"

"네. 그런데 지금 계속 원인을 찾아보고 있으니까 기다리라고만 하시네요."

지원이 자리에서 벌떡 일어났다.

"김 팀장님 지금 자리에 있지? 아무래도 내가 가봐야겠다."

"팀장님, 전화 왔습니다."

"지금 바쁘니까 어딘지 연락처 받아줘."

"그게 로즈메리 닷컴 사장님이신데요."

"……돌려줘."

지원은 침을 꿀꺽 삼키며 수화기를 들었다. 그리고는 로즈메리 닷컴의 사장이 앞에 있기라도 한 듯 미소마저 띠어가며 사근사근한 목소리로 말문을 열었다.

"아, 장 사장님? 안녕하세…… 아, 네, 저도 알고 있습니다. 네, 물론 봤죠. 그게 저희로서도 이런 경우는 한 번도 없었던지라 아직……."

수화기 저편에서 들리는 불호령 소리. 귀청이 떨어질 것 같은 고함에 눈을 찔끔 감았다. 오픈 이후 버벅거리는 로딩 속도로 사람의 인내심을 시험한 것으로도 부족해서 다운이 된 상황이니 입이 열 개라도 할 말이 없었다.

"정말 죄송합니다. 저희 쪽에서도 지금 계속 작업 중이니 최대한 빨리 정상화시키도록 하겠습니다. 그럼요, 충분히 그러실 만하죠. 네, 되는 대로 다시 연락드리겠습니다. 죄송합니다."

가까스로 전화를 끊은 지원은 땅이 꺼져라 한숨을 내쉬었다.

'도대체 내가 백설공주야? 왜 허구한 날 사과만 토해내야 하냐고!'

그때 등 뒤에서 들려오는 경쾌한 외침.

"식사들 가시죠! H그룹 프로젝트 수주 기념으로 제가 오늘 점심은 쏘겠습니다."

상황을 알 리 없는 유진이 싱글거리며 입구에 서 있었다. 팀원들은 어정쩡하게 자리에서 일어나 유진과 지원의 눈치를 살폈다. 어느 장단에 춤을 춰야 할지 난감해하는 기색이 역력했다.

"죄송합니다. 전 좀 급히 처리할 일이 있어서요. 먼저들 가서 드시고 오세요."

지원은 지끈거리는 머리에 손을 얹으며 일동을 뒤로한 채 방을 나섰다. 할 수만 있다면 그녀에게 사과를 먹인 장본인의 머리에 총을 쏘고 싶다는 생각을 하면서. 그러나 어디까지나 생각일 뿐, 막상 눈앞에 김경호 팀장의 모습이 들어오자 부리나케 달려가는 게 고작이었다.

"김 팀장님, 로즈메리 사이트 말인데요!"

"점심 먹으러 가는 길이니까 이따가 얘기합시다."

성가시다는 듯 손을 내젓는 모양새를 보니 정말 한판 붙고 싶은 마음이 굴뚝같았다. 하지만 일단은 참는 것이 남는 것이었다. 괜히 섣불리 다퉜다가는 정말 나 몰라라 손을 떼버릴지도 모를 일이었다. 다른 사람은 몰라도 김경호는 충분히 그럴 수 있는 인간이었다.

"지금 점심 시간이라는 거야 저도 아는데요. 상황이 상황인지라……."

"상황이 뭐요? 누가 죽기라도 했답니까?"

지원은 솟구치는 화를 꾹 눌러 담으며 말을 이었다.

"비슷한 경우죠. 아시다시피 로즈메리가 일반 사이트도 아니고 쇼핑몰인데 저렇게 다운이 되어 있으면 매출에 막대한 영향이 있지 않겠어요?"

"대한민국, 아니, 전 세계에서 다운되지 않는 사이트도 있답니까?"

완전히 어디서 개 짖는 소리 들렸으랴, 군. 너무 기가 막히면 말문이 막히는 법이라는 사실을 실감하는 순간이었다.

"김 팀장님, 그렇게 무책임하게 말씀하시면 안 되죠."

"뭐? 무책임? 이거 봐요, 민 팀장. 계속 로딩 속도가 느렸던 건 그쪽 네트워크가 안 좋아서 그런 거라고 말하지 않았습니까. 가뜩이나 서버 환경도 후진데 이것저것 잡다한 이미지를 갖다 붙였으니 부하가 걸려 뻑갈 수밖에. 그래서 애초에 내 뭐랬습니까? 기획안대로 하면 이런 사태가 발생할 수 있다고 경고했잖아요. 좋은 말로 할 때 알아들었어야지, 곧 죽어도 그대로 하라고 뻑뻑 우기더니……."

"……."

"에이, 이래서 프로그래밍을 모르는 기획자들이랑은 일을 못한다니까."

"팀장님, 이거 보세요! 강 이사님이 팀장님을 위해 맛있는 초밥을……."

씩씩하게 흡연실 문을 연 은미가 말을 채 끝맺지 못하고 그 자리에서 멈춰 섰다. 무슨 일인가 싶어 은미의 등 너머로 배꼼 고개를 디밀던 유진도 미간을 찌푸렸다. 작은 원탁 테이블 위에 담배 대신 젖은 휴지 뭉치가 한 아름 놓여 있었다. 그리고 루돌프의 빨간 코를 한 지원이 아직도 물기가 촉촉한 눈을 황급히 돌리는 것이 아닌가.

"미안, 은미 씨. 나 지금 입맛이 없어서 별로 먹고 싶지 않거든?"

"아, 네. 냉장고에 넣어둘게요. 나중에 드세요."

어정쩡한 미소와 함께 은미가 초밥 세트 봉투를 챙기며 허둥지둥 문을 닫는데 유진이 그 손을 막았다. 은미는 난색을 표하며 나가자는 눈짓을 했지만 유진은 물러서지 않았다. 그는 오히려 염려 말라는 제스처를 해 보이고는 흡연실 안으로 들어섰다. 그리고 가만히 문을 잠갔다.

"넌 담배도 피우지 않는 애가 왜 들어와?"

"직접 피우지 않으니까 대신 간접 흡연이라도 하려고요."

"농담할 기분 아냐. 혼자 있고 싶으니까 너도 나가."

지원은 그의 얼굴을 외면한 채 퉁명스레 말했다. 그러나 유진은 자리를 뜨는 대신 맞은편의 의자를 끌어당겨 앉았다.

"누가 우리 민 선생님을 이렇게 속상하게 했을까. 나한테 말해 보세요, 내가 혼내줄 테니."

사뭇 장난기 어린 표정이었지만 목소리는 부드러웠다. 걱정과 안쓰러움을 담은 자상한 눈길이 부담스러운 나머지 지원은 고개를 돌렸다. 그리고는 팽 하니 코를 풀면서 중얼거렸다.

"그런 인간 있어. 싸가지는 밥 말아먹었는지 거들먹거리기는 기본, 후까시를 안주 삼았는지 목소리 깔기 일쑤, 게다가 똥고집은 유전인지 언제나 자기 맘대로이고, 더불어 말 씹기는 기본이니……."

코맹맹한 언성이 점차 높아져만 갔다. 언제 눈물을 보였냐는 듯 속사포처럼 쏘아대는 지원. 여간해서는 듣기 힘든 단어가 입에 오르는 것만 보더라도 얼마나 한이 맺혔던지 익히 짐작이 갔다.

"뭐, 다 좋아. 그것도 개성이려니 치자고. 실력이라도 있으면 내 말을 안 해. 정말이지 거시기를 확 잘라 버리고 싶은 마음이 하루에도 서너 번씩 들곤 한다니까."

그녀의 투정에 잠자코 고개를 끄덕이던 유진이 멈칫 되물었다.

"뭐, 뭘 자른다고요?"

순간적으로 언젠가 바람피운 남편의 거시기를 자른 부인의 기사를 해외토픽에서 읽었던 것이 떠올랐다. 눈이 휘둥그레져 말까지 더듬는 그의 반응에 지원은 픽 웃음이 나왔다.

"이상한 상상 하지 마라. 인체에 자를 수 있는 부분은 무수히 많으니까. 손가락, 발가락, 손모가지, 발모가지, 그리고……. 뭐, 여하튼 등등."

그렇게 점차 흥분이 가라앉으면서 지원은 이성을 되찾기 시작했고, 유진을 앞에 둔 채 푸념하고 있는 자신이 새삼 부끄러워졌다. 머쓱해진 그녀는 담뱃갑으로 손을 내밀며 변명처럼 덧붙였다.

"도대체 이게 나 혼자 잘 먹고 잘살자고 하는 일이냐고."

여타의 맞장구라도 쳐주면 덜 창피하련만. 유진은 라이터를 집어 들더니 담배에 불을 붙여주었다. 마치 자신이 해줄 수 있는 것은 고작 그것뿐이라는 듯. 지원은 매캐한 담배 연기와 함께 씁쓸한 탄식을 토해 냈다.

"할 수만 있다면 내가 직접 웹서버에 들어가 벌레(버그)를 잡고 싶은 심정이다……."

"저 두 사람 언제부터 저렇게 가까웠어?"

"네? 누구요?"

"강 이사랑 김 팀장이랑 말이야."

지원은 탕비실을 향해 턱을 치켜세웠다. 턱의 사선을 따라 시선을 옮긴 은미의 시야에 나란히 커피 잔을 들고는 담소 중인 유진과 김경호의 모습이 들어왔다.

"글쎄요. 그러고 보니 아까부터 계속 같이 계신 거 같은데요?"

"흥, 실력으로 안 되니까 연줄이라도 만들어놓겠다는 심산인가?"

말은 그렇게 하면서도 정작 시선은 유진에게 꽂혀 있었다. 때리는 시어머니보다 말리는 시누이가 더 밉다더니. 그 꽉 잘라 버리고 싶은 인간이 누구인지 직접적으로 거명하지 않았으니 유진으로서는 알 길이 없겠지만 자신의 염장을 질러놓은 장본인과 시시덕거리고 있는 것을 보니 눈에 불이 일었다.

"남의 속도 모르고……. 좌우간 도움이 안 돼요, 도움이!"

으드득 이를 갈고는 회의실로 향하는 지원. 잠시 탕비실과 지원을 번갈아 보던 은미는 어깨를 으쓱이며 그 뒤를 따랐다. 스트레스가 쌓일 때는 더 먹게 된다며 쌀 한 톨 남기지 않고 처리한 초밥을 누가 사 왔는지를 상기시키고 싶은 마음을 간신히 누른 채.

오후 11시 40분.

지원은 스탠드의 스위치를 내리며 기지개를 켰다.

H그룹 프로젝트의 기획안 작성 때문에 계속된 야근 작업으로 파김치가 된 팀원들은 일찌감치 퇴근한 상태였다. 그러나 로즈메리의 비상 사태로 인해 언제 들이닥칠지 모르는 전화를 기다려야 하는 지원은 홀가분하게 그 대열에 합류할 수 없었다. 게다가 진작 마침표를 찍었어야 할 프로젝트에 계속 신경을 쓰다 보니 미뤄두었던 다른 업무도 처리해야 했던 것이다.

주섬주섬 짐을 챙겨 들고 나가던 지원은 어둠 속에서 등대처럼 새어 나오는 불빛에 발길을 멈추었다. 한눈에 가늠할 수 있는 그 위치, 다름 아닌 예전의 성혁이 쓰던 방이었다.

'얘가 이 시각까지 웬일이지?'

의문도 잠시, 마침 잘됐다는 생각이 들었다. 그렇지 않아도 한잔하고픈 마음이 간절했던 터였다. 어차피 가는 방향도 같은 데다가 주량도 받쳐 주니 집 근처 포장마차에라도 간다면 딱 좋으리라.

"퇴근 안 해?"

유진은 여타의 대꾸없이 계속 키보드를 쳐댈 뿐이었다. 그 모습을 보고 있자니 학창 시절에도 지금처럼 코를 박고 컴퓨터와 놀던 유진이 떠올랐다.

'하여간, 한 번 빠지면 정신을 못 차린다니까.'

지원은 까치발을 하고는 살금살금 유진의 뒤로 다가가 와락 소리를 질렀다.

"강 이사님!"

"네?"

깜짝 놀라 뒤를 돌아본 유진은 지원인 것을 확인하고는 가슴을 쓸어 내렸다.

"아이고, 깜짝이야. 애 떨어질 뻔했네."

"남세스럽게 남자가 애는 무슨. 안 들어가?"

"좀 있다가요."

하면서 그는 다시 모니터로 고개를 돌렸다.

"뭐 하는데?"

"그런 게 있어요."

호기심이 발동한 지원이 모니터 쪽을 기웃거렸지만 그의 등에 가려 보이지 않았다.

"너 혹시……."

"뭐요?"

유진은 성가신 듯 되물었다.

"야시시한 사이트 보고 있는 거 아냐? 그 왜 있잖아, P로 시작하는 사이트들."

"제가 앱니까? 그런 사진이나 보고 맛 갈 나이는 훨씬 지났다고요."

"에이, 펄쩍 뛰는 게 오히려 수상한 걸? 맞구나, 맞지?"

그가 한숨을 푹 내쉬며 자리에서 일어났다.

"선—생—님."

"괜찮아, 다 아니까. 어느 사이트야? 아이디랑 패스워드 좀 알려주라. 나도 좀 보게."

"……자꾸 그러시면 저 이 자리에서 확 늑대로 돌변할 겁니다."

어처구니없어하던 얼굴에 야릇한 미소가 떠올랐고 동시에 지원의 눈이 동그래졌다. 유진이 상체를 비스듬히 내밀며 다가서자 그때까지 여유만만하게 놀려대던 지원은 혼비백산하며 뒤로 물러섰다.

"알았다, 알았어. 간다, 가."

지원은 입을 비죽이며 눈을 흘겼다.

"사실 기분도 그렇지 않고 해서 술이라도 한잔할까 했는데……."

일말의 아쉬움에 지원은 문가에 서서 떠보듯 중얼거렸다. 그러나 어느새 자리에 앉은 유진은 그녀에게는 눈길조차 주지 않은 채 키보드를 두들기며 대꾸하는 것이 아닌가.

"저도 바쁜 사람입니다. 선생님 술시중 들어드릴 시간 없습니다."

"어, 이상하네. 이게 왜 이렇게 빨리 돌아가?"

지원은 자신의 눈을 의심하며 다시 마우스를 클릭했다. 그러나 결과는 마찬가지였다. 인내심을 시험하던 모래시계도, '페이지를 찾을 수 없습니다' 란 지긋지긋한 화면도 종적을 감췄다.

지원은 서둘러 김경호 팀장의 내선 번호를 눌렀다.

[김경호입니다.]

"저 민지원인데요. 로즈메리 사이트 김 팀장님이 손보신 건가요?"

[……그럼 저 말고 딴 누구 할 사람 있습니까?]

떨떠름하기 그지없는 대꾸에는 일말의 적대감마저 숨어 있는 듯했으나 지원은 개의치 않았다.

"제 말은 그러니까, 너무 감사해서요. 사이트가 되살아난 것뿐 아니라 속도까지 훨씬 빨라졌으니 말이에요. 이럴 게 아니라 제가 지금 그쪽으로 가 뵐게요."

[아니. 뭐 그럴 것까지…….]

감격에 겨워하는 지원의 반응에 김경호는 오히려 당황하고 있었다. 죄는 미워해도 사람은 미워하지 말라지 않던가. 간사한 게 사람의 마음이라고 사이트가 제대로 돌아간다는 사실만으로도 김경호 팀장에게 가졌던 서운함이라든지 앙금 따위는 눈 녹

듯 사라졌다. 오히려 고마움의 표시로 음료라도 뽑아다 줘야겠
다는 생각에 로비에 있는 자판기에 동전을 넣고 있을 때였다.
맞은편 엘리베이터가 열리며 추레한 행색의 유진이 터벅터벅
내려섰다. 입이 찢어져라 하품을 하던 그는 바로 앞에 서 있는
이의 신원을 파악하고는 화들짝 놀랐다.

"서, 선생님!"

"뭐야? 너 지금 출근하는 거야?"

"그게 늦잠을 자는 바람에……."

고교 시절 학생주임을 방불케 하는 험악한 표정에 유진은 머
리를 긁적이며 말끝을 흐렸다. 하필이면 이렇게 딱 마주치다니,
정말 기막힌 타이밍이 아닐 수 없었다.

"뭐 뽑으려던 것 아니었어요?"

지원은 버튼을 눌러주기를 기다리는 자판기를, 그리고 어떻
게든 그 자리를 벗어나고 싶어하는 그의 간절한 열망을 무시한
채 다분히 미심쩍은 눈초리로 유진의 위아래를 훑었다.

"너 외박했니?"

"네, 네? 그게 무슨 말씀이세요?"

"입고 있는 옷이 어제랑 똑같잖아."

"오, 옷요? 아, 그러니까 그게 늦어서 허겁지겁 나오느라
고……."

"그게 아닌 것 같은데?"

"아니라뇨?"

유진은 영문을 모르겠다는 듯 눈을 끔벅거리며 웃었다. 지원

은 그러한 행동에 섞여 있는 어색함의 의미를 이내 깨달았다.

"여자지?"

순간 유진은 가슴이 뜨끔했다.

물론 전적으로 틀린 말은 아니었다. 어찌 됐든 지원 때문에 밤을 새게 된 것은 사실이니까.

로즈메리 사이트의 문제점을 발견하고 새벽녘에 김경호 팀장에게 전화한 것도, 적어도 오늘 아침까지는 제대로 된 모습을 보여 달라는 은근한 협박을 한 것도 모두 유진이었다. 오죽하면 자신이 웹 서버에 들어가 버그를 잡고 싶다는 얘기까지 했을까. 그렇게 눈물을 글썽이던 지원의 모습이 내내 그의 머리 속을 떠나지 않았던 것이다.

"그럼 그렇지."

지원은 알 만하다는 듯 혀를 찼다. 어디까지나 추정에 가까운 것이었지만 술시중 들어줄 시간은 없다고 딱 잘라 말하던 모습이 겹쳐지면서 은근히 부아가 치밀었다. 늦잠은커녕 프로그램 상의 버그를 찾아내느라 밤을 꼬박 샌 탓에 근처 사우나에서 잠시 눈을 붙이고 나왔으리라고는 꿈에도 생각지 못했으니.

"선생님, 그러니까 그게 말이죠. 집에 못 들어간 건 사실이지만……."

"됐다, 됐어. 내 너의 사생활까지 간섭하고 싶지는 않지만, 그래도 회사 생활 그렇게 하는 거 아니다."

부인할 타이밍을 놓쳐 버린 유진은 그 냉랭한 핀잔에 아무런 말도 할 수 없었다. 그저 닭 쫓던 개 지붕 쳐다보듯 쌀쌀맞게 쏘아붙이고 발걸음을 옮기는 지원의 뒷모습만 바라볼 뿐.

'이거 참, 사실대로 말할 수도 없고…….'

쓴맛만 다시며 방으로 들어간 유진은 창 너머로 지원이 개발 팀의 김경호에게 음료수를 건네는 것을 보았다. 머쓱해하는 김 팀장의 태도에 아랑곳하지 않고 희색이 만면해 있는 그녀를 보자 그의 입가에도 어쩔 수 없이 미소가 감돌았다.

피식 새어 나오는 웃음을 감추지 못한 채 전원을 넣는 유진의 컴퓨터에는 아직까지도 몇 시간 전의 열기가 그대로 남아 있었다.

✳

"가위, 바위 보!"

"보!"

"야호! 내가 이겼다!"

천장을 뚫을 것처럼 울려 퍼지는 유신의 환호성. 지원은 자신의 펼쳐진 손바닥을 원망스레 바라보았다.

"자, 이제 할 말 없지? 나 스파게티 먹고 싶어."

"스파게티? 그 재료 사려면 이마트까지 가야 하잖아!"

"그게 어때서? 산보 삼아 다녀오면 되잖아."

"너처럼 늘 집에 붙어 있는 사람한테는 산보일지 몰라도 난 내일도 전쟁터로 나가야 하는 사람이라고! 겨우 일주일에 하루 쉬는 거, 그 황금 같은 일요일에 꼭 이렇게 부려먹어야 하겠니?"

“그러게 누가 내기에서 지래? 민지원, 패자는 말이 없는 법이
다.”

“그러지 말고 우리 그냥 자장면 시켜 먹자. 내가 쏠게.”

“어허, 이거 왜 이러셔. 나 마감 걸렸을 땐 곧 죽어도 먹고 싶
은 거 먹어야 하는 것 몰라? 스파게티 못 먹어서 내일까지 원고
마무리 못하면, 네가 대신 책임질래? 스파게티 다 되면 불러. 난
그새 눈 좀 붙여야겠다.”

뭐라고 말할 사이도 없이 유신은 혀를 날름거리고는 휑하니
자기 방으로 들어가 버렸다.

선수 퇴장, 상황 종료.

“으이그, 정이라고는 눈곱만큼도 없는 계집애 같으니라고.”

지원은 유신의 방을 향해 주먹을 쥐어 보이고는 집을 나섰다.

룸메이트로 지내온 것이 이 년째. 평소에는 인스턴트 식품만
끼고 사는 유신이 임신한 여자라도 되는 양 무작위로 먹고 싶은
게 동하는 것은 마감 때만 되면 도지는 병이었다. 본인 말로는
하나의 작품을 탄생시키는 것은 아이를 낳는 것과 같은 이치이
기 때문이라고 했다.

“좌우지간, 누가 딸 부잣집 막내 아니랄까 봐 까다롭기는. 자
장면이나 스파게티나 그게 그건데 한국 사람이 국산품을 애용
해야지…… 잠깐, 자장면이 우리 음식이던가? 에라, 모르겠다.”

그렇게 혼잣말을 주절거리며 큰 길가에 다다를 즈음이었다.
저만큼 앞서 가고 있는 남자의 뒷모습이 눈에 들어왔다. 훤칠한
키의 남자는 늦여름에 어울리지 않는 긴 소매의 후드 티를 입고

술 취한 사람마냥 비틀비틀 걸어가고 있었다.

'세상에 이 벌건 대낮에 낮술이라도 한 건가?'

혹시라도 괜한 사람 붙잡고 시비라도 걸까 싶어 지원은 가급적 남자와 반대 편 길가로 걸음을 재촉했다. 섣불리 앞서지도 못하고 슬금슬금 눈치를 보고 있는데 왠지 뒤통수가 낯이 익었다.

'에, 설마?'

고개를 갸웃거리던 지원은 걸음을 조금 빨리하며 외쳤다.

"강유진!"

목청 높여 이름을 불렀지만 남자는 뒤돌아보지 않았다. 지원은 다시 뒷모습을 찬찬히 훑어보았다. 그러나 보면 볼수록 유진이 확실하다는 심증이 굳어져 갔다.

"저 녀석, 선생님이 부르시는데 뒤돌아보지도 않고 말이야."

가뜩이나 내기에 져서 열이 받아 있던 지원은 한달음에 언덕을 달려 내려가기 시작했다. 그리고 그의 어깨를 덥석 부여잡았다.

"야, 강유진! 너 선생님이 부르시는데 돌아보지도 않고 말이야!"

"어, 선생님……."

가쁜 숨을 몰아치며 한바탕 훈계를 쏟아내려던 참에 되돌아온 퀭한 눈동자.

"너 얼굴이 왜 그래? 어디 아픈 거야?"

"몸살인가 봐요. 으슬으슬 춥고 열이 나는 게……."

“어디 좀 보자.”

지원은 그의 이마를 향해 손을 내밀었다. 그러자 유진은 마치 전염병 환자의 손이라도 닿는 듯 황급히 몸을 뒤로 뺐다.

“얘가 정말…… 너 가만히 있지 못해!”

자꾸만 몸을 빼려고 하는 유진의 팔목을 거머쥔 채 지원은 다른 손으로 재빨리 이마를 짚었다. 그리고 소스라치게 놀랐다. 거짓말 조금 더 보태면 주전자라도 올려놓으면 그대로 더운물이 될 정도로 펄펄 끓고 있었던 것이다.

“세상에, 이 열 좀 봐! 언제부터 이런 거야?”

“어제 낮부터 몸살기가 있는 거 같긴 했는데…….”

“그럼 병원을 갔어야지 미련하게 왜 그냥 뒀어!”

“그냥 자고 나면 나아질 줄 알았죠. 아무래도 안 되겠기에 지금 약국 가는 길이에요.”

“아이고, 이 미련퉁이야! 자고 난다고 다 나으면 이 세상 의사들 다 굶어 죽겠다. 어떻게 다 큰 어른이 자기 몸 관리도 못하니! 넌 덩치만 컸지 여전히 애다, 애.”

“선생님, 죄송한데 말소리 좀 줄여주세요. 머리가 둥둥 울려서 토할 것 같아요.”

발을 동동 구르며 소리치는 지원 앞에서 유진은 현기증이 이는 듯 휘청거렸다. 완전히 하얗게 질려 버린 얼굴색에 지원은 덜컥 겁이 났다.

“안 되겠다. 이건 약국이 아니라 병원을 가야겠어.”

“아니, 괜찮아요.”

“내가 안 괜찮으니까 어서 따라와. 너 이 근처에 병원이 어딘
지도 모르잖아?”

지원은 유진의 손목을 꽉 움켜쥔 채 성큼성큼 앞으로 나섰다.
차마 지원 앞에서 쓰러질 수 없다는 일념 하나만으로 버티고 있
는 유진에게 더 이상 실랑이를 할 기운이 있을 턱이 없었다. 그
저 병원 가기 싫어하는 어린아이가 부모 손에 끌려가듯 그렇게
지원의 뒤를 따르는 수밖에.

일요일에 문을 연 병원을 찾기란 모래사장에서 바늘을 찾는
것과 같았다. 근처의 지리에 빠삭하다며 기세등등 이끌고 나섰
건만 동네를 한 바퀴 돈 후에야 지원은 의사들도 휴식이 필요한
인간에 지나지 않음을 인정하지 않을 수 없었다.

“사람이 휴일 가리고 아프다니? 어떻게 일요일이라고 하나같
이 병원이 쉰다니?”

결국 찾은 곳은 근처에서 제일 가까운 대학 병원 응급실. 그
러나 그들의 기다림은 쉽게 종지부를 찍지 못했다.

“으아아악! 내 다리, 내 다리! 으아아악!”

때마침 오토바이 사고로 실려온 환자로 응급실 안은 북새통
이었고, 두 사람은 약속이라도 한 듯 피투성이가 된 다리를 부
여잡고는 고래고래 비명을 지르는 환자를 숙연히 지켜보고 있
었다.

“저 사람 엄청 아파 보이지?”

“그러네요.”

“저런 사람 앞에서 여기도 죽을 거 같으니까 빨리 봐달라고는 못하겠지?”

“명함도 못 내밀죠.”

“그래, 아무래도 그렇겠지?”

“염려 마세요, 저 충분히 견딜 만해요.”

“유진아.”

“네?”

“다음부터는 아프더라도 휴일에는 아프지 마라.”

“……네에.”

삼십 분가량의 처절한 사투가 끝나고, 기진맥진한 의사가 마침내 그들을 찾았다. 벌겋게 달아오른 유진과 파리한 안색의 의사가 마주 앉아 있노라니 누가 환자고 누가 의사인지 헷갈릴 정도였다.

“과로로 인한 몸살이군요. 약을 드릴 테니 먹고 푹 쉬세요. 링거도 한 병 놔드릴 테니 맞고 가시구요.”

병원을 찾기 위해 동네를 순례하고, 뉴스에서나 볼 법한 참상을 목격한 것치고는 지극히 심플한 처방이었다. 허탈한 마음에 한 가닥 위로가 되는 것은 그나마 응급실 분위기를 연출하는 링거라고나 할까. 포도당 액 튜브를 들고 온 간호사는 익숙한 손놀림으로 정맥을 찾아 바늘을 꽂았다.

“다 맞으려면 얼마쯤 걸릴까요?”

“두 시간 조금 더 걸릴 거예요.”

“전 괜찮으니까 먼저 들어가세요. 번거롭게 해서 죄송해요.”

"어이구, 다 죽어가면서도 인사 차리기는. 가지 말라고 해도 갈 테니까 내 걱정은 말고 네 몸이나 챙겨. 여전히 안색이 안 좋아, 너."

주사실에서 나온 지원은 일단 수납계에 가서 계산을 하고는 약국에 처방전을 냈다. 잠시 기다리라는 말과 함께 약사가 사라진 사이 서둘러 핸드폰을 꺼내 버튼을 눌렀다. 그러나 계속되는 신호음에도 불구하고 유신은 전화를 받지 않았다.

"하긴, 며칠 동안 잠을 제대로 못 잔 데다가 어젯밤에도 철야를 하다시피 했으니 한 번 든 잠이 전화 벨소리 정도로 깰 리가 없지. 그나저나 이제 어떻게 한다?"

오른쪽에는 병원의 출입구가, 왼쪽에는 주사실이 있었다. 잠시 양쪽을 번갈아 보던 지원은 역시나 고개를 젓고는 약사가 건넨 약 봉투를 움켜쥐고 다시 주사실로 향했다. 아무리 처지가 급하다 해도 아픈 사람을 그냥 두고 간다는 것은 인도주의 정신에 어긋나기 때문이지 절대 우정보다 사랑…… 아니, 남자를 택한 것은 아니라고 되뇌면서.

"유진아, 나 다시 왔다!"

깜짝 놀라게 할 심산으로 와락 침상의 커튼을 걷으며 얼굴을 디밀었다. 그러나 놀라기는커녕 상대방은 무반응 그 자체였다. 약 기운 탓인지, 긴장이 풀려서인지 유진은 벌써 잠에 빠져들어 있었다.

"에이, 재미없게 자냐."

푸념조로 말하면서도 한편으로는 다행이란 생각이 들었다.

적어도 빨리 가라니 어쩌니 하는 실랑이는 하지 않아도 되었으
니 말이다.

지원은 침대 옆 의자에 앉았다. 쌔근거리는 숨소리가 규칙적
으로 들려왔다. 깊은 잠에 빠져 있는 평온한 표정을 보고 있노
라니 그녀의 입가에 저도 모르게 미소가 머금어졌다.

언제였던가, 지금과 비슷한 상황이 있었다. 유진의 어머니는
사업상 출장으로 집을 비웠고 가정부마저 유행성 독감에 걸려
결근을 했던 날. 그 독감에 옮았는지 그가 수업을 받는 동안 내
내 콜록거렸다. 아무래도 안 되겠다 싶어 쉬라고 종용했건만 그
는 괜찮다며 시종일관 고개를 저었다. 그렇게 막무가내로 버티
던 유진은 급기야 팍 하니 책상 위에 고개를 박았고 뜻밖에 발
생한 응급 사태에 지원은 팔자에도 없는 간호사 역할까지 떠맡
아 간호했던 것이다.

"쯧쯧, 십 년이면 강산도 변한다는데 넌 어째 달라진 게 없냐,
강유진."

물론 변한 게 없는 건 아니었다. 그때는 듬성듬성 여드름이
솟은 얼굴의 까까머리 소년이었지만 지금은 훤칠하고 번듯한
청년이지 않은가.

지원은 새삼스레 유진의 달라진 얼굴을 찬찬히 관찰하기 시
작했다. 짙은 눈썹과 가지런히 감긴 눈, 정 가운데로 뻗은 반듯
한 코, 그리고 가느다라면서도 도톰한 입술…….

"부럽다, 부러워. 사내 녀석이 정말 입술 하나는 예술이라니
까."

그렇게 한참 그의 얼굴을 바라보고 있던 어느 순간이었다. 자신이 무엇을 하는지 미처 깨닫기도 전에 지원의 손은 유진의 얼굴 위를 향해 있었다. 상대는 무방비 상태. 이러면 안 돼! 라는 생각이 든 것도 잠시, 그녀는 최면에 걸린 것처럼 그의 턱 선을 천천히 쓰다듬었다. 야트막하게 자란 턱수염이 주는 까칠한 감촉에 묘하게 가슴이 두근거렸다. 그렇게 턱 주변을 맴돌던 손길이 차츰 위로 향하면서 부드러운 입술에 닿았다. 일순 찡하는 전기 같은 게 손끝을 타고 오르면서 지원은 손가락 하나 까딱할 수 없었다.

만일 저 입술에 키스를 한다면 어떤 느낌일까? 푹신한 쿠션을 안은 것처럼 포근한 느낌일까? 아니면 솜사탕처럼 달콤한…… 그때였다.

"으음……."

작은 신음 소리와 함께 유진의 눈꺼풀이 파르르 떨렸다. 망측한 상상은 일순 그 날개를 접었고 지원은 화들짝 손을 거두며 의자에 엉덩이를 붙였다. 그리고는 반사적으로 회전 의자를 엉뚱한 방향으로 돌리고 허겁지겁 핸드폰을 꺼내 누군가와 통화를 하고 있는 시늉을 했다.

"응, 나 좀 더 걸릴 것 같아. 그래, 알았어. 될 수 있는 한 빨리 들어갈게. 그래. 이따 봐."

이미 막은 올랐고, 조명에 불은 들어왔으며 관객의 시선—그게 비단 한 명에 지나지 않는다 해도—은 자신을 주시하고 있다. 지원은 떨리는 손으로 핸드폰 폴더를 접으며 속으로 으르렁거렸다. 제발, 제발, 제발. 그만 벌렁거려라, 심장아, 라고.

"어? 유진이 깼니? 미안, 내가 너무 시끄럽게 떠든 모양이네. 하하……."

분명 지원의 뇌는 웃으라는 명령을 전달하였건만 미처 운동 근육까지 명확하게 뜻이 전달되지 않은 모양이었다. 그저 우스꽝스러운 소리만 새어 나갈 뿐, 입가에 떠오른 것은 차마 미소라고는 보기 힘든 간질병 환자가 일으킬 법한 경련이었다.

"아직 안 가셨어요?"

"그러니까 그게 아무래도 환자 혼자 두고 가기가 뭐해서 말이야. 몸은 어때? 좀 괜찮아?"

"한결 나아졌어요."

그러면서 미심쩍게 쓸어보는 눈초리.

"근데 무슨 일 있었어요? 선생님 얼굴이 빨개요."

"어, 얼굴이? 아, 그게, 그게 말이지, 여기가 너무 더워서 그래. 아유, 왜 이렇게 더운 거야! 여긴 에어컨도 없나? 좌우지간 있는 데가 더하다고 그 많은 돈 갖다 어디다 쓰는지……."

지원은 방정맞게 손 부채질을 해대며 유진의 시선을 피했다.

'눈치 챈 건 아니겠지? 아니, 혹시 그 이전부터 깨어 있었던 건? 아니야, 설마 그럴 리가…….'

아니기를 지원은 간절히 바랐다. 만에 하나 유진이 깨어 있었고, 그 일련의 행동을 감지하고 있었다면? 생각만 해도 얼굴이 화끈 달아올랐다. 어떻게 해서든 둘러댈 변명거리를 찾아야 했지만 이미 사고 기능은 정지에 가까운 상태였다.

'내가 왜 그랬을까? 도대체 뭐에 홀렸기에 그런 남세스러운 짓을 한 것일까.'

후회는 이미 늦었다. 어떻게든 이 돌발 상황을 벗어나는 것이 급선무일 뿐.

"왜 일어나? 어디 불편해? 아, 화장실 가고 싶니?"

지원은 자리에서 벌떡 일어섰고, 엉거주춤 몸을 일으키던 유진은 미간을 찌푸렸다. 여차하면 화장실에라도 데려다 줄 것마냥 만반의 준비를 갖추고 있는 그녀. 자신이 여자라는 사실을 명백히 잊고 있음이 분명했다.

"아뇨. 집에 가려고요."

"무슨 소리야? 아직 다 맞으려면 멀었는데. 어서 누워!"

그러나 유진은 몸을 곧추세우며 침대 시트를 걷었다. 짐작컨대 지금 지원이 뭐 마려운 강아지처럼 안절부절못하고 있는 이유는 조금 전의 전화 때문이리라고 생각했다. 책임감 빼면 시체인 그녀의 성격상 들어가라 한다고 들어갈 리 만무하다는 것은 이미 경험한 터, 그런 상황을 뻔히 아는 마당에 누워서 쉬라는 것은 오히려 곤욕이었다.

"중요한 전화가 오기로 되어 있는데 휴대폰을 집에 두고 나왔어요."

"정말? 아, 그럼 잠시만 기다려. 내가 간호사에게 얘기하고 올게, 링거 꽂은 채 갈 수 있도록 해달라고."

평소 같으면 진의를 파악하느라 몇 차례 다짐을 받았을 터였

다. 그러나 되돌아온 지원의 반응은 한시름 던 것처럼 희색이
만연했으니……. 유진은 자신의 추측이 틀리지 않았다고 생각
했다.

'도대체 그 전화의 주인공이 누구기에 저러는 것일까?'

갑자기 마음 한구석이 허전해지면서 손등에 꽂혀 있는 바늘
이 거추장스럽게 여겨졌다.

"됐어요. 괜히 번거롭게 할 것 없이 그냥 빼고 갈래요."

"되긴 뭐가 돼! 그래도 저거라도 맞아야 기운이 나지. 저기요!
여기요!"

"괜찮다니까요."

그의 만류를 뿌리치고 황급히 간이커튼을 걷는 지원. 목청을
높이고 간호사를 부르는 것으로도 모자랐는지 쌩하니 복도로
뛰어나갔다. 그 전광석화 같은 몸놀림에 유진은 할 말을 잃었
다. 잠시 지원이 사라진 방향을 바라보던 그가 한숨을 내쉬며
침상에서 일어섰다. 그리고는 받침대에 걸려 있는 링거 병을 가
뿐히 빼내 들고는 혀를 끌끌 찼다.

"그냥 이렇게 들고 가면 되는데……."

정말이지 단순하달까, 바보 같달까. 어느 쪽이든 그녀가 그의
'선생님'이라는 점을 감안한다면 어울리는 수식어는 아니었지
만, 매사에 야무진 것 같은 지원이 이렇듯 맹한 구석을 보일 때
면 그 경계선은 불가항력적으로 무너지곤 했다.

물론 유진은 알지 못했다. 지원이 허둥지둥 간호사를 부르며
나선 것은 유진을 보기가 민망하고 그에 더해 행여 한국판 '폭

로'의 여주인공이 되는 불상사가 생기는 것은 아닐까 하는 소심
함 때문이라는 것을.

"와, 집 한번 좋다. 이게 말로만 듣던 풀 옵션 렌트 하우스구
나."

침실 문 열고 탄성 한 번. 욕실 문 열고 또 탄성 한 번. 집에
들어서기가 무섭게 링거 병을 유진에게 떠넘긴 지원은 여기저
기 기웃거리기 시작했다.

"여기 월세가 얼마야? 꽤 비쌀 것 같은데. 이거 회사에서 다
대주는 거지? 이야, 이 전망 봐라. 정말 죽이는데? 내부 분위기
탓인가, 어째 우리 집에서 보는 야경보다도 훨씬 나은 것 같
다?"

어차피 답을 요하는 질문이 아니기에 유진은 대꾸하지 않았
다. 졸지에 부동산 중개인이 된 듯한 기분으로 감탄사와 물음표
의 릴레이 경주를 지켜볼 따름이었다. 그렇게 열어볼 데를 다
열어보고—심지어 신발장까지도—난 후에야 지원은 링거 병을 높
이 치켜들고 현관 앞에 서 있는 유진에게 관심을 베풀었다.

"참! 너 누워야지? 가만있어 봐, 침실이 여기던가?"

그러면서 벌컥 문을 열어젖힌 것은 욕실이었으니.

환자와 간병인, 집주인과 손님. 어느 쪽에서 자신의 정체성을
찾아야 할까 잠시 고민하던 유진은 손목 위에 붙어 있는 반창고
와 바늘을 뺐다. 그리고 노란 액체가 1/5가량 남아 있는 포도당
튜브를 휴지통에 넣고는 터벅터벅 주방으로 걸음을 옮겼다.

“커피 드실래요?”

“아, 괜찮아. 괜히 번거롭게 뭘……. 근데 목이 좀 마른 것 같기도 하다. 기왕이면 시원한 걸로 줄래? 얼음 동동 띄워서.”

어련하시겠습니까, 마마.

정체성에 대한 확인사살이 이루어진 터, 유진은 냉장고에서 오렌지 주스와 얼음을 꺼내 8대 2의 비율로 섞고는 소파 위에 눕다시피 기대앉은 지원에게 갖다 바쳤다.

“참, 근데 너 김경호 팀장이랑 무슨 일 있었어?”

“무슨 일이라뇨?”

“아니, 로즈메리 사이트와 관련해 내가 고맙다고 했더니 인사는 너한테 하라는 얘기를 하더라고.”

물론 지원은 그 앞에 다른 얘기가 있었다는 말은 하지 않았다.

“수완 한번 좋습디다, 민 팀장. 이제는 이사까지 부려먹습니까?”

도대체 무슨 근거로 그렇게 비꼬는 것인지 이유를 캐물었지만 김경호는 끝내 입을 열지 않았다. 강 이사 본인에게 직접 물어보라는 말만 남겼을 뿐.

“그래요? 왜 그랬을까?”

지나가는 행인1처럼 스쳐 가는 낭패감. 그리고 이내 영문을 모르겠다는 듯 고개를 갸웃거리며 등장한 주연 배우급의 표정.

그 의식적인 행동에 지원은 자신의 막연했던 추측이 맞았음을
알 수 있었다.

유진이라면 선생님에 대한 호의에서 충분히 그랬을 수 있으
리라 생각했다. 그런 그의 마음 씀씀이가 고마우면서도 한편으
론 허전한 기분이 드는 것을 막을 수 없었다.

'근데 사실은 말이지. 유진아, 나 아까 좀 많이 당황했다. 너
그거 모르지? 침상에 누워 있는 널 보면서 아주 잠깐이지만 이
상한 느낌이 들었어. 뭐랄까, 한순간 네가 내가 아는 강유진이
아닌 것처럼 느껴졌다고나 할까? 우습지? 넌 내 제자일 뿐인데,
난 너의 선생님인데……. 아니, 이젠 그저 같은 사무실에서 일
하는 상사일 뿐인데 말이야.'

갈피를 잡지 못하고 맴돌던 상념은 툭 하니 던져진 유진의 말
에 정지되었다.

"고마워요."

"응? 뭐가?"

"그냥 이것저것 다요. 병원에 데려가 준 것도, 집까지 데려와
준 것도, 그리고……."

'지금 이렇게 옆에 있어주는 것도…….'

그러나 유진은 가만히 마지막 말을 삼켰다. 그가 머뭇거리자
지원이 픽 웃더니 기다리고 있었다는 듯 끼어들었다.

"병원비 내준 것도."

"……."

"왜 그런 눈으로 봐? 그게 제일 중요한 건데. 너 보험처리도

안 돼서 생돈 날렸단 말이야.”

“여기 지갑 있어요. 선생님 다 가지세요.”

“정말? 너 후회 안 하지?”

지원은 키득거리면서 재빨리 지갑을 낚아챘다.

“어디 보자. 진료비에다가 왕복 택시비, 그리고 수고비까지 하면…….”

본격적인 암산에 돌입한 그녀를 기가 막힌 듯 보고 있던 유진이 깊은 한숨을 내쉬며 일어섰다. 정말 무드라고는 눈곱만큼도 없는 여자다. 그는 장식장 위에 놓인 CD 케이스를 요란스럽게 뒤적이기 시작했다. 잔뜩 심통이 나 있는 그 뒷모습에 지원은 쿡쿡 새어 나오는 웃음을 참을 수 없었다.

'왜 너랑 있으면 이렇게 어린애가 되는 것 같은 느낌일까?'

더 이상 위엄 따위는 보이지 않아도 좋았다. 체면 같은 것을 차릴 필요도 없었다. 그저 있는 그대로 자신의 모습을 보여도 창피할 것이 전혀 없는, 어떤 농담을 해도, 어떤 투정을 부려도 상관없이 받아줄 것만 같은 그런 편안한 느낌이었다.

'그래, 어쩌면 고마운 감정 때문이었는지도 몰라. 남모르게 나를 챙겨주는 누군가가 있다는 사실에 그게 너무 좋아서……. 응, 그래서였을 거야…….'

“유진아.”

“왜요? 돈이 모자라요?”

“아프지 마라.”

애꿎은 CD에 화풀이를 하고 있던 손이 움직임을 멈췄다.

"아프면 자기만 손해인 거 몰라? 내가 겪어보니까 혼자 있을 때 아픈 것만큼 서러운 게 없더라."

유진은 천천히 몸을 돌렸다.

"……선생님."

"응?"

'선생님도 울지 말아요.'

"왜?"

'선생님 우는 모습 같은 건 보고 싶지 않아요.'

"사람을 불렀으면 말을 해야지, 왜 말은 안 하고 그렇게 빤히 쳐다봐?"

'왜냐하면 난…… 난…….'

"얘가 정말 사람 민망하게시리……."

지원의 맥박이 점차 빨라지기 시작했다. 침묵 속에서 뚫어져라 쳐다보는 유진의 눈빛이 심상치 않았다. 그를 안 지 근 십 년이 넘었지만 이처럼 정색을 한 모습은 한 번도 본 적이 없었다.

"너 혹시 내가 정말 지갑 꿀꺽할까 봐 그러는 거니? 어휴, 사내 녀석이 소심하기는. 그냥 지갑 내놓으라고 말하면 되지, 뭘 그리 뜸을 들여?"

어색한 분위기를 탈피하려는 도발 작전은 보기 좋게 수포로 돌아갔다. 평소 같으면 발끈해서 맞받아치고도 남았겠지만, 지금의 유진은 눈썹 하나 까딱하지 않았다.

"나, 궁금한 게 있어요."

“뭔데?”

“아까 병원에서 나 자고 있을 때 선생님이…….”

지원은 흠칫 놀랐다. 병원이라는 말에 가슴이 철렁 내려앉음과 동시에 주머니에서 요란한 벨소리가 들렸다.

“어, 내 전화다. 유진아, 미안.”

뜻밖의 구세주에 남모르게 감사하며 지원은 급히 핸드폰을 꺼내 들었다.

“여보세요?”

[민지원!]

기차 화통을 삶아 먹은 듯 우렁찬 고함 소리.

[너 지금 어디야? 스파게티 재료 사러 아예 이태리까지 간 거야, 뭐야?]

“유, 유신아. 그게 말이지…….”

[잔말 말고 십 분 내로 들어와. 십 분!]

과연 유신은 ‘용건만 간단히’의 뜻을 아는 사람이었다. 전화는 매몰차게 끊어졌고, 지원은 용수철처럼 벌떡 자리에서 일어섰다.

“유진아, 나 그만 가야겠다.”

“무슨 일이에요?”

“나랑 같이 지내는 룸메이트가 있는데 성질이 보통이 아니거든? 사실 아까 걔가 스파게티 먹고 싶다고 하기에 재료를 사러 나왔다가 우연찮게 너 만나서 병원까지 간 거였어. 얘가 지금 쫄쫄 굶고 있어서 내가 얼른 들어가서 저녁 해줘야 해. 너 이제 괜찮지? 그럼 나 간다!"

　지원은 전광석화처럼 달려나가 신발을 꿰신었다. 화가 머리 끝까지 치민 유신이 두렵지 않은 것은 아니었지만 적어도 조금 전의 난감한 상황을 모면하려는 심산도 있었다. 어차피 변명이 그녀에게 부여된 형벌이라면 적어도 유진보다는 유신 쪽이 나았다.

　"잠시만요, 제가 아까 하려던 말은……."

　"미안. 내 사정 좀 봐주라, 유진아. 지금 가도 중상이긴 하지만, 십 분 내로 가지 못하면 이미 사망 신고서에 도장 찍은 거나 다름없거든? 그러니까…… 근데 이 문은 어떻게 여는 거야?"

　급할수록 돌아가라더니. 초조한 마음에 이중 잠금 장치를 아무리 돌려도 철컥철컥 소리만 날 뿐 육중한 현관문은 열리지 않았다. 그렇게 서툰 도둑마냥 자물쇠와 씨름하고 있는 지원의 손을 유진의 커다란 손이 거머쥐었다.

　"좋아요. 그럼 이렇게 하기로 해요."

사랑의 힘

아무래도 어울리지 않는 옷차림이라고 끝까지 버텼지만 유진이 등을 떠밀다시피 하여 간 곳은 호텔 지하 1층에 위치한 이태리 레스토랑이었다. 은은한 조명 아래 이국적인 인테리어가 돋보이는 그곳은 그의 말대로 일요일을 맞아 어린아이들을 데리고 나온 부부들과 캐주얼 차림의 젊은 연인들이 더러 눈에 띌 뿐, 걱정했던 것만큼 격식을 차리는 분위기는 아니었다.

"글쎄, 내가 뭐랬어요. 괜찮다고 했잖아요."

잔뜩 주변의 눈치를 살피던 지원의 얼굴이 한결 밝아진 것을 보고는 유진이 피식 웃었다.

"호텔이 뭐 별 건가요? 좀 조용한 분위기에서 맛있는 거 먹으러 왔다고 생각하면 되죠."

"아무리 그래도 장 보러 나왔던 차림으로는 좀 그렇잖아. 그냥 집 근처에서 가볍게 먹어도 될 걸 가지고."

"그 근처엔 스파게티 전문점이 없잖아요."

"그야 그렇긴 하지만……."

근데 왜 하필 스파게티냐고 물으려다가 지원은 질문을 삼켰다. 하기야 유신이 먹고 싶다고 노래를 부르던 게 스파게티니 그나마 기분을 맞춰줄 준비는 된 셈이다.

"친구 분은 아직인가요?"

"응. 아직 안 보이는…… 아, 저기 온다. 유신아, 여기!"

지원은 자리에서 일어서며 내심 혀를 내둘렀다. 지금 시야에 잡힌 저 말끔한 치장의 여자가 불과 몇 시간 전까지만 하더라도 기름으로 떡이 진 머리에 커다란 뿔테 안경을 걸친 채 가슴부터 허벅지까지 이르는 커다란 판다 문양의 통 원피스를 뒤집어쓰고 있었으리라고 그 누가 상상이나 할 수 있으랴.

"음, 이쪽은 같은 회사에서 근무하는 강 이사님."

"처음 뵙겠습니다, 강유진입니다."

"그리고 이쪽은 나랑 대학 동창이자 룸메이트인……."

"김유신이에요. 만나서 반가워요."

소개가 채 끝나기도 전에 유신은 스스럼없이 손을 내밀었다. 사뭇 도전적인 태도에 잠시 머뭇거리던 유진은 이내 공손히 손을 잡았다.

"죄송합니다, 저 때문에 본의 아니게 친구 분에게까지 폐를 끼치게 돼서."

"아니에요. 덕분에 이렇게 근사한 저녁을 먹게 되었는데요 뭐."

살짝 입꼬리를 들어 올리며 웃는 유신. 지원은 순간 등골이 오싹했다. 친구로 지낸 지 십 년에 한 지붕 아래서 산 게 햇수로 삼 년째. 짐짓 예의를 차린 저 미소의 이면에 어떤 생각이 오가고 있을지는 익히 짐작할 수 있었다.

'그래, 민지원. 남자였단 말이지.'

'네가 생각하는 그런 게 아니니까 조용히 넘어가 주라.'

지원이 눈을 껌벅거리며 계속 메시지를 보냈다. 그러나 유신은 가볍게 콧방귀를 끼더니 그 애원을 보기 좋게 묵살했다.

"그렇지 않아도 어떤 분인지 꼭 한번 뵙고 싶었어요. 지원이가 하도 강 이사님, 강 이사님 해대는 통에 귀에 못이 박혔거든요."

"선생님이 제 얘기를요?"

"유신이 너, 지금 무슨 소리를 하는 거야? 내가 언제……."

"아차차, 내 정신! 깜박했다, 지원아."

그러면서 슬쩍 곁들이는 낭패라는 표정.

"현(現)이 아니라 전(前) 강 이사였지? 지원이 네가 오매불망 그리는 사…… 악!"

유신의 너스레는 계속되지 못했다. 가뜩이나 마감 스트레스로 인해 결리는 옆구리를 메뉴판으로 가격당하고 말았던 것이다. 불시에 가해진 테러에 유신은 외마디 비명을 지르며 대뜸 눈을 치켜떴다.

"민지원! 지금 뭐 하는 거야?"

"너 배고프다며? 빨리 주문하자. 뭐 먹을래? 아, 아까 스파게티 먹고 싶댔지?"

지원은 허둥지둥 메뉴판을 넘겼다. 아픈 옆구리를 어루만지며 째려보던 유신은 다시금 전투 태세를 갖추고는 칼을 빼 들었다.

"강 이사님, 지원이 얘가 얼마나 폭력적인지 아세요?"

그러자 유진은 빙그레 웃으며 고개를 끄덕였다.

"물론 잘 알고 있습니다. 저도 경험자니까요. 아마 주변에 있는 모든 물건을 흉기화할 수 있는 분이시죠?"

"맞아요, 맞아. 지원이 애 밑으로 남동생이 셋이나 되잖아요? 근데 개네들이 다 누나만 보면 벌벌 떨더라고요. 처음엔 애들이 참 예의가 바르구나 생각했는데 나중에 알고 보니 그게 다 매로 길들여진 거지 뭐예요. 체구는 자그마한 애가 손 힘은 어찌나 센지 원."

"백 프로 동감합니다. 저도 과외받을 때 걸핏하면 맞았거든요. 한 번은 두루마리 휴지로 얻어맞은 적이 있는데 가히 박찬호 저리 가라의 속투였어요. 콧등에 정면으로 맞고 코피까지 터졌으니……."

어느새 결성된 연합 전선. 그들은 공통분모라 할 수 있는 지원을 절구통에 밀어 넣고 쿵쿵 방아를 찧기 시작했다. 졸지에 수세에 몰린 지원은 속수무책으로 치도곤을 당할 뿐이었다.

"근데 지원이한테 과외를 받으셨다면 지금 나이가 어떻게 되세요?"

"스물여덟입니다."

"와아, 진짜 영계네!"

유신은 군침까지 흘리며 소리쳤다.

"그건 옛날 일이고, 지금은 어디까지나 이사님이다, 유신아."

"어머? 이사라고 해도 너희 회사 이사지 나랑은 아무 상관없지. 안 그래요?"

"네, 그렇죠."

정말 그렇게 생각해서인지, 아니면 예의상에서인지 유진은 선선히 고개를 끄덕였다. 이에 힘을 얻은 유신은 지원이 채 끼어들 틈을 주지 않은 채 되물었다.

"기왕 말이 나왔으니 말인데 지금 이 자리는 지원의 상사로서 나오신 건가요, 아니면 제자로서 나오신 건가요?"

총구의 방향이 돌연 자신을 향하자 유진이 헛기침을 했다.

"어머, 답하기 곤란한 질문이었나요?"

'당연하지, 이 왠수야! 네가 무슨 사명대사냐?

상사로서라면 아무래도 지원이 그를 대하기가 껄끄러워지고 그렇다고 제자로서라 하면 꼬투리를 잡으려 안달이 난 유신에게 어떤 대우를 받아도 용납하겠다는 셈이다. 어느 모로 보나 유진에게는 진퇴양난이었다. 지원이 속으로 이를 빠드득 갈고 있는데 정작 유진은 냅킨으로 입가를 닦으며 여유있게 답했다.

"물론 둘 다 아닙니다."

"둘 다 아니라는 건?"

"대답하기 곤란할 것도 없고, 그렇다고 말씀하신 자격으로 있
는 것도 아니라는 뜻이죠."

유신의 얼굴에서 짓궂은 미소가 사라졌다. 그리고 대신 들어
찬 것은 순도 백 프로의 의아함이었다.

"잘 이해가 안 가는데요?"

"제가 지금 여기에 있는 건 상사로서나 제자로서가 아니라 이
웃사촌으로서니까요."

"……."

"자, 건배 한번하시죠. H동민의 돈독한 정을 위해."

유진은 싱긋 잔을 들어 올렸다. 그 재치 어린 답변에 유신은
자신의 패배를 인정하지 않을 수 없었다. 이도 저도 아닌 제삼
의 포지셔닝을 통해 남자는 멋지게 자신이 쳐놓은 올가미에서
빠져나간 셈이다. 뛰어난 순발력과 탁월한 임기응변에 유신은
모처럼 기분 좋게 손을 들어주었다.

한편 유신의 간교한 책략에서 유진을 구출해야 할 사명감을
느끼던 지원으로서는 무언가 힘이 빠졌다. 뭐랄까, 자신이 가르
치고 돌봐줘야 할 아이가 어느새 품 안을 벗어난 것을 확인했을
때의 서운함 같은 게 밀려들었던 것이다. 그래서인지 지원의 입
에서는 저도 모르게 뚱한 대꾸가 나갔다.

"같은 동민이라고 다 같은 동민이 아니지. 넌 부르주아고, 우
린 프롤레타리아니."

"에이, 왜 이러십니까. 요즘 세상에 그런 구분이 어디 있다
고."

“없긴 왜 없어? 내 눈으로 직접 본 것을. 유신아, 나 아까 얘네 집 갔다가 네 소설에 나오는 그런 호화 빌라 구경했다.”

“정말? 그럼 이거 내친 김에 모델 연구 좀 해야겠는데? 혹시 강 이사님, 재벌 3세 뭐 그런 거예요?”

“하하, 설마요.”

“얘네 집이 좀 살긴 해도 네가 생각하는 그런 재벌까지는 아니야.”

그러자 유신은 눈을 더 총총 빛냈다.

“그럼 어떻게 해서 지금과 같은 위치에 오르게 되셨어요?”

“그게 얘기를 하자면 좀 긴데…….”

“말해 봐. 나도 옛 제자가 어떻게 상사로 오게 됐는지 몹시 궁금하니까.”

지원의 명령에 유진은 하는 수 없다는 듯 입을 열었다.

“간단히 말하자면 운이 좋았다고나 할까요? 처음 미국에 갔을 때, 재미 삼아 복권을 샀는데 그게 당첨이 됐어요. 그게 만 불이었으니까 우리 돈으로 하면 약 천만 원가량의 공돈이 생긴 셈이죠.”

세상에 복있는 놈은 따로 있다더니. 난생처음 산 복권은 모조리 꽝이요, 호프집 이벤트에서도 당첨 번호가 한 끗발로 빗나가는 지원으로서는 꿈도 못 꿀 이야기였다.

“그래서 생긴 돈으로 내친 김에 주식에 투자를 했는데, 99년 들어서면서 IT 관련주가 대박이 나지 뭡니까. 원래부터 인터넷 쪽에 관심이 있었던지라 그 분야의 것을 사뒀었거든요. 그래서

그걸 밑천 삼아 친구 녀석과 함께 IT 관련 작은 회사를 차렸는
데, 그게 다시 다른 쪽과 M&A를 하고 그게 반복되면서 결국 여
기까지 오게 된 거죠.”

“와아, 완전히 영화와 같은 인생이네요.”

그리고 그 영화의 제목은 ‘돈벼락을 맞은 사나이’ 정도가 되
겠지.

“그런가요? 하긴, 저도 제가 이렇게 될 줄은 몰랐죠.”

“정말 재물복을 타고나셨나요. 정말 부러워요!”

잘하면 침 떨어지겠다, 유신아.

“복을 타고난 건지는 몰라도 운이 좋았던 것만은 사실이죠.
제 나이 정도에 그렇게 큰돈을 굴려볼 수 있는 기회는 흔치 않
을 테니까요. 아까 말씀하셨던 재벌 3세가 아닌 이상은.”

“그런 것보다 백 배 낫죠. 부모 잘 만나서 한량 짓 하는 인간
들 정말 밥맛이라고요. 적어도 강 이사님은 자기 힘으로 지금의
위치까지 온 거잖아요? 성공한 거라고요.”

“물론 좋게 봐주시는 건 감사합니다만, 나름대로 아쉬운 점도
없진 않습니다. 일찍부터 주식 투자다, 회사 창립이다 그렇게
돈과 일에 빠져 살게 되다 보니 정작 그 시기에만 누려볼 수 있
는 것들을 제대로 못한 느낌도 없지 않으니까요. 대학 생활도
그렇고…….”

지원은 비로소 유진이 그 나이의 남자들보다 훨씬 어른스러
웠던 이유를 알 것 같았다. 그것은 괜한 허세가 아니었다. 늘 초
연한 태도에, 능수능란하게 사람을 대하고, 여간해서는 자신의

약한 모습을 보이지 않으려 했던 것은 바로 그런 과거가 있었기 때문이리라.

"그래도 여자 친구는 있으시죠?"

"여자 친구요?"

"네. 미국식 표현으로 걸프렌드, 한국식 표현으로는 애인요."

"아직 없습니다."

"왜요? 강 이사님 정도면 따르는 여자가 줄을 설 것 같은데요?"

"글쎄요, 저도 그게 의문이긴 합니다만."

"아유, 아까워라. 내가 네 살만 젊었어도 어떻게 해보는 건데."

쩝쩝 입맛까지 다시며 웃는 유신. 이에 유진 역시 화답하듯 너스레를 떨었다.

"미리 포기하실 이유는 없다고 보는데요? 전 연상도 가리지 않습니다."

그리고 유신은 보았다, 농담처럼 말하는 그의 시선이 힐끔 지원을 향하는 것을.

'역시 그런 거였군.'

자신의 짐작이 틀리지 않았음에 유신은 쿡쿡 새어 나오는 웃음을 참느라 애를 썼다. 어쨌든 이제는 앞으로 취해야 할 노선이 확실해진 셈이었다.

"말씀이라도 고맙네요. 사실 솔직히 저 지금 많이 샘이 나거든요?"

"샘이라뇨?"

"왜 그런 거 있잖아요. 자기 애인을 친한 친구에게 소개시켜 주는 자리. 마치 그런 자리에 온 것 같은 느낌이 들어서요."

"푸흡!"

마시던 물이 급기야 코로 넘어갔다. 코끝이 찡해지면서 눈앞이 아찔한 게 정신을 차릴 수가 없었다. 갑작스레 들린 사레에 연거푸 기침이 터져 나왔고 코에서는 콧물인지 생수인지 모를 것이 흘러내렸다.

"여기요. 이걸로 닦으세요."

냅킨을 건네는 유진의 낯빛 역시 그다지 밝지 않았다. 하기야 그 역시 난감하기는 마찬가지리라. 장난으로 웃어넘기는 것도 한두 번이지 이처럼 작정을 하고 몰고 가는 데야 당할 재간이 있으랴.

"저기, 나 화장실 좀 다녀올게."

"아, 그러세요."

"유신아, 너도 가자."

"나? 난 가고 싶지 않은데?"

'물론 나도 가고 싶어서 가는 게 아니란다, 왠수야.'

"글쎄, 같이 가자니까."

"싫어, 애. 너나 갔다 와. 난 여기서 강 이사님 말상대나 하고 있을래."

'그 말상대를 계속 하다가는 아무래도 십 년 된 우정에 종지부를 찍을 것 같아 이러는 거 모르겠니?'

“그러지 말고 잠깐 같이 가자니까!”

그렇게 옥신각신 실랑이를 벌이고 있는 와중에 핸드폰 벨소리가 울렸다.

“아, 제 전화네요. 여보세요, 헬로? 마리? ……죄송합니다, 저 잠시.”

“그냥 여기서 받으셔도 되는데.”

“아냐, 아냐. 사적인 전화 같은데 염려 말고 다녀와. 여긴 절대 신경 쓰지 말고.”

지원은 새라도 쫓는 모양새로 손을 휘휘 내저었다. 유진은 양해를 구하고는 출구 쪽으로 발걸음을 옮겼고, 멀어지는 그의 뒷모습을 보던 유신이 담배를 빼 물었다.

“발음 한번 죽이네. 근데 마리라고 했던 거 같은데 지원이 너 아는 여자야?”

“김, 유, 신.”

“응? 어라, 너 표정이 왜 그래? 설마 내가 화장실 같이 안 간다고 해서 삐친 거야?”

“나 지금 농담 따먹기 할 기분 아니야.”

“알았다, 알았어. 같이 가줄게. 이것만 피우고.”

“너 정말 이럴래?”

“내가 뭘?”

“왜 엉뚱한 얘기를 해서 사람 민망하게 해?”

“엉뚱한 얘기라니?”

“몰라서 물어? 소개니 뭐니 그런 말 했잖아!”

"그럼 아니야?"

"당연히 아니지. 내가 아까 얘기했잖아. 유진이 재, 병원에 가던 걸 우연히 만났고, 아픈 애 놔두고 혼자 올 수 없어서 집까지 데려다 준 거야. 네 전화 왔을 땐 집에서 나오던 길이었고, 그러던 중 어차피 재도 배가 고파 죽겠다면서 같이 가면 어떻겠냐고 해서 데려온 것뿐이야. 그냥 어쩌다 그렇게 된 걸 가지고 무슨 트집을 그렇게 잡니?"

"으흠, 그러셔?"

야릇한 표정으로 빙글빙글 웃던 유신이 홀 안을 두리번거리며 물었다.

"여긴 누가 오자고 했어?"

"재가."

"역시 그랬군."

"그게 뭐 어때서? 난 그냥 집 근처에서 간단히 먹자고 했어. 근데 이태리 음식이 먹고 싶어 죽겠다고 우기지 뭐야. 그래서 하는 수 없이 온 거야."

"그래? 근데 먹고 싶어 죽겠다던 사람치고는 별로 손을 안 댔네?"

아닌 게 아니라 그의 음식은 거의 줄지 않은 상태였다.

"입맛에 별로 안 맞나 보지."

"그런가? 난 맛있기만 한데 말이야. 하긴, 아픈 사람이 무슨 입맛이 있겠어. 어쩐지 아까부터 물만 마시고 있더라."

지원은 그제야 아차 싶었다.

"아아, 나 같으면 다 귀찮아서 그냥 집에서 뻗어 있을 텐데. 모르긴 해도 저 사람, 정신력 하나는 끝내주는가 보다."

뒤통수를 맞은 것처럼 지원은 정신이 멍했다. 빈 물 잔, 그저 서너 입 대고 만 듯한 음식, 그리고 언뜻언뜻 스쳐 갔던 불편해 보이는 낯빛까지. 자신이 무심코 넘겼던 것을 유신은 야속할 정도로 조목조목 짚어내고 있었다.

"아니면 사랑의 힘이려나?"

"……장난치지 마. 걔는 그냥 내 옛 제자일 뿐이야."

"글쎄, 과연 그럴까?"

유신은 의미심장한 미소를 띠더니 얼굴을 들이대며 속삭였다.

"너 그거 알아? 저 사람 시선이 늘 너를 쫓고 있다는 거."

눈이 자주 마주친다는 것.

새삼스런 일은 아니었다. 회의 시간, 어쩌다 유진 쪽을 보기라도 할라치면 항상 그의 시선을 대해야 했다. 무심코 봤다가 눈이 마주친 나머지 당황해서 황급히 고개를 돌린 게 한두 번이 아니었다. 아니, 한 번도 어긋난 적이 없었다는 편이 옳을 것이다. 마치 항상 기다리고 있던 것처럼.

"쟤 원래 이야기할 때면 사람 눈을 보면서 해."

지원은 자신없이 중얼거렸다. 유신에게라기보다는 스스로를 납득시키기 위한 것이었다.

"물론. 나한테도 기본적인 아이 콘텍트는 해. 하지만 널 볼 때는 그 눈빛이 좀 달라. 뭐랄까, 상당히 애틋하다고나 할까?"

"너 자꾸 쓸데없는 소리 할래?"

"글쎄, 쓸데없는 소리인지 아닌지는 두고 봐야겠지. 이건 로맨스 작가 특유의 감이라고, 감."

"두 분 숙녀들, 무슨 얘기를 그렇게 재미있게 하고 계십니까?"

어느새 돌아온 유진이 그들 사이로 끼어들었고 유신은 마치 기다리고 있었던 듯 태연하게 말했다.

"셋 중의 하나가 자리를 비운 사이 나머지 둘이 할 얘기가 달리 뭐가 있겠어요?"

"음, 그럼 역시 제 욕을⋯⋯."

"앗, 들켰다!"

유신은 떡하니 시치미를 떼며 까르르 웃었다.

"욕까지는 아니고요, 지원이가 예전에 강 이사님 과외하던 시절 얘기를 해주고 있었어요."

"우리 그만 일어나자."

지원은 서둘러 냅킨으로 입가를 닦았다. 이대로 앉아 있다가는 유신이 또 무슨 소설을 써댈지 모를 일이다.

"그럴까요? 그럼 입가심으로 옆의 바에 가서 술이라도 한잔 하죠."

"와, 좋아요! 그렇지 않아도 목이 컬컬했는데."

지원은 황급히 유신의 말을 가로챘다.

"아니야, 유진아. 유신이 얘, 마감 때라서 얼른 들어가서 원고 마저 써야 해."

"어, 괜찮아. 나 이미 다 끝내고 나왔는걸."

유진이 다소 난감한 표정으로 두 여자를 번갈아 보았다. 어느 장단에 맞춰 춤을 춰야 할지 고심하는 듯했다.

"얼른 가서 계산하고 와. 우리 로비에서 기다릴게."

그의 고민에 종지부를 찍듯 지원은 단호하게 유진의 등을 떠밀었다. 그리고는 유신의 손을 잡아끌다시피 레스토랑을 나왔다.

"너 정말 왜 이래! 쟤 몸 안 좋은 상태라는 거 알고 있잖아!"

"그래도 버틸 만한가 보지. 본인이 저렇게 말하는데 왜 신경을 써?"

"넌 그냥 예의상 하는 말이랑 진심으로 하는 말이랑 구분이 안 되니?"

"난 진심으로 들리던데?"

유신은 끝까지 지지 않고 대꾸했다. 지원이 하도 어이가 없어 쳐다보자 그나마 조금 미안한 표정이 되어 변명을 덧붙였다.

"그리고 어떻게 밥만 날름 먹고 가, 거한 저녁 얻어먹었으면 술 한 잔 정도는 이쪽에서 사는 게 예의잖아."

딴에는 그럴싸해 보이는 말이었다. 하지만 곧이곧대로 받아들이기에는 위험 부담이 너무 컸다. 저 '예의상 술 한 잔'을 마시는 동안에 다시 유신의 짓궂은 장난이 발동한다면? 지원은 고개를 절레절레 저었다. 지금까지의 신경전만으로도 방어력은 거의 한계에 도달, 도저히 감당할 여력이 없었다.

"여하튼 오늘은 안 돼. 밥도 거의 먹지 못한 애를 데리고 무슨 술을 마셔?"

“알았어. 그럼 다음으로 미루지 뭐.”

지원의 입에서 안도의 한숨이 터져 나왔다. 참으로 파란만장한 반나절이 드디어 막을 내리는 셈인가… 라고 일순 생각했으나, 그것은 완벽한 오산이었다.

“근데 말이지, 대신 조건이 있어.”

유신은 새로운 소설의 아이디어가 떠올랐을 때나 보일 법한 미소를 짓고 있었다. 혼자만의 꿍꿍이수작에 즐거워하는, 남들이 볼 때는 음흉하기 짝이 없는 그런 미소를.

“그래서 친구 분은 먼저 가셨다고요?”

“응, 갑자기 집에서 전화가 와서 말이야. 그러니까 우리 지금 사는 집 말고, 개 원래 집에서. 어쨌든 오늘 저녁 정말 맛있게 잘 먹었대. 무지 고맙다고 전해달랬어, 인사도 못하고 가서 미안하다고도.”

“네에.”

급조해서 둘러댄 변명에 건성처럼 들리는 대답. 유진은 무언가 생각하는 눈치였고, 그 먹먹한 정적 속에서 지원은 스스로가 한심하다는 생각이 들었다.

“미안해.”

“뭐가요?”

“유신이 때문에 많이 불편했지? 내가 대신 사과할게. 근데 개가 좀 짓궂긴 해도 악의가 있어서는 아니야. 소설을 쓰는 애다보니까 워낙 상상력이 풍부해서 자기 맘대로 생각하는 버릇이 있어서 그럴 뿐이야."

유진이 우뚝 걸음을 멈춰 섰다.

"상상력이 풍부하기는 선생님이 훨씬 위인 것 같은데요?"

"무슨 말이야?"

"왜 내가 기분이 상했을 거라고 생각해요? 난 오히려 재미있었어요. 아주 즐거웠다고요."

"거짓말."

지원이 퉁명스레 내뱉자 유진이 기가 찬 듯 웃었다.

"거짓말이라뇨? 내가 왜 비싼 밥 먹고 거짓말을 해요?"

"그 비싼 밥, 거의 먹지도 않았더라 뭐."

"그건 말이죠. 아, 그래요. 아까 링거 맞았잖아요. 그것 때문인지 속이 빵빵한 게……."

"포도당에, 와인에, 물에. 네가 무슨 콩나물이니, 물만 먹고 버티게!"

난데없이 히스테릭한 반응이 나오는데 찔끔 놀란 유진은 합죽이가 되었고 이내 무슨 일인가 싶은 얼굴로 눈치를 살폈다. 당혹스러움과 근심이 혼재한 눈빛을 물끄러미 설명을 구하고 있었다.

분명 화가 난 이유는 존재했다. '뭐든 먹여서 들여보내라' 는 유신의 당부는 자신의 영역을 침범당한 듯하여 자존심이 상했고, 하나부터 열까지 자신의 편의를 봐주려 드는 유진의 태도도 못마땅했다.

하지만 한 꺼풀 더 벗겨 들어가면 '그게 왜?' 라는 물음이 나올 것들이었다. 제일 친한 친구가 유진의 컨디션을 걱정해 줬으면 고마워하는 것이 당연하고, 옛 제자 녀석이 선생님의 체면을 고려해 자신을 희생했으면 대견스러워해야 마땅하지 않은가. 그럼에도 불구하고 정작 자신의 기분은 그게 아니었으니.

지원은 어떻게 설명해야 할지를 몰랐다, 이 복잡하고도 유치한 감정을.

"가자."

"어디를요?"

"어디긴 어디야, 집이지."

"선생님 댁은 이쪽으로 가야 하잖아요? 그쪽은……."

"그래, 너희 집 가는 거야."

지원은 성큼성큼 걸음을 옮기며 의구심에 못을 박듯 말했다.

"죽 끓여줄게. 집에 쌀 정도는 있겠지?"

"어때? 먹을 만해?"

유진은 대답 대신 부지런히 수저를 놀리며 고개만 끄덕였다.

'바보 녀석, 얼마나 배가 고팠으면.'

지원은 식탁 맞은편에 앉아 유진의 먹는 모습을 잠자코 지켜보았다. 밥 안 먹고 다니는 자식을 끌어다 놓고 먹이는 어머니의 심정이 이럴까. 한 숟갈 한 숟갈 뜨는 모습을 보는 것만으로도 마음이 뿌듯해졌다.

이윽고 한 그릇을 말끔히 비운 후 유진은 만족스러운 얼굴로 배시시 웃었다.

“쌀만 가지고도 이렇게 맛있게 요리를 할 수 있는 사람은 이 세상에서 민지원 선생님밖에 없을 거예요.”

“아부 떨지 마.”

“어어, 아부라뇨? 제가 원래 선생님 음식 솜씨에 반했던 걸 모르셔서 하시는 말씀입니까?”

“아서라, 그런 입에 발린 말은 나한테는 안 통해.”

“입에 발린 말이라고요?”

“그래. 이른바 접대성 멘트!”

지원은 빈 그릇을 개수대로 옮기며 심드렁하게 대꾸했다.

“너 사람들 잘 대하는 거 알아. 기분 상해도 티도 안 내고, 때로는 넉살 좋게, 때로는 세심하게 배려하지. 그래, 좋은 거야. 좋은 거긴 한데 나한테까지 그럴 필요는 없어. 우리가 아주 모르는 사이도 아니고, 난 어차피…….”

순간 유진이 자리에서 벌떡 일어나더니 오른손을 번쩍 치켜들었다. 지원은 반사적으로 움찔했다. 설마 얘가 열받은 나머지 폭력을? 그런 말도 안 되는 상상을 할 정도로 유진의 얼굴은 딱딱하게 굳어 있었다.

“저, 강유진. 이 자리에서 맹세컨대 예전부터 민지원 선생님의 음식 솜씨를 흠모했습니다.”

“뭐?”

“중간고사 끝나던 날 간식으로 먹었던 떡볶이랑 오뎅, 고구마 맛탕, 녹두 빈대떡, 야채 튀김, 야참으로 먹었던 김치 볶음밥…….”

유진은 진지했다. 맹세라는 단어의 무게만큼이나 정색을 한 얼굴로 자신의 결백을 주장하는 무고한 피의자처럼 하나하나 되짚어가는 목소리에는 조금의 주저함도 없었다.

"카레라이스, 오므라이스, 파전, 우동, 그리고 모의고사 보고 와서 먹었던 유부 초밥……."

"그만, 거기까지!"

메뉴판을 읊듯 줄줄이 이어지는 요리의 행렬에 지원은 기겁하여 사정하듯 손을 내저었다.

"아직도 많이 남았는데요?"

"됐어. 충분히 접수했어. 그러니까 그만 해. 누가 들으면 내가 과외 선생이 아니라 너희 집 요리사였던 걸로 알겠다."

그제야 유진의 입가에도 웃음기가 스며들었다. 하기야 일말의 요리사 역할도 한 건 사실이었지. 그것도 강유진 전용 요리사.

시작은 동정심에서였다. 어느 날인가 가정부가 차려준 저녁 식사를 함께할 때, 그가 말했다.

"누군가와 함께 밥을 먹어 보는 거, 정말 오랜만이에요."

늘 혼자 식사를 해야 했던 아이의 외로움이 그대로 배어 있는 말. 점심을 거르고 과외를 갔던 터라 별 생각 없이 주린 배를 채우고자 앉았던 지원에게는 적지 않은 충격을 주었다.

일찍이 남편을 여의고 사업에 전념한 유진의 어머니. 하나밖

에 없는 아들을 위해 요리를 하는 것은커녕 함께 식사할 시간조
차 없었다. 매일의 식탁에는 가정부가 준비한 맛깔스러운 음식
이 놓였지만 유진은 한 번도 제대로 먹어치운 적이 없었다.

식성이 까다롭고, 입이 짧아 걱정이라는 가정부의 푸념을 들
으며 생각했다. 사람의 식욕이란 음식의 맛에 달린 게 아닐지
모른다고. 그는 사람의 정이 고픈 것일지도 모른다고. 그래서
지원은 틈이 나는 대로 유진에게 먹을 것을 만들어주었다. 그리
고 가정부의 솜씨에 훨씬 미치지 못할 것이었음에도 불구하고
유진은 늘 맛있는 얼굴로 먹어주었다. 지금처럼 하나도 남김없
이. 늘 마음에 허기가 졌던 아이. 그게 지원의 기억 속에 남아
있는 유진이었다.

"이제 아셨죠? 절대 입이 발린 말이 아니란 것을."

백 점을 맞고는 칭찬을 기다리는 것처럼 자부심 가득한 얼굴.
지원은 너그러이 손을 들어주었다.

"그나저나 놀랐다. 그걸 다 외우고 있다니."

"이 정도야 뭐, 기본이죠."

유진은 여세를 몰아 으쓱으쓱 어깨춤을 추었다.

"근데 그렇게 기억력이 좋은 애가 성적은 왜 그랬대?"

특유의 심술이 발동한 것은 의도적이라기보다는 본능적인 것
이었다. 천방지축 남동생을 셋이나 훈육시켰던 누나로서의 습성
이랄까. 아무래도 당근보다는 채찍 쪽이 지원의 적성에 맞았다.

"지금 그거 반칙입니다."

"반칙?"

"왜, 그때 회식 끝나고 서로 약속했죠? 과거사 가지고 시비
거는 일 따위는 하지 않기로."

시비? 민지원 선수, 다시 전투 모드로 돌입하기 충분한 단어
였다.

"아하, 그래. 그때 분명 그랬지? 그럼 짚고 넘어갈 건 제대로
짚고 넘어가자. 엄밀히 말해 반칙은 네가 먼저 했다."

"제가요?"

강유진 선수, 어이없다는 듯 뛰는 품새 역시 전쟁의 개막을
알리고도 남았다.

"그래. 너 아까 뭐랬어? 주변 모든 물건을 흉기화한다고?"

"그거야 어디까지나 분위기 풀어보려고 한 농담이었죠."

"웃기지 마. 농담은커녕 오히려 맘속에 깊이 맺혀 있던 걸 옳
다구나 하고 풀어내는 것 같더라. 사내 녀석이 코피 조금 난 것
가지고 쩨쩨하게 아직까지 마음에 두고 있냐?"

"나참, 그건 마음에 두고 있는 게 아니라 기억하는 거예요. 방
금 직접 보셨잖아요? 난 암기는 못해도 기억은 잘해요. 아주 세
세한 것까지 다. 더구나 선생님에 관한 것이라면."

마지막 말은 짐짓 로맨틱한 대사로 받아들일 수도 있었으련
만. 은근히 보내는 화해의 손짓에도 지원은 응하지 않았다.

"좋아. 그럼 넌 나에 대해서 나쁜 기억하고, 좋은 기억하고 어
느 게 더 많아?"

"……선생님, 제가 코흘리개 어린애로 보이십니까?"

"무슨 자다가 봉창 두들기는 소리야?"

"그렇잖아요, 질문이. 네 살짜리 어린애를 앞에 두고 유진이는 엄마가 좋아, 아빠가 좋아? 이렇게 묻는 거랑 뭐가 달라요?"

한심하기 짝이 없다는 듯한 눈빛과 말투가 그녀의 오기에 불을 질렀다.

"그래서 선생님이 묻는 질문에 대답을 안 하시겠다?"

"그렇게 엄포 놓지 마세요. 진짜로 궁금해서 묻는 것도 아니잖아요. 어차피 어떤 대답이 나올지도 뻔히 알면서."

"아니. 진짜로 궁금하고, 전혀 모르겠어. 그러니까 얘기해."

유진의 고집이 고래 심줄이라면 지원의 억지는 국회의원급이었다. 선생님 운운하며 이렇게 버틸 때는 당해낼 재간이 없었다. 나지막한 한숨과 동시에 유진은 백기를 계양했다.

"선생님에 대한 기억은 다 좋은 거예요. 솔직히 당시에야 안 좋은 것도 있었겠지만 위대한 시간의 풍화 작용으로 인해 날이 선 모퉁이들이 깎여 나가면서 지금은 다 좋은 것으로 남아 있어요. 한 가지만 빼고는."

"한 가지? 그게 뭔데?"

"직접 풀어보세요. 숙제예요."

"야! 선생님한테 숙제를 내는 제자가 어디 있어?"

"아, 그럼 제임스 강 이사가 민지원 팀장님한테 내는 걸로 할까요? 앗, 선생님! 그건 크리스털입니다. 던지시면 안 돼요!"

순간 지원의 가슴이 쿵 소리를 내며 내려앉았다. 홧김에 손에 잡은 묵직한 물체가 보통 유리잔이 아니어서가 아니었다. 어차피 시늉뿐인 장난이기에. 정작 그녀를 당황시킨 것은 손목을 타고 전해지는 억센 힘과 귓전으로 느껴지는 숨소리였다.

지원이 손을 내뻗음과 동시에 유진은 크리스털 사수를 위해 목숨을 건 것처럼 몸을 날렸고, 너무나 갑작스레 뛰어오른 탓에 중심을 잃어버린 몸체가 기우뚱 그녀를 향해 기울어졌다. 그리하여 컵을 치켜든 지원이 손목은 그에게 잡혀 있었고, 그 손목을 잡은 유진의 턱은 그녀의 어깨에 걸려 있었으며, 그 어깨의 반대 편 허공에서 문제의 크리스털은 오색찬란하게 빛나고 있었다.

시간이 정지된 듯했다. 쿵쾅쿵쾅. 들리는 것이라고는 오직 스케르초 템포의 심장 박동뿐. 그 밉살맞은 속도 위반의 주범이 어디 소속인지는 누구도 알 수 없었다. 그만큼 두 사람의 가슴이 밀착해 있었기에.

마침내 지원의 입에서 낮게 가라앉은 목소리가 새어 나갔다.

"너 정말 내가 이걸 던질 거라고 생각하는 거니?"

"설마요."

유진도 재빨리 손을 떼며 한 발자국 뒤로 물러섰다. 그리고 멋쩍게 웃었다.

"그냥 습관적이라는 거, 알아요. 선생님은 원상 복귀가 가능한 것만 던지잖아요, 항상."

"말은 그럴싸하다만, 행동은 전혀 그게 아니란 걸 증명하는데?"

"그거야 그냥 선생님 손 한번 잡아보고 싶어서 그런 거죠."

순발력 하나는 타의 추종을 불허한다고 자부했던 지원이었지만 이 순간만큼은 저 넉살에 경의를 표하지 않을 수 없었다. 하마터면 감전사할 뻔했다는 말을 고스란히 삼키면서. 유신의 소설에 번번이 등장하던, 그리고 지원이 그렇게 부정을 하던, 이른바 손끝만 닿아도 찌리릿 전기가 흐른다는 말이 완전 사실무근이 아니었던 것이다.

시간이 지날수록 손목의 열기가 사라지면서 조금 전의 접촉과는 아무런 상관도 없는 얼굴이 화끈거렸다. 유진이 아무렇지 않게 너스레를 떨기에 더욱 그런지도 몰랐다. 그의 담백한 시선 앞에서 오히려 안절부절못하는 자신이 꽤나 음흉하다는 생각마저 들었다.

대수로울 것 없는 일이다, 유진에게나, 그리고 자신에게나…… 라고 되뇌었지만 마음의 동요는 쉽게 가라앉지 않았다. 오히려 마냥 태연하기만 한 유진이 밉살맞아 보이면서 괜한 꼬투리를 잡게 되었다.

"어디 던져서 물어주지 않을 만한 게 있어야지. 도대체 집이 왜 이렇게 썰렁해?"

"살림살이가 없어서 그렇죠 뭐."

"돈도 많은 애가 이런 데나 좀 쓰지. 혼자 사는데 가뜩이나 세간까지 없으니까 사람 사는 냄새가 안 나잖아."

"괜히 짐을 늘려서 번거롭게 할 필요 없잖아요. 어차피 돌아갈 때 처분해야 하니까."

혼자 씩씩거리며 쓸데없이 집 안을 어슬렁거리던 발길이 멈췄다.

"돌아갈 때?"

"네. 여긴 잠시 파견식으로 온 거니까, 때 되면 다시 가야죠."

지원의 심장에 강한 타격이 가해졌다. 전혀 생각지 못했던 일이다.

"그게 언제인데?"

"글쎄요, 원래 처음에는 한 육 개월 정도 예상하고 왔는데……."

"그럼 석 달 후면 다시 돌아가는 거야?"

"아니, 그건 잘 모르겠어요. 더 빨리 갈 수도 있고, 그렇지 않을 수도 있고."

"왜?"

아니, 사실 이유는 중요치 않았다. 그가 떠난다는 사실을 실감하면서.

"어째 그 질문 '왜 빨리 가지 않고 미적대는데?' 로 들리네요. 그런 건가요?"

"하하…… 설마."

서운함이 묻어 있는 그의 목소리에 마음 어디선가 스산한 바람이 불고 있었다.

"시간이 벌써 이렇게 됐네? 나 그만 가야겠다."

"바래다드릴게요."

지원은 생뚱하게 몸을 돌렸다. 유진이 점퍼를 집어 들며 따라나섰다.

"됐어. 나오지 마."

"시간도 늦었는데 같이 가요."

"아니, 정말 괜찮아. 혼자 가고 싶어서 그래. 생각할 것도 좀 있고."

100% 진실이어서일까. 고집을 부릴 줄 알았던 유진은 의외로 선선히 고개를 끄덕였다.

"그래요, 그럼. 조심해서 가세요."

"응. 너도 푹 쉬고, 내일 보도록 하자. 베스트 컨디션으로."

다분히 스스로에게 하는 말이었다. 파란만장한 반나절을 보낸 후 몸도, 마음도 피곤하기 짝이 없는 자신에 대한 다독임, 혹은 다짐. 아마도 이를 위해 필요한 것은 완벽한 망각이리라. 오늘이라는 하루에 대해 깡그리 잊는 것.

그러나 유진은 이를 허용치 않았다.

"아까 그 한 가지 말인데요……."

"응?"

"내 입으로 말하면, 후회할 것 같아서 그래요."

이상한 일이었다. 유진이 다시 그 화제를 꺼내는 순간, 아까까지 그렇게 집요하게 그녀를 옭아맸던 호기심보다는 막연한 두려움이 앞섰다. 그리고 그 정체 불명의 두려움을 마주한 지원은 허세 어린 웃음을 터뜨렸다.

"와아, 이제 보니 내가 정말 너한테 무서운 선생님이었나 보구나? 그래도 그렇지, 아무렴 내가 너한테 서운한 소리 좀 들었다고 지금 와서 해코지를 하겠어? 너도 알잖아, 내가 말은 좀 험해도 뒤끝은 없는……."

나지막하면서도 단호한 목소리가 그녀의 말을 막았다.

"내가 아니에요. 후회하는 건."

"……."

반쯤 열린 현관문 사이로 후텁지근한 바람이 밀려들어 왔다. 소나기라도 쏟아내려는지 한껏 물기를 머금은 눅눅하면서도 텁텁한 공기. 그리고 그 공기를 가르는 서늘한 목소리가 있었다.

"선생님이 후회할 거예요, 분명히."

체인징 파트너스

아침에 출근하니 책상 위에 말보로가 한 갑이 놓여 있었다.

"은미 씨, 이게 뭐야?"

"사장님 선물이요. 흡연자들은 담배 한 보루, 비흡연자들은 초콜릿."

그러면서 자신의 소속을 알리듯 껍질을 벗긴 초콜릿을 흔들어 보인다.

"사장님 오신 거야? 들어올 때 보니까 방은 여전히 비어 있던데?"

"이상하다, 분명 아까 선물 돌리시면서 한차례 순방하셨는데. 담배라도 피우러 가신 모양이겠죠. 팀장님 못지 않은 골초시잖아요, 사장님도."

뒷말은 제대로 들리지도 않았다. 지원은 반색을 하며 가방을 열어 담뱃갑을 꺼냈고 허겁지겁 한 개비를 뽑아 들고는 라이터를 챙겼다.

"담배 피우러 가시려고요?"

"응, 나 원래 담배 한 대 피워줘야 일이 손에 잡히잖아."

새삼스러운 일도 아니건만. 왠지 서두른 데 대한 변명으로 들리는 것 같아 무안했다.

"기왕 개시하실 거면 아예 저걸 피우시지 그러세요?"

은미의 손가락이 머문 방향에 놓인 하얀 케이스의 담배. 사뭇 장난기가 서린 음성은 구애자가 선물로 보내온 장신구나 의상을 걸치고 상대를 만날 것을 권하는 주책맞은 유모의 그것과 다를 바 없다.

"오 분 후에 돌아와서 팀 회의할 거야. 준비해."

지원은 짐짓 위엄 어린 목소리로 밉살맞은 참견에 눈을 흘기고는 방을 나섰다.

"여전하군, 민 팀장. 사무실 오자마자 담배부터 피우는 것은."

흡연실에서 피어오르는 연기의 주인공은 역시나 성혁이었다. 면박 비슷한 첫인사에 지원도 지지 않고 화답했다.

"콩 심은 데 콩 난다고, 그 사장에 그 직원이죠 뭐."

성혁은 의외라는 듯 눈을 치켜떴다. 자신의 귀를 의심하는 듯

한 저 눈빛. 지원은 아차 싶었다. 그도 그럴 것이 성혁에게는 한 번도 이런 식으로 대꾸한 적이 없었다. 원래대로의 패턴이라면 '사장님도 마찬가지잖아요' 정도가 고작이었을 것이다. 아무래도 유진을 상대하다 보니 그 페이스에 말린 모양이었다.

"출장 가셨던 일은 잘되셨어요?"

"응, 아주 잘 끝났어."

성혁은 만족스럽다는 듯 이내 웃음을 띠었다. 간만에 얼굴에 어린 환한 미소가 한편으로는 반가우면서도 왠지 모르게 낯설었다.

"처음엔 걱정이 없었던 것도 아니지만 생각보다 잘 풀렸어."

"다행이네요."

그리고 두 사람은 약속이라도 한 듯 동시에 담배를 빨았다.

이 주간의 공백이라는 게 이렇게 큰 것일까. 지원은 이렇다 할 화젯거리를 찾지 못한 채 침묵 속에 갇혀 있었다. 하기야 그간의 기억을 들쳐 봐도 두 사람의 대화를 이어주었던 것은 대부분이 회사와 관계된 것이었다. 그의 부재 중 발생한 일을 얘기하자니 업무를 논할 자리가 아니라는 생각이 들었고, 그렇다고 유진과 하듯 농담 따먹기를 할 형편도 못 됐다.

어색한 정적 속에서 눈만 껌벅거리고 있을 때,

"내가 담배 갖다 놓은 것 봤어?"

"네? 아, 네. 감사합니다."

"뭘 그 정도를 가지고. 사실은 그거 말고……."

"네?"

"아니야. 나중에 얘기하지."

무슨 할 얘기라도 있던 것처럼 보이던 성혁은 피식 웃으며 고개를 저었다. 지원은 궁금증보다도 다시 찾아올 정적이 부담스러워 서둘러 말을 이었다.

"아, 맞다. 혹시 말보로에 얽힌 사연을 아세요?"

한 남자가 있었다. 아버지는 어렸을 적 돌아가시고 홀어머니 밑에서 그리 풍족하지 못하게 자랐으나 머리만은 비상하여 우수한 성적으로 대학 졸업을 앞둔. 그리고 그 남자에게는 사랑하는 여인이 있었다. 그녀는 이름만 대면 다 알아주는 굴지의 집안 외동딸이었고, 그녀의 집안에서 둘의 사랑을 반대하는 것은 당연한 일이었다.

여자의 아버지는 남자에게 말했다.

"난 너의 집안 능력이 마음에 들지 않는다. 너는 대학을 빼면 아무것도 볼 것이 없어. 너에게 일 년의 기간을 주겠다. 그 일 년 동안 네가 십억 이상의 돈을 벌 수 있다면 너에게 내 딸을 주마. 자신이 없다면 나가서 너에게 맞는 여자를 찾아보아라. 이 시간 이후부터 너는 내 딸을 볼 수 없을 것이야."

아무리 남자의 능력이 뛰어나도 일 년 내에 십억을 번다는 것은 불가능한 일이었다. 결국 일 년이 지나 여자는 다른 부잣집 아들과 결혼을 하게 되었고 그 결혼식 전날 남자는 그녀의 집에 들렀다. 그리고 사랑이 식어 냉담해진 여자에게 말했다. 자신이 담배 한 개비를 다 피울 때까지만 같이 있어달라고.

남자는 그녀와 함께 있는 시간을 조금이라도 연장하고 싶었지만 그 당시 담배는 종이에 말아 피우는 잎담배로 몇 모금만 빨면 금세 다 타 들어가는 것이었다. 야속할 정도로 순식간에 허무한 연기로 변해 버린 한 개비의 담배. 그렇게 담뱃불은 사그라지고 여자는 발길을 돌렸다.

세월이 흘렀다. 그날의 사무친 경험을 토대로 남자는 세계 최초로 필터가 있는 담배를 만들어 엄청난 재벌이 되었다. 하지만 남자는 여자를 잊지 못했다. 그래서 그녀의 행적을 수소문했고, 자신을 홀대했던 것에 대한 벌이라도 받은 듯 집안이 망하여 할렘 가에서 하루하루를 힘들게 살아간다는 것을 알게 되었다.

그는 하얀 리무진을 타고 여자를 찾아갔다. 그리고 말했다.

아직도 사랑한다고. 자신과 함께 가자고.

처음에는 믿어지지 않는 눈으로 보던, 말을 잃은 채 아연히 눈물을 글썽이던 여자는 마침내 고개를 끄덕였다. 그리고 정리할 것들이 있으니 내일 다시 오라고 했다. 남자는 여자의 약속에 기뻐 어쩔 줄을 몰라 하며 그 집을 떠났다.

다음날 다시 찾은 그를 맞이한 것은 한 구의 싸늘한 시체였다. 남자에 대해 미안한 마음에, 자신의 예전 태도에 대한 죄책감에 여자는 스스로 목숨을 끊은 것이었다.

"그리고 남자는 담배에 말보로라는 이름을 붙였다죠? 남자는 흘러간 로맨스 때문에 사랑을 기억한다(Man Always Remember Love Because Of Romance Over)라는 뜻으로……."

"얄팍한 상술이야."

낭만적인 감상에 빠져 있던 지원을 일깨우는 목소리. 무뚝뚝

하기 짝이 없는, 아니, 오히려 화가 난 듯한 말투였다.

"지금이야 말보로가 남성적인 이미지의 담배로 알려져 있지만 원래 처음에는 여성용이었지. 그러자니 그럴듯하게 로맨틱한 이야기로 고객을 끌기 위해 광고 회사에서 꾸며낸 게지. 아니면 말장난을 좋아하는 사람들이 지어낸 얘기거나."

"그럴 수도 있기야 하겠지만 말보로가 세계 최초로 필터가 있는 담배인 것은 부정할 수 없는 사실이잖아요? 그럼 그걸 처음으로 생각해 내게 한 계기가 있었겠죠. 꼭 자신이 겪은 일이 아니라 하더라도 주변의 누군가에게 그런 일이 있었다거나. 모름지기 세상에 존재하는 이야기는 100% 허구는 아니라고 믿어요, 저는."

"하지만 적어도 마지막 부분은 완벽한 허구일 거야."

그의 입가가 자조적으로 비스러졌다.

"이미 자기를 버렸던 여자에게 여전히 사랑한다고 한 것이나 대갑부가 되어 돌아온 남자를 옳다 하고 쫓아가지 않고 죄책감에 못 이겨 자살을 했다고 하는 것이나 현실에서는 절대 있을 수 없는 얘기지."

지원은 당혹스러웠다. 그저 가볍게 분위기를 풀 겸해서 꺼낸 이야기였다. 얄팍한 광고 전략이어도, 누군가가 지어낸 떠도는 얘기에 지나지 않아도 상관없었다. 이토록 정색을 하며 반박할 정도의 파장을 불러일으킬 만한 것은 전혀 못 되었다.

게다가 성혁은 여간해서는 자신의 감정을 내비치지 않는 사람이었다. 적어도 이 년 넘게 보아온 바로는 그랬다. 지원은 새삼 그의 얼굴에 떠오른 공허하면서도 씁쓸한 표정이 마음에 걸렸다.

"민 팀장, 오늘 저녁에 시간있어?"

성혁은 새 담배에 불을 붙이며 한결 풀어진 얼굴로 물었다.

"특별한 일은 없는데요."

"잘됐군. 그럼 저녁이나 같이 할까?"

"아, 회식하시려고요? 전체 회식인가요, 아니면 팀장급만인가요?"

"둘 다 아니고 민 팀장만 따로 봤으면 하는데. 할 얘기도 있고, 줄 것도 있고."

"네에? 어떤……."

지원은 말을 끝맺지 못했다. 흡연실의 문이 벌컥 열리며 낯익은 목소리의 침범을 받은 까닭이었다.

"선생……."

숨바꼭질의 술래라도 된 양 신나게 문을 열었던 유진은 제삼의 존재를 확인하고는 반사적으로 태도를 가다듬었다.

"여기 계셨군요, 민 팀장님, 그리고 사장님도. 잘 다녀오셨습니까?"

"강 이사, 못 보던 사이에 살이 좀 빠진 것 같군요. 민 팀장이 그렇게 혹사시키던가?"

농담이라는 건 뻔히 알고 있었지만 지원과 유진은 일순 가슴이 철렁했다. 원래 도둑이 제 발이 저린 법 아니던가. 두 사람은 약속이라도 한 듯 동시에 입을 열었다.

"그렇게 확인시켜 주시지 않으셔도 저분이 제 상사라는 건 확실히 알고 있어요."

이 뾰롱뾰롱한 불평은 지원이었고,

"역시 예리하시군요. 하마터면 아랫사람으로 인해 과로사하는 전대미문의 사례가 발생할 뻔했죠."

이 유들유들한 너스레는 유진이었다. 그리고 그 사이에서 성혁은 소소하게 웃으며,

"너무 원통해하지는 말아요, 강 이사. 원래 민 팀장은 사장이라도 가차없이 부려먹을 수 있는 사람이니까."

라며 중도의 길을 지키는가 싶더니,

"그래도 과로사는 너무 처참하군. 좀 봐주지, 민 팀장."

"맞습니다. 복상사라면 모를까."

"……아무래도 의문사를 당하고 싶으신 모양이군요. 강 이사님."

만만치 않은 대꾸에 유진과 성혁은 누가 먼저라고 할 것도 없이 웃음을 터뜨렸고, 샐쭉한 표정으로 눈을 흘기던 지원도 마침내 합류하고 말았다. 어느새 흡연실에 던져진 그 폭소의 올가미에서 먼저 빠져나온 쪽은 성혁이었다.

"자, 그럼 이따가 보지."

지원을 향해 의미있는 눈짓을 하고는 성혁은 흡연실을 나섰다. 그렇게 닫힌 문과 지원을 번갈아 보던 유진은 이내 표정을 바꾸고는 물었다.

"무슨 일이에요?"

"뭐, 뭐가?"

시치미를 떼기 위해서가 아니었다. 무척이나 간단해 보이는 질문이었지만 유진이 바라보는 눈초리가 무척이나 많은 의미를 담고 있는 것 같았기에 섣불리 답을 할 수 없었다.

'무슨 얘기를 나눈 거예요?'

'왜 그렇게 긴장하고 있어요?'

'이따가라는 건 무슨 뜻이에요?'

어디서부터 어디까지 어떻게 답변을 해야 좋을지 망설이고 있을 때였다.

"혹시 오늘 저녁 시간 괜찮으세요?"

"응? 왜?"

"저녁 같이 할까 해서요."

"……."

살다 보면 이런 날도 있는 모양이었다. 아무래도 다이어리에 기록을 해두어야겠다는 생각마저 들었다. 32세 노처녀 민지원, 어디에 내놓아도 빠지지 않을 두 명의 킹카에게서 5분 정도의 시간차를 두고 데이트(?) 신청을 받다, 라고. 그렇게 기억했다가 언젠가 자신의 딸에게 당당하게 말하리라. '네 엄마도 소싯적에는 아주 잘 나갔단다. 하루에도 몇 건씩 데이트 신청이 쇄도했어.' 그래도 믿지 않으면 그 다이어리를 증거로 제출하리라. '애, 봐라. 여기 분명히 적혀 있지?' 라면서.

그러나 그것은 어디까지나 먼 훗날의 일이고, 현재의 지원은 마냥 행복감에 도취되어 있을 수는 없는 노릇이었다. 그도 그럴 것이 결정적인 문제가 장애물로 버티고 있었다.

자신의 몸은 하나뿐이라는…….

"그게 오늘 저녁은 선약이 있는데……."

"그래요? 그럼 안 되겠네요. 다음으로 미루죠 뭐."

조금의 실망도 엿볼 수 없는, 담담하기 그지없는 표정과 말투. 이미 짐작했던 것을 확인하는 것에 그치지 않은 듯한 태도에 오히려 조바심이 인 것은 지원 쪽이었다.

"무슨 중요한 일이라도 있는 거니? 그렇다면 취소할 수도 있는데."

"아니오. 그냥 어제 끓여주셨던 죽에 대한 보답 같은 거였어요. 신경 쓰지 마세요."

대수롭지 않게 웃는 얼굴이 도리어 불안하게 만들었다. 원래 눈치 하나는 빠른 녀석이다. 무언가 낌새를 알아챘음에도 불구하고 아무것도 묻지 않는 이유는 단 하나. 이미 그 답을 갖고 있기 때문이리라.

"유진아, 저기……."

지원은 황급히 유진에게로 다가섰다. 그러나 그는 못 들은 척 문을 열고는 호텔 로비의 도어맨처럼 그녀가 나갈 길을 터주고 있었다.

"은미 씨가 팀장님 오시는 대로 이비인후과에 가봐야겠다고 벼르고 있어요. 50분을 5분으로 잘못 들은 게 아닌가 하면서. 가시죠, 민 팀장님."

스페셜 데이, 스페셜 코스, 스페셜 이벤트.

늘 그렇지만 '특별'이라는 단어는 여자의 마음을 설레게 한다.

지금 테이블 위에 순서대로 착륙하는 저 접시들에도 동일한 이름이 붙어 있었다. 그리고 마지막 접시가 놓인 상태에서 웨이터가 아닌 성혁의 손을 거쳐 중심에 자리 잡게 된 이질적인 존재도.

"이거."

검은색 상자 위에 박힌 문양이 낯이 익었다. 그 로고만으로도 대략 값어치를 짐작할 수 있게 하는 것이었다. 지원의 입이 딱 벌어진 것도 무리가 아니었다.

"그렇게 보지만 말고 풀어보지."

"네? 아, 네."

지원은 최면이라도 걸린 사람마냥 여타 생각할 겨를도 없이 손을 내뻗었다. 귀고리였다. 공단으로 된 케이스와 대조적으로 빛을 발하고 있는 사물의 정체를 확인한 순간 지원은 무어라 할 말을 잃었다. 그저 그 값비싼 내용물과 성혁을 번갈아 보는 것이 고작일 뿐.

"혹시라도 딴 사람들한테는 얘기하지 말라고. 민 팀장 것만 산 거니까."

성혁은 장난스레 눈을 찡긋했지만 지원에게는 맞장구를 칠 여유 따윈 없었다.

"사장님, 이런 것은……."

"마음에 안 들어? 하긴, 내가 워낙 이런 거 보는 눈이 없으니 그럴 수도 있지만, 그래도 좀 봐주면 안 될까? 트랜스퍼 시간이 빠듯해서 찬찬히 돌아볼 여유도 없었거니와 그나마 민 팀장한테 잘 어울릴 것 같아서 산 거야.”

“받을 수 없습니다.”

지원이 고개를 저은 것과 성혁이 눈살을 찌푸린 것은 거의 동시였다.

“마음은 감사하지만 이런 비싼 선물은 받을 수 없습니다. 받을 이유도 없고요.”

지원의 단호한 거절에 성혁은 잠시 주춤했다. 확실히 그가 느끼기에도 고가의 물품이기는 했다. 포장하는 동안 계산을 하면서 찍힌 카드 전표의 숫자에 놀란 것도 사실이었다. 그러나 그는 기꺼이 사인을 했다. 그만큼의, 아니, 그 이상의 값어치를 지니고 있으리라는 확신이 있던 까닭이었다.

“선물이라고 했지, 방금? 그나마 다행이군. 뇌물로 받아들이지는 않는 것 같으니.”

“사장님!”

지원은 경악에 가깝게 외쳤고, 그와 대조적으로 성혁의 입가에 미소가 어렸다.

“그래, 비싸지. 비싼 것도 사실이지만 선물인 것도 사실이야. 그래서 받아줬으면 좋겠어.”

“…….”

“우리가 한식구가 된 게 한 이 년 되지? 그동안 말은 안 했지만, 민 팀장 일하는 모습 보면서 많은 힘을 얻었어. 그 열정과 희생 정말 감탄할 만한 것이었고, 늘 고마웠지. 그리고 정작 윗사람으로서 나는 그간 회사 일을 핑계로 제대로 해준 게 없구나 하는 생각이 들었어. 민 팀장이야말로 초창기부터 함께 고생한 특별 공신인데 말이야.”

그러면서 지원을 바라보는 눈빛에는 거부할 수 없는 힘이 담겨 있었다.

“그래서 주는 거야.”

더 이상의 거절은 용납되지 않았다. 받는 이도, 주는 이도 서로 알고 있었다.

“감사합니다.”

마지막 디저트로 나온 커피를 마시던 중 성혁이 문득 생각났다는 듯 질문을 던졌다.

“민 팀장 보기에 강 이사는 어떤 것 같아?”

지나가는 말처럼 보였지만 경계심을 자극하는 무언가가 있었다.

“어떠냐는 건 어떤 의미시죠?”

“예상보다 빨리 친해진 듯 보여서 하는 얘기야. 사실 처음에는 좀 걱정했었거든. 아무래도 민 팀장보다 나이도 어리고, 또 다른 회사 사람이고 하니.”

“그 문제라면 걱정하지 않으셔도 됩니다, 사장님.”

지원은 침착하면서도 단호하게 말했다.

“아주 잘 지내고 있으니까요. 확실히 처음에는 걱정하신 대로의 부분이 있기는 했지만 지금은 전혀 아닙니다. 나이는 어리지

만 일에 있어서의 능력이나 대인 관계나 나무랄 데가 없는 분이
라고 생각하고 있습니다.”
“그래? 다행이군.”
그러나 말과는 다르게 그다지 탐탁해 보이지 않는 표정이었
다.
“무슨 문제라도 있나요?”
“아니, 민 팀장이 그렇게 생각한다면야 아무 문제도 없어. 그
냥 걱정이 돼서 물어본 거니까 신경 쓸 필요 없어.”
지원은 멈칫했다.

“신경 쓰지 마세요.”
“신경 쓸 필요 없어.”

참 희한한 일이 아닐 수 없었다. 같은 날 저녁 식사 초대가 겹
친 것도 모자라 그 초대자들로부터 동일한 뉘앙스의 말을 듣다
니. 물론 아무 의미 없는 그저 지나가는 말인지도 모른다. 두 사
람 중 어느 쪽도 의도적으로 한 것이 아닐 수도 있고, 그럴 확률
이 높았다. 그러나 정작 듣는 사람의 입장에서는 왠지 혼자만
따돌림을 받고 있는 듯한 느낌이 들어 도저히 신경을 쓰지 않을
수 없었다.
“사장님, 정말 절 진정한 동료로 생각하시고, 또 위하신다
면…….”
번쩍거리는 선물보다는 속 터놓은 대화가 필요하다고 말할

참이었다.

성혁의 등 뒤로 웨이터의 안내를 받으며 걸어 들어오는 훤칠한 남자. 진로 방향과 속도를 보건대 십 초 정도 후면 도킹, 혹은 충돌을 직면할 상황이었다. 저쪽에서도 이 테이블의 존재를 확인했는지 성큼성큼 걷던 보폭이 잠시 주춤했다.

지원의 심장이 요동 치기 시작했고, 그것은 두 가지 이유에서였다.

하나는 아무리 봐도 우연의 장난이라고밖에 할 수 없는 만남 자체 때문이었고, 또 하나는 그 만남의 여주인공 역할을 맡고 있는 얼굴이 낯이 익은 까닭이었다. 그리고 전혀 예상치 못한 세 번째 이유가 추가되고 있었다.

지원의 시선을 따라 성혁이 고개를 돌리는 순간 들려온 하이 소프라노의 음성.

"어머, 강 선배 아니에요?"

그녀는 당당했다.

애초부터 합류 예정이던 일행인 것처럼 거리낌없이 자리를 차지했다. 그렇지 않아도 창가 쪽 자리가 없어 아쉬웠던 참이라는 말과 함께.

하지만 눈치는 곰이었다. 예기치 못한 합석에 모두의 인상이 발에 밟힌 캔처럼 구겨졌다. 유진은 난감해했고, 성혁은 당황했으며, 지원은 울화가 치밀었지만 정작 주범은 혼자 들떠 있었다. 그녀는 자신만만했다. 차를 가지고 와서 곤란하다는 성혁과 지원의 항의를 대리 운전이라는 단어 하나로 날려 버린 후 손가락을 까딱하여 키핑해 놓은 발렌타인 17년산을 테이블 위로 진상했다.

하지만 기억력은 금붕어였다. 지원을 힐끔 쳐다보고는 성혁을 향해 '강 선배 애인?' 이라고 물어 세 사람의 입을 딱 벌어지게 만들었다.

그녀는 아름다웠다. 펄이 들어간 파우더를 썼는지 얼굴은 뽀샤시 빛나고 있었고, 립글로스를 머금은 입술은 활짝 핀 장미 봉오리 같았으며, 검은색 원피스 사이로 드러난 어깨와 가슴의 굴곡은 같은 여자가 보기에도 뇌쇄적이었다.

하지만 눈은 가자미에 넙치였다. 그녀의 시선은 좌로는 유진, 우로는 성혁에게 완벽하게 양분되었다. 정면에 앉은 지원은 거의 투명 인간이나 다름없었다.

그러니 맞은편의 상대가 아무리 아름답고, 자신만만하고, 당당한 여자의 표본이다 할지라도 지원은 결코 호감을 가질 수 없었다. 게다가 진정으로 눈치는 곰이고, 기억력은 금붕어 수준이었다면 차라리 중립을 유지할 수도 있었으리라. 그러나 시간이 흐르고 일방적으로 오가는 대화를 듣고 있자니 이건 오히려 여우의 머리에 뱀의 혓바닥을 가진 것 같다는 생각이 드는 것이었다.

"강 선배가 거기 사장인 줄 진작 알았으면 제임스가 그렇게 고생할 필요도 없었을 텐데."

"고생은, 내가 뭐 한 게 있나. 다 전략기획팀에서 좋은 기획안을 낸 거지.”

“나한테 강하게 어필했잖아, 그러기 쉽지 않다고.”

애란은 요사스런 미소를 지으며 눈을 찡긋했다. 성혁의 입가가 일순 굳어지더니 어색하게 웃음이 터져 나왔다.

“이거, 강 이사 덕을 톡톡히 본 셈이군.”

“아닙니다, 이건 어디까지나 민 팀장님이…….”

“겸손도 지나치면 자만입니다, 강 이사님.”

돌연한 인터럽트에 시선의 스포트라이트가 지원에게로 이동했다.

“실력 못지 않게 중요한 게 인맥이니까요. 아니, 어쩌면 더 상위의 실력이라고도 할 수 있죠. 이처럼 돈독한 인간관계를 유지할 수 있다는 건.”

지원은 짐짓 엄숙하게 말하고는 잔을 단숨에 들이켰다.

우회적으로 돌려서 인간관계라 명명했을 뿐이다. 애란이 직접적으로 의미한 ‘강한 어필’을 보다 간접적으로 순화한 표현. 그 관계의 이면에 있을 법한 그리 달갑지 않은 상상에 머리가 지끈거렸다. 얼마 전 유신이 언급한 미묘한 아이 콘택트를 이런 식으로 확인하게 될 줄은 몰랐다.

한편 애란은 이제까지 죽은 듯 고요하게 있던 쥐새끼가 찍소리를 낸 것이 못내 흥미로운 모양이었다. 비로소 그 존재를 의식한 듯 심상치 않은 눈길로 훑더니 묘한 콧소리와 함께 즉각 공격을 감행했다.

“그나저나 그 회사에서는 사장과 일개 직원이 이렇게 단독으로 식사하는 일이 많아요?"

그 일개 직원의 손에 불끈 힘이 들어갔다.

'이건 분명히 결투 신청의 장갑을 던진 것이렷다?'

그간의 평화 모드는 이것으로 막을 내린 셈. 상대방의 직접적인 선전 포고에 지원은 전투 태세를 갖추었다. 그러나 그 장갑을 채 집어 들기도 전 두 남자가 거의 동시에 그 앞을 가로막았다.

"이분은 일개 직원이 아니라니까."

"민 팀장은 중요한 사람이니까."

두 명의 기사도에 놀란 것은 지원뿐만이 아니었다. 애란 역시 사뭇 의외라는 표정으로 두 남자를 번갈아 보았다. 그리고 어느쪽의 대타를 맞이할까 잠시 망설이는 듯하더니 결국 성혁을 지목했다.

"그 중요하다는 건 어떤 의미?"

"없어서는 안 될 사람이라는 뜻이지. 회사에 있어서나 내게 있어서나."

마지막 어구는 세 사람으로 하여금 나름대로의 상상을 증폭시키기에 충분했다. 지원의 뺨은 화끈 달아올랐고, 애란의 입가는 일그러졌으며, 유진은 얼굴 전체가 경직되었다. 실로 대단한 위력의 쓰리 쿠션이 아닐 수 없었다.

"흐음, 그래서 저건 그 친밀의 증표? 구경 좀 해도 되죠?"

애란은 도전적으로 턱을 치켜들었다. 왜 진작 핸드백에 넣지 않았던지 땅을 치며 후회했지만 이미 때는 늦었다. 안 된다고 할 명분도 없는 터, 지원은 대답 대신 케이스를 내밀었다.

"강 선배, 확실히 씀씀이는 커졌네? 물론 보는 안목이야 더 떨어진 거 같지만. 귀고리 자체는 괜찮긴 한데 민지원 씨한테는 안 어울릴 거 같아."

한마디로 돼지 목에 진주 목걸이를 던졌다는 투였다.

"그건 정애란 씨가 몰라서 하는 얘기예요. 저도 화려한 액세서리를 즐겨 하는걸요? 지금이야 일하는 복장이니까 그렇게 보일 뿐이죠. 사무실에 패션쇼하러 나오는 것도 아닌 마당에 지나치게 화려한 옷차림이나 번쩍거리는 액세서리로 민폐를 끼쳐서야 되겠어요?"

아무리 눈치가 곰인 듯 굴어도 자신에게 직격탄이 날아오는 것을 알아채지 못할 정도는 아니었다. 빈정거리던 미소가 애란의 입가에서 사라지는 것을 목격한 순간, 지원은 아예 쐐기를 박을 겸 옆에 있는 우군에게 지원 사격을 요청했다.

"강 이사님 보기에는 어떠세요? 저한테 잘 어울릴 것 같지 않나요, 그 귀고리?"

그저 지나가는 말로라도 '네. 그럴 것 같네요' 하는 정도면 족했다. 눈치가 빠른 녀석인만큼 이미 상황 파악은 됐을 것이고, 그렇다면 옛정을 생각해서라도 고개를 끄덕일 것이라고 생각했다. 그러나 지원의 예상과는 달리, 유진의 고개와 입은 움직일 줄을 몰랐다. 마치 보석 감정사라도 되는 양 애란의 손에 들린 귀고리를 유심히 살펴보고 있을 뿐이었다.

뜸을 들이는 시간이 길어질수록 그의 발언이 갖는 중요도가 높아졌다. 지원과 애란은 물론 성혁까지도 초조한 눈으로 유진의 대답을 기다리고 있었다. 마치 그의 한마디로 귀고리를 둘러싼 논쟁이 종지부를 찍을 것처럼.

그리고 마침내 열린 입에서 나온 말은,

"제가 보기에는 민 팀장님이 하시기에 좀 무리일 것 같군요."

승리의 면류관은 애란에게 씌워졌고, 믿었던 도끼로 제 발등을 찍은 지원은 어처구니없는 분노를 식히려 화장실로 향했다.

세면대 맞은편에서 엄청난 몰골의 여자가 지원을 노려보고 있었다.

하기야 당연한 결과일지도 몰랐다. 곰을 가장한 여우와의 신경전에 진을 뺐던 데다가 믿었던 제자 녀석에게 뒤통수를 호되게 맞았으니 말이다.

게다가 성혁과의 저녁 식사 역시 그다지 편한 자리가 아니었다. 분명 지원은 성혁에 대해 남다른 감정을 가지고 있었다. 이른바 첫눈에 끌린 사람에 대한 호감 내지는 동경 같은 것. 상대방에게 잘 보이고 싶고, 자신에 대해 그만큼의 호감을 가져 주기를 바라는 그런 기대, 혹은 욕심.

그런데 참으로 희한한 일이었다. 막상 막연한 감정이 이처럼 부메랑이 되어 눈에 보이는 실체로 다가오자 기쁨보다는 두려움이 앞섰다. 딱히 이유를 꼬집어 말하기는 힘들었다. 내가 누군가를 좋아하면 그 사람 역시 나를 좋아해 줬으면 하고 바라는 게 사람의 기본적인 심리이지 않은가. 그럼에도 불구하고 지원은 성혁의 태도가 적이 부담스러웠다.

'너 지금 오버하고 있는 거야. 사장님은 말 그대로 동료애에 입각한 것일 뿐이라고.'

그렇게 스스로에게 주입시키며 씩씩하게 화장실을 나서던 걸음이 이내 멈칫거렸다. 마주 보고 있는 남녀 화장실의 좁은 통로를 사이에 두고 유진이 벽에 등을 기댄 채 서 있었다.

"왜 그러고 있어?"

"기다리느라고요."

"왜? 안이 만원이야?"

대뜸 남자 화장실을 가리키는 시선에 유진의 입에서는 처량한 한숨 소리가 새어 나왔다. 아무리 목적어를 생략했기로서니 이렇게 분위기 파악을 못할까.

"뭐야, 그 눈초리는?"

"제 눈초리가 어때서요?"

"몰라서 물어?"

"당연하죠. '모르는 건 그때그때 바로 물어봐, 나중에 가서 딴소리하지 말고!' 이렇게 가르치셨던 건 선생님 아니었던가요?"

삐딱한 자세만큼이나 뒤틀린 어투. 한마디로 나 지금 빈정 모드요라고 말하고 있었다.

"아니면 혹시 '오오, 당신의 눈동자가 투명한 호수와도 같구려, 마치 거울과도 같이 내 모습을 그대로 비추고 있소' 뭐, 이런 셰익스피어 류의 대사를 믿고 하신 말씀?"

"셰익스피어는 그런 진부한 대사는 안 썼어."

"뭐, 아무려면 어때요. 이미 무덤 속에 있는 사람인데. 어쨌거나 요지는 아쉽게도 전 다른 사람의 눈을 거울로 쓸 수 있는 요량은 없는 놈이라는 거죠. 게다가……."

"게다가 뭐?"

"선생님 눈은 지금 잔뜩 핏발이 서 있는걸요? 쳐다보는 게 부담스러울 정도로. 그렇게 눈 껌벅거리지 마세요. 꼭 레이저 광선이라도 발사하려고 장전 중인 거 같으니까."

그렇게 말하는 유진의 눈가에는 번득이는 칼날이 걸려 있었다.

"도대체 뭐가 마음에 안 드는 건데?"

아무래도 이런 때는 정공법으로 나가는 것이 제격이다 싶었다. 단도직입적으로 던진 지원의 질문에 유진은 어깨를 으쓱였다.

"아니, 뭐. 선생님 취향이 저랬구나 싶어서요."

"남 말 하네. 그러는 네 취향도 만만치 않은걸?"

지원은 날카롭게 쏘아붙이고는 등을 돌렸다.

"어라, 전 귀고리 따위 받은 적 없는데요? 그 말인즉슨 강성혁 사장님이 선생님 취향이라는 뜻?"

유진은 지원의 앞을 성큼 가로막았다. 장난에서인지 진심에서인지 분간할 수 없는 눈빛이 그녀를 응시했다. 그녀의 심장이 액셀러레이터를 밟기 시작한 것을 보건대, 후자 쪽에 가까웠으리라. 가뜩이나 좁은 통로가 그의 존재감으로 인해 막다른 골목으로 느껴졌다. 그 숨이 막힐 것 같은 분위기에서 지원은 가까스로 힘을 내어 탈출을 시도했다.

"기다리는 사람들을 생각해서 만담은 이쯤에서 그만 하면 안 될까?"

"As you wish(원하신다면)."

짤막한 답변과 함께 유진은 그녀의 뒤를 따랐다.

그들이 홀을 가로지르는 사이 중앙의 단상에서 낭랑한 음성의 여자가 로맨틱 무드를 한껏 살려 페티 페이지의 체인징 파트너스를 부르고 있었다.

꿈처럼 환상적인 멜로디에 맞춰 우리는 함께 왈츠를 추고 있었지요.
사람들은 파트너를 바꾸세요라 했고 당신은 내게서 떠나야 했죠.
우리는 아주 잠시 함께했었고 이별의 시간은 너무도 빨리 왔어요.
그러나 그 찰나의 순간에 내 마음속에 무언가가 일어났던 거예요.

복귀 명령을 받은 휴가병처럼 털레털레 자대에 근접할 무렵 일 미터 전방에서도 확인이 가능한 바, 문제의 테이블에서 심상치 않은 기류가 발생하고 있었다. 기쁜 낯으로 귀환병을 맞이해야 할 주인공들이 잔뜩 인상을 구긴 채 말다툼을 벌이고 있었던 것이다.

"그래서, 그게 내 탓이라는 거야?"

"여전하구나, 넌."

"누가 할 소리인지 모르겠네. 도대체가 오빠는 사람이 왜 매사에 자기밖에 몰라? 그래도 나는…….”

성혁의 헛기침에 애란이 말을 멈추고 고개를 돌렸다. 지원은
그녀를 만난 이후 처음으로 진정 당혹스러워하는 모습을 볼 수
있었다. 그리고 조금 전 유진이 말한 대로 비록 상대방의 눈에
비친 본인의 모습을 볼 재간은 없었지만 이 순간만큼은 자신의
얼굴도 다를 바가 없다고 생각했다.

모두가 어쩔 줄 몰라 하는 상황에서 홀로 태연함을 유지한 것
은 유진이었다.

“시간도 늦었는데, 그만 일어나시죠?”

무언극의 배우들처럼 홀을 빠져나온 네 사람은 나란히 엘리
베이터에 올랐다.

“몇 층에 세우셨습니까?”

“아, 지하 2층이었나?”

지원은 고개를 끄덕였고, 유진은 B2와 lobby를 눌렀다. 네
사람은 엘리베이터의 움직임과 침묵 속에 몸을 맡겼다. 그렇게
정적 속에 하강하던 엘리베이터가 작은 소음과 함께 움직임을
멈췄다.

“그럼 먼저 가보겠습니다.”

“내일 봅시다, 강 이사.”

“다시 봐요, 강 선배.”

“조심해서 가세요.”

의례적인 인사가 오가는 가운데 서서히 엘리베이터의 문이

닫혔다. 이것으로 파란만장한 저녁 식사는 끝난 셈인가, 라고 생각하는 와중에 불쑥 끼어든 손. 철저히 안전 중심의 센서를 장착한 엘리베이터가 장애물을 감지하고 반사적으로 입을 열었다. 작별 인사를 하기 무섭게 다시금 서로의 얼굴을 대면한 상황에서 어리둥절한 세 사람의 시선이 그 손의 주인공에게로 모였다.

"아무래도 파트너를 바꾸는 게 좋을 듯싶어서요."

"파트너를 바꾸다니?"

"어차피 사장님은 대리 운전을 시키실 거니까 어디로 가든 큰 상관이 없지만 전 택시를 타고 가게 되니 기왕이면 같은 방향인 사람을 태우는 게 낫지 않겠습니까?"

어느새 지원의 팔이 유진의 손에 잡혀 있었다.

"그럼 조심해서 가십시오."

유진은 깍듯이 고개를 수그렸다. 동시에 지원과 성혁과 애란의 입은 딱 벌어졌고, 참을성없는 엘리베이터의 입은 살포시 닫혔다.

두 사람은 전광판의 숫자를 바라보고 있었다.

물론 그 머리 속에 오가는 생각은 달랐지만, 적어도 행동은 일치했다. B2에서 정지된 숫자를 응시하는 것. 그리고 나름대로 상황을 해석하고, 이후의 행동에 대한 지침을 내리는 것.

먼저 입을 연 것은 지원이었다.

"너 지금 뭐 한 거야?"

"뭐 하긴요. 말 그대로 보시는 대로 파트너 체인지를 한 거죠."

"너 레슬링 마니아야?"

"아니오."

"그럼 뭐냐, 스와핑 사이트 같은 거 자주 보니?"

말만 들으면 그녀의 특기인 썰렁한 농담이지만 눈을 보니 진지, 아니, 살벌하기 짝이 없었다. 그리고 아니나 다를까 이내 살벌한 표정에 어울리는 대사가 터져 나왔다.

"넌 애가 왜 그렇게 제멋대로니?"

"제멋대로라뇨?"

"장난도 정도가 있지, 나는 그렇다 쳐도 한 명은 상사고 한 명은 클라이언트야. 근데 가타부타 동의도 구하지 않고 이게 무슨 짓이야!"

펄쩍 뛰는 지원과는 달리 유진은 느긋하게 말을 받았다.

"오히려 나한테 감사하고 있을지도 모르죠."

"뭐라고?"

"그 두 사람, 전혀 모르는 사이라고 생각하시는 건 아니겠죠?"

물론 지원도 이미 눈치는 챈 상태였다. 전혀 모르는 사이가 아닐뿐더러 모종의 심상치 않은 관계였음을. 애란의 존재가 등장한 순간 성혁의 얼굴에 떠오른 경악에 가까운 표정, 그리고 이후 이어졌던 대화의 패턴을 보건대 짐작 가능한 것이었다.

유진의 방어는 적중했고, 지원은 전의를 상실했다.

"위로 올라가서 한 잔 더 하실래요, 아니면 다른 곳으로 갈까요? 어디로 가실래요?"

"집에 갈래."

"어디요?"

"귀먹었니? 집에 가겠다고!"

"선생님, 화나셨어요?"

"화 안 났어."

"그런데 왜 이러세요?"

"내가 뭘?"

개똥도 약에 쓰려면 없다더니 평소에는 줄을 서 있던 택시가 하나도 보이지 않았다. 계속 두리번거리는 고갯짓의 의미를 파악한 유진이 곤란하다는 듯 눈살을 찌푸렸다.

"술 마시고 싶어서 일부러 차 가지고 오지 않은 거예요. 그냥 집으로 가시겠다고 하면 의미가 없잖아요."

"그걸 왜 나한테 따져? 꿩 대신 닭을 택한 건 너야."

"에에, 선생님이 왜 닭이에요, 꿩이지?"

수준급 아부에 걸맞은 눈웃음이 살랑거렸으나 지원은 콧방귀를 꼈다.

"너 꿩 본 적 없지? 아부할 시간 있으면 조류도감이라도 사서 읽어봐."

야멸친 대꾸와 함께 꽁지를 빼는데 빈정거림이 따라붙었다.

"혹시 간만의 데이트를 방해받아서 심통난 거예요?"

순간 걸음이 주춤했으나 지원은 입을 앙다물었다. 이런 식의 공격은 무시하는 게 상책이었다. 괜히 받아쳤다가는 꼬리에 꼬리를 무는 말싸움에 길거리에서 밤을 새기 십상이니까.

지원의 판단은 옳았고, 유진은 결국 손을 내뻗으며 택시를 외쳤다.

"여기서 잠깐 내릴게요."

지원은 유진의 집과 방향이 갈리는 골목 어귀에서 택시를 세웠다.

"이 길로 쭉 가면 너희 집 나오는 거 알지? 조심해서 가라."

"선생님 집은 어딘데요?"

"여기서 저 골목으로 조금 더 올라가야 해."

"그럼 집 앞까지 타고 가요."

"저 길은 일방통행이라 돌려 나오기도 힘들어. 그러니 그냥 가."

둘의 실랑이를 훔쳐보던 운전수가 알아줘서 고맙다는 듯 고개를 끄덕였다.

"그래요? 그럼 할 수 없죠."

"넌 왜 내려?"

"집까지 모셔다 드리려고요."

"됐어, 어서 들어가."

그러나 잔돈은 그냥 두라는 말까지 들은 택시는 이때다 싶었던지 저만큼 도망을 친 후였다.

"왜 쓸데없는 고집을 피우고 그래? 여기서 너희 집까지 가려면 못해도 십 분은 넘게 걸리잖아."

"십 분이 아니라 한 시간이 걸려도 할 수 없어요. 눈이 오나, 비가 오나, 바람이 부나, 천둥이 치나, 설령 상대가 무지막지한 폭탄이거나…… 하여튼 어떤 상황이라도 데이트 후에는 여자를 집까지 바래다주는 게 예의라고 배워서 말이죠."

"너 지금 이걸 데이트라고 하는 거니?"

가뜩이나 언덕길을 오르느라 가빴던 숨이 턱까지 차 올랐다.

"데이트가 뭐 별건가요? 남자랑 여자랑 만나서 같이 시간을 보내면 그게 데이트지."

"무슨 논리가 그래? 그냥 이성끼리 만난다고 다 데이트야? 좋아하는 사람끼리 만나야 데이트지."

"어? 선생님, 저 안 좋아해요? 난 선생님 좋아하는데."

유진의 의뭉스러운 웃음에 지원은 한숨이 절로 터져 나왔다.

"난 이럴 때면 네 머리 속을 열어보고 싶어진다. 도대체 어떤 뇌 구조이기에 그렇게 뺀질뺀질하게 도는지."

"오호, 저랑 같은 생각을 하셨군요. 난 선생님 마음속을 열어보고 싶거든요. 어떤 심장이기에 이렇게 둔감한지."

"그래, 내가 졌다."

지원은 두 손을 번쩍 쳐들었다. 정말 사람 말문 막히게 하는 데는 도사였다.

"다 왔어. 여기야, 내가 사는 데."

"몇 층이에요?"

“3층. 저기 불 꺼진 집.”

“친구 분은 벌써 주무시나 보죠?”

“아니. 걔 오늘 집에 없어. 마감 끝났다고 아침에 일본 갔거든.”

“그렇군요.”

유진의 얼굴이 묘하게 빛났다.

“뭐 해, 안 가고?”

“기다려요.”

“뭘?”

“보통 예의상 그러잖아요. 여기까지 왔는데 차라도 한 잔…….”

순간 지원의 핸드백이 큰 반원을 그리며 허공을 날았다. 유진은 날렵하게 몸을 날려 피하고는 씩 웃었다.

“이런, 오늘의 흉기는 핸드백이네요.”

“너 정말…….”

“타임, 타임! 제 말을 끝까지 들어보세요. 선생님이 그렇게 말씀하시면, 전 ‘아닙니다. 밤도 늦고 피곤하실 텐데 들어가 쉬시죠’ 이렇게 정중하게 거절을 하려고 했다는 거죠. 어디까지나 데이트 매뉴얼에 따라 마지막까지 예의를 지키려고 한 거라고요.”

어처구니가 없다 못해 기가 찼고, 기가 막히다 보니 울화가 치밀었다. 그리고 그렇게 한 사이클을 도니 오히려 냉정해질 수 있었다.

“유진아, 데이트라는 건 따로 매뉴얼이 있는 게 아냐.”

스스로도 놀랄 정도로 차분한 목소리였다.

"그저 보고 싶어서 만나고, 만나면 즐거워서 시간 가는 줄 모르고, 헤어지기가 아쉬워서 어쩔 줄 몰라 하는 거야. 집까지 바래다주는 것도, 차라도 한 잔 하자는 것도 예의 때문이 아니야. 조금이라도 더 같이 있고 싶기 때문에 그런 거지. 그러니 다른 여자한테는 그런 식의 오해를 살 만한 농담, 하지 않는 게 좋아."

"네, 명심하죠."

이때만큼은 유진도 사뭇 진지했다.

"자, 그럼 나 진짜로 간다."

"네, 올라가세요. 위에 불 켜지면 저도 갈게요."

"글쎄, 그럴 필요 없다니깐."

"제가 그러고 싶어서 그래요."

어쩐지 선선히 고개를 끄덕인다 싶더니만. 그래, 그 고집 누가 당하겠니.

지원은 더 이상의 설득을 포기한 채 등을 돌렸다. 자신이 일초라도 빨리 들어가는 것이 불필요한 매너로 똘똘 뭉친 저 어린 양을 집으로 돌려보내는 길이리라. 그러나 생각과는 달리 계단을 오르는 발걸음이 점점 둔해졌다. 그리고 굼뜬 다리와는 반대로 핸드백 안에 들어간 손은 초고속으로 안을 휘젓고 있었다. 그렇게 2층까지 도달했을 무렵, 지원은 우두커니 멈춰선 채 주머니 속의 빈손을 움켜쥐었다.

열쇠가 없었다.

한여름 밤. 훤한 보름달빛 아래 한 남녀가 닭 쫓던 개 모양으로 나란히 앉아 불 꺼진 창을 올려보고 있었다.

"아무래도 어제 입었던 옷 주머니에 넣고 안 가져온 거 같아."

"아침에 나올 때 잠그지 않았어요?"

"그때는 유신이 있었으니까 걔가 잠갔지. 늦잠 자서 정신없이 나오느라고 확인을 못했어."

땅이 꺼져라 한숨이 터져 나왔다.

"지금 열쇠 가게 문 연 데 없겠지?"

"없겠죠. 자정이 다 되어가는데."

"비상 사태라고 말하고 깨워서 불러오면 안 될까?"

"이 근방에 열쇠 가게가 있기는 해요? 난 본 적 없는데."

"있기야 하겠지. 여기도 사람 사는 동네인데. 근데 어디 있는지는 나도 모르겠다."

이번에는 유진의 입에서 나지막한 한숨이 새어 나왔다.

"아무래도 안 되겠다, 가자."

지원은 자리에서 일어섰다.

"어디를요?"

"내려가서 큰 길로 나가면 열쇠 가게는 몰라도 여관이 있을 거야. 거기라도 가야지."

"여관이요?"

"그래. 넌 네 집으로 가고, 난 여관으로 가고…… . 표정이 왜 그래?”

“지금 그걸 말이라고 하세요? 어떻게 선생님 혼자 그런 데를 보냅니까?”

“내가 뭐 한두 살 먹은 어린애니? 혼자서 못 보내게. 그리고 나도 좋아서 가는 거 아냐. 하지만 달리 선택의 여지가 없잖아. 열쇠는 어디론가 증발, 룸메이트는 해외에 있고, 지금 이 시각에 달리 가서 재워달라고 할 만한 친구도 없는데.”

“우리 집으로 가요.”

“뭐라고?”

지원은 자신의 귀를 의심했다.

“갈아입을 옷이 없기는 하지만, 어차피 딴 데서 자도 그건 마찬가지니까.”

“잠깐, 너 지금 나한테 너희 집으로 가서 자자고 하는 거니?”

혹시나 싶어 재차 확인을 했다. 유진의 답변은 간단명료했다.

“네.”

그녀의 입이 딱 벌어졌다.

혈기왕성한 청춘 남녀…… 에 자신도 속하는지는 잠시 의문이었지만. 어쨌든 그 단둘이, 남자 혼자 사는 집에 가서 이 밤을 지새운다고?

“말도 안 돼. 차라리 여관에서 혼자 자는 게 낫지. 누구 혼삿길 망칠 일 있니?”

“지금 이 상황에서 선생님이 저희 집으로 가시는 게 혼삿길을 망치는 일이 되나요?”

"당연하지."

집에서 알면 다리 하나 부러지는 것은 물론이거니와 유신이 알면 그날로 소설 한 권은 탄생하고도 남을 거리였다.

"왜죠? 전 이해가 안 가는데요?"

"생각해 봐라, 다 큰 여자가 혼자 사는 남자 집에 가서 하룻밤을 지새운다는 게 어떤 의미인지를."

이건 어디까지나 처신의 문제였다. 지원은 다시금 경계심을 곧추세웠다.

"푸하하하."

난데없이 폭소가 터져 나왔다. 청량한 웃음소리가 서늘한 밤공기를 타고 울려 퍼졌고 잔뜩 긴장해 있던 지원의 신경을 간질였다.

"뭐가 그렇게 웃긴 건데?"

"그게…… 너무 기가 막혀서요."

"그러니까 뭐가 그렇게 기가 막힌 거냐고!"

숨넘어갈 듯 껄떡껄떡 웃다가 급기야 옆구리를 부여잡고 눈물까지 찔끔거리는데, 지원은 삽시간에 바보가 된 기분이었다. 이런 상황에서 그렇게 답변을 하는 것은 지극히 상식적이고 당연한 것이다. 그럼에도 불구하고 사람을 비웃는 것 같은 저 방자한 태도는 무어란 말이냐.

"생각해 보세요, 선생님."

그나마 진정이 된 듯, 그러나 여전히 얼굴에서는 웃음기를 지우지 못한 채 유진이 입을 열었다.

“저랑 함께 밤을 지새우는 게 처음 있는 일인가요? 아무도 없
는 집에서, 그것도 좁은 방 안에서, 단둘이만 있었던 게 어디 한
두 번이던가요?”

“그, 그야 아니지.”

“그런데 왜 새삼스럽게 정색을 하세요?”

“그거야 지금은 상황이 상황인만큼…….”

“괜히 고집 부리지 말고 어서 가요.”

유진은 더 이상의 실랑이는 시간 낭비라는 듯 마침표를 찍었
다. 그리고 위풍당당하게 앞으로 발걸음을 내디뎠다. 그러나 지
원은 그 자리에서 꼼짝도 할 수 없었다. 중학교, 아니, 고등학교
때 외우던 용비어천가의 한 구절을 불현듯 떠올랐다.

불휘 기픈 남간 바라매 아니 뮐째(뿌리 깊은 나무는 바람에 흔들리
지 아니하니).

그렇게 뜸을 들이고 있는 사이, 몇 걸음 앞서 가던 유진이 그
뿌리 깊은 나무를 향해 등을 돌렸다. 그리고 이 정도의 반응은
이미 예상했다는 듯 싱긋 웃으며 물었다.

“정 그렇게 제 집이 부담스럽다면, 아예 호텔로 갈까요?”

“여벌 시트가 없어서 안 쓰던 홑이불을 대신 깔았어요. 페브
리즈 잔뜩 뿌리긴 했는데 혹시 노총각 냄새가 나더라도 양해해
주세요.”

“어.”

“욕실은 저기구요, 갈아입을 옷은 여기 면 티셔츠랑 반바지인데 께름칙하시면 그냥 벗고 다니셔도 상관없으니까 편한 대로 하시고요.”

“어.”

“알람은 7시에 맞춰놓았는데 혹시 더 빨리 가셔야 하면 말씀하시고요.”

“어.”

“아침은 보통 콘 프레이크로 때우는데, 괜찮으세요?”

“어.”

“자, 그럼 푹 쉬시고 내일 뵙겠습니다.”

가히 손님 접대에 일가견이 있는 듯 일사불란한 태도였다. 바지런히 움직이는 그와는 정반대로 멀뚱히 서서 기계적으로 대꾸하던 지원은 막 문이 닫히려는 순간 그를 붙잡았다.

“저기, 유진아, 내가 소파에서 자도 되는데.”

“왜요? 남자 방이라 신경 쓰이세요?”

“아니, 그건 아니고 그러니까 말이지……..”

‘미안해서, 그리고 고마워서. 괜히 나 때문에 네가 불편하게 자는 게 걸려서.’

하지만 입 밖으로 나오지 않았다. 지원이 우물쭈물하자 그녀의 표정을 살피던 유진이 알겠다는 듯 말했다.

“흠, 저야 상관없지만 선생님이 불안하시지 않겠어요?”

“불안하다니?”

지원 역시 영문을 몰라 되물었다. 동시에 유진의 얼굴에 짓궂은 미소가 떠올랐다.

"거실에는 락을 걸 수가 없잖아요."

'아무래도 안 되겠어.'

지원은 스르륵 침대에서 빠져나왔다.

잠자리가 바뀐 탓일까. 종내 눈을 붙일 수가 없었다. 알코올 기운이라도 들어가면 그나마 잠을 잘 수 있을 것 같아 가만히 문 손잡이를 돌렸다. 그리고 행여나 유진이 깰까 살금살금 까치발로 몸을 빼던 지원은 나지막한 음성에 화들짝 놀라고 말았다.

"아직 안 주무셨어요?"

"너도 깨어 있었어?"

"잠이 안 와서 영화 보고 있었어요."

유진이 헤드폰을 빼며 자리에서 일어섰다.

"와인 하실래요? 아니면 맥주?"

"어, 맥주가 좋겠다."

술만 들고 튀겠다는 애초의 생각과는 달리 지원은 소파에 털썩 주저앉았다. 대형 화면에서는 수염이 텁수룩하게 자란 톰 행크스가 마찬가지로 긴 머리를 휘날리며 뛰고 있었다.

"포레스트 검프네? 아직까지 안 봤던 거야?"

"설마요. 적어도 열 번 이상은 봤을걸요?"

"근데 왜 또 봐?"

"좋아서요."

그러면서 유진은 멋쩍게 웃었다.

이상한 일이었다. 상대방이 아무렇지 않게 한 대답에 가슴이 찡하고 울리다니.

"왜 좋은데?"

"그냥 동질감 같은 게 느껴져요."

"동질감?"

"운이 좋잖아요, 저 녀석."

이른바 저 녀석은 화면 속에서 계속 뛰고 있었다. 어느새 달리는 사람들이 하나둘씩 늘기 시작했다. 이유는 아무래도 좋았다. 검프는 더 이상 혼자가 아니었다.

"이 영화 처음 부분에 나온 대사 기억해?"

"Hello. My name's Forrest— Forrest Gump. Do you want a chocolate? I could eat about a million and a half of these. My mama always said life was like a box of chocolates. You never know what you're going to eat(안녕하세요. 저는 포레스트, 포레스트 검프라고 해요. 초콜릿 드실래요? 전 초콜릿이라면 수만 개라도 먹을 수 있어요. 인생은 초콜릿 상자 같은 것이라고 엄마가 늘 말씀하셨어요. 어떤 것이 걸릴지 아무도 모른대요)."

급기야 지원은 폭소를 터뜨리고 말았다. 혀 짧은 발음도 그렇거니와 유진이 지은 바보스러운 표정 역시 가관이었던 것이다.

"악취미입니다, 기껏 시켜놓고 그렇게 비웃는 건."

"아아, 미안. 하지만 너무도 실감이 나서 말이야."

지원은 찔끔찔끔 흐르는 눈물을 훔치며 말했다.

"난 사실 처음에 저 영화를 볼 때만 하더라도 그 대사의 의미를 파악하지 못했어. 상자 안에 들어 있는 초콜릿이야 다 거기에서 거기지 무슨 차이가 있을까? 했거든. 왜, 우리 나라 초콜릿은 내용물이 다 똑같잖아."

그로부터 오 년 후, 다니던 직장을 아무런 대책 없이 때려치우고 처음으로 떠난 해외여행의 목적지였던 샌프란시스코의 부둣가에서, 검프가 앉았던 바로 그 벤치에 앉아 면세점에서 사온 하얀 초콜릿을 꺼내면서야 비로소 그 의미를 깨닫게 되었다. 그 박스 안에 담긴 초콜릿은 속에 제각각 다른 내용물을 담고 있었던 것이다.

"그리고 그 순간 나는 결심했어. 만일 인생이란 게 상자 안에서 초콜릿을 꺼내는 것과 같다면 기왕이면 내가 원하는 것만 골라 먹겠노라고."

이번에는 유진은 웃음을 터뜨렸다.

"뭐니? 남은 심각하게 말하는데."

"아뇨, 과연 선생님답다는 생각이 들어서요……."

욕인지 칭찬인지 모를 말에 지원은 가만히 눈을 흘겼다.

"그래서 선생님이 고른 초콜릿은 뭔가요?"

"일단은 일. 정말 마음이 잘 맞는 동료들과 가족 같은 분위기에서 함께 도우면서 일할 수 있는 것. 그게 내가 첫 번째로 선택한 초콜릿이야."

그리고 지원은 나름대로 그 선택에 만족하고 있었다. 적어도 아직까지는.

"그럼 아직까지 결혼 안 하신 건 선생님이 원하는 초콜릿이 아니기 때문인가요?"

"너 지금 시비 거는 거야?"

"시비는요, 진짜 궁금해서 묻는 건데."

꿍꿍이속은 알 수 없었으나 표정만큼은 진지했다.

결혼이라. 정말 오랜만에 받은 질문이었다. 어느 순간까지는 줄기차게 쏟아지던 것이 스물아홉쯤에는 피크를 이루더니 점점 하강 곡선을 그리면서 빈도가 줄기 시작했다. 재미있는 것은 질문의 뉘앙스도 달라졌다는 것이다. 이십 대 후반까지만 해도 순수한 관심이던 것이 서른 고개를 넘으면서 차츰 근심과 우려를 담게 되었고, 이즈음에 와서는 아예 의례적인 것으로 바뀌어 버렸던 것이다.

"난 말이지, 계속 버스 정류장에 서 있었던 거 같아."

"버스 정류장이요?"

"응. 그러니까 아주 추운 겨울날 밤. 자정 무렵에 버스 정류장에 서 있는 거야. 집에 가는 버스가 분명히 있기는 한데, 이게 몇 시까지 다니는지 모르는 상태인 거지. 조금 있으면 버스가 오겠지 하며 기다리는데 시간은 자꾸 가고 버스는 영 보이지 않는 거야. 너무나 춥고, 집에는 가고 싶고, 그런데 버스는 오지 않고……. 그럴 때 얼마나 막막하고 외로운지 아니?"

유진은 어이없다는 듯 웃었다.

"그때는 택시를 타야지 왜 버스를 기다려요?"

"그건 네가 그런 상황을 직접 경험해 보지 못해서 그래. 버스를 기다리다 보면 5분, 10분. 지나면서 꼭 내가 탈 버스가 올 것만 같거든. 게다가 큰맘먹고 택시를 타면, 항상 내리고 나면 바로 뒤에 내가 탈 버스가 나타난단 말이야."

"그래서 선생님이 아직 혼자인 이유는 언제 올지 모르는 버스를 기다리고 있기 때문이다?"

"뭐, 딱 들어맞는 비유는 아니지만 비슷해."

"혹시 다른 이유는 없나요?"

"다른 이유라니?"

유진은 석연치 않은 표정으로 잠시 망설이는 듯하더니 입을 열었다.

"아까 화나셨던 거, 그 귀고리 얘기 때문 맞죠?"

"나 피곤해. 잘래."

난데없이 정곡을 찔러오는데 당할 재간이 없다. 지원은 서둘러 침실로 향했지만 이내 유진에게 따라잡혔다. 대답을 듣기 전까지는 들여보내 주지 않을 것 같은 태도에 지원은 손을 들었다.

"그래, 솔직히 화가 났다기보다는 실망스러웠어. 말 나온 김에 얘기하는 건데, 너 그럴 때는 그러는 게 아냐. 설사 그게 정말 나한테 어울리지 않는 것이라 해도 그렇지, 선물한 사람이 빤히 보고 있는 앞에서 어울리느니 어쩌니 하는 것은 예의가 아니지."

"무슨 뜻인지 충분히 알겠어요. 하지만—"

유진은 한차례 숨을 고른 후 짤막하게 말했다.

"어울리지 않는다고는 말한 적 없어요. 그저 선생님이 하시기에 무리일 것 같다고 했을 뿐이지."

"그게 결국 그 말이잖아."

"아니오, 다르죠. 자의에서라면 난 선생님이 아무리 다른 사람 보기에 어울리지 않는 액세서리를 잔뜩 달고 나타난다 해도 아무런 이의가 없어요. 하지만 사준 사람 성의 때문에 어쩔 수 없이 머리에 총을 들이대는 건 다른 문제죠."

"그건 무슨 뜻이야?"

설마 싶었다. 하지만 확인하지 않을 수 없었다.

"몰라서 물으시는 건가요?"

"무슨 뜻이냐니까."

유진은 대답 대신 한 걸음 다가섰다.

"알고 계시잖아요. 그 귀고리, 선생님은 할 수 없다는 거."

귓불에 잠시 온기가 느껴지는가 싶더니 이내 서늘한 바람이 스쳤다.

"귀를 뚫지 않고서는."

잠시 후 제자리를 벗어난 똑딱이 귀고리가 그의 손을 거쳐 그녀의 손에 쥐어졌다.

"좋은 꿈 꾸세요."

그날 새벽녘이 될 무렵 지원은 꿈을 꾸었다.

'선생님, 오른쪽 귀고리 빠지려고 해요.'

‘에구, 하마터면 또 잃어버릴 뻔했다. 싼 게 비지떡이라더니. 조임새가 너무 헐렁해.’

‘아예 귀 뚫지 그래요? 그게 더 편하지 않아요?’

‘아서라. 내 친구 중의 하나가 귀를 뚫었다가 만원버스에서 귀고리가 다른 사람 스웨터에 걸려서 귀가 찢어졌다. 게다가 머리에 총을 댄다는 건 생각만으로도 끔찍해.’

‘총을요?’

‘응. 귀를 뚫을 때 작은 총으로 귓불을 향해 쏜대. 이건 뭐, 러시안 룰렛도 아니고. 머리에 총 들이대느니 차라리 잃어버리고 사는 게 나아.’

‘선생님, 이제 보니 겁쟁이시군요?’

‘뭐야? 너 이 녀석, 선생님한테 감히……”

‘아얏―’

꿀밤을 맞으며 울상을 짓던 소년의 얼굴이 어느새 다 자란 청년으로 바뀌었다.

‘난 다 기억해요. 선생님에 관한 것이라면, 아주 세세한 것까지 다…….’

그렇게 여름 밤이 지나가고 있었다.

당신에게도 생길 수 있는 일

"**팀**장님은 어느 차를 타실래요?"

산더미처럼 쌓인 메일을 처리하느라 정신이 없는 와중이었다. 파티션 너머로 얼굴 하나가 불쑥 솟아오르더니 금도끼와 은도끼를 손에 든 산신령처럼 물었다.

"사장님 차, 아니면 강 이사님 차?"

아까부터 바람난 여자처럼 분주하게 돌아다니던 이유가 이거였던가. 지원은 은미가 워크숍 준비 진행요원으로 뽑혔던 것을 떠올리고는 질문의 의미를 파악했다.

"난 아무 데나 괜찮아."

"그래도 골라주세요. 어느 쪽이 더 좋으세요?"

왠지 뼈가 있는 것 같은 뉘앙스가 풍겼다.

"원래 그렇게 다 선택권을 주는 거야?"

"무슨 말씀이세요? 짤없이 무작위로 배정하죠. 원래 진행 요원은 공정해야 하는 법이라고요."

그런데 나한테는 왜 물어? 라는 질문이 목구멍까지 올라왔지만,

"은미 씨는 누구 차 타는데?"

로 대신하기로 했다.

"아직 정하지는 않았어요. 일단 먼저 전체 배정표부터 짜놓고 하려고요."

웃는 모양새가 심상치 않은 것이 아무래도 그녀가 들고 있는 저울은 평행이 아니라는 느낌이 강하게 들었다. 잠시 망설이던 지원은 주사위를 던졌다.

"그럼 은미 씨랑 같은 데로 해줘."

그로부터 24시간 후. 고속도로를 달리는 차 안에서 지원은 유진의 옆 자리에 앉아 있었다.

은미는 지원을 자신이 탑승하는 차량에 배정했고, 선발대로 먼저 출발할 차의 운전수로 유진을 지목했다. 아무래도 강 이사님은 지리를 잘 모를 테니 사전 답사를 한 진행요원만큼 뛰어난 길잡이는 없을 거라는 명분과 함께.

"그럼 저녁은 바비큐 파티로 하는 거지?"

"네. 야외에 그릴이 있으니까 거기서 고기 구워서 밥 먹으면 되고요, 간단하게 술 마시면서 게임 같은 거 할 거라고 했어요."

"지하에 있다는 가라오케도 예약했어?"

"물론이죠. 10시부터 새벽 1시까지로 넉넉하게 잡아놨어요."

뒷좌석의 은미와 동철은 앞으로 있게 될 행사 진행 준비로 여념이 없었다.

"오케이. 그럼 다시 한 번 확인해 보자. 도착하면 배정한 방에서 짐 풀고 30분 정도 쉬다가 서바이벌게임 하고, 들어와서 씻고 잠시 쉬다가 바비큐 파티 하면서 친목 도모의 시간을 갖는 거고, 마지막으로는 가라오케 가서 광란의 술자리를……."

은미는 깐깐한 사감처럼 일정을 읊어댔고, 동철은 그때마다 이상무 보고를 했다. 그렇게 일정 체크를 끝낸 후에야 은미는 비로소 만족스러운 표정으로 앞 좌석에 말을 건넸다.

"아, 정말 다행이에요! 오늘도 비 오면 어쩌나, 어젯밤에 얼마나 걱정이 되던지. 저 밤새 한숨도 안 자고 빌었다니까요?"

"이렇게 화창한 날씨인 걸 보면 아무래도 은미 씨가 평소에 착한 일 많이 했나 보군요."

유진이 슬쩍 웃으며 말을 받았다. 동시에 지원의 얼굴에는 뜨악한 표정이 떠올랐다.

'그럼 나는? 나는 악행만 저질렀단 말이냐?'

그랬다. 그녀도 빌었다. 단, 내용이 정반대였을 뿐.

바로 어제, 오후부터 추적추적 내리는 비를 보며 내심 환호성을 질렀던 지원이다. 퇴근길에 점점 빗줄기가 굵어지는 것을 보며, 부디 다음날까지도 그 비가 계속되기를 간절히 바랐다. 모처럼 사원들의 일치단결을 위해 성혁이 명한 워크숍에 가당치 않은 역심을 품은 이유는 단 하나. 바로 그 이름만으로도 끔찍한 무언가에 대한 본능적인 저항감이었다.

"근데 서바이벌게임 같은 거 꼭 해야 하는 거야?"

지원은 끝내 참지 못하고 고개를 돌렸다. 그러자 자신들이 짠 일정표에 대해 조금의 이의도 허용치 않겠다는 은미와 동철이 이구동성으로 외쳤다.

"당연하죠!"

"제가 한번 해봤는데 팀워크 형성에는 이게 직판이에요."

"게다가 스트레스 해소도 만빵입니다. 서열 따위는 따지지 않는 승부의 세계, 평소에 재수없었던 인간에게 총을 겨눌 때의 그 짜릿함. 해보지 않은 사람은 모르죠."

희번덕거리는 눈동자와 달뜬 목소리. 아무래도 오늘 동철의 손에 죽어 나가는 사람이 여럿 될 듯싶었다. 등줄기가 오싹한 와중에 혹시라도 해코지를 당할 만한 일이 없었나를 생각하는데 옆 좌석에서 쿡쿡 웃음소리 비슷한 것이 들려왔다.

"거기에 한마디 덧붙이자면, 특히나 민 팀장님처럼 승부욕이 대단하신 분께는 아주 적격인 레포츠죠."

그녀의 총 기피증을 익히 알면서도 천연덕스레 하는 말.

"어떤 활약을 펼치실지 정말 기대되는데요?"

역시나 밉살스러운 유진이었다.

"여러분은 세 차례의 전투를 하게 됩니다. 우선 고지 점령전은 팀워크를 기르는 훈련으로 상대팀을 공격해 주어진 시간에 고지를 빨리 점령하는 팀이 승리하는 게임입니다. 두 번째로 하게 될 전멸전은 정해진 시간 내에 상대팀을 제거하는 경기입니다. 상대팀을 먼저 전멸시키는 팀이 승리를 합니다. 승패가 판정나지 않을 경우 생존자 수로 판정하도록 하겠습니다."

쟁취, 탈환, 섬멸.

사무라이 같은 군장 속에서 지원은 마른침을 꿀꺽 삼켰다. 잠시 후에 벌어지게 될 혈전을 예고하듯 섬뜩하기 짝이 없는 단어들이 릴레이 경주를 하듯 교관의 입에서 튀어나오고 있었다.

"마지막은 최후의 승자전입니다. 팀 구분 없이 모두가 적이 되어서 싸우는 게임이죠. 언제 어디서 누구에게 총을 맞을지 모르기 때문에 항상 긴장 상태를 유지해야 하는, 한마디로 강한 생존 의식이 필수적인 게임이라고 하겠습니다. 아시겠습니까?"

"네."

"어허, 목소리가 작습니다. 아시겠습니까?"

"네에!"

모두가 젖 먹던 힘까지 짜내며 소리를 버럭 질렀다. 그제야 교관은 만족스러운 미소를 지었고, 단체는 교관의 인솔에 따라 전투장으로 이동했다.

팀은 둘로 나뉘었다. 성혁을 리더로 하는 블랙팀과 유진을 리더로 하는 블루팀. 그리고 불행인지 다행인지 지원은 파란색 장비를 두르고 있었다.

"자, 그럼 이제부터 작전 회의를 하시기 바랍니다. 제한 시간은 5분. 그리고 사이렌 소리와 함께 전투가 개시됩니다."

교관의 설명이 마치기가 무섭게 한 무리의 사람들은 양분되어 각자의 진지로 움직이기 시작했다.

"저, 저기 이사님."

"네? 하실 말씀이라도?"

앞서 가던 유진이 뒤를 돌아보기까지 지원은 부지런히 핑곗거리를 찾고 있었다. 점심 먹은 게 체했는지 속이 안 좋다고 할까? 아니면 갑자기 복통이 일었다고? 차라리 여자의 특권인 생리통은 어떨까?

"설마 갑자기 어디 몸이라도 안 좋아서 빠지시겠다는 말씀은 아니시겠죠?"

만면에 가득한 의미심장한 미소는 이미 그녀의 수가 읽혔음을, 그리고 빠져나갈 퇴로가 막혔음을 말해 주고 있었다.

'제기랄. 선수를 빼앗기다니.'

절로 욕이 나왔다.

"물론이죠. 전 다만 상대에 비해 우리가 많이 불리한 것 같은데 좋은 작전이라도 있으신가 궁금해서요."

"불리하다라, 어째서죠?"

"그야, 이사님 군대 안 다녀오셨잖아요."

전사들이 일시에 유진을 바라보았다. 일사불란하게, 하긴 그래! 하는 표정으로. 역시나 대한민국 사회에서 군대의 힘은 대단했다.

허를 찔린 유진이 고소를 머금으며 말했다.

"……작전 회의 시작하겠습니다."

고지 점령전은 비교적 싱겁게 끝났다.

유진을 필두로 한 남자들은 돌격조, 지원을 비롯한 여자들은 방어조.

공격이 최선의 방어라는 말처럼 전투의 개시를 알리는 사이렌이 울려 퍼지자마자 남자들은 우르르 몰려 내려갔고, 뒤에 남은 여자들은 진지를 방패 삼아 언제 올지 모르는 적들을 대비했다. 곧 이어 여기저기서 총소리가 울려 퍼지더니 교관은 블루팀의 승리를 선언했다.

일말의 쉴 틈도 없이 돌입한 2차전은 전멸 전.

"2인 1조로 짝을 지어 대열을 나눠서 전진하도록 하죠. 한 파트는 정상적인 진로를, 다른 파트는 위쪽으로 돌아 적진에 접근하도록 하겠습니다. 여자 분들은 한 분씩 각 조에 추가되는 걸로 하되 될 수 있으면 진영의 앞 조에 들어가 주시면 좋겠습니다."

유진의 설명이 끝나기가 무섭게 지원이 손을 치켜들었다.

"잠시만요, 강 이사님. 그 말은 곧 여자들을 미끼로 쓰시겠다는 뜻인가요?"

그녀의 힐책에 유진은 눈도 꿈쩍하지 않았다.

"어쩔 수 없습니다. 한 명이라도 더 살아남는 게 중요하니까요."

'비정한 녀석 같으니라고.'

속으로 빠드득 이를 간 후 지원은 어쩔 수 없이 짝짓기를 하고 있는 무리 쪽으로 시선을 돌렸다. 누구랑 짝이 되면 무사히 게임을 끝낼 수 있을까. 그러나 유진은 그녀에게 선택의 기회를 주지 않았다.

"아, 민 팀장님은 저희랑 같은 조로 하시죠."

"에?"

"미끼로 쓰이는 게 못마땅하신 모양인데, 저희 조의 스나이퍼로 모시겠습니다. 오셔서 실력을 보여주시죠."

결국 지원은 유진, 동철과 한 조가 되어 산을 타게 되었다.

제일 선두에 동철이 섰고, 일보 떨어진 뒤로 유진이, 그리고 지원이 그 뒤를 따랐다. 진군을 하는 동안 몇 차례 적을 맞기는 했으나 다행히도 동철과 유진이 즉각 처리해 지원의 손에 들린 펌프건은 장식품이나 다름없었다.

"이제 거의 끝날 때도 된 거 같은데."

유진이 산 아래를 내려다보며 혼잣말처럼 중얼거렸다.

"저기, 강 이사님, 혹시……."

막간을 이용해 유진에게 물어 보려던 참이었다. 혹시 그가 그녀를 자신의 조에 합류시킨 이유가 따로 있었던 게 아닌가 하는.

"적이닷!"

앞서 가던 동철이 고함을 쳤고 동시에 총성이 울렸다. 지원은 반사적으로 주저앉다시피 하고는 전방을 보았다. 20미터쯤 떨어진 곳에 검은색 군장 셋이 정사각형 모양으로 있는 것이 보였다.

'허걱, 4대 3이잖아?'

이제 꼼짝없이 죽었구나, 하는 와중에 연발의 총성이 들려왔다.

"전사, 전사!"

맞은편 제일 앞에 있던 검은 점 둘이 펌프건을 올리며 소리쳤다. 지원은 가슴을 쓸어 내렸다. 이제 3대 2인 셈인가 생각하고 있는데 바로 앞에서 동철이 불쑥 일어섰다.

"에이쌍, 전사!"

그의 목 보호대가 초록색 물감으로 얼룩져 있었다.

정신을 가다듬을 겨를도 없었다. 팍 하는 소리와 함께 지원의 옆에 있는 나무에 산탄이 피처럼 부서졌다.

"나무 뒤로 가세요. 그리고 총을 쏘세요."

포복 자세의 유진이 지원을 돌아보며 외쳤다.

"총을 쏘지 않으면 집중 공격을 받을 수밖에 없어요. 어서요!"

유진의 말뜻을 알아챈 지원은 나무 뒤에 몸을 숨겼다. 그리고 방아쇠를 당기기 시작했다. 총알이 제대로 날아가는지는 신경 쓸 계제가 아니었다.

탕탕— 탕탕—

전방의 적군이 주춤하는가 싶더니 다시금 손을 번쩍 치켜들며 일어섰다.

"전사! 전사!"

그와 때를 같이 하여 사이렌과 함께 교관의 호령 소리가 스피커를 통해 울려 퍼졌다.

—양 팀의 생존자, 생존자는 이 앞으로 모입니다. 다시 한 번 말씀드립니다. 양 팀의 생존자는 지금 바로 모여주시기 바랍니다.

'나 살아 있니?'

지원은 진정 이렇게 묻고 싶었다.

최초의 격전을 목격한 후, 집합 장소로 내려오는 내내 다리가 후들거렸다. 사형장으로 끌려가던 최민수의 그 대사가 이처럼 실감나는 상황에 처할 줄이야 그 누가 알았겠는가.

"네, 블루팀 두 명, 블랙팀 한 명 남았군요."

공교롭게도 적진의 유일한 생존자는 개발팀의 김경호였다. 그리고 이쪽의 생존자는 지원과 유진이었다.

"블랙팀 생존자, 벙커로 들어가세요."

김경호의 눈빛이 만만치 않았다. 아니, 살기마저 돌았다는 편이 옳았다. 특전사 출신이라고 떠들고 다니던 것이 헛소리는 아닌 모양이었다. 김경호는 잔류한 두 명의 적군을 잔뜩 노려보더니 교관이 지정한 벙커로 발길을 돌렸다.

"제가 언덕을 넘어 벙커를 돌아가 뒤에서 공격할게요. 선생님은 여기에서 지원 사격을 해주세요."

지원은 마지못해 고개를 끄덕였다.

사망자가 모여 있는 건물을 가운데에 둔 채 블루와 블랙이 2대 1로 대치하는 상황. 사망자들은 흥미진진한 눈으로 전투를 기대하고 있었다.

다시금 개시의 사이렌이 울려 퍼졌다. 유진이 건물 뒤편의 언덕을 향해 달리기 시작했다. 지원은 화장실 기둥에 숨어 적군의 진지를 살폈다. 총소리는 계속해서 들려왔고, 자신이 몸을 숨긴 기둥 주위로 퍽퍽 산탄이 튀는 소리가 들렸다.

"블루팀의 여자 분, 뭐 하십니까? 어서 뛰세요!"

교관은 메가폰에 대고 지원의 행동을 촉구하고 있었다.

그쯤에 이르자 지원도 상황 파악을 되었다. 김경호는 방어에만 신경을 쓰면 되는 유리한 고지를 점령한 상태인 반면 유진은 진격을 해야 하는 상황이다. 그것도 총알도 얼마 남지 않은 상태에서. 모르긴 해도 위험성이 훨씬 높았다. 언제 전사자가 될지 모르는 형국이었다, 자신이 움직이지 않는 한.

펌프건을 다잡았다. 총탄에 맞는 것은 여전히 두려웠다. 하지만 이제까지 자신을 지켜준 유진이 먼저 사망하는 것을 보고 싶지도 않았다. 혼자 남아 저 밉살맞은 김경호의 총알에 최후를 맞이하는 일만은 피하고 싶었다.

지원은 자리에서 벌떡 일어섰다. 그리고 눈을 질끈 감고 달리기 시작했다. 어떻게 목적지까지 갔는지도 몰랐다. 드디어 적군의 고지에 근접한 순간, 한껏 몸을 낮춘 채 유진을 향해 응사하고 있는 김경호의 모습이 눈에 들어왔다. 지원은 그의 뒤통수를 향해 총부리를 겨누며 떨리는 목소리로 외쳤다.

"손 들어! 움직이면 쏜다!"

등 뒤로 우레와 같은 함성이 들려왔다.

마지막 전투를 앞두고 주어진 십 분간의 달콤한 휴식.

지원은 땀으로 찌든 고글을 벗고 크게 심호흡을 했다. 상쾌한 공기가 긴장으로 쪼그라들었던 가슴으로 퍼지며 온몸에 나른한 만족감이 감돌았다. 땀 흘린 자만이 휴식의 진정한 맛을 알 수 있다는 말은 정녕 진리였다.

하지만 그것도 오래가지 않았다. 언덕배기에 널브러진 무리 사이를 어슬렁거리던 교관의 얼굴에 악마와도 같은 미소가 떠올랐다.

"그냥 쉬시면 재미없으니까 막간을 이용해서 개인전이나 할까요?"

지원은 당장이라도 달려가 교관의 혓바닥을 뽑아버리고 싶은 충동을 억눌러야 했다.

"남녀 각각 1대 1 대결을 하여 이기는 쪽의 승점을 올리도록 하겠습니다. 지금 블랙팀이 2대 0으로 지고 있으니 두 게임을 모두 이기면 동점이 되는 거죠."

연패의 늪에 빠져 있는 블랙팀에서 마다할 이유가 없었다. 요란한 응원 소리와 함께 성혁이 앞으로 나섰다. 사장이 직접 대결에 임하는 상황에서 그에 맞설 사람은 딱 한 명. 모두의 암묵적인 동의 하에 유진이 일어섰다.

"두 분 등을 마주 대시고 앞으로 걸어가시기 바랍니다. 제가 숫자를 세다가 발포라고 외치면 뒤로 돌아 상대방을 쏘는 겁니다."

등을 맞대고 있던 유진과 성혁이 한 발자국씩 앞으로 나가기 시작했다.

“하나, 둘, 셋, 넷, 다섯…….”

황야의 총잡이의 한 장면을 연상시키는 광경 앞에서 지원은 침을 꿀꺽 삼켰다. 어느새 곁에 와 선 은미가 흥미로운 눈길로 아래를 보며 말을 걸었다.

“팀장님, 그거 아세요?”

“뭐?”

“강 이사님, 취미가 사격이래요. 대학 다닐 때 아마추어 대회에 나가서 상도 타셨다네요?”

“일곱! 발포!”

교관의 호령과 더불어 총소리가 울렸다. 가슴의 좌측을 초록색 물감으로 물들인 성혁이 난처한 얼굴로 손을 치켜들었고 동시에 블루팀의 함성이 하늘로 치솟았다.

“자, 다음은 여자 경기가 되겠습니다. 각 팀 대표 나와주시기 바랍니다.”

모두의 눈총이 기다렸다는 듯 지원에게로 향했다.

‘이, 이봐, 이건 나를 두 번 죽이는 일이라고!’

2차전의 마지막 장면이 뇌리에 각인되었던 터, 이미 지원은 G.I. 제인에 버금가는 여전사였다. 모두가 약속이라도 한 듯 일제히 그녀의 이름을 호령하며 외쳤다.

“민지원! 민지원!”

결국 등을 떠밀리다시피 도살장으로 향하는데 유진의 나지막한 음성이 스쳐 지나갔다.

“먼저 총탄이 떨어져도 지는 게임입니다. 겁이 난다고 그냥

쏘면 안 돼요. 등을 돌린 후 침착하게 상대방을 겨냥한 후에 쏘
세요."

'말이야 쉽지. 사격 대회 나가서 상까지 탄 놈하고 나하고 같
을까.'

"자, 룰은 똑같습니다. 각자 앞을 보고 걸어가다가 발포하는
순간 쏘는 겁니다. 준비되셨습니까?"

지원은 고개를 끄덕이며 마음을 다잡았다.

'그래, 까짓것 맞고 장렬히 산화하면 그만이다. 어차피 끌려
나온 것 빨리 맞고 죽는 편이 낫겠지. 이거에 정말 목숨 건 것도
아닌 이상에야.'

"그럼 시작합니다. 하나, 둘, 셋……."

한 발, 한 발 출발점에서 멀어질 때마다 온갖 생각이 오갔다.

'총탄에 맞으면 아프겠지? 멍이 남기도 한다는데……. 그럼
도대체 얼마나 세게 날아오는 거야?'

부터 시작해서,

'한 방만 맞으면 모든 게 끝난다. 그냥 맞고 죽자.'

하다가,

'그래도 기왕 여기까지 온 거, 살아야 하지 않나? 명색이 팀
장인데 갑바가 있지.'

라는 생각까지.

"다섯, 여섯, 일고옵……."

나는야 외로운 황야의 총잡이. 클린트 이스트우드의 심정도
이처럼 비장했을까. 지원의 귀에 배경음으로 영화 속 주제가로

쓰인 휘파람 소리가 들려오는 듯한 착각마저 들었다.

'침착하자. 녀석 말대로 상대방을 보고 쏘는 거야.'

"여덟…… 발포!"

지원은 반사적으로 사격 자세를 취하며 몸을 돌렸다. 전방의 적이 눈에 들어오는 순간, 방아쇠를 당겼다.

탕—

상대방이 미처 펌프건을 들기도 전, 총탄은 정확하게 보호대의 중앙에 명중했다. 함성이 터져 나왔고 지원은 스스로도 믿어지지 않아 어리벙벙한 표정으로 자리로 걸음을 옮겼다. 저 멀리 환호하는 무리 속에 유진이 미소 가득한 얼굴로 오른손 엄지손가락을 치켜들고 있는 것이 눈에 들어왔다.

이제 남은 것은 최후의 승자전뿐이었다.

시간이 얼마나 흘렀을까.

연발의 총성과 전사라는 외침이 여기저기서 울려 퍼진 후.

"현재 생존자 두 명. 두 명 되겠습니다!"

섬뜩한 정적을 가르고 나온 교관의 선언에 지원은 경악을 금치 못했다.

'두 명이라 하면 나랑 다른 한 사람만 남았다는 뜻?'

정말 최악의 상황이었다.

이젠 얌전히 숨어서 기다릴 수도 없는 노릇이었다. 둘 중 하나가 죽지 않으면 게임은 끝나지 않는다. 그때였다.

아사삭.

바닥에 웅크리고 있던 그녀의 몸이 반사적으로 얼어붙었다.

누군가가 있다! 그것도 가까운 곳에!

등줄기로 전율이 흘렀다. 조금 전까지만 해도 손가락 하나 까딱할 수 없을 것 같았지만, 역시나 본능은 위대했다. 지원은 손 안의 물체를 부여잡은 채 필사적으로 고개를 들었다.

'어디지? 도대체 어디에서 나는 소리인 거야!'

재빨리 사방을 둘러보았지만 아무것도 보이지 않았다. 그저 야트막한 인기척만 들려올 뿐. 그리고 그 소리는 점점 가까워지고 있었다.

사사삭.

신경 세포 하나하나가 첨예하게 곤두섰다. 잠시 후면 자신의 규칙적인 운동이 마감하리라는 걸 예감하기라도 한 듯 지원의 심장은 세상에 빛을 본 이래 가장 빠른 속도로 뛰고 있었다.

'왜 하필이면 내가 이런 상황에 처한 것일까.'

서른 넘게 세상을 살아오며 지금과 같은 순간을 맞이하리라고는 꿈에도 상상치 못했다. 평생 남에게 해가 될 짓은 한 적이 없다고 자부하는 그녀였건만 막상 이처럼 목숨이 걸린 위기에 직면하자 새삼 이제까지의 인생이 주마등처럼 스쳐 갔다.

기뻤던 것, 슬펐던 것, 행복했던 것, 그리고 아쉬운 것…….

그리고 그 파노라마처럼 펼쳐지는 영상의 마지막 부분에 그가 있었다.

"선생님?"

시간이 정지된 듯했다.

"취미가 사격이래요. 대학 다닐 때 아마추어 대회에 나가서 상도 탔다고⋯⋯."

이런 상황에 직면할 줄 알았더라면 차라리 안 듣는 것이 좋을 말이었다. 그렇게 귓전을 어지럽히는 환청 속에서 지원은 보았다. 유진이 몸의 한 부분을 천천히 움직이는 것을.
타앙—
단발의 총성이 허공을 갈랐고 게임은 끝났다.
종합 전적 4:0 블루팀 승.
네 차례의 게임이 진행되는 동안 한 발의 총알도 맞지 않은 유일한 생존자 MVP 민지원.
소가 뒷걸음질로 쥐를 잡은 그날, 지원에게는 원 샷, 원 킬이라는 별명이 붙었다.

*

오늘 밤 너와 난 단둘이서 Party! Party!
행복을 예감하는 행복한 Party!
사랑을 느끼면서 Party! Party!
아침이 올 때까지—

현란한 사이키 조명 아래 광란의 무대가 연출되고 있었다.

무대를 총괄하는 감독은 동철과 은미. 사명감으로 똘똘 뭉친 둘의 궁합은 가히 환상적이었다. 혹시 전직 레크리에이션 강사가 아니었을까 의심스러울 정도로.

처음에는 피곤하다며 자리에서 술잔을 기울이던 이들이 어느새 홀 안을 가득 메운 채 정신없이 몸을 흔들고 있었다. 어영부영 끌려 나간 성혁과 유진 역시 줄곧 스테이지의 한가운데에서 감금되다시피 한 상태였다.

그 향연에 취하지 않은 유일한 반항아가 있다면 지원이었다.

그녀는 소파에 널브러지다시피 기댄 채 반쯤 감긴 눈으로 홀을 보고 있었다. 평소 같으면 분위기를 타 무리에 합류해 있을 터였지만 바비큐 파티 때부터 마셔댄 술이 문제였다. 서바이벌의 지존이라느니, 진정한 여전사라느니 추켜세우면서 건네는 술잔을 거부할 수 없었고, 덕분에 가라오케로 이동할 즈음에 이르러서는 거의 한계를 넘어선 상태였다.

이성은 행위 앞에 노예. 관념은 이유 없는 참견.
금지된 사랑이라 해도 난 너를 놓칠 수가 없어.
이 밤이 다시 오진 않아. 우연은 만들어낸 얘기.
온몸이 전율하는 순간 넌 이미 내 속에 있잖아.

여태까지의 그녀라면 민망하고도 유치한 가사라 치부하며 혀를 찼을 것이다. 그러나 분위기를 탄 알코올의 힘은 위대했다. 어느새 저도 모르게 의미심장한 가사를 음미하고 있었던 것이다.

난 이미 내가 아닌 거야. 네게서 나를 찾은 거야.
드디어 사정거리에서 당기는 큐피드 화살—

야릇한 느낌과 더불어 서서히 눈이 감겨왔다.
'사정거리라……. 그래, 아까도 그랬지.'
지원의 기억이 리와인드되면서 어렴풋 하나의 영상이 떠올랐다.
서바이벌의 마지막 장면. 유진과 그녀가 대치하고 있던 때였다. 이제 꼼짝없이 죽었구나, 하는데 서서히 움직인 것은 방아쇠에 걸린 그의 손가락이 아니라 입술이었다.

"쏘세요."
"……뭐?"
"우리 둘만 남았어요. 그러니 마음 놓고 당기셔도 돼요."

두려움이었을까, 안도감이었을까.
지원은 생각할 여지도 없이 방아쇠를 당겼고 초록색 물감은 그의 몸을 물들였다.

나 이젠 사랑을 알 거 같아. Come on baby—

"자, 다음에 모실 분은 오늘의 아마조네스 민지원 팀장님!"

가사를 따라 부르다가 아무래도 까무룩 졸았던 모양이다. 갑자기 자신의 이름이 호명되는 바람에 지원은 퍼뜩 잠에서 깼다. 게슴츠레한 눈으로 주위를 둘러보니 조금 전까지 무아지경에 빠져 있던 시선들이 그녀를 향해 있었다. 급히 사태를 파악한 지원은 동철을 향해 손을 내저었지만 서열의 사선을 넘어서 종횡무진하는 그에게 먹힐 턱이 없었다.

"팀장님 그거 하셔야죠, 그거!"

이미 만반의 준비가 끝난 상태였다. 스피커에서는 지원이 회식 때면 불러젖혔던 곡의 간주가 울려 퍼졌다. 일단 실전 상황이 되면 절대 빼지 않는다는 것을 알고 있는 동철과 은미가 회심의 미소를 머금고 있었다. 절로 몇 마디의 욕이 터져 나왔다.

귓전에 울리는 익숙한 멜로디. 지원이 유일하게 불러대는 곡. 문주란의 '남자는 여자를 귀찮게 해' 였다.

지원은 하는 수 없이 엉금엉금 무대 위로 올라섰다. 그리고 거의 파블로프의 조건 반사에 가깝게 소리를 질러대기 시작했다.

"처음에 사랑할 때 그 이는 씩씩한 남자였죠— 밤하늘에 별도 달도 따주마 미더운 약속을 하더니. 할 일은 해도 해도 많은데 자기만 쳐다보래 웃어라 안아달라 조르는 당신 골치 아파 죽겠네."

사실 마이크를 잡을 때까지만 해도 근심이 없지 않았다. 과연 이 상황에서 목소리가 제대로 나올까 하는. 게다가 신명나는 댄스곡 다음에 처량한 트로트라니. 그러나 술기운 탓인지 의외로

목청이 트였고, 주변에서는 백 코러스까지 자청하며 분위기를 띄우고 있었다.

남자─는, 여자─를, 귀찮게 하네.
남자─는, 여자─를, 정말로 귀찮게 하네.

어느새 노래는 합창으로 바뀌어 있었다. 적어도 흥겨운 분위기를 망친 건 아니라는 생각에 적이 안도하며 내려서는데, 의례적인 함성 뒤로 밉살맞은 동철의 코멘트가 따라붙었다.

"네, 아직까지 솔로인 민 팀장님의 속마음을 대변하는 노래였습니다. 조속한 시일 내에 레퍼토리가 바뀌길 간절히 바라면서 그 뒤를 이을 타자는…… 두둥둥둥!"

한껏 후까시를 잡은 동철, 이제 음향 효과를 내는 것까지 서슴지 않았다.

"우리의 호프, 제임스 강!"

사전에 약속이라도 된 듯 우레와 같은 환호성이 이어졌다. 지목을 받은 유진은 올 것이 왔다는 얼굴로 단상 위로 올라섰다.

"아아─"

목소리를 가다듬는 것만으로도 거짓말처럼 주위가 조용해졌다. 유진은 적이 장난기 어린 표정으로 동철을 향해 물었다.

"꼭 댄스곡을 해야 하는 건 아니겠죠?"

"물론! 트로트를 하셔도 상관없어요. 방금 보셨잖아요."

동철이 채 답변할 사이도 없이 은미가 발그레한 미소와 함께 끼어들었다. 유진은 고개를 끄덕이며 말을 이었다.

"그럼 열띤 분위기를 잠시 가라앉힌다는 의미에서 이것으로 하겠습니다."

잠시 후 은은한 피아노 전주가 흘러나오기 시작했고, 유진은 사뭇 진지한 표정으로 마이크를 고쳐 잡았다. 모두가 기대에 찬 눈으로 그를 주시하며 은근히 몸을 좌우로 흔들었다. 이윽고 허스키한 목소리가 새어 나왔다.

"오오, 팝송이다. 팝송!"

"그것도 감미로운 러브 송!"

과연 유진이었다. 조금 전까지의 능청과는 정반대로 분위기를 식히기는커녕 불을 지르기에 충분했다.

"여러분, 뭐 하십니까! 블루스 타임입니다!"

동철은 호들갑스럽게 외쳤고, 조금 전까지 광란의 춤을 춰대던 이들은 삼삼오오 짝을 지어 감미로운 선율에 몸을 맡겼다.

"앗, 팀장님, 어디를 들어가시려고요!"

남세스러운 광경에 슬금슬금 뒤로 물러서던 지원은 몇 걸음도 채 못 가서 은미의 손에 잡히고 말았다.

"이럴 때 한 곡 당기셔야죠, 두 분."

어어, 하는 사이 은미는 그녀를 홀 중앙에 위치시켰다. 그러면서 끌어다 놓은 파트너는 다름 아닌 성혁이었으니.

"할 수 없군. 분위기 좀 맞춰줄까?"

성혁은 어설프게 웃고는 양해를 구하듯 그녀의 허리에 손을 둘렀다. 지원 역시 그의 어깨에 손을 얹었다. 두 사람의 몸은 멜로디를 타고 좌우로 천천히 움직이기 시작했다.

그렇게 어정쩡하게 성혁의 어깨에 턱을 기대고 있을 때였다. 무대 위의 유진이 천천히 움직이기 시작했다. 순간 아주 예전에 수많은 여자들을 설레게 했던 드라마 '별은 내 가슴에'의 한 장면이 떠올랐다. 노래를 부르면서 단상을 내려오는 유진을 보며 홀 안의 여자들은 이미 반쯤은 넋이 나간 채 황홀경에 빠져 있었다. 어디에선가 어렴풋이 '오빠'라는 외침도 들려왔다. 그러나 지원은 그 분위기에 쉽사리 동화될 수 없었다.

'뭐야? 왜 자꾸 이쪽으로 오는 거야?'

감미로운 멜로디에 썩이나 부합되는 달콤한 표정. 그러나 무슨 이유에서인지 눈빛만은 어울리지 않게 서늘했다.

지원은 의식적으로 유진의 시선을 피하려 고개를 숙였다. 결과적으로 성혁의 품을 파고드는 형국이 되어버렸고, 이에 성혁은 조금 전까지의 어색함을 잊은 듯 그녀의 몸을 당겼다. 두 사람의 상반신이 완전히 밀착된 순간 그녀의 몸이 서서히 경직되기 시작했다.

'이, 이건 아닌데……'

어떻게 해서든 이 난감한 상황에서 벗어나야 했다. 반사적으로 고개를 들었던 지원은 누군가의 시선과 딱 맞부딪치고야 말았다.

하필이면―

아무래도 유진의 눈에는 특수한 자석이라도 박힌 모양이었다. 늘 겪었던 일이긴 하지만, 그리고 유신에게서 확인받은 바

이기도 하지만 이런 순간의 아이 콘택트는 그다지 반가운 일이
아니었다.

유진은 다시금 발걸음을 내디뎠다. 한 걸음, 한 걸음 가까워
지면서 지원의 가슴이 방망이질하기 시작했다. 다행인지 불행
인지 성혁은 유진을 향해 등을 보인 상태였고 그의 접근을 전혀
알아채지 못하고 있었다.

하지만 당신은 알고 있었죠, 내 사랑을.
모두에게 다 보여줄 수도 있었어요.
그렇게 어려움을 헤쳐 나갔어야 했는지도 모르죠.

마침내 노래가 간주 부분에 이르렀다. 어느새 유진은 성혁의
바로 뒤에 서 있었다. 모두가 흥미로운 눈길로 지켜보는 가운데
유진은 성혁의 어깨에 살포시 손을 얹었다. 그 예기치 못한 접
촉에 성혁이 뒤를 돌았다. 그러자 유진은 양해를 구하듯 빙긋
웃어 보이고는 그들 사이로 끼어들었다. 그리고 눈 깜짝할 사이
에 일련의 동작이 펼쳐졌다.

난데없는 유진의 등장에 성혁은 멈칫한 걸음으로 뒤로 밀려
났고, 그 틈을 타 지원을 마주 보고 선 유진은 그녀의 얼굴을 지
그시 바라보며 다시금 노래를 부르기 시작했다. 마치 그 노래를
그녀에게 바치기라도 하는 듯한 제스처를 취한 채.

유진의 그런 의식적인 행동에 그들을 둘러싼 주변에서는 야
유인지 함성인지 모를 소리가 휘파람과 함께 울렸다. 그러나 지

원의 귀에는 오직 유진의 속삭임만이 들려올 뿐이었다.

어차피 다른 이들의 생각을 바꿀 수는 없어요.
그러니 그냥 그들이 생각하고 싶은 대로 하도록 내버려 두세요.

＊

가라오케에서의 광란의 파티는 비교적 일찍 막을 내렸다.

먼저 여직원들이 자정이 임박한 신데렐라처럼 사라지더니 체력의 한계를 느낀 노땅들 역시 슬슬 자리를 털고 일어났다. 남아 있던 이들은 하나둘 소파를 침대 삼아 드러눕기 시작했고, 양 떼를 모는 사냥개처럼 은미와 동철은 좀비들을 각자의 처소로 돌려보냈다. 그렇게 뒷자리를 정리하고 가라오케 대금까지 지불한 환상의 콤비. 이것으로 모든 임무는 완수…… 했다고 생각했으나 섣부른 착각이었다.

"어이, 진행요원! 2차, 아니 3차던가? 딸꾹! 뭐 하여간, 다음 갈 곳은 어디야?"

뒤늦게 발동이 걸려 달리기 시작한 지원이 그들 앞을 가로막고 있었던 것이다.

"아이고, 팀장님, 가긴 어딜 갑니까. 이제 숙소로 돌아가 자야죠."

피곤한 기색이 역력한 동철이 사정조로 말했다. 그러자 술기운에 젖어 있던 눈에서 삽시간에 폭죽이 터졌다.

“야, 동철! 너 다시 말해 봐, 어딜 간다고? 딸꾹! 인마, 너 남자가 갑바가 있지. 겨우 그 정도에서 꼬리를 내리냐? 내가 네 나이일 때는 펄펄 날아다녔어.”

“아니, 제 말은, 그러니까 팀장님 몸을 생각해서 그러는 거죠.”

“아무렴요, 내일 오전에 출발해야 하는데 들어가서 쉬셔야지요.”

“고양이 쥐 생각 하고 있네. 걱정 마, 염려 마! 나 민지원, 딸꾹, 이 정도는 끄떡없어!”

‘참 끄떡없기도 하겠다.’

눈은 날뛰는 망아지처럼 풀려 있는 데다가 혀는 롤 케이크처럼 꼬여 있고 걸음은 갈지자를 그리고 있다. 게다가 장단이라도 맞추듯 끊이지 않는 저 딸꾹질까지.

은미와 동철은 사력을 다해 고개를 저었다.

“아이, 팀장님, 여기서 술 더 마셨다가는 저 죽어요. 술 못 마시는 거 아시잖아요.”

그러나 이미 이성이 마비된 지원에게는 씨알도 먹히지 않는 얘기였다.

“야, 박은미. 너 내가 널 예쁘게 보니까 하는 얘기인데, 너도 그러는 거 아냐. 누군 처음부터 좋아서 술 마시고 헤헤거린 줄 아니? 다 필요하니까 한 거야. 아무렴, 그렇고말고. 여자가 말이야, 사회생활을 하면서…… 딸꾹!”

은미의 얼굴이 새파랗게 질렸다. 싫은 소리를 들어서라기보다는 주정의 강도가 예사롭지 않은 까닭이었다. 지원이 이처럼 정신을 놓은 모습은 입사 이래 처음이었다.

어찌할 바를 모르고 서로의 얼굴만 쳐다보고 있는 두 사람 앞에 구세주가 등장했다.

"두 분은 먼저 들어가시죠. 민 팀장님은 제가 모시고 가겠습니다."

"오오, 딸꾹! 그래, 우리의 호프 강유진이 있었지! 김동철! 박은미! 너희는 필요없어. 가서 자! 가자, 가! 딸꾹!"

동철은 반색하며 안도의 한숨을 내쉬었지만 은미는 여전히 근심을 거두지 못했다.

"괜찮으시겠어요? 이사님도 피곤하실 텐데."

솔직히 말하면 유진보다는 지원의 상태가 걱정스러웠다. 평소 지원이 연하의 낙하산 상사에게 어떠한 감정을 갖고 있는지 모를 바가 아니었다. 멀쩡한 상태에서도 가르랑거리고 있는데 지금처럼 취해 있을 때는 무슨 불상사가 발생할지 불안했다.

"염려 마세요. 아직은 문제없습니다."

그 말을 입증하듯 유진은 말끔한 얼굴로 웃었다.

"그보다 캔 맥주 몇 개 가져다 주시겠습니까? 아까 바비큐 파티를 했던 야외 파라솔로요."

"야, 강유진!"

"네."

“넌 내가 누구라고 생각하느냐? 딸꾹!”

유진은 잠시 망설였다. 일상의 어느 한구석에서 불현듯 떠오르고는 하는 게 자아에 대한 의문이라지만 그래도 오징어 다리를 질겅질겅 씹으며, 게다가 딸꾹질까지 해가며 던질 만한 물음은 아니지 않은가.

“무슨 말씀이세요?”

“나, 나, 민지원. 딸꾹, 지금 네 눈앞에서 술을 마시고 있는 인간이, 딸꾹, 네게 있어서 어떤 존재냐는 말이다.”

헛도는 바퀴처럼 매가리가 없는 말이었지만 그의 얼굴에는 탄탄한 긴장감이 서렸다.

“전 선생님에게 있어서 어떤 존재인데요?”

지원이 게슴츠레 눈을 치켜떴다. 평소라면 묻는 질문에 대답이나 할 것이지, 하고 호통을 쳤겠으나 다량의 알코올이 성질까지 무디게 했는지 너그러운 답변이 돌아왔다.

“뭐 새삼스레, 딸꾹, 물어보냐. 너야 내 사랑스러운 제자지.”

“그것뿐인가요?”

유진은 씁쓸하게 웃었다. 그나마 ‘사랑스러운’이라는 형용사가 붙었다는 것에 만족해야 할까.

“어이 어이, 딸꾹, 그 표정의 정체는 뭡니까요?”

“…….”

“오호라, 혹시 저의 상사이자, 딸꾹, 회사에서는 없어서 안 될 이사님이시죠. 뭐 이런 대답을 기대하셨습니까요? 딸꾹!”

유진이 대답할 틈도 주지 않고 지원은 폭소를 터뜨렸다. 그리고는 이내 손가락 하나를 세우더니 양 옆으로 흔들었다.

"노노노노노노— 어림 반 푼어치도 없는 소리지. 딸꾹, 야, 강유진! 손 올려봐!"

"손이요?"

"그래! 이렇게, 나처럼! 딸꾹!"

지원은 난데없이 오른손을 얼굴 높이로 올렸다. 마치 선서라도 하는 자세로. 표정 역시 못지 않게 진지했다. 유진도 하는 수 없이 어정쩡하게 손을 들었다.

"따라 해. 한 번 스승은, 딸꾹! 영원한 스승이다."

"싫은데요?"

그가 미간을 찌푸리며 바로 손을 내렸다.

"너 지금, 딸꾹, 반항하냐?"

"산 한가운데서 술 마시면서 해병대 세뇌 교육 받을 일 있습니까."

"야, 인마, 원래 인생이란, 딸꾹, 망망대해 위를 표류하는 뗏목과도 같은 거야. 아무것도 모르면서 폼만 잡으면 다냐? 딸꾹!"

"모르는 건 제가 아니라 선생님입니다."

"모르긴 내가 뭘 몰라? 딸꾹!"

"억울해 죽을 것 같은 제 마음을 모르죠."

"어? 뭐가 그렇게 억울한데?"

"선생님이랑 선생과 제자로 만났던 것이요."

"너 지금, 딸꾹, 한때나마 내 가르침을 받았던 것이 못마땅하다고 하는 거냐?"

"네, 아주 뼈저리게 후회됩니다."

"네가 저기 뒷산에 묻히고 싶어 안달이 났구나. 딸꾹! 못 죽어서 안달이 났어."

"기왕 죽을 거면 뒷산보다는 선생님 품 안에서 죽고 싶은데요."

"아아, 품 안의 자식이라더니, 그게 사실이었구나. 애지중지 가르쳐 놓았건만 이렇게 스승의 가슴에 못을 박다니……. 딸꾹!"

지원은 한껏 처량한 표정을 짓더니 한탄조로 내뱉었다. 동시에 유진은 테이블 위에 놓인 캔 맥주를 집어 들고는 들이켰다. 저 품 안이 그 품 안이 되다니. 아무래도 취하지 않고서는 이 자리를 버텨내지 못할 것 같았다.

캔을 비우는 것처럼 마음도 비울 수 있다면 얼마나 좋을까. 술을 마시고 세상 시름을 잊는 것처럼 이 감정도 없앨 수 있다면……. 그렇게 텅 빈 캔을 우그러뜨리고 있는데 지원이 안절부절못하며 주머니를 뒤지고 있는 게 눈에 들어왔다.

"뭐 찾으세요?"

"담배를 찾고 있느니라. 딸꾹! 무심한 제자가 가슴을 찢어놓았으니 그거라도 피우면서 위안을 삼으려 하였거늘. 아아, 이를 어찌할꼬. 아무래도, 딸꾹, 아까 그곳에 두고 왔는가 싶다."

유진은 가라오케에서 챙겨 온 지원의 담배를 테이블 위로 내밀었다.

"여기 있어요, 담배."

“오오, 역시…….”

언제 흉을 보기라도 했냐는 듯 지원은 반색을 하며 손을 내뻗
었다. 그러나 그녀의 손길은 목적지에 도달하지 못하고 허공을
맴돌았다. 지원은 어찌 된 일인가 싶어 눈을 부릅떴다. 담배는
여전히 유진의 손에 들려 있었다.

“어허, 네놈이 급기야 스승을 농락하는구나.”

줄 것처럼 내밀었다가 다시 가져가는 행동에 지원은 언성을
높였다. 유진은 아무런 대꾸도 없이 그녀의 눈을 직시한 채 천
천히 한 개비를 물었다. 그리고 마찬가지로 그녀의 라이터를 꺼
내 불을 붙였다.

“어어, 너…….”

그래도 일말의 정신은 남아 있는 모양이었다, 저렇게 놀라는
것을 보면. 유진은 그녀의 반응에 아랑곳하지 않고 한 모금 깊
게 빨아들였다. 담배의 끝 부분은 이내 주홍색 빛을 머금었고,
가느다란 연기가 피어올랐다.

“자요.”

필터 부분이 내밀어진 담배를 보는 지원의 눈동자가 순간 망
설임으로 흔들렸다. 남자가 여자의 담배에 불을 붙여주는 것은
그리 드문 일이 아니다. 하지만 이런 식으로 불을 붙여준다는
것은 심상치 않은 의미를 담고 있다. 아무리 취중이라 할지라도
그것을 모를 지원도, 유진도 아니었다.

“팔 떨어져요.”

유진은 아무렇지 않게 지원을 채근했다. 마침내 지원이 허공

에 떠 있던 담배를 건네받았다. 그리고 한 모금을 빨았다. 담배 맛은 다를 게 없었지만, 기분이 묘한 것은 부인할 수 없는 사실이었다. 그의 입술이 닿았던 곳에…… 그녀의 입술이 맞닿아 있었다.

지원은 어지러움을 느끼며 깊게 한 모금 빨아들였다. 초가을 밤의 어두움을 가르는 가녀린 불빛, 그리고 시큼한 정적. 니코틴이 주는 안정감이 방금 전 사고 회로에서 일었던 스파크를 잠재웠다. 그리고 한계 용량을 초월해 들이마신 술은 이내 그런 사실이 있었다는 기억조차도 희석시켰다. 그래서 그녀는 알아채지 못했다. 담배 연기와 딸꾹질을 번갈아 뱉어내는 동안 맞은편의 남자가 어떠한 눈으로 자신을 지켜보고 있는지를.

이윽고 지원이 필터 끝까지 다다른 담배를 던지자 그가 기다렸다는 듯 물었다.

"딸꾹질 멈추게 하는 방법 아세요?"

"무슨 방법? 딸꾹!"

"가르쳐 드릴게요. 이리 와보세요."

유진은 손을 내뻗어 양 손가락으로 지원의 콧잔등을 붙잡았다.

"뭐 하는 거야! 딸꾹!"

"가만히 계세요. 이렇게 숨 참고 있으면 딸꾹질이 멈춘대요."

고개를 도리질하면서 버둥거리던 몸이 조용해졌다. 대신 입술이 실룩거렸다.

"숨 막혀."

"그러라고 하는 거예요. 입 다무세요."

눈을 부라리는 유진. 사뭇 무서웠다.

지원은 입술을 일자로 만들고 눈을 질끈 감은 채 숫자를 세기 시작했다.

하나, 두울, 넷, 여섯, 일고옵, 여더어얼…… 한계 도달.

"차라리 딸꾹질할래, 딸꾹질할래!"

지원의 절규가 밤하늘 사이로 울려 퍼졌고 마침내 호흡기가 자유를 찾았다. 그녀는 헉헉거리며 한껏 숨을 들이마셨다.

"그 정도의 인내심도 없다니."

유진은 혀를 끌끌 찼다.

평소 같으면 발끈했을 지원이다. 하지만 마침 그녀의 신경은 다른 데 가 있었다. 조금 전 흡입한 천연 산소의 끝자락에 무언가가 말려들었던 것이다. 내내 그들의 주변을 감돌던, 그리고 바로 전 그녀의 코에 달짝지근하게 엉겨 붙었던 향.

"유진이 너, 손 이리 내봐."

"네?"

"안 들려? 손 달라고, 손!"

"갑자기 손은 또 왜요?"

"확인할 게 있어서 그래."

이번에는 또 무슨 일인가. 취중에 진지한 사람만큼 예측하기 힘든 것도 없는 법이다. 마지못해 다시 손을 내밀기가 무섭게 지원은 덥석 그의 팔목을 잡아채더니 힘껏 끌어당겼다.

"왜 이러세요?"

그의 항변은 그녀의 온기에 묻혔다.

지원의 엄지손가락이 그의 동맥 부분을 쓰다듬었다. 몇 차례 그러더니 이번에는 그녀의 고개가 고꾸라졌고 코끝을 비비대기 시작했다. 그리고 어느 순간 뻣뻣하게 경직되어 있던 그의 몸이 흠칫 놀랐다. 급기야 그녀가 입술을, 아니, 보다 직접적으로 말하면 혀를 갖다 댔던 것이다.

그랬다. 지원은 유진의 손목을 핥고 있었다. 마치 새끼 고양이가 우유를 할짝대듯이.

'제기랄.'

유진의 입에서 욕지거리와 얕은 신음 소리가 새어 나왔다. 이것은 조금 전 그가 코를 막은 것보다 백 배는 심한 고문이었다.

지원이 번쩍 고개를 들었다. 그리고 말간 눈으로 그를 빤히 바라보았다.

"왜, 왜요?"

혹시라도 자신의 상태를 눈치 챈 건가 싶어 가슴이 철렁 내려앉았다. 그러나 기우였다.

"너 향수 뭐 써?"

"……향수요?"

"그래. 너 향수 쓰지? 뭐 써?"

"뭐더라, 엔비던가?"

유진은 탁하게 흘러나오는 자신의 음성이 몹시도 저주스러웠다.

"엔비? 부럽다 할 때 그 이, 엔, 브이, 와이?"

"아마도. 선물로 받았던 거라서 유심히 보지는 않았지만 구찌 거 같아요."

"그럼 그때 엘리베이터에서 스쳐 갔을 때 썼던 것도 이거야?"

"엘리베이터라뇨?"

"너 나 한눈에 알아봤다며! 그러니까, 그때, 그거 거짓말이었냐? 너 정식으로 우리 회사 오기 전, 왜 너랑 나랑 엘리베이터 앞에서 부딪쳤잖아."

"아아, 그때요?"

그제야 횡설수설에 가까운 어절의 의미가 파악되었다. 이른바 그의 넥타이에 립스틱 자국이 생겼던 날을 뜻하는 것이다.

"나 말이지, 그때 돌아서서 너 훔쳐봤었다! 너 그거 모르지?"

그리고 으헤헤헤, 하며 이어지는 웃음소리. 유진은 바람 빠진 풍선처럼 한숨을 내쉬었다. 그 분위기를 깨는 효과음에 조금 전까지의 긴장감이 거짓말처럼 날아가 버렸다.

"왜요? 제가 너무 멋있어서요?"

"바보 같으니라고. 냄새 때문이라니까, 냄새!"

타박하듯 눈을 흘기고는 다시 손목에 코를 파묻는 지원.

"네 몸에서 나는 냄새가 너무 좋다. 아주 마음에 들어."

유진이 나지막하게 혀를 찼다.

"그럴 땐 향기라고 하는 거예요. 제가 무슨 음식입니까, 냄새가 좋다고 하게?"

"너 먹을 거 맞잖아! 내 밥이니까."

"네네, 아예 잡아 잡수십쇼."

갈 데까지 가보자는 심정으로 유진은 머리를 디밀었다. 그러자 지원은 기다렸다는 듯 와락 유진의 목을 껴안았다.

"아유, 귀여운 것."

포로로 잡은 얼굴을 가슴에 댄 채 지원은 머리칼을 마구마구 쓰다듬었다.

"어쩜 이렇게 귀엽냐."

"……아예 '멍멍' 할까요?"

농담과는 어울리지 않게 낮게 가라앉은 목소리.

유진에게서 나는 맛있는 냄새가 더욱 강해졌다. 그것이 지원을 미치게 만들었다. 아무 생각도 나지 않았다. 생각하고 싶지도 않았다, 혈기왕성한 남자와 이러고 있어도 되는지 따위는. 그저 그를 안고 있는 것이 좋았다. 그의 체온을, 향기를 계속 이렇게 느끼고 싶었다.

"네 몸 참 따뜻하다, 유진아. 기분이 좋아……."

술에 취했는지, 향기에 취했는지, 아니면 온기에 취했는지 분간할 수 없었다. 그렇게 그를 안고 있자니 하루 동안의 긴장이 풀리면서 온몸이 나른해지고 졸음이 쏟아져 내렸다.

"아, 너무 좋다……."

지원의 의식은 거기에서 끊겼다. 그러나 의식이 없다고 시간마저 정지하는 것은 아니다.

목 언저리가 간지럽다는 느낌이 든 것은 얼마 지나지 않아서였다. 일방적으로 안겨 있던 유진의 팔이 어느새 그녀의 등에 둘러져 있었다. 그리고 그의 입술이 살금살금 목선을 타고 올라왔다.

"간지러워. 훗……."

이때까지도 지원은 그의 행동이 의미하는 바를 깨닫지 못하고 있었다,

그녀의 뺨을 맴돌던 입술은 하늘거리는 깃털처럼 스쳐 가듯 이마에, 콧잔등에, 눈꺼풀에 머물렀다. 지원은 그 따사롭고도 부드러운 감촉에 몸을 내맡긴 채 눈을 감았다. 그리고 마침내 그녀의 입술에 부드러우면서도 푹신한 무게감이 전해졌다.

의식의 한 자락이 야트막하게 소리쳤지만 이내 조용해졌다. 입술 선을 천천히 따라가는 혀의 장난에 마침내 그녀의 입술이 벌어졌다. 그 틈으로 그가 살그머니 들어왔고, 목덜미를 감싸 안은 손에 힘이 들어갔다.

"아……."

그의 키스는 격렬하면서도 섬세했다. 그 상반되는 느낌이 어떻게 이처럼 자연스럽게 공존할 수 있는지가 의문일 정도로. 지원은 반사적으로 그의 머리칼을 부여잡으며 더욱더 품 안으로 파고들었다. 그렇게 한차례의 파도가 밀어친 후, 그녀의 귓전에 낮게 쉰 음성이 와 닿았다.

"계속, 이러고 싶었어요……."

지원은 언어로써 화답할 기회를 얻지 못했다. 이내 되돌아온 그를 맞이하며 무언의 답변을 전했을 뿐. 서로를 갈구하는 입술과 혀는 다시는 떨어지지 않을 것처럼 엉겼다.

등 언저리를 맴돌던 손길이 점점 아래로 내려가 허리 부근에

머물더니 스웨터 안으로 들어왔다. 그 서늘한 감촉에 그녀의 몸이 흠칫 놀라는 기색을 보이자 그의 손이 걱정스러운 듯 물었다.

"괜찮아…… 계속해……."

지원은 저도 모르게 속삭였다. 일말의 망설임을 머금은 손길이 다시금 조심스럽게 움직이기 시작했다. 차가운 손이 스쳐 가는 곳마다 피부 세포가 짜릿해지면서 불에 덴 듯 열기가 더해졌다. 지원 역시 그의 맨살을 찾아 후드 티 안으로 손을 넣었다. 긴장감이 넘치는 살갖의 감촉이 기분 좋게 꿈틀거렸다.

마침내 브래지어의 후크가 풀렸다. 등을 맴돌던 손이 점차 앞쪽을 향하기 시작했다. 그리고 봉긋한 언덕에 와 닿았을 때, 유진은 더 이상 참을 수 없는 듯 그녀의 가슴을 움켜쥐었다.

"아아……."

뭐라고 설명할 수 없는 복합적인 느낌이 해일처럼 밀려들었다. 잠시 후 선선한 바람이 그녀의 상반신을 감싸 안았고, 가슴의 한 부분에 촉촉한 물기가 와 닿았다. 짜릿한 고통과 야릇한 간지럼이 번갈아 오가며 그녀를 괴롭혔다. 그렇게 한 마리의 물고기처럼 유유히 노니는 혀의 유영에 지원은 그의 이름을 부르며 까마득한 늪으로 빠져들었다.

"팀장님, 그만 일어나세요. 아침 드셔야지요!"

"으응…… 나 안 먹어도 돼."

"해가 산꼭대기에 걸렸어요! 저희 정오까지 체크아웃해야 한다고요!"

은미가 늦잠꾸러기 자식을 깨우는 어머니처럼 이불을 잡아채며 목소리를 한 옥타브 올렸다. 지원은 인상을 쓰며 이리저리 뒤척이다가 결국 몸을 일으켰다. 머리가 지끈거리며 양 옆에서 두들기는 것처럼 쿵쿵 울렸다.

"머리 아파. 빠개질 거 같아."

"말술을 마시셨으니 당연하죠. 그러게 적당히 드시라니까."

앉아서 계속되는 훈계를 듣고 있다가는 두통이 더할 것 같았다. 지원은 침대에서 일어서 주섬주섬 세면도구를 챙겨 들었다.

"근데 우리 어제 몇 시에 들어왔어?"

"그걸 제가 어떻게 알아요? 강 이사님이라면 모를까."

"……강 이사?"

"기억 안 나세요? 어제 강 이사님이랑 끝까지 남아서 술 드셨잖아요."

물론 강 이사는 자의가 아니라 거의 끌려가다시피 했던 거라는 설명은 생략했다. 지원의 어안이 벙벙한 표정을 보건대 괜히 자책감을 더할 필요는 없을 것 같았다.

"내가 그랬어?"

그러고 보니 둘이 마셨던 것 같기도 했다. 유진이 억울하다 어쩌다 하면서 한탄을 했던 것이 어렴풋이 떠올랐다. 지원은 신기했다. 이른바 필름이 끊어진다는 게 이런 건가 싶었다. 그동안 술을 마시고 취한 적은 있어도 이처럼 기억이 없기는 처음이었다.

'뭐가 억울하다고 했더라? 음, 딱 하니 생각이 나지를 않는 것을 보니 시답지 않은 이유였겠지. 그리고 또 무슨 얘기를 했더라. 한 번 스승은 영원한 스승 어쩌고 했던 것도 같고. 아, 향수 얘기도 했었지. 그리고…… 음, 그러고 나서는…….'

아주 잠시 남세스러운 장면이 스쳐 갔다.

'으하하…… 설마…….'

아무래도 무척이나 피곤했던 모양이다. 난생처음으로 필름이 끊긴 데다가 영화에서나 볼 수 있는 그런 꿈까지 꾸다니.

"팀장님, 여기 약이요."

고개를 절레절레 저으며 욕실로 향하는 지원의 손에 호랑이 그림이 그려진 약을 쥐어주는 은미. 지원은 멀뚱히 약 병을 들여다보며 물었다.

"요즘 숙취 해소 약은 먹는 게 아니고 바르는 거야?"

"술 덜 깨셨어요?"

"그러니까 난데없이 웬 모기 약?"

"거기 물리신 데 바르시라고요. 산속이라 아무래도 모기가 있지 싶어 가져왔는데……."

"……."

지원은 사색이 되어 욕실로 달려들어 갔다.

거울 속에서 비친 모습은 예상했던 것보다 훨씬 더 가관이었다. 반쯤은 없어진 눈썹에 눈가에 까맣게 번진 마스카라, 군데군데 얼룩진 파운데이션, 사방으로 뻗친 머리……. 완전히 미친 년 하나가 자신을 향해 눈을 껌벅거리고 있었다.

그러나 그 전체적인 상태보다도 더 시선을 잡아끄는 것이 있었다. 쇄골로부터 사선 방향으로 나 있는 붉은 반점. 아무리 봐도 모기가 문 자국이 아니었다.

그것은 키스 마크였다.

＊

그게 그러니까 대학 재학 시절의 일이다.

동아리 MT를 갔다가 돌아오는 기차 안에서 지원은 문득 떠오른 궁금증에 친구들에게 물었다.

"왜 가는 길보다 돌아오는 길이 더 빠르게 느껴지는 것일까?"

뜬금없는 질문에 고개를 갸웃거리던 이들이 저마다의 한마디씩 하기 시작했다.

"낯이 익어서겠지. 한 번 갔던 길은 여기 지나면 어디겠구나, 알 수 있잖아."

"맞아. 낯선 길에서는 혹시라도 길을 잃으면 어쩌지, 하는 걱정도 없고 말이야."

"하지만 모르는 데가 아니라 아는 길을 갈 때도 똑같지 않아?"

"하긴, 그건 그러네."

"그럼 정말 왜 그런 거지?"

그때 가만히 침묵을 지키고 있던 이가 입을 열었다.

"심리적 거리의 차이지."

뜻밖의 등장인물에게 모두의 시선이 쏠리자 그는 읽던 책을 덮으며 설명을 덧붙였다.

"가는 길에서는 다시 와야 한다는 생각 때문에 더 길게 느껴지지만, 돌아올 때는 집으로 가는 거니까 안정감이 생기지. 다시 말해 갈 때는 심리적 거리가 왕복인 셈이고, 올 때는 편도인 셈이니까 더 빠르게 느껴지는 게 당연하겠지."

"그러니까 아인슈타인의 상대성 이론이 적용된다는 건가요?"

"말하자면."

그는 가볍게 고개를 끄덕였다.

"오호라, 그럼 남녀 간의 관계와도 같은 거구나. 왜 줄기차게 쫓아다니던 남자가 막상 여자가 그 마음을 받아들이고 나면 이내 식어버리는 경우가 흔하잖아."

"이른바 잡은 물고기에 밥 안 준다는 거?"

모두가 웃었고, 남자는 화제가 전환된 것에 자신의 사명을 다했다는 듯 다시 책을 펼쳤다.

하지만 지원은 그에게서 시선을 뗄 수 없었다. 불현듯 떠오른 궁금증을 너무나도 정확하게 풀어준 그 선배. 이후 그녀의 생각 속에서 그가 맴돌게 되었다. 그가 유학을 떠난다는 얘기를 들었을 때, 지원은 뜬눈으로 밤을 새며 울었다. 애타는 마음을 고백조차 해보지 못한 채 그렇게 짝사랑으로 시작된 그녀의 첫사랑은 끝났다.

왜 새삼 십 년도 더 된 기억이 떠올랐는지는 알 수 없었다. 그날의 이야기와는 달리 집으로 돌아가는 길이 너무나도 멀게 느껴져서일 수도 있었고, 어쩌면 그날처럼 옆 자리에 앉은 이 때문인지도 몰랐다.

"민 팀장, 추워?"

"네? 아, 아뇨."

세월을 거슬러 올라간 상념의 꽁무니를 잡아챈 질문에 지원은 퍼뜩 현실로 돌아왔다. 성혁의 차는 어느덧 서초 인터체인지로 접어들고 있었다.

"그런데 왜 그렇게 깃까지 올리고 있어?"

"아, 이, 이거요? 춥지는 않은데 한기가 돌아서……."

행여나 조금이라도 틈이 벌어질까 지원은 오는 길 내내 남방의 양 깃을 부여잡고 있었다. 그 남방의 밑에 후끈거리는 지난밤의 흔적이 남아 있는 까닭이었다.

"그러고 보니 얼굴색이 많이 안 좋군. 내가 집까지 데려다 주면 좋겠는데 중요한 약속이 있어서 말이야."

"괜찮습니다. 여기서 내려서 택시 타고 갈게요."

"그래, 그럼 가서 푹 쉬고, 내일 보자고."

꾸벅 고개를 숙여 보이고는 문을 닫았다. 성혁은 사뭇 미안하다는 듯한 눈빛을 던지고는 천천히 차를 출발시켰다. 그의 차가 점점 멀어지는 것을 보며 지원은 가만히 한숨을 내쉬었다.

내일. 너무나 당연하게, 자연스럽게 기약되는 시간. 한때는 저 아무렇지도 않은 말조차 가슴이 뛰곤 했었지. 지원의 입가에 씁쓸한 웃음이 떠올랐다.

그랬다. 입사 면접을 보던 날, 십 년 만에 이루어진 첫사랑과의 조우. 하지만 그는 전혀 그녀를 기억하지 못했다. 마치 자신이 유진에 대해 그랬던 것처럼.

"웬일이야? 오후 늦게 도착할 거 같다더니."

"몸이 안 좋아서 먼저 올라왔어."

"점심은 먹었어? 나 지금 라면 먹으려고 하는데 두 개 끓일까?"

"아니, 생각없어. 그냥 잘래."

유신은 알 만하다는 듯 혀를 찼다.

"어련하시겠습니까. 또 한바탕 술판을 벌이셨구려. 조심해라. 너 그러다 알코올성 치매에 걸려 버린다."

치매라는 말에 지원은 귀가 번쩍 뜨였다. 그녀는 문득 방으로 향하던 걸음을 멈추고 유신에게 물었다.

"유신아, 네 인생에서 가장 황당했던 사건은 뭐니?"

"나? 로맨스 소설 작가가 된 거."

"그게 그렇게 황당해?"

기대에서 무척이나 어긋났을 뿐 답변 자체는 황당했다.

"우리 집에서는 그러던데? 힘들게 유학까지 보내줬더니 돌아와서 취직은 안 하고 로맨스 나부랭이나 쓰고 있다고."

하긴, 유신의 부모님 입장에서 보면 그럴 수도 있겠다 싶었다.

"음, 그럼 너 원 나이트 스탠드에 대해 어떻게 생각해?"

"보지 마. 재미없어. 처음엔 좀 그럴듯하게 시작하더니, 끝에 가서는 완전 꽝이더라."

"……영화 말고. 진짜 그거."

미심쩍은 눈초리가 와 박혔다.

"그러니까 내 말은, 왜 로맨스 소설 같은 거 보면 그런 거 빈번하게 일어나지 않아? 너도 써봤을 거 아냐, 그런 장면."

"없어. 전혀. 짐승이냐, 땡긴다고 바로 해버리게?"

'……아아, 그렇구나. 난 짐승이었던 거구나.'

지원은 좌절감에 울고만 싶어졌다. 그녀를 당황하게 만들었던 아까의 대답은 전혀 허튼소리가 아니었다. 저렇게 고지식하고 딱 부러지는 애가 어떻게 로맨스 소설 같은 걸 쓰게 되었을까.

"근데 갑자기 그건 왜?"

"어, 그, 그냥 궁금해서."

꼬리가 길면 잡힌다더니. 유신의 얼굴에 심상치 않은 표정이 떠올랐다. 갑자기 정색을 한 그녀는 설마 하는 투로 물었다.

"지원이 너, 혹시……."

지원은 그 투철한 도덕관념을 마주 대하기가 부끄러워 황급히 고개를 돌렸다. 그리고 도망치듯 방으로 들어가는데 그 뒤로 유신의 성난 목소리가 따라붙었다.

"내 소설 여태까지 하나도 안 본 거야?"

"주문 하시겠어요?"

"난 커피."

"저도요."

주문을 받은 종업원이 사라진 후 두 사람은 약속이라도 한 듯 입을 다물었다. 그렇게 어색한 정적은 계속되었고, 긴장감에 꿀꺽 마른침이 넘어가는 소리마저 들릴 정도였다.

이 녀석이 내 입술을 훔쳤다.

이 녀석이 내 가슴을 만졌다.

이 녀석이 키스 마크를 남겼다.

이 녀석이 게다가 이 녀석이…….

사실 그 다음은 기억도 나지 않았다. 물론 그전이라고 해서 생각나는 것도 아니었다. 도대체 어떻게 해서 그런 상황까지 갔는지 자체가 의문이었다. 떠오르는 것이라고는 단편적인 기억, 남아 있는 것은 확연한 흔적이었으니. 그 사이를 다리 놓는 막연한 상상들이 그녀를 괴롭혔다.

그래서였다, 집으로 찾아온 유진을 내치지 않고 따라 나온 것은. 어차피 넘어야 할 산이라면, 회피하면서 미루는 것보다 부딪치는 것이 낫겠다는 생각에서였다.

그리고 막상 그 실체를 접하는 순간 유진이 꺼낸 첫 마디.

"어제 일, 죄송해요."

다짐과는 달리 갑자기 툭 하고 가슴이 저 밑으로 가라앉는 소리가 들렸다. 그리고 머리 속이 윙윙 울리기 시작했다. 무엇이 미안하다는 것일까. 그리고 나는 무엇을 기대했던 것일까.

찰나의 순간, 상황에 대한 판단은 끝났다.

"하지만……."

"아니야, 됐어."

지원은 서둘러 유진의 말을 막았다.

"미안하긴, 오히려 내가 미안하지. 내가 어제 좀 많이 취했었나 봐, 그런 실수를 하다니. 유진이 네가 이해해라. 원래 여자가 삼십이 넘으면 성욕이 강해진다더라. 하긴, 그래도 정말 주책이지, 아무리 남자가 없기로서니 널 데리고 그러다니……."

"……."

"에구, 정말 창피해서 얼굴도 못 들겠다."

웃으면서 말해야 하는데 입가에 자꾸 경련이 일었다. 가볍게 넘겨야 하는데, 목소리가 자꾸 떨렸다. 의연하게 마주 봐야 하는데 시선이 자꾸 흔들렸다.

그녀의 노력에도 불구하고 유진은 아무 말도 없었다. 그저 지원을 정면으로 주시하고 있을 뿐이었다. 의미를 가늠할 수 없는 그 눈길이 그녀를 불안하게 만들었다. 지원은 가능하다면 거울을 꺼내 보고 싶었다, 자신의 지금 표정이 어떤지.

"만약에……."

마침내 그가 입을 열었다.

"선생님이랑 나랑, 그 옛날의 관계가 없었더라면 어땠을까요? 만일 우리가 전혀 모르는 사이로 여기에서 처음 만났다면."

"다시 말해서, 어느 날 갑자기 연하의 상사가 낙하산을 타고 온다면 어땠을 거 같냐고 묻는 거니?"

유진의 얼굴에 초조한 기색이 떠올랐다.

"지금 그런 뜻으로 하는 얘기가 아니잖아요."

"그런 게 아니면?"

그는 답답하다는 듯 언성을 높였다.

"나이가 그렇게 중요해요?"

"무슨 말인지 모르겠어. 쉽게 얘기해."

"정말 몰라서 묻는 거예요?"

책망, 혹은 원망 어린 눈동자가 어둠 속에서 빛났다. 의문보다는 확인에 가까웠다. 지원은 그 집요한 시선을 외면하며 담배를 빼 물었다.

'응, 그래. 몰라, 모르고 싶어. 아니, 몰라야 해…….'

끊임없이 되뇌는 답변들. 그중 어느 게 맞는 것인지 알 수 없었다. 고민하고, 판단을 내리는 것 자체가 두려웠다. 어차피 스쳐 지나갈 것이라면 그냥 내버려 두어도 제자리를 찾아갈 것이다. 이제까지 그래 왔던 것처럼. 지원은 지금의 사태 역시 그렇게 지나가는 것 중의 하나라고 믿고 싶었다. 하지만 유진은 그것을 용납하지 않았다.

"아니면 강 사장님 때문에 그러는 건가요?"

의연한 척 담배에 불을 붙이던 손이 허공에서 멈칫했다.

"여기서 강 사장님 얘기가 왜 나와?"

"그때 회식 끝나고 가던 길에 물었었죠, 좋아하는 사람 있냐고."

가물거리는 기억 속에 어렴풋이 떠올랐다. 진실게임 막바지에 그가 농담처럼 던진 질문, 그리고 빈 공터의 벤치에서 그녀가 했던 대답이.

"따로 좋아하는 사람이 있는데, 그런 일이 벌어져서 난감한 건가요?"

지원은 순간 체한 것처럼 마음 한구석이 거북해졌다.

물론 분명 그때만 하더라도 성혁을 염두에 두었던 게 사실이다. 하지만 지금 그의 말에는 선뜻 동의할 수 없었다. 다시금 생각해 봐도 지난밤의 일에 대해 느끼는 자책감 속에서 성혁의 존재는 그 그림자조차 보이지 않았다. 그리고 그 이유는……

"네가 생각하는 그런 관계 아니야, 강 사장님이랑 나."

갑갑한 마음을 떨쳐 버리려 지원은 세차게 고개를 저었다. 그러나 유진은 오히려 냉소적으로 입가를 일그러뜨리며 빈정거릴 뿐이었다.

"염려 마세요. 강 사장님께는 비밀로 해드리죠."

"강유진, 내 말 끝까지 들어."

지원은 최대한 감정을 억제하며 말을 이었다.

"그래, 좋아한 건 사실이야. 하지만 그건 어디까지나 선배, 혹은 윗사람에 대한 막연한 동경 같은 거였어. 마치 네가 예전의 선생님이었던 나에게 갖고 있는 감정과 같은……"

"내 감정과 동일시하지 말아요."

날카롭게 끊고 들어오는 소리에 지원은 흠칫 놀랐다.

"아무리 선생님이라도 그것만은 용서 못해요."

낮게 가라앉은 음성이 쥐어짜듯 흘러나왔다. 금방이라도 폭발할 것 같은 분노를 담은 눈빛이 날이 선 비수처럼 가슴에 와 박혔다. 유진은 이미 여느 때처럼 예의 바른 그가 아니었다. 지원은 더 이상 그 올곧은 시선을 맞받아 낼 여력이 없었다.

"그만두자, 이제. 도대체가 너랑 나랑 이런 대화를 나누고 있다는 거 자체가 난센스야. 물론 그런 빌미를 제공한 것에 대해서는 나도 반성하고 있어. 하지만 그건 어디까지나 술에 취한 나머지 한 실수였으니까, 너도 이해를 해줬으면 좋겠어.”

“난 이해 못하겠어요!”

유진이 주먹으로 테이블을 내려쳤다. 쾅 하는 소리와 함께 주변의 두서넛이 그들에게로 고개를 돌렸다. 하지만 그는 개의치 않고 여전히 흥분에 가득 찬 목소리를 높였다.

“그게 실수였어요? 어쩌다 재수없이 일어난 그런 일이에요? 그게 그렇게 끔찍할 정도로 잘못된 거예요? 감정이나 의지와는 전혀 상관없는 거였어요? 빌미? 반성? 뭘 어떻게 반성하고 계세요? 아, 혹시 이런 건가요? 이런, 내가 술김에 어린애한테 장난을 쳐버렸구나. 그럴 마음은 눈곱만큼도 없었는데. 다시는 그러지 말아야지. 그래도 명색이 제자인데 이런 식으로 데리고 놀아서는 안 되겠다?”

착—

빈 컵을 든 지원의 손이 허공에서 부들거렸다. 돌연 쏟아진 물벼락에도 유진은 놀란 기색이 없었다. 그저 말없이 그녀를 노려보다가 냅킨을 집어 들 뿐.

팽팽한 긴장감을 먼저 깬 것은 지원이었다.

“내가 어떻게 말해 주기를 바라?”

새어 나오는 음절 하나하나가 가느다란 바이올린의 선율처럼 떨렸다.

“솔직하게요.”

벽에 단단하게 못을 박듯 또렷한 어절이 이어졌다.

“다시는 묻지 않을 거예요. 그러니 지금 만큼은 솔직하게 말해 주세요.”

유진의 얼굴은 석고상처럼 경직되어 있었다.

“어젯밤 일, 후회해요?”

그 말에 뒷머리가 망치로 얻어맞은 듯 찌릿하게 저렸다.

후회…… 인가?

분명 자책감은 있었다. 그러나 후회라는 말로 대치하기에는 어려웠다. 내가 왜 그랬을까 하는 것과 그러지 말 걸 하고 뉘우치는 것 사이의 미묘한 차이. 딱 꼬집어 설명할 수는 없지만 분명히 존재했다.

“역시 실수였나요?”

긍정도, 부정도 아닌 침묵. 그것은 묵직한 돌이 되어 유진의 가슴 한가운데로 던져졌다.

“그렇군요. 그냥 술김에 벌어진 해프닝이고, 아무 의미도 없는, 그냥 잊어버리면 되는 일이군요.”

스스로에게 납득시키듯 그가 중얼거렸다. 쓰디쓴 것을 삼킨 것같이 씁쓸한 얼굴이었다. 이윽고 힘없이 자리에서 일어섰다. 그 모습이 너무도 처연해 보여 지원은 가슴이 쓰라렸다.

“유진아, 그러니까…….”

“아니, 이제 됐어요. 선생님 마음 충분히 알았으니까.”

그의 입가가 어렴풋이 올라갔다. 더 이상의 대화를 하고 싶지 않다는 명백한 거절의 표현을 담은 공허한 미소를 담은 채.

“유진아.”

그가 등을 돌렸다.

황망히 그 뒷모습을 따라가는 지원의 눈앞에 루비콘 강이 모습을 드러냈다. 건널지 말지를 결정해야 하는. 지금이 아니면 결코 다시 돌이킬 수 없을 것임을 지원은 본능적으로 느꼈다. 망설이는 이 순간에도 그는 조금씩 멀어지고 있다. 그리고 그 순간, 마음에 강한 파동이 일었다. 이성적 판단을 요구할 시간적 여유는 없었다.

지원은 눈을 감았다. 그리고 외쳤다.

"처음이었단 말이야!"

자신이 듣기에도 생소한, 거의 울부짖음에 가까운 목소리.

성큼성큼 나아가던 유진이 우뚝 걸음을 멈춰 섰다.

"그렇게 공개된 장소에서 무방비 상태로 다른 사람에게 몸을 맡기는 게 넌 자연스러운 일인지 몰라도 그래서 태연한 얼굴로 아무렇지 않게 얘기를 꺼낼 수 있을지 몰라도, 난 아니야. 난 한 번도 그런 적 없었어. 그래서, 내가 모르는 나를 본 것 같아서 너무나 당혹스럽고 겁이 나서……."

지원은 입술을 깨물었다.

아니, 사실 내가 하려던 말은 이게 아니야. 내가 진짜로 하고 싶은 말은…… 그러니까 나는…….

언제부터였을까. 네가 혼자 있는 시간에는 무엇을 하고 누구를 만날까 궁금해지더라. 넥타이에 묻어 있는 립스틱의 주인공이 누구인지, 가끔 전화가 걸려오는 마리라는 이름의 여자는 누구인지, 정애란이랑 만나면 얼마나 즐거운 시간을 보내는지 다 신경이 쓰였어. 하다못해 은미가 네 칭찬을 할 때면 기분이 좋으면서도 한편으로는 심술이 나기도 했지.

그것뿐인 줄 아니? 회의 중 네가 셔츠의 버튼을 푼 채 편한 자세로 기대고 앉아 있으면 신경이 온통 그쪽으로 쏠렸어. 단단한 등이 내 쪽으로 향해 있을 때면 나도 모르게 감싸 안고 싶어져서, 그 충동을 죽이느라 어쩔 줄 몰랐지. 그러면서도 막상 몸이라도 닿을라치면 얼마나 긴장하고 당황했는지 몰라. 러브 샷을 할 때도, 발을 헛디뎌 네게 안기게 되었을 때도, 귀고리를 빼던 손이 닿았을 때도 숨이 막힐 것만 같았어.

그러니까 나는…… 다시 말해서 나는…….

무언의 아우성과 함께 눈물이 솟구쳤다. 이제는 더 이상 부인할 수 없었다. 속일 수도 없었다. 지원은 그녀의 감정에 겁이 났고 유진이 그런 자신을 어떻게 생각할까 두려웠던 거였다.

떨어뜨리어진 고개 밑으로 불쑥 하얀 티슈가 와 닿았다. 다독이듯 부드러운 음성도.

"왜 난 아무렇지 않을 거라고 생각해요?"

어느새 유진이 바로 옆에 있었다.

"아침에 먼저 가버린 거 알고 서울로 올라오는 내내 선생님 생각만 했어요. 그렇게 정신 놓고 있다가 하마터면 사고도 날 뻔했죠. 은미 씨랑 동철 씨, 헤어지면서 뭐라고 했는지 알아요? 다시는 내가 운전하는 차에 안 타겠대요."

긴장을 누그러뜨리려는 듯 옅은 웃음소리가 들렸다.

"서울에 도착하자마자 제일 먼저 온 곳이 선생님 집 앞이었어요. 어떤 얼굴을 보여야 할까? 무슨 말부터 해야 할까? 차 안에서 창문 올려다보며 계속 싸웠어요. 그러다 마침내 결론을 내렸죠. 일단 사과부터 하자. 사정이야 어쨌든 그런 장소에서 충동적이었던 것만큼은 상대방을 배려하지 못한 게 분명하니까. 정식으로 사과한 다음, 내 진심을 솔직히 털어놓자.”

호흡을 가다듬듯 유진은 잠시 숨을 들이켰다.

“가슴이 터질 것처럼 기뻤다고.”

“기뻤다고?”

지원은 자신의 귀를 의심하며 고개를 들었다.

“네, 그래요. 나, 솔직히 기뻤어요. 물론 이 나이 되도록 여자를 몰랐던 것 아니고, 여기보다 훨씬 개방적인 곳인만큼 적절히 즐기기도 했어요. 하지만 맹세코 어제와 같은 기분이 든 건 처음이었어요. 아무 생각도 할 수 없었어요. 나름대로 그런 방면으로 능숙하다고 자신하고 있었는데, 막상 선생님을 품에 안으니까 당황하면서 서툴렀어요. 내가 내 자신이 낯설 정도로.”

거기까지 단걸음에 쏟아낸 후 유진은 그녀의 의구심을 향해 다시금 물었다.

“왜 그랬는 줄 알아요?”

알 수 없었다. 하지만 이번에는 알고 싶었다, 무척이나.

“선생님이 말했죠. 데이트란 그저 보고 싶어서 만나고, 만나면 즐거워서 시간 가는 줄 모르고, 헤어지기가 아쉬워서 어쩔 줄 몰라 하는 거라고.”

“……”

"내가 그랬어요. 선생님이랑 같이 있는 순간순간이 데이트하는 것과도 같았어요. 팀의 회식 시간을 조금이라도 늘려보려고 했던 것도, 링거까지 맞고 친구 분이랑 저녁 식사를 하러 갔던 것도, 택시에서 내려서 집까지 간 것도, 농담처럼 차 얘기 꺼낸 것도 다 그래서였어요. 선생님과 조금이라도 더 같이 있고 싶기 때문에."

유진의 목소리가 점점 더 먹먹하게 들려왔다. 자꾸만 부옇게 흐려지는 눈앞의 영상을 지원은 아득한 감정을 안고 바라보았다. 눈에서 눈물이 흘렀다. 아까와는 다른 의미가 담긴 눈물이었다. 입에서는 신음이 새어 나왔다. 그것은 일종의 탄성에 가까운 것이었다. 더불어 마음의 한구석이 뻐근하게 저려왔다. 통증이라고 하기에는 과분한 것이었다. 그리고 그 모든 상태를 아우르는, 말로는 설명할 수 없는 무언가가 그녀를 감쌌다.

"선생님이 어떻게 생각하시든 이것만은 분명히 말할 수 있어요. 난 어제 일, 하나도 후회하지 않아요."

한없이 어리게만 보이던 제자가 어느덧 남자가 되어 있었다. 곧은 눈동자, 단호한 목소리. 그의 표정은 한 치의 흔들림도 없었다.

"내가 선생님을 안았던 건 여자라서가 아니라 좋아하는, 아니……."

"……."

"사랑하는 사람이라서였으니까요."

그대는 나의 엔비

자정 무렵, 인적이 드문 한강 둔치. 남녀가 계단에 앉아 도란도란 속삭이고 있었다.

"그러니까 그냥 그렇게 하자니까요."

여자는 고집스레 고개를 저었다.

"안 돼. 그건 절대 안 돼."

남자가 다시 한 번 밀어붙였다.

"다들 그렇게 하잖아요. 그게 지극히 자연스러운 건데……."

"난 하나도 안 자연스러운걸?"

"왜요?"

"상상만 해도 손이 먼저 올라간단 말이야."

"손이요?"

남자의 얼굴이 서서히 일그러졌다. 여자는 잠시간 망설이다가 어쩔 수 없다는 듯이 실토했다.

"그래, 반사적으로 이 녀석이 버릇없이! 하는 생각이 들어서."

급기야 남자의 고개가 기억자로 푹 꺾였다. 완전히 전의를 상실한 채 드러누운 가련한 남자는 유진, 그의 옆구리에 들러붙어 정확하게 어퍼컷을 날린 여자는 지원이었다.

벌써 두 시간 째였다, 나란히 머리를 맞대고 앉아 이 말씨름을 시작한 것이. 문제의 발단은 호칭이었다. 연상연하 커플의 신호탄은 호칭의 변화에서부터 시작되는 법. 나이 차야 차치하고라도 과거의 선생님과 현재의 이사님으로 얽힌 두 사람의 관계를 아우를 수 있는 무언가가 필요했다. 특히 지원이야 예전 그대로 이름을 부를 수 있는 것이었지만 유진은 입장이 달랐다. 이렇게 된 마당에 '선생님'이라든지 '팀장님'이라는 호칭을 쓸 수는 없는 노릇. 그리하여 두 사람은 현재의 분위기에 걸맞게 서로를 부를 수 있는 호칭, 혹은 애칭을 찾아나서게 된 것이었다.

지금까지 오간 대화를 되감아보자면,

"지원아."

"맞을래?"

"지원 씨."

"선보고 만났냐?"

"누나."

"내가 남동생만 셋이다, 셋."

"누님."

"여기 돈 텔 마마 아니잖아."

"유!"

"미?"

"자기."

"징그럽다, 하리수."

"허니."

"왜, 아예 꿀물이라고 하지?"

"애기야."

"야, 누가 들음 나 조로증 환자인 줄 알겠다."

이러니 어찌 합의점을 찾을 길이 있겠는가.

"난 이제 모르겠어요. Give up!"

"그러지 말고 좀 더 좋은 걸 찾아보자. 응?"

마침내 두 손을 번쩍 드는 유진에게 지원은 콧소리를 내면서 분발을 촉구했다. 웬만해서는 보기 힘든 그녀의 애교에도 불구하고 그의 얼굴은 쉽게 펴지지 않았다.

"벌써 두 시간도 넘었어요."

"에이, 원래 한 송이 국화꽃을 피우기 위해 소쩍새는 봄부터 울었던 거고, 또 김춘수의 꽃에서도 그랬잖아. 내가 너의 이름을 불러주었을 때 너는 내게로 와서 꽃이 되었다고. 그만큼 이름이나 호칭이 갖는 의미는 중요한 거라고."

거의 '자, 이건 시험에 반드시 나오는 부분이다. 밑줄 쫙, 별

다섯 개!' 와 전혀 다름없는 어투였다.

"좋아요. 그럼 이건 어때요?"

"뭐?"

사뭇 기대에 찬 눈빛에 유진은 대답 대신 그녀의 양 어깨에 손을 얹었다. 그리고 애정을 듬뿍 담은 시선으로 지그시 바라보며 속삭이듯 말했다.

"이쁜아……."

"으악!"

어둠 사이로 단말마의 신음이 울려 퍼졌다.

"왜요? 이쁜이, 우리 이쁜이. 좋잖아요?"

"좋긴 뭐가 좋아? 완전 닭살이잖아. 이 소름 돋은 거 안 보여? 어으어으."

온몸을 부르르 떨며 팔을 벅벅 긁어대는 모습. 차마 장난이라고 볼 수 없었다. 유진은 땅이 꺼져라 한숨을 내쉬었다. 실로 앞으로의 험난한 길을 예고하는 서곡이었다.

✳

"어이구, 시간이 벌써 이렇게 됐네? 여러분, 밥 먹고 합시다!"

점심 시간과 퇴근 시간만큼은 철학자 칸트 저리 가라인 동철의 외침에 하나둘 자리에서 일어섰다.

"팀장님, 안 가세요?"

"어, 가야지."

지원은 미적미적 자리에서 일어섰다. 오늘따라 강력 본드가 붙은 것처럼 쉽게 떨어지지 않는 엉덩이였다.

"뭐 먹을까요?"

"글쎄, 뭐가 좋을까."

건성으로 중얼거리며 시선을 입구 쪽으로 던졌다. 그리고 조바심에 입술을 깨물며 마음속으로 카운트다운을 하기 시작했다.

오, 사, 삼, 이, 일…….

그러나 유진은 끝내 모습을 드러내지 않았다. 어정쩡하게 무리의 뒤를 따르던 지원은 결국 은미의 꼬랑지를 잡으며 말했다.

"강 이사님한테 점심 드시러 가자고 해야 하지 않나?"

"아, 맞다! 제가 다녀올게요."

쪼르르 달려가던 은미가 갑자기 걸음을 멈춰 섰다. 그리고 고개를 갸우뚱거리더니 뭔가 중요한 것이라도 발견한 사람처럼 물었다.

"근데요, 팀장님, 이사님이랑 무슨 일 있으셨어요?"

"으응? 무, 무슨 일이라니?"

"생각해 보니까 팀장님이 이사님 점심 챙기는 거 처음인 거 같아서요."

"에, 그게 무슨 소리야? 처음이라니?"

은미의 눈이 점차 가늘어졌다.

"늘 이사님이 먼저 밥 먹으러 가자고 오시고는 했잖아요."

"어, 그러니까, 내가 먼저 말할 기회가 없었을 뿐이지. 어서 갔다 와. 배고프다."

지원은 어색한 웃음을 흘리며 은미를 재촉했다. 여전히 미심쩍은 눈초리를 빛내며 유진의 방으로 갔던 은미는 이내 홀몸으로 돌아왔다. 그리고 전한 전갈은,

"이사님 점심 약속이 있으셔서 먼저 나가셨다는데요?"

"그, 그래? 잘됐다, 우리끼리 오붓하게 가자. 오늘 점심 내가 쏠게."

지원은 내심 실망스러운 마음을 감추려 명랑하게 말했다.

"정말요? 좋아요!"

"와, 팀장님, 무슨 바람이 부셨을까?"

"어디 보자, 뭔가 입맛이 탁 도는 거 없을까?"

"매콤한 낙지볶음 어떠세요? 요 앞에 새로 생긴 집 있던데."

"좋아. 거기로 가자."

사무실을 나서던 지원은 이사실로 흘긋 시선을 던졌다. 은미의 말대로 방은 역시나 비어 있었다. 아무래도 어제의 호칭 문제로 적지 않게 심기가 상한 모양이었다.

'좀팽이 같으니라고. 남자가 골을 낼 것이 따로 있지, 그런 일을 가지고 삐쳐? 그래, 강유진. 네가 그런 식으로 나온다면……'

지원은 엘리베이터를 기다리며 속으로 곱씹었다. 그리고 그때 손에 부르르 진동이 느껴졌다.

"네, 민지원입니다."

[어디예요?]

이를 갈던, 혹은 기다리던 그 음성이 귓전에서 울리자 지원은 흠칫 놀라며 무리에게서 한 걸음 뒤로 물러섰다.

"아, 네. 안녕하셨어요?"

[무슨 대답이 그래요? 옆에 누구 있어요?]

"네에, 점심 시간이라서 지금 먹으러 내려가던 참이거든요."

[여기 지하 2층 주차장이에요. 이리로 오세요.]

"그런데 갑자기 어쩐 일이세요?"

[점심 먹으러 가자고요.]

지원의 시선이 전광판으로 향했다. 엘리베이터가 한 층 한 층 가까워지고 있었다.

"그 건에 대해서라면 일전에 미팅 시간을 잡으려고 연락을 드렸었는데 근시일 내에는 짬이 안 나신다고 해서 생각을 안 하고 있었는데요."

[기다릴게요. 빨리 내려오세요.]

전화는 끊어지고 엘리베이터의 문이 열렸다.

지원은 먹통인 핸드폰을 부여잡으며 황급히 목청을 높였다.

"어머, 지금 이 근처에 오셨다고요? 이를 어쩌나……. 네, 알겠습니다. 그럼 그렇게 하도록 하죠."

일동은 엘리베이터를 거들떠보지도 않은 채 모처럼 잡은 물주의 거취에 촉각을 곤두세웠다. 지원은 난처한 얼굴을 하고는 한 걸음 더 뒤로 물러섰다.

"저기, 어쩌지? 갑자기 손님이 오셔서 그쪽으로 가봐야 할 것 같은데."

"에에, 뭐예요!"

"점심 사신다더니, 이런 법이 어디 있어요!"

한꺼번에 쏟아지는 원성의 화살. 지원은 허겁지겁 팀원들의 등을 엘리베이터 안으로 떠밀며 닫힘 버튼을 눌렀다.

"대신 내일 더 근사한 데서 살게. 미안해."

실망으로 가득 찬 눈길을 담은 엘리베이터의 문이 닫히는 것을 확인한 순간, 지원은 비상 계단을 향해 내달렸다.

"뭐야, 약속있다더니."

"있어요, 아주 중요한 점심 약속."

유진은 시동을 걸며 퉁명스레 대꾸했다.

"그럼 난 왜……."

부른 거야, 라고 물을 참이었다. 사람 놀리니? 라는 항변도 덧붙여서. 하지만 그가 한 템포 앞섰다.

"내가 좋아하는 사람과의."

"……."

"어때요? 진짜 중요한 약속이죠?"

조금 전까지의 뚱한 기운을 말끔히 걷어내듯 유진은 웃었다. 그 환한 미소를 접한 순간 지원은 말문이 콱 막히면서 다른 생각은 일체 할 수 없었다. 달콤한 말에 가슴이 떨릴 나이는 이미 지났다고 여겼다. 가볍게 받아들이고 가볍게 넘길 것. 그저 듣기에 좋으라고 하는 말 따위는 초연하게 응수할 수 있는 내공은 된다고 자신했다.

하지만 착각이었다. 그의 말 한마디, 표정 하나하나에 이처럼 마음이 오락가락하다니. 아까까지만 해도 찌뿌듯하던 기분이 차창 밖의 화창한 햇살만큼 밝아졌다.

"와, 날씨 정말 좋다!"

저절로 터져 나간 어린애 같은 탄성에 유진이 후후 웃었다.

"그렇게 웃지 마. 나 전화 받고 얼마나 난감했는지 알아?"

"왜요? 옆에 사람들 있어서요?"

"그것도 그렇지만 팀원들한테 모처럼 점심 산다고 했든 참이었거든."

"뭐, 조만간 회식 한번 하죠. 기왕 하려면 점심보다는 저녁이 낫잖아요."

"그건 그거고 이건 분위기 전환용이었지. 이럴 줄 알았으면 같이 와도 좋았을걸."

"난 싫은데요."

난데없이 단호한 어조에 지원은 깜짝 놀라 그를 보았다.

"그건 강 이사와 민 팀장이 같이 먹는 점심이잖아요."

유진은 딱 부러지게 고개를 저었다.

"더 이상 그런 건 싫어요."

차의 속력이 한 단계 올라갔다. 더불어 그녀의 심장도 액셀러레이터를 밟기 시작했다.

"선생님은 안 그래요?"

"……."

"나만 그런가?"

그의 얼굴에 시무룩한 표정이 떠올랐다. 지원은 애써 모르는 척 손톱을 만지작거리며 중얼거렸다.

"점심을 한나절 먹는 것도 아니고 어차피 잠깐인데 뭐."

전방의 신호등에 빨간 불이 들어왔다. 차체의 요동이 점차 사그라졌다.

"있잖아요."

유진은 기어를 중립으로 바꾸며 손을 뻗었다. 동시에 지원은 헉 하고 숨을 들이쉬었다. 그녀의 손이 그의 손 안에서 꼼지락거리고 있었다. 난생처음 깨달았다, 정지한 차 안에서도 롤러코스터를 타고 있는 것과 같은 아찔함을 느낄 수 있다는 것을. 아까는 심장이 대책없이 두근거렸다면 이번에는 그대로 멈춰 버릴 것만 같았다.

"그 잠깐이라도, 아주 찰나의 시간이라도……."

유진이 고개를 돌렸다. 그의 눈에 떠오른 미소에 맞잡은 손의 따스한 온기가 걷잡을 수 없는 떨림으로 변해 혈관을 타고 돌았다.

"난 둘만 같이 있고 싶어요."

"나 궁금한 게 있는데."

"뭔데요?"

"저기 음, 그러니까……."

"뭔데 그렇게 뜸을 들여요?"

“너 나 언제부터 좋아했어?”

유진의 눈이 가느스름해졌다. 약간은 의외라는 듯, 한편으로는 재미있다는 듯 춤을 추는 눈동자. 지원은 반사적으로 시선을 피했다. 이상한 일이었다. 날이 갈수록 자꾸 그를 마주 보기가 힘들어지는 것은.

“음, 어디 보자, 내가 선생님을 좋아하기 시작한 것은…….”

지원은 마른침을 꼴깍 삼켰다. 과연 어떤 답변이 나올까 귀를 쫑긋 세우고 기다리는데 유진은 마냥 고개만 갸웃거릴 뿐이었다. 그러기를 서너 차례, 마침내 그가 멋쩍게 웃으며 입을 열었다.

“잘 모르겠는데요.”

지원은 맥이 탁 풀렸다. 정말 미꾸라지 같은 녀석이었다. 무방비 상태일 때는 가슴을 철렁하게 하는 말을 아무렇지 않게 던지면서 정작 준비를 하고 기다릴 때는 이처럼 도망을 치다니. 그가 한 마리의 미꾸라지라면 그가 뛰노는 물은 지원의 마음이었다. 이처럼 작은 미동에도 금방 흙탕물이 되어버리는.

“하나도 빠짐없이 다 기억한다고 했던 게 누군데? 그거 다 거짓말이었어?”

“그거야 선생님에 대한 걸 기억한다는 거지 내 감정을 기억한다는 건 아니잖아요.”

“그래, 됐어. 너한테 물어본 내가 바보다.”

“그럼 선생님은 어떤데요? 나 언제부터 좋아했어요?”

“그거야 나는…….”

지원은 위풍당당하게 고개를 쳐들었다. 하지만 생각과는 달리 선뜻 대답이 나오지 않았다.

내가 언제부터 얘를 좋아하게 됐더라? 사랑한다는 고백을 들었을 때? 술에 취해 첫 키스를 했을 때? 아파서 같이 병원에 갔었을 때? 애란과 함께 있는 걸 보고 화가 났을 때? 아니면 그 이전부터?

"그것 봐요. 선생님도 말하지 못하잖아요."

유진의 입가에 승자의 미소가 떠올랐다. 지원은 약이 올랐지만 마땅히 대꾸할 말을 찾지 못했다. 밉살맞은 얼굴을 흘겨보고는 자리에서 일어서는 것이 고작이었다.

"늦었다. 그만 가자."

유진이 계산을 하고 차를 빼는 동안 지원은 카페 앞 목제 난간에 기대어 시원하게 트인 전경을 바라보았다. 점심 한 끼 먹으러 교외까지 나올 필요가 있냐고 종내 투덜거렸던 그녀였지만 이 순간만큼은 그의 선택을 따르기를 잘했다는 생각이 들었다. 그만큼 눈앞의 호수와 주변의 단풍이 조화를 이루는 풍경은 아름다웠다. 알고 있었다, 그저 유치한 트집이라는 거. 하지만 어쩌겠는가. 자꾸만 확인을 하고 싶어지는 것을.

문득 어린 시절 금붕어를 키우던 때가 떠올랐다. 동그란 어항에 담긴 다섯 마리의 금붕어. 방과 후면 설렘과 두려움에 휩싸여 집으로 달려가고는 했었지. 행여나 그새 죽지 않았을까 늘 조바심을 내면서 재촉하던 발걸음. 어른이 되고 나서 알았다, 원래 금붕어의 수명은 십 년도 넘는다는 것을. 하지만 당시 어린 마음에는 그 작고 연약한 생명체가 금방이라도 수면 위로 떠오를 것 같아 한시도 눈을 떼지 못했다.

누군가를 마음에 담는다는 것도 그런 것이 아닐까. 성가실 정도로 들여다보게 되고, 자꾸 확인을 해야 비로소 안도하게 되는…….

"무슨 생각 해요?"

"어, 아무것도 아냐."

유진이 싱겁다는 듯 픽 웃으며 말했다.

"혹시 미술관 옆 동물원이란 영화 봤어요?"

"응. 근데 왜?"

"저 강물을 보니까 생각나서요. 거기에서 여주인공이 그러잖아요."

갑자기 목 언저리로 단단한 팔이 감기면서 따스한 체온이 전해졌다. 그리고 달콤한 엔비의 향과 더불어 귓전을 아른거리는 부드러운 음성도.

"사랑이란 게 처음부터 풍덩 빠져 버리는 건 줄만 알았지……."

살랑거리는 서풍이 머리카락을 간질였다. 그리고 그 바람에 몸을 실은 빨간 단풍잎이 푸르디푸른 호수의 품에 안기는 것이 보였다.

"이렇게 서서히 물들어가는 것인 줄은 몰랐다고."

그리보도예프라는 러시아의 문호가 말했다. '행복한 사람은 시계를 보지 않는다’ 고.

지하 주차장으로 귀환한 후에야 비로소 들여다본 시계의 바늘은 이미 네 시를 훨씬 넘어서 있었다. 무려 다섯 시간에 걸친 점심이었던 셈이다.

“아무래도 시간차를 두고 가는 게 좋겠지?”

“그냥 같이 가도 상관없는데.”

걱정이 태산인 지원과는 달리 유진은 심드렁하게 말했다.

“안 돼. 따로 가는 게 덜 의심받을 거야. 내가 먼저 갈 테니 넌 한 십 분쯤 후에 올라와.”

“알았어요.”

“그래, 그럼 나 먼저 들어간다.”

서둘러 차 문을 여는데 어깨 위에 놓여지는 손.

“이대로 그냥 가기예요?”

“그냥 가지 않으면?”

“근사한 점심 대접했는데 답례를 해줘야죠.”

“답례?”

유진은 대답 대신 손가락으로 입술을 툭툭 쳤다.

“이거요.”

“애는, 대낮에 남세스럽게.”

“보는 사람도 없는데 어때요? 안 해주면 못 가요.”

유진이 고집스레 얼굴을 디밀며 눈을 감았다. 그 천진난만한 표정에 지원도 피식 웃고야 말았다. 이럴 때는 영락없는 아이 같다. 지원은 주위를 둘러보고는 살짝 입을 맞췄다. 그녀의 입술이 스쳐 가자 그의 입가가 아쉬운 듯 벌어졌다.

"이제 됐지? 나 간다!"

"아, 잠깐만요!"

"이번엔 또 왜?"

지원은 조바심을 내며 돌아보았다.

"어제 하던 얘기 말인데요, 메일 한번 확인해 보세요."

"메일?"

유진이 고개를 끄덕였다.

"예약 전송하고 왔으니까 아마 도착했을 거예요."

"그냥 지금 말로 하면 안 돼?"

"안 돼요."

"왜?"

유진은 대답 대신 의자에 등을 기대더니 손바닥으로 눈을 가리며 말했다.

"쑥스러우니까."

발신인:강유진.

수신인:민지원.

제목:당신을 나의 누구라 말하리.

무수한 스팸 메일, 업무 관련 메일 사이로 얼굴을 빼쭉 내민 낯간지러운 제목에 지원은 쿡쿡 터져 나오는 웃음을 참을 수 없었다. 녀석이 쑥스럽다고 했던 이유가 이것이었던가. '후조' 의

한 구절을 인용하다니, 제법 러브레터 같은 느낌이 났다. 지원
은 한차례 심호흡을 하고는 찬찬히 장문의 메일을 읽어 나가기
시작했다.

　언젠가 내가
　당신에 대해 딱 하나 안 좋은 기억이 있다고 한 거, 생각나요?
　만일 당신의 마음을 확인하지 못했다면 평생 말하지 않았을 거
예요.
　당신을 부담스럽게 한다거나 마음에 짐을 지우고 싶지는 않았
으니까.

　내가 말하면 당신이 후회할 것 같다는 그 기억은
　미국에 간 지 얼마 되지 않았던 어느 날의 일이에요.

　그날도 나는 따스한 햇살 아래 잔디밭에 앉아 홀로 점심을 먹고
있었어요.
　한입에 베어 물기에는 부담스러운 두께의 샌드위치를 우적우적
씹으며 교정을 오가는 사람들을 부러운 눈길로 쫓고 있었죠.

　진지하게 앞을 보며 재촉하는 걸음에는 희망이,
　하얀 치아를 드러내며 서로를 바라보는 얼굴에는 사랑이,
　햇살 아래 찬연히 부서지는 무리의 웃음소리에서는 기쁨이—

영화의 스틸 컷처럼 스쳐 가는 장면마다
충만한 행복이 넘쳐흐르는 그곳에서
그것을 지켜보는 나는 철저한 이방인이었죠.
철저한 이방인…….

그리고 그때 어디서인가
새의 울음소리 같은 것이 들려왔어요.
아니, 천진난만한 아이의 웃음소리였다는 쪽이 나을지도.
나는 기계적으로 씹던 샌드위치를 내팽개친 채
그 소리의 발현처를 찾아 달리기 시작했어요.
단단하게 얼어붙은 내 마음을 살며시 어루만지는 듯한
그 맑고 영롱한 음색을 찾아.

얼마나 달렸을까요.
가쁜 숨을 몰아쉬며 올려본 하늘의 한가운데에
곧게 뻗은 하나의 탑이 있었어요.
이탈리아에 있는 산 마르코 광장의 종탑 캄파닐레를 모델로 했
다는 탑.
크고 작은 범종이 화음을 이루어 천상의 부름 같은 소리를 내는
탑.
90미터도 넘는 높이로 캠퍼스 어디에 있든 간에 시간을 알 수
있게 해주는 탑.
버클리의 상징인 새더 타워였죠.

그 소리의 실체를 확인한 순간

나는 최면에 걸린 사람처럼 무작정 전망대로 가는 엘리베이터에 올랐고,

곧 이어 시야에 들어온 광경은

저도 모르게 탄성 비슷한 것을 내지르기에 충분했어요.

키 낮은 건물들과 푸른 잔디,

장난감 모형 같은 그 안을 오가는 학생들의 움직임.

멀리 골든게이트 브리지와 샌프란시스코 시내의 전경까지.

믿을 수 없을 정도로 조용한 일상이 파노라마처럼 펼쳐져 있었죠.

그야말로 한 폭의 아름다운 그림처럼.

아마 그때였을 거예요,

명치 위를 콕콕 바늘로 찌르는 것 같은 통증을 느꼈던 것은.

그리고 시야가 부옇게 흐려지면서 누군가의 얼굴이 떠올랐던 것은.

이상하죠?

왜 그 풍경 속에서 그녀가 보였던 것일까요.

나에게조차 생경한 그곳을 배경으로 그녀가 있었던 적은 한 번도 없었는데…….

해일처럼 밀려드는 외로움과 그리움에

그때까지 쌓아온 곤고한 이성의 성벽은 단숨에 무너졌고

얕은 신음 소리와 함께 허물어지듯 주저앉은 나는 목 놓아 울음을 터뜨렸어요.

정든 땅을 뒤로한 이래 처음으로.

그날 이후, 나는 하루에 한 번은 꼭 그 종루에 올랐어요.

그리고 가슴속의 그녀를 조심스레 끄집어내어 마음껏 그리워했죠.

잊고 싶은데, 잘 안 되는 사람.

생각하고 싶지 않은데, 자꾸만 보고 싶은 사람.

이제는 아무 상관없는데, 무척이나 소중해지는 사람을.

지금도 눈을 감으면 그때가 선명하게 떠올라요.

그것은 내게 있어 세상에서 가장 아름다운 풍경이었고,

동시에 당신에 대해 가장 가슴 아린 기억이기도 하죠.

…….

하루가 이렇게 지나네요. 어제와는 너무도 다른 하루가.

지금 난 궁금한 게 너무나 많아요.

우리가 떨어져 있는 동안 당신이 어떻게 지냈는지,

무심히 흘러간 세월의 공백 속에 아로새겨진 당신의 흔적을 하
나도 빠짐없이 더듬어보고 싶어요.
마음에 사무친다는 게 어떤 것인지,
생각만으로도 눈물이 흐른다는 게 어떤 의미인지,
그것을 내게 알게 해준 당신은……

당신은 나의 엔비.

세상 모든 연인들의 비극

"**요**즘 무슨 일 있어?"

"무슨 일이라니?"

치열했던 호칭 논란이 유진의 러브레터로 한방에 날아간 후 서로를 반쪽이라 부르기 시작한 지 어언 한 달째. 이렇듯 사무실 사람들의 눈을 피해 먹는 점심이나 007 작전을 불사하는 함께 퇴근하기 못지 않게 이제는 제법 익숙해진 하대였다.

"아니, 그냥. 왠지 많이 분주한 거 같고, 살도 좀 빠진 거 같고 해서."

사실 정작 하고픈 말은 '우리 벌써 며칠째 이렇게 단둘이 보내는 시간도 없었잖아' 였다. 하지만 자칫하다가는 보채는 것처럼 보일 듯싶어 엉뚱한 말을 끌어다 붙인 것이다.

"살 빠진 거야 모르겠지만, 바쁘긴 하지. 연말까지 처리할 일이 있거든."

"처리할 일? 그게 뭔데? 내가 도와주면 안 돼?"

눈을 총총 빛내며 묻는데 유진은 엉뚱하게도 손을 뻗쳐 그녀의 코를 잡아당겼다. 그리고 장난기 넘치는 표정으로 외쳤다.

"루돌프 코!"

"아야, 야야! 이거 놓고 말해."

어느 한쪽이 연인 관계의 적신호가 될 만한 행동을 보일 때는 그 벌칙으로 코를 잡는다. 일명 루돌프 코 놀이. 이것이 기존의 상하 관계를 극복하기 위해 그들 사이에 정한 원칙이었다.

"이건 반칙이야! 내가 뭘 어쨌다고!"

지원의 항의에 유진은 짐짓 무서운 표정을 지으며 고개를 가로저었다.

"내가 말했지, 난 보살핌을 받는 것보다는 보살피는 쪽이 적성에 맞는다고."

"난 순수하게 걱정이 돼서 물어본 거였단 말이야!"

지원은 얼얼한 코를 어루만지며 투덜댔다.

"반쪽이 신경 쓸 만한 일은 아냐. 그러니 걱정 안 해도 돼."

느긋한 그와는 달리 지원은 마음이 답답해졌다. 연하의 잘난 애인을 둔다는 것이 마냥 좋은 것만도 아니다. 바로 이런 경우가 그렇다. 누군가를 사랑하게 되면 그 사람의 일거수일투족에 온통 신경이 곤두서는 거야 당연한 일 아닌가. 그런데도 이 바보는 자격지심 때문인지 그 당연한 것을 이해 못한다.

유신이야 로또 복권에 당첨된 것보다도 더한 행운이라고 했지만 그것은 어디까지나 제삼자의 입장. 없던 거액이 갑자기 생겼다고 가정해 보자. 마냥 기쁘기만 하겠는가. 돈을 어떻게 운용해야 할지, 누가 사기나 치지 않을지, 행여 목숨의 위협을 받지는 않을지 늘 근심과 걱정이 따르기 마련이다. 게다가 요즘처럼 얼굴 보기도 힘든 마당에서야……

강유진, 너 그거 알아? 사랑의 시작은 마치 갓 태어난 아이를 키우는 것과도 같아. 하루가 사십팔 시간이어도 모자라단 말이야.

유진은 그런 그녀의 마음을 읽기라도 한 양 화제를 돌렸다.

"그건 그렇고 우리 크리스마스 때 어디 갈까?"

"크리스마스?"

"응. 얼마 안 남았잖아. 휴가 내고 둘이 여행이라도 다녀오자."

그 말에 간사하게도 딱딱하게 굳어 있던 마음이 꿈틀거렸다.

모름지기 무슨 날이라는 것은 함께 축복할 사람이 있어야 의미를 갖는 법. 서른이 넘도록 특별한 타이틀을 단 사람과 그런 날을 보내본 적이 없는 지원으로서는 이른바 역사의 한 장을 기록하는 셈이었다.

크리스마스에 연인과의 여행이라. 상상만으로도 입이 헤벌쭉 벌어졌다. 그러면서 문득 연애는 어쩌면 보험과도 같은 것이 아닐까 하는 생각마저 들었다. 가장 필요한 순간에 곁에 있어줄 거라고 믿어 의심치 않기에 일정하게 사랑을 쏟아 붓게 되는

"어디 갈 건데?"

"글쎄, 뭐 난 어디라도 좋아. 반쪽과 함께라면."

이미 KO 상태가 된 지원. 벌써 생각은 한달음 앞으로 달려나가 특별한 날에 어울릴 법한 장소를 물색하고 있었다.

"그러니까, 그때까지는 우리 보고 싶은 것도 조금씩 참고 지내자."

그녀는 벅차오르는 감동에 마냥 고개를 끄덕였다.

"응, 그래."

지원의 인생에 있어 가장 기억할 만한 연말이 예정되어 있었다. 적어도 그 사건이 터지기 전까지는.

"팀장님, 빅뉴스가 있어요!"

"빅뉴스?"

"글쎄, 강 이사님이 말이죠……."

지원은 이마를 짚었다. 반년 사이 '강 이사님이 말이죠'로 시작되는 말을 들은 게 거짓말 조금 보태 백 번은 된다. 물론 은미가 유진의 열성 팬이라는 것도 익히 알고 있는 사실이었다. 무슨 이유에서인지 워크숍 이래 한동안 뜸하다 싶었더니 재가동을 시작한 모양이었다. 이런 속내를 알 길 없는 은미는 주위를 두서너 차례 살피더니 목소리까지 낮췄다.

"아무래도 여자가 생긴 거 같아요."

헉—

순간적으로 숨이 턱 막히면서 심장이 철렁 내려앉았다. 아울러 혀의 마비 증세까지.

"그, 그, 그게 무슨 소리야?"

"무슨 소리긴요. 말 그대로 강 이사님께 이게 생겼다는 거죠."

답답하다는 듯 새끼손가락을 흔들어 보이는 은미. 명백한 의미를 담은 제스처에 지원은 긴장하지 않을 수 없었다. 나름대로 티 안 내려고 노력을 했는데 역시 파파라치를 꿈꾸는 은미의 눈은 속일 수 없었단 말인가.

"그렇지 않아도 요즘 강 이사님 좀 수상하긴 했어요."

"수, 수상하다니 뭐가?"

"팀장님도 기억하시죠? 전에 술자리에서 강 이사님이 무심코 우리 반쪽 어쩌고 했던 거."

'어, 그게 나야.'

"또 얼마 전에는 크리스마스 때 미국에 있는 가족한테 가시겠네요? 하고 물었더니 한국에 있을 거라고, 그것도 중요한 사람과 여행 가려는데 추천할 만한 곳 없냐고 되묻기도 했잖아요."

'그것도 나거든?'

"그래서 아무래도 심상치 않다 했는데 급기야 어젯밤 딱 그 문제의 반쪽이랑 함께 있는 장면을 목격한 거예요!"

'그러니까 그 여자가 나라니까…… 는 아닌데?'

그때까지 건성으로 흘려듣던 지원은 퍼뜩 정신이 들었다.

"여자랑 같이 있었다고?"

어제라면 분명 유진이 할 일이 남아서 늦을 거 같으니 먼저 들어가라고 한 날이었다.

"네, 아주 깜찍하고 발랄한 영계랑 다정하게 팔짱을 끼고 올라가시더라고요!"

"에이, 은미 씨가 잘못 본 거겠지."

지원은 고개를 절레절레 흔들며 귀를 후볐다. 어느새 귀에 나사가 박힌 모양이었다. '깜찍하고 발랄한' 이 '끔찍하고 발랑 까진' 으로 치환돼서 들리는 것을 보니.

"아니에요! 저만 본 것이 아니라 동…… 아니, 같이 있던 친구도 봤다고요!"

은미는 자신의 결백을 주장하듯 소리를 높였다. 이제 증거 자료까지 첨부된 셈인가.

"어디서?"

"네?"

"여자랑 같이 있는 거 어디서 봤는데?"

"그, 그건…….."

일사천리로 나가던 은미의 증언에 브레이크가 걸렸다.

'어라? 왜 이렇게 당황하는 거지?

은미가 우물쭈물하는 것을 보자 도리어 지원이 궁금해졌다.

"왜 그래?"

"그것까지 말씀드리기는 좀 그런데요. 아무래도 프라이버시 문제라서……."

"괜찮아. 우리끼리인데 어때? 어서 말해 봐."

계속되는 재촉에 은미는 하는 수 없다는 듯 떠듬거리며 말을 이었다.

"그러니까 요 앞에 있는 호텔 로비에서요."

"……."

지원은 더 이상 묻지 않았다.

걷다, 만다, 걷다, 만다…….

벌써 30분 가까이 지원은 핸드폰을 아령 삼아 들었다 놓았다를 반복하고 있었다.

은미의 말을 들었을 당시만 해도 유진에게 직접 물어보려는 생각밖에 없었다. 그래서 바로 달려갔건만 그는 외부 미팅 때문에 자리를 비운 상태였다. 자리로 돌아온 지원은 예상 가능한 시나리오를 그려보았다.

첫째, 은미가 본 것은 유진이 아니다.

둘째, 유진이 맞기는 하다. 다만 은미의 묘사처럼 친근한 사이는 아니다.

일단은 후자 쪽으로 기울었다. 하지만 그 뒤를 이어 질문이 꼬리를 물었다. 호텔 룸에서 여자를 만나는 건 어떤 경우지? 그 여자는 누구일까? 아니, 다른 건 다 차치하고 그가 요즘 뻔질나게 자리를 비우는 이유는?

시간이 흐를수록 처음의 단순한 생각은 점점 복잡해졌다. 이래서야 결론은 나지 않는다. 지원은 크게 심호흡을 했다. 그리고 마침내 마음을 굳힌 듯 단축 번호를 눌렀다.

[네, 제임스 강입니다.]

“나야.”

[여어, 우리 반쪽.]

여느 때와 다름없이 말끔한 목소리였다.

“지금 어디야?”

[어, 여기? 음, 커피숍이야.]

“근무 시간에 커피숍은 왜?”

나름대로 심각하게 한 말인데 귀에서는 청량한 웃음소리가 울렸다.

[또 그런다. 옆에 있었으면 루돌프감이다.]

“이게 왜 루돌프감이야? 궁금해서 물어보는 것도 안 돼?”

[꼭 학생 감시하는 선생님 같은 투로 말하니까 그렇지.]

틀렸어, 강유진. 이건 남편을 떠보는 마누라 버전이야.

“언제 들어와?”

[음, 글쎄…….]

망설이는 기색이 역력한 게 아무래도 조짐이 좋지 않았다.

[오늘은 들어가기 힘들 거 같은데.]

“왜?”

지원은 입술을 깨물었다. 남녀 관계에 있어서 ‘왜’ 라는 질문이 많아진다는 건 한 번쯤 생각해 봐야 할 문제 아닐까.

[저녁에 중요한 미팅이 있거든. 어차피 여기 일 끝나고 들어가면 퇴근 시간 무렵일 테고 들어가자마자 바로 또 나와야 하니까 그러느니…….]

“알았어. 그만 끊어.”

[목소리가 왜 그래? 무슨 일 있어?]

"아냐, 아무 일도. 나 전화 왔어. 끊어."

마침 내선 램프가 깜박거리며 전화 벨이 울렸고 지원은 부글부글 끓어오르는 속을 식힐 겨를도 없이 수화기를 집어 들었다.

"네, 민지원입니다."

[민 팀장님, 손님 오셨는데요.]

"누구?"

[무비즈의 성영민 실장님이시라고 하시는데요.]

"응, 곧 나갈게. 접견실로 안내해 드리세요."

지원은 손거울을 꺼냈다. 찐빵 귀신처럼 얼굴이 부은 여자가 자신을 노려보고 있었다. 이런 기분 상태로 클라이언트를 만나야 하다니 정말이지 울고 싶었다.

지원은 부은 뺨을 손바닥으로 두세 차례 치면서 되뇌었다.

정신 차리자, 민지원! 지금 여긴 사무실이야!

"처음 뵙겠습니다. 성영민입니다."

"인사가 늦었습니다. 강성혁입니다."

두 남자는 명함을 교환한 후 나란히 자리에 앉았다.

"오늘은 저희 사장님을 대신해서 강 사장님께 드릴 말씀이 있어서 찾아왔습니다."

정중한 인사와 함께 말문을 연 성영민은 단도직입적으로 용건을 꺼냈다.

"이번에 저희 무비즈가 종합 엔터테인먼트 회사로 탈바꿈합

니다.”

“종합 엔터테인먼트요?”

“네. 영화, 음반, 드라마, 게임까지 각종 유망 분야에 걸쳐 온라인과 오프라인을 망라하는 복합체를 만들어보려는 거죠.”

“그러려면 자본이 만만치 않게 들어갈 텐데…….”

성혁의 조심스러운 질문에 영민은 빙그레 미소 지었다.

“그건 문제가 없습니다. 문화관광부의 후원을 받는 데다가 최근에 모 기업으로부터 상당한 액수의 투자를 받았거든요. 현재 각 분야의 대표적인 업체들을 모아컨소시엄을 구성한 상태입니다.”

지원은 고개를 끄덕였다. 다른 건 몰라도 돈 끌어당기는 수완 하나는 좋은 사람이었다, 무비즈의 조 사장은.

“참여한 업체들은 어디입니까?”

성혁이 의자를 끌어당기며 관심을 표명했다.

“아직은 극비 사항이라 자세히 말씀드리기는 어렵습니다. 개략적으로나마 말씀드리면 Top 3 영화사 세 곳, 대표적인 음반 기획사 두 곳…….”

계속되는 설명은 이름만 거론하지 않을 뿐, 프로젝트의 규모를 짐작하게 할 만했다. 문득 지원은 궁금해졌다. 극비에 속한다는 사항에 대해서 성영민 실장이 이렇게 이야기를 하고 있는 이유가. 그 의문이 풀리는 데에는 오랜 시간이 걸리지 않았다.

“그리고 저희 사장님께서는 온라인 퍼블리싱 쪽을 이프로지에서 맡아주셨으면 하고 계십니다.”

뜻밖의 조커 카드에 성혁과 지원은 입이 딱 벌어졌다.

"해주시겠습니까?"

긴장된 정적 사이를 가르는 성영민의 건조한 음성. 성혁은 무언가 골똘히 생각에 잠겨 있었다.

"성 실장님, 제안은 감사하지만 이건 너무 갑작스러워서……."

이쯤에서 자신이 나설 차례라고 지원은 생각했다. 성혁의 답변은 확정의 무게를 갖고 있는 만큼 섣불리 꺼내서는 안 된다. 거절을 하더라도 어느 정도 시간을 두고 심각하게 고려해 봤다는 인상을 두는 편이 나았다.

그러나,

"하겠습니다."

"사장님?"

지원은 눈이 휘둥그레진 채 성혁을 보았다. 그는 성영민에게서 시선을 떼지 않은 채 다시 한 번 못을 박듯 말했다.

"이런 좋은 기회를 놓칠 수야 없죠."

성 실장 역시 예상 가능한 반응인 듯 고개를 끄덕였다.

"감사합니다. 저희 사장님께서도 기뻐하실 겁니다. 아, 그리고 오늘 저녁 관련사의 대표와 핵심 실무진이 모여 인사를 나누는 자리가 있습니다. 시간이 되신다면 참석하시는 게 좋을 것 같습니다."

"기꺼이 가도록 하죠. 민 팀장, 이따 저녁 시간 비워둬요."

자신의 임무를 다한 성영민은 만족스러운 표정으로 자리에서 일어섰다. 성혁 역시 사뭇 기대에 찬 눈빛을 빛내며 따라 일어섰다. 선전을 기약하듯 힘찬 악수를 나누는 두 남자를 지켜보는 지원은 여전히 사태가 제대로 파악되지 않았다.

성영민을 배웅하고 돌아온 지원은 곧장 성혁에게로 달려갔다. 정보훈 팀장이 그의 곁에 서서 무언가 지시 사항을 받고 있었다.

"그래, 이 문안을 추가해서 공고를 내라고…… 아, 민 팀장, 마침 잘 왔어. 난 먼저 들를 데가 있어서 나가야 하거든? 바로 그쪽으로 갈 테니까 시간 맞춰서 와."

"진심이세요?"

"무슨 말이야?"

나갈 채비를 서두르던 성혁이 돌아보았다.

"이 컨소시엄에 참여하실 거냐고요."

"당연하지 않은가. 달려가서 사정해야 할 판국에 저쪽에서 먼저 손을 내밀었으니. 바보가 아닌 이상 거절할 이유가 없지."

"하지만 프로젝트 규모로 볼 때 저희로서는 무리라는 거 알고 계시잖아요?"

경영자로서야 프로젝트를 딴 것 자체로 끝날지 몰라도 실무진 입장에서는 당장에 현실적인 문제들을 고려해야 했다. 그러나 성혁은 딱 잘라 말했다.

"외주 업체를 쓰면 돼. 아니면 사람을 더 뽑거나. 우리도 언제까지나 을만 하고 살 수는 없잖아? 이건 그 좋은 기회야."

성혁은 코트를 집어 들었다. 그리고 일말의 이의는 제기하지 않겠다는 듯 그녀의 어깨를 가볍게 두들기며 방을 나섰다.

"자, 잠시 후 보자고."

7층, 8층, 9층, 10층…… 문이 열렸다.

"어?"

"앗?"

마주 보고 놀라는 사이 엘리베이터는 입을 닫았다.

"어떻게 된 거야? 안 들어온다더니."

"잠깐이라도 보고 싶어서 왔지. 나 없으니 쓸쓸해서 일찍 퇴근하는구나, 우—리— 반—쪽—"

의식적으로 또박또박 발음하는 장난. 자신은 심란해 죽을 지경인데 무엇이 그리 즐거운 걸까. 그 천연덕스러움이 신경에 거슬렸다.

"퇴근은 무슨. 클라이언트 만나러 가."

"이 시각에?"

"부르면 가야지, 어쩌겠어. 어쨌든 잘됐다. 같이 가자."

그나마 다행이었다. 명색이 상사인데다가 자신보다는 발언권도 있으니 가는 동안 이 상황에 대해 설명한 후 대책을 마련할 수도 있으리라. 그런데 안도하는 지원과는 반대로 유진은 난처한 듯 머리를 긁적였다.

"어, 그게 오늘은 좀 곤란한데. 아까도 말했듯 저녁에 중요한 약속이 있거든."

"……알았어. 됐어."

지원은 신경질적으로 엘리베이터 버튼을 마구 눌렀다. 가뜩이나 나빴던 기분은 이제 최악이 되어버렸다.

"사무실에서 무슨 안 좋은 일 있었어?"

"없어, 그런 거."

"근데 왜 그래?"

"뭐가?"

문이 열렸고 두 사람은 나란히 텅 빈 엘리베이터에 올랐다. 지원은 일층을, 유진은 B3을 눌렀다. 그리고 적막.

"그쪽 사무실은 어디야?"

"같이 갈 것도 아니면서 왜 물어?"

"데려다 줄게."

"됐어. 택시 타고 나중에 교통비 청구할 거야."

"그러니까 태워 준다는 거지. 그게 다 회사 돈이잖아."

기가 막혔다. 급하니까 상사로서의 권한을 발휘하시겠다?

지원은 있는 힘을 다해 팔꿈치로 그의 복부를 쳤다. 예기치 않은 기습에 유진이 헉 소리를 내며 배를 부여잡은 순간 전광판의 1 자에 불이 들어오며 문이 열렸다. 혀를 날름 내밀어 보이고는 밖으로 나서려는데 유진이 무덤에서 나온 좀비처럼 그녀의 팔을 잡았다.

"엄마야!"

몸은 바깥에, 오른팔은 엘리베이터 안에. 웃지 못할 형국이었다.

"장난 그만 치고 이거 놔."

“데려다 준다니까.”

“나 혼자 가는 거 아니란 말이야!”

“팀장님!”

로비에서 기다리던 은미가 지원을 발견하고는 손을 흔들며 뛰어오고 있었다. 잡힌 팔을 빼내려 버둥거리던 지원은 하는 수 없이 엘리베이터 안으로 들어섰다.

“뭐예요. 약속 시간 다 되어가는데 왜 안 나오시고 다시⋯⋯ 어, 강 이사님!”

“아, 은미 씨, 어서 타세요.”

“네?”

“문 닫혀요. 어서.”

영문을 알 길 없는 은미가 유진의 황급한 목소리에 휘둘려 안으로 올라탔다. 문이 닫히고 하강하는 엘리베이터의 고요한 정적이 세 사람을 감쌌다. 행여나 난투의 흔적이 발견되지 않을까 지원은 애써 표정을 가다듬으며 말했다.

“음, 그러니까 강 이사님이 방향이 같다고 태워주신대.”

“어머, 잘됐네요. 이 시각에 차 잡기도 힘든데 고맙습니다!”

“뭘요.”

“어, 그런데 오늘 같은 자리는 강 이사님도 같이 가셔야 하는 거 아닌가요?”

지원은 나한테 묻지 마! 라는 표정으로 침묵을 지켰다.

“전 공교롭게도 중요한 선약이 있어서요.”

“그래요? 아주 중요한 분과의 약속인가 보네요?”

은미가 묘하게 눈빛을 빛내며 묻자 유진은 어깨를 으쓱거렸다.

"네, 뭐, 중요한 사람이긴 하죠."

감 잡았다는 듯 고개를 끄덕이는 은미. 지원을 바라보는 시선은 말하고 있었다.

'것 보세요. 제 말이 맞죠?'

지원은 눈을 감았다. 세상만사가 다 귀찮아지는 순간이었다.

"타시죠, 두 분."

"은미 씨가 앞에 타."

뒷좌석의 문을 여는 지원을 은미가 허겁지겁 막아섰다.

"어머, 팀장님, 제가 뒤에 앉을게요."

"내가 좀 피곤해서 가면서 눈 좀 붙이려고 그래. 그러니까 앞에 타."

"그래도 찬물도 위아래가 있는데……."

말끝을 흐리면서도 마냥 싫은 눈치는 아니었다.

시간이 얼마나 지났을까. 덜컹거리는 진동에 지원이 잠에서 깼다. 일부러 잠을 청해서인지, 아니면 진짜 몸이 피곤했는지 정말 잠에 빠져든 것이었다. 주위를 둘러보니 양 옆으로 길게 늘어선 가로등 불과 컴컴한 물이 보이는 게 무슨 다리를 지나고 있는 것 같았다. 아직 다리를 건너지 않았다면 얼마 정도는 더 자도 상관없을 것이다. 그렇게 다시 눈을 붙이는데 두 사람의 대화가 들려왔다.

"그러니까 결국 다 민 팀장님 덕분이라고 할 수 있어요. 성 실

장님도 성 실장님이지만, 무엇보다도 그쪽 사장님이 우리 팀장
님을 잘 보셨거든요. 일전에는 저 있는 자리에서도 그러시더라
고요. 일처리하는 것도 그렇지만 다른 면에서도 참 탐나는 사람
이라고."

지원은 퍼뜩 눈을 떴다.

"박은미 대리!"

"어머, 팀장님, 깨셨어요? 제가 너무 시끄럽게 얘기했나요?"

"사람이 왜 그래? 자는 사람 앞에 두고 그게 할 만한 말이
야?"

"아니, 저는 강 이사님이 어느 업체냐고 물어보시기에 그
냥……."

"그럼 회사에 대한 설명이나 할 것이지 거기에 난 왜 끌어들
여?"

서슬이 퍼런 고함에 은미는 움찔하며 입을 다물었다.

"죄송합니다. 앞으로 주의할게요."

차 안의 분위기는 순식간에 바깥의 기온보다도 낮게 내려갔
다.

"기왕 민 팀장님 깨셨으니 이제 음악이라도 들을까요? 은미
씨, 어떤 음악 좋아해요?"

등 뒤의 스피커에서 신나는 댄스 음악이 울려 퍼졌다. 리어미
러에 비친 유진의 눈은 따갑게 그녀를 좇고 있었다.

지원은 그 시선을 외면하며 눈을 감았다. 그녀도 이런 자신이
싫었다.

약속 장소인 일식집은 호텔 지하에 있었다.

유진의 차가 떠나는 것을 확인한 지원은 곁에 풀이 죽어 서 있는 은미를 향해 말했다.

"아까 일 미안해, 은미 씨. 내가 너무 피곤해서 지나치게 예민해졌었나 봐. 알잖아, 나 가끔씩 그렇게 심술 부리는 거."

"네, 전 괜찮아요."

"하지만 자기도 잘한 건 아니야. 무슨 말인지 알지?"

"네, 알아요."

은미는 한결 풀어진 얼굴로 고개를 끄덕였다.

"그래, 그럼 들어가자."

아래로 내려가는 에스컬레이터에 오르려는데 핸드폰 벨이 울렸다.

"네, 민지원입니다."

[괜찮겠어?]

유진이었다. 지원은 은미에게 먼저 들어가라는 손짓을 해 보이고는 입을 열었다.

"뭐가?"

[지금 접대하러 가는 사람들 말이야.]

"무슨 뜻인지 잘 모르겠어. 들어가야 하니까 용건만 말해."

[은미 씨 얘기 들으니 단순 비즈니스 관계 이상인 것 같은데…….]

"……."

그렇게 걱정되면 네가 오면 되잖아! 라고 말하고 싶었다. 하지만 자존심이 가로막았다. 지원은 여러모로 쌓인 분노를 한꺼번에 담은 목소리로 나지막하게 으르렁거렸다.

"쓸데없는 데 신경 쓸 시간에 데이트 상대나 챙기시죠, 강 이사님!"

일식집에서의 저녁 식사는 컨소시엄에 참여한 멤버들의 안면 트기를 위한 회합에 다름없었다. 공식적인 자리를 일찌감치 파한 후 조 사장은 당연한 수순이라는 듯 근처의 가라오케로 무리를 이끌었다.

"원래 속내 깊은 대화란 이렇게 자유로운 분위기가 제격이지."

화합과 친목 도모를 위해서라는 명분을 내세웠지만 남은 것은 조 사장의 눈치를 봐야 하는 가련한 중견업체의 관련자들뿐. 물론 지원의 일행도 그중의 하나였다.

"자자, 우리의 원대한 꿈을 위하여!"

"위하여!"

조 사장은 술에 흥건하게 젖은 눈을 빛내며 계속해서 잔을 치켜들었고 주인의 호령에 꼬리를 살랑거리는 애완 동물처럼 일동은 외쳤다.

편치 않은 자리에서 회를 먹어서인지, 아니면 조 사장 옆에 좌정하게 된 까닭인지 지원은 속이 거북했다. 그래서 입에 대는 시늉만 하고는 잔을 내리는데 조 사장이 기다렸다는 듯 손을 잡았다.

"이런! 비우지 않으면 안 되지!"

뻐드렁니를 드러내며 웃는 조 사장. 여차하면 직접 입에다 들이부을 기세였다. 더부룩한 속보다는 잡힌 손이 더 신경 쓰였기에 어쩔 수 없이 스트레이트 잔을 비웠다. 사약을 마시는 장희빈이 따로 없었다.

"그렇지! 그래야 우리 민 팀장이지! 자자, 한 잔 더 받으라고."

사면초가, 진퇴양난…… 그리고 또 뭐가 있더라?

작금의 형국이 그랬다. 은미가 술을 못하는 거야 익히 알고 있으니 넘길 수도 없었고 그나마 방패막이가 되어주지 않을까 기대했던 성혁은 최근 기업 공개를 했다는 한 업체의 사장과 진지한 대화에 빠져 있었으니 정말 미치고 팔짝 뛸 상황이었다.

'내가 정말이지 이래서 오기 싫었다니까.'

바로 그때,

"저, 사장님 한 곡 하시죠?"

언제 왔는지 모르게 성 실장이 조 사장을 향해 마이크를 들이댔다.

"여러분, 저희 사장님께서 한 곡 하시겠답니다!"

오락 프로그램의 노련한 AD처럼 성 실장이 좌중을 향해 외치자 사람들은 동원된 방청객처럼 환호성을 높였다. 열화와 같은 박수갈채가 조 사장의 마음을 흡족하게 한 모양이었다. 그는 거만하게 목을 가다듬더니 무대로 걸어나가 이상한 포즈로 노래를 부르기 시작했다.

"아 유 론섬 투나이트……."

한 소절만으로도 지원의 입이 딱 벌어졌다. 한 시대를 풍미한 엘비스 프레슬리를 저렇게 다운그레이드 시킬 수 있다니.

평소의 태도만큼이나 느끼한 목소리가 울려 퍼지면서 끈적끈적한 시선이 엉겨 붙었다. 지원은 속이 울렁거렸지만 애써 화답의 미소 지었다. 그나마 몸체에서 해방된 것만 해도 어디랴.

"피곤하시죠?"

성영민 실장이 무대의 조 사장에게 시선을 둔 채 물었다.

"아, 네. 조금요. 신경 써주셔서 고맙습니다."

"사장님이 좀 많이 취하셔서 아무래도 미리 차를 불러놓아야겠습니다."

성 실장은 핸드폰을 들고 자리에서 일어서더니 룸에서 나갔다.

지원은 나지막하게 한숨을 내쉬었다. 원래 멀리 있는 90%의 다정함보다는 가까이 있는 10%의 다정함이 훨씬 더 마음에 와 닿는 법. 자신의 처지를 살펴주는 성 실장이 한없이 고마웠고, 동시에 지금 이 순간 곁에 없는 이에 대해 한없는 서운함이 밀려들었다.

지원은 핸드폰을 바지 주머니에 찔러 넣으며 주위를 보았다. 원래 하나에 꽂히면 다른 것은 신경을 쓰지 못하는 성혁은 여전히 열띤 토론 중이었고, 조 사장은 자기 분위기에 흠뻑 도취되어 주문을 외듯 노래를 부르고 있었으며, 은미는 물 만난 고기 마냥 안주발을 세우고 있었다. 이 정도라면 잠시 사라져도 무방하리라는 생각에 지원은 슬쩍 자리에서 일어섰다.

그러나 살금살금 룸을 빠져나가려는 시도는 불발로 끝났다. 막 문고리를 잡는 순간 조 사장이 기막히게 눈치를 채고는 그녀의 팔을 잡았던 것이다.

"우리 지원 씨도 한 곡해야지."

'지원 씨?'

테이블 위 파인애플의 껍질처럼 온몸에 소름이 돋았다.

"죄송합니다. 제가 워낙 노래는 못해서요."

"괜찮아, 괜찮아."

"아니, 저 정말 노래는……."

"제가 할게요!"

조금 전까지만 해도 안주를 먹느라 정신이 없던 은미가 마이크를 들며 용수철처럼 자리에서 일어섰다. 이럴 때 은미의 눈치는 가히 기네스감이었다.

"그럼 전 잠시……."

그렇게 위기를 모면했는가 싶었던 찰나 갑자기 조 사장이 발이라도 걸린 듯 비틀거리며 지원 쪽으로 엎어졌다. 그 바람에 조 사장의 대두(大頭)가 가슴팍에 접촉 사고를 일으켰다.

"아이고, 왜 이렇게 어지럽지."

지원은 화드득 몸을 뒤로 빼려 했다. 그러나 어깨에 얹혀진 손은 그녀를 놓아주지 않았다. 후텁지근한 숨소리가 귓전에 들러붙었다.

"우욱, 민 팀장, 화장실……."

금방이라도 토할 것처럼 내지르는 신음 소리. 진짜 심각해 보였다. 성 실장을 생각해서라도 만인 앞에서 추태를 보이게 할 수는 없는 노릇이었다. 지원은 하는 수 없이 그를 걸쳐 메고 룸에 딸린 간이 화장실의 문을 열었다. 질질 끌다시피 거구를 안쪽으로 밀어 넣는데 코끼리 다리처럼 굵은 팔이 어깨를 와락 당겼다.

"어맛!"

순식간에 일어난 일이었다.

지원은 조 사장의 품에 안기는 형상이 되어버렸고, 조 사장은 그녀의 목덜미를 부여잡은 채 얼굴을 디밀었다. 취기가 확 가시면서 눈이 부릅떠졌다. 흑설탕처럼 끈적거리는 눈빛이 얼굴에 머무는가 싶더니 이내 앞이 깜깜해지면서 턱 부분에 축축한 무언가가 닿았다.

"읍……."

지원은 이 상황을 도저히 믿을 수가 없었다. 파충류의 껍데기처럼 미끈거리는 혀가 그녀의 입술 사이를 비집고 들어오고 있었다.

[고객의 전화기가 꺼져 있어…….]

역시나 마찬가지. 단축 번호 1번을 누른 게 못해도 스무 번, 찬바람 맞아가며 빌라 앞에서 떤 지 삼십 분도 넘었다. 너무나 추운 나머지 이가 자동적으로 딱딱 부딪치며 캐스터네츠 두들기는 소리를 냈다.

'도대체 어디에 있기에 전화도 받지 않는 거야.'

지원은 온몸을 부르르 떨며 자리에 주저앉았다. 자신의 처지가 너무나도 가련해 눈물이 날 지경이었다.

어떻게 여기까지 왔는지는 제대로 기억도 나지 않았다. 조 사장을 떠밀고 자리를 뛰쳐나왔고, 걷다가 문득 주위를 둘러보니 낯선 곳이었다. 미친 여자처럼 욕을 중얼거리며 계속 걸었고, 다시 정신이 들었을 때는 어느새 유진의 집 앞이었다.

'미친 새끼 같으니라고.'

남자는 취하면 다 개가 된다는 거야 알고 있었지만 자신이 그 미친개에 물릴 줄이야.

생각만 해도 구역질이 났다. 지원은 하도 문질러서 벌겋게 부어오른 입술을 다시금 손등으로 빡빡 문질렀다. 유진을 만나 한바탕 얘기라도 하지 않으면 지금의 분하고, 더러운 기분이 가시지 않을 것 같았다.

그렇게 치를 떨고 있는데 멀리 어둠 속에서 헤드라이트 불빛을 밝히며 차가 들어서는 게 보였다. 잠시 후 지원은 운전석의 얼굴을 확인하고는 벌떡 자리에서 일어섰다.

"유진……."

반가움과 안도감이 든 것도 잠시, 바쁜 마음에 내디뎠던 발길이 허공에서 주춤거렸다. 유진은 혼자가 아니었다. 그의 뒤를 따라 내리는 아담한 체형의 여자.

지원은 반사적으로 화단 쪽으로 몸을 숨겼다. 혹시나 사람을 잘못 본 건가 싶어 남자 쪽을 주시했다. 그러나 다른 사람이라면 모를까, 자신의 반쪽을 딴 사람과 착각할 리는 없었다. 발밑에서

으스러지는 마른 풀처럼 마음이 아픈 소리를 내는 게 들렸다.

귀밑 단발머리를 찰랑이며 여자가 쪼르르 유진에게로 달려갔다. 하얀 모피 코트에 폭 싸인 모습이 앙증맞은 페르시안 고양이를 연상시켰다. 여자는 아무 스스럼 없이 유진의 팔짱을 꼈고, 그 역시 조금도 거부의 몸짓을 보이지 않았다.

"오늘 거기 분위기 아주 마음에 들었어. 우리 다음번에 또 가자."

"알았어. 그러자."

"제임스가 이렇게 잘해주다니 정말 행복한걸? 역시 사람은 떨어져 있어봐야 그 소중함을 더 느끼게 되는 법인가 봐."

"춥다. 어서 들어가자."

유진은 다정스레 여자의 어깨를 감싸 안았다.

서로를 부둥켜안다시피 한 남녀가 빌라 안으로 사라진 후 지원은 천천히 현관 앞에 섰다. 주인의 품에 안긴 페르시안 고양이는 화단에 몸을 숨긴 도둑고양이가 삼십 분도 넘게 서성거리기만 하던 곳으로 너무나 쉽게 들어가 버렸다.

입가에 찝찔한 맛이 느껴졌다.

눈물이었다.

✳

다음날 아침.

팀장급을 대상으로 한 긴급 회의가 소집되었다. 의제는 짐작했던 대로 무비즈와의 합작 프로젝트에 대한 것이었다. 성혁은 컨소시엄에 참여하기로 결정했음을 알렸고, 이 일이 회사에 얼마나 막대한 이득을 가져올지를 간단하게 설명했다. 그 대략적인 내용을 말하는 동안 사장의 얼굴에 넘쳐흐르는 자부심과 흡족함만으로도 참석자들은 기대감에 부풀어 오르기 충분했다.

"원래대로라면 전략기획팀의 총책이 맡아야겠지만 전반적인 상황이나 강 이사의 사정을 감안하여 이 프로젝트의 PM은 민지원 팀장이 맡도록 해요."

마침내 운명의 시간은 오고야 말았다.

지원은 밤을 새우며 준비해 두었던 폭탄을 집어 들었다.

"사장님, 드릴 말씀이 있습니다."

"뭔가, 민 팀장?"

"전 그 일에서 손을 떼고 싶습니다."

회의실이 쥐 죽은 듯 조용해졌다. 익히 예상했던 반응이었다. 모두가, 심지어 유진조차도 놀란 얼굴로 지원을 보고 있었다.

"사장님도 아시겠지만 무비즈와 함께 일을 한 지는 꽤 오래됐고 구태여 제가 관여하지 않아도 안정적으로 돌아갈 정도가 되었다고 생각합니다. 그래서……."

"그래서?"

"저는 아예 새로운 일을 맡고 싶습니다."

"이유는?"

"말씀드린 대로입니다. 무비즈와는 이미 돈독한 관계고……."

취조 수준으로 던져지는 질문에 앵무새처럼 반복되는 답변이
오갔다.

"그 관계를 만들어놓은 것이 민 팀장 아닌가?"

성혁이 미간을 찌푸리며 물었다. 바라보는 눈매가 예전과는
달리 사나웠다. 하기야 잔칫집을 단번에 초상집 분위기로 바꾸
어놓은 이에게 향하는 눈길이 고울 리 없었다.

"우리 회사에서 민 팀장만큼 성 실장이나 조 사장과 가까운
사람이 있던가? 어차피 실무야 제작팀에서 알아서 하는 거고,
민 팀장이야 그쪽의 카운터 파트만 하는 건데 아예 손을 떼겠다
는 것은 납득이 가지 않는군. 그것도 이 중요한 시점에."

성혁은 주머니에서 담뱃갑을 꺼냈다. 회의실은 금연 구역이
라는 것을 알고 있음에도 불구하고 담배를 무는 행동이 뜻하는
바는 명백했다. 완강한 거부의 뜻을 담은 눈이 지원을 쏘아보고
있었다.

"그건……."

지원은 지그시 입술을 깨물었다. 사석에서라면 모를까, 이처
럼 공식적인 회의석상에서 차마 그 사실을 털어놓을 수는 없는
노릇이었다. 아니, 설사 단둘이 있는 자리라 할지라도 그 이유
를 말할 수는 없었다.

"잠깐만요. 무비즈라면 어제 만난 그 업체를 말하는 겁니까?"

그때까지 침묵을 지키고 있던 유진이 의자를 당겨 앉았다. 성
혁은 유진이 관심을 보이는 것이 반갑지 않은 듯 끼어들며 짧게
끊었다.

"그래요."

"흐음, 그렇단 말이죠."

유진의 눈길은 지원에게 머문 상태였다. 그 집요한 눈빛에 그녀는 직감적으로 알 수 있었다. 유진이 말한 '그'라는 지시 대명사의 의미를. 그는 우회적으로 묻고 있었다, 과연 지난밤에 무슨 일이 있었는지를.

유진의 단정한 얼굴 위로 살랑거리는 봄바람 같은 여자를 보듬은 채 미소 짓던 얼굴이 오버랩되었다. 치밀어 오르는 배신감에 테이블 밑으로 맞잡은 손이 부르르 떨렸다. 지원은 의식적으로 그 뻔뻔스러운 시선을 외면했다.

잠시 후 유진은 담담하면서도 명료하게 결론을 지었다.

"그럼 손을 떼도록 하죠."

"뭐라고요?"

회의석상에 떨어진 두 번째 폭탄. 성혁은 물론이거니와 모두가, 지원도 포함하여 아연실색하여 그를 보았다. 그 판박이 같은 반응에 유진은 짐짓 웃으며 어깨를 으쓱거렸다.

"아직 계약서에 도장을 찍은 것도 아니고, 그저 제안을 받고 구두로 승낙했을 뿐이니 법적으로 문제가 될 것은 없겠지요."

"지금의 이슈는 그게 아니지 않습니까?"

누군가가 못마땅한 목소리로 중얼거렸다. 이제 타깃은 지원에게서 유진에게로 전이되었다. 하지만 그는 태연하게 좌중을 돌아보았다.

"사실 컨소시엄이라는 게 관련된 플레이어들의 이해타산이나 알력 다툼으로 흐지부지되고 마는 것이 부지기수입니다. 전체 사업의 구도나 윤곽이 확정된 상태라면 모를까 미리부터 뛰어들어 휘둘릴 필요는 없다고 봅니다. 게다가 우리 회사의 사업 방향과 맞는지도 고려해 봐야 할 테고……. 무엇보다 카운터파트인 실무자가 접고자 하는 데에는 그만한 이유가 있기 때문이지 않겠습니까?"

"강 이사, 그렇게 단순하게 생각할 일이 아니지."

성혁은 마치 세상물정 모르는 어린애를 어르듯 말했다.

"우리가 당장의 자금난에서 헤어나기야 했지만 현재에 안주하기만 해서는 성공할 수 없어요. 원래 사업이라는 게 리스크가 큰 만큼 리턴도 큰 법. 지금 당장에야 투입할 리소스가 부족하고, 이제까지 우리 회사가 해온 일의 성격과 다른 것도 사실이지만 새로운 방향으로 사세를 확장함으로써 자금을 동원할 수 있는……."

"그러니까 강 사장님 말씀의 요점은, 결국 돈이군요."

이번에는 유진이 말을 싹둑 자르고 들어갔다.

"부가적인 이유가 있기는 하지만 일차적으로 그런 셈이지."

성혁은 무겁게 입을 떼었고, 유진은 가볍게 고개를 끄덕였다.

"그럼 얘기가 간단해지는군요."

"간단해진다니?"

"무비즈가 아닌 다른 곳에서 그만큼의 돈을 벌어오면 되는 일 아닙니까?"

그러자 성혁은 기가 찬 듯 웃었다.

"세상 일이 강 이사의 생각대로 그렇게 쉽게 돌아간다면 내가 이제까지 그렇게 전전긍긍하지도 않았을 거요."

"제가 벌어오지요."

성혁의 얼굴이 분노로 붉게 달아올랐다. 지금 유진의 발언은 성혁이 하지 못했던 일을 자신은 해낼 수 있다는 도전에 가까운 선언에 다름없었다.

이제 긴장감은 극도에 달했고 누구도 끼어들 엄두를 내지 못했다. 그저 사자와 독수리의 첨예한 신경전을 가슴 졸이며 지켜보면서 어떻게 결말이 나더라도 자신들에게 불똥이 튀는 일만은 없기를 간절히 바랄 뿐이었다.

"강 이사가 벌어오겠다? 다시 펀딩을 받도록 해주겠다는 뜻인가?"

"아니오. 그에 상응하는 다른 프로젝트를 가져오겠다는 뜻입니다."

"다른 프로젝트라. 혹시 H그룹의 정애란이 약속이라도 하던가? 큰 거 하나 주겠다고?"

노골적으로 비아냥거리는 성혁의 태도에 유진의 안색이 싸늘하게 변했다. 지원은 더 이상 견딜 수가 없었다.

"사장님, 죄송합니다. 제 생각이 짧았습니다."

지원은 자리를 박차고 일어섰다. 사자와 독수리, 그리고 관중들의 시선이 일시에 꽂혔다. 그 따가운 눈총을 한몸에 받으며 지원은 종전을 선언하는 깃발을 올렸다.

"조금 전 얘기는 없던 걸로 해주세요. 이 프로젝트는 제가 계속 맡도록 하겠습니다.”

“민 팀장님!”
“…….”
“민지원 팀…….”
“네, 강 이사님.”
끈질기게 따라붙는 부름에 도망치듯 복도를 걷던 지원은 맞은편에서 오고 있는 한 무리의 사람들을 발견하고는 어쩔 수 없이 몸을 돌렸다.
“하실 말씀이라도 있으신가요?”
주변을 의식한 지극히 의례적인 미소가 만면을 감쌌지만 눈만은 차갑게 웅크리고 있었다.
“회의가 끝나기도 전에 그렇게 나가면 어떻게 합니까?”
“이미 결론을 내렸을 텐데요? 분명히 말씀드렸습니다, 제가 계속하겠다고.”
“그러니까 굳이 그럴 필요 없다고 얘기하던 참이 아니었습니까?”
“원래 회사란 개인의 필요에 따라서 좌지우지되는 곳이 아니죠.”
“그래도 원치 않는 일까지 떠맡게 해드리고 싶지 않습니다.”
“오, 그러세요?”
지원은 가벼운 조소를 머금었다.
“저런, 제가 미처 그 뜻을 헤아리지 못했네요. 이거 죄송해서 어쩌죠? 지금이라도 그렇게 신경을 써주셔서 너무너무 감사하다고 말씀드려야 할까요?”

비아냥거리는 말투에 유진의 얼굴이 딱딱하게 굳어졌다.

“왜 이래?”

“뭐가요?”

“얘기 좀 해.”

“지금도 하고 있는데요.”

지원은 입꼬리까지 끌어당기며 태연하게 말했다. 노려보던 유진이 그녀의 팔목을 거머쥐며 낮게 외쳤다.

“이리 와!”

“왜 이러세요? 이거 놓으세요.”

거센 항의에도 불구하고 유진은 지원을 비상구로 밀어 넣었다. 장난이 아닌 힘이었다. 끌려가다시피 계단 통로에 이르러서야 지원은 간신히 그 손을 뿌리칠 수 있었다.

“미쳤어? 남들이 보면 어쩌려고 이래!”

“상관없어.”

무서울 정도로 싸늘한 음성이었다.

“남들이 보든 말든, 뭐라고 하든 말든 상관없어. 그런 건 하나도 중요치 않아.”

그래, 그럴지도 모르지. 그래서 은미도 봤고, 나도 볼 수 있었던 것이겠지.

“들어갈래. 사람들이 이상하게 생각할 거야.”

그녀의 말이 끝나기가 무섭게 유진은 팔을 펼치며 앞을 가로

막았다. 그리고 지원을 구석으로 밀어붙이고는 빠져나가지 못하게 두 손으로 벽을 짚었다.

"내 질문에 답하기 전까지는 못 가. 그러니 말해."

성난 야수처럼 이를 드러내고 있는 눈앞의 남자는 여태까지 지원이 알고 있던 그 강유진이 아니었다. 그의 강압적인 태도에 지원은 턱을 치켜세웠다. 마치 그래, 어디 할 테면 한번 해봐! 라는 식이었다.

"아직도 강 사장한테 미련이 있는 거야?"

"뭐?"

"그래서 그 사람 말이라면 이유 여하를 막론하고 다 들어주게 되는 거야?"

처음에는 농담이라고 생각했다. 하지만 그게 아니었다. 자신을 뚫어져라 노려보고 있는 유진의 눈에는 의혹과 의구심, 그리고 일말의 질투로 뒤범벅이 되어 있었다. 유진이 진지한 만큼 지원은 어이가 없었다.

"네 맘대로 생각해."

"어떻게 내 맘대로 생각할 수가 있겠어! 이건 나 혼자만의 문제가 아니라 우리 둘의 문제야!"

텅 빈 나선형 계단 사이로 거친 음성이 메아리처럼 울려 퍼졌다. 분노라기보다는 안타까움에 가까운 외침이었다.

우리 둘의 문제…… 우리 둘의…… 우리…….

지원은 세차게 고개를 저었다.

"뭔가 착각하나 본데, 난 쓸데없는 분란을 일으키고 싶지 않앉을 뿐이야. 회사라는 울타리 내에서 우린 공동체니까. 자기 목적을 이루기 위해 얼굴 뻣뻣하게 맞대가며 싸우는 집단이 아니라 서로를 배려하고 아낄 줄 아는 가족과 같은 곳이니까."

"정말이지 눈물겨운 애사심이군. 강 사장의 그 태도가 가족을 아끼는 태도라고 보여? 일을 못하겠다는데 이유를 따져 보기도 전에 돈이 우선이니 하라고 강압적으로 지시하는 게? 혹시 강 사장이 그런 마음을 이용한다고는 생각 안 해봤어?"

"그러는 넌? 사정에 대해서 알지 못하는 건 너도 마찬가지야. 그런데 무턱대고 거래를 끊자고 하는 것은 성급한 거 아냐?"

"그거랑은 달라!"

"뭐가 다른데! 내가 하면 로맨스고, 남이 하면 불륜이라는 거야?"

발끈한 대꾸에 그가 한 템포를 늦추며 짤막하게 말했다.

"난 믿으니까."

"……."

"반쪽이 그렇게 나오는 데에는 그럴 만한 이유가 있다고 생각하니까."

믿으니까, 라는 한마디가 회전하는 부메랑처럼 빙글빙글 돌아 그녀의 마음에 와 박혔다. 한 치의 흐트러짐도 없이 또렷한 눈동자. 지원은 적어도 이 순간만큼은 그의 말에 추호도 거짓이 없음을 알았다. 지독한 거짓말쟁이가 아닌 이상 저처럼 확신을 전달하지는 못하리라. 그러나 이런 생각도 잠시, 물귀신처럼 들러붙은 혼란이 가중되었다.

"그런 식으로 말하지 마. 마치 너 역시 어떤 행동을 하던 무조건적으로 믿어달라고 강요하는 거 같으니까."

냉소적인 답변에 유진의 눈동자가 흔들렸다.

"그게 무슨 뜻이야?"

지원은 깊은 숨을 들이마셨다. 그리고 단번에 뱉어냈다.

"너 어제 누구랑 있었어?"

"……."

말을 하기 전에는 항상 세 가지를 고려해야 한다는 얘기가 있다.

먼저 반드시 해야 하는 말인가를 생각할 것. 다음에는 한다면 언제 할 것인가를 생각할 것. 그리고 마지막으로는 어떻게 할 것인가를 생각할 것. 그렇지 않으면 분명 듣는 상대에게 상처를 입히게 된다. 늘 그 교훈을 지키며 살고자 노력했건만 정작 방금 자신이 한 말은 이 세 가지 모두에 위배되는 것임을 지원은 알고 있었다. 하지만 지금 지원은 무슨 말이라도 듣고 싶었다. 그것이 해명이든, 변명이든.

그리고 한참 만에 들려온 답변은 그녀의 기대에 어긋나는 것이었다.

"그게 이 일과 무슨 상관이 있는 거지?"

알 수 없는 서글픔이 울컥 치밀어 올랐다.

무슨 관계가 있냐고 물었니?

나 어제 정말 더럽고, 비참한 기분이었어. 정말이지 너를 만나 얘기하고 위로받고 싶었어. 우리가 만난 이래 네가 가장 필요하다고 느낀 순간이었어. ……하지만 넌 내 곁에 없었어. 내게 거짓말을 하고, 다른 여자를 감싸 안고, 희희낙락하며 있었어.

그래도 상관이 없다고 할 수 있니?

지원은 땅에 떨어진 마음을 집어 들었다. 누군가 밟고 지나간 흔적과 흙먼지로 엉망이 되어버린 마음을 가만히 쓸어안으며 자조적으로 중얼거렸다.

"너 말이지, 세상 모든 연인의 비극이 어디에서 시작하는지 아니?"

그의 입술이 들썩였다. 무슨 말인가를 꺼내려 했지만 이미 그녀의 귀는 굳게 닫혀 있었다.

"세상 모든 연인의 비극은 말이지."

"……."

"내가 있는 그곳에 네가 없는 데서 시작한다더라."

지원은 어깨 위로 바리케이드를 치고 있는 팔을 제쳤다. 그리고 싸늘한 미소를 남기며 문을 열었다.

"먼저 실례하겠습니다, 강유진 이사님."

"요즘 어때?"

"뭐가?"

"연하에, 제자에, 상사인 남정네와의 연애 사업."

밥알을 깨작거리던 젓가락이 움직임을 멈췄다.

"왜? 잘 안 돼가?"

"……."

"세상 다 산 것 같은 그 표정은 또 뭐냐? 싸웠니?"

지원은 흐릿하게 웃었다. 심상치 않은 분위기를 감지한 유신이 딴에는 조심스레 물었다.

"설마 그 일 때문이니?"

"그 일이라니?"

"아냐, 아무것도 아냐."

"말해, 사람 괜히 궁금하게 만들지 말고."

유신은 사뭇 망설이는 기색을 지우지 못한 채 물었다.

"혹시 그 사람, 여동생 있니?"

"아니."

"그럼 누나는?"

"걔 외아들이야."

"확실한 거야?"

"내가 삼 년 가까이 걔네 집 들락거렸어. 형제 관계도 모르겠니?"

이어지는 답변에 유신의 표정은 점점 더 심각해졌다.

"그럼 내 추측이 맞는 건가? 그래서 그렇게 당황한 건가?"

"무슨 말이야?"

유신은 미간을 찌푸리며 손을 내저었다.

"잠깐만, 생각 좀 해보고."

“무슨 생각?”

“이런 상황에서 여주인공의 친구들이 어떻게 했는지.”

“……”

“알려준다. 여주인공은 오해를 하고는 상심해서 남자와 헤어진다. 그러나 서로를 잊지 못하고 그리워하다가 우연히 재회가 이루어진다. 결국 진실이 밝혀지고 둘은 다시 영원한 사랑을 약속한다. 디 앤드, 해피 엔딩! 그래, 이게 로맨스 소설의 정석이지.”

도출된 결말이 사뭇 만족스러운 듯 유신은 고개를 천천히 까딱거렸다.

“하지만 현실의 경우는 다소 다르겠지? 알려준다. 여주인공은 배신감에 이를 갈며 남자에게로 달려간다. 멱살을 잡고 따지다가 홧김에 아무거나 집어 들고 내려친다. 결국 남자는 중태에 빠지고 여자는 형무소에서 복수의 칼을…… 음, 이건 아무래도 스릴러인데.”

유신은 딜레마에 빠진 듯 머리를 쥐어뜯었다. 자문자답의 원맨쇼를 지켜보던 지원의 참을성도 한계에 도달했다.

“그래서 결론은 뭐야? 말할 거야, 말 거야?”

지원이 국자를 집어 들고 노려보았다. 유신은 흠칫 놀라며 바로 실토하는 쪽을 택했다. 다른 사람에게는 보통 국자에 불과하지만 지원이 들면 무시무시한 흉기가 된다. 아무리 다음 소설 구상이 중요해도 일단 목숨이 붙어 있어야 했다.

“그 친구가 나 만났다는 얘기 안 해?”

"만나? 언제?"

"음, 만났다기보다는 우연히 마주쳤다고 해야 하나? 어쨌든 며칠 전 출판사 쪽 사람들하고 모임이 있어서 나갔었거든. 그때 술 마시고 오는 길에 봤는데……."

말꼬리를 길게 늘이며 뜸을 들이는 유신.

과연 작가는 달랐다. 구두점의 원활한 사용은 물론이거니와 어디에서 끊어야 독자의 흥미를 불러일으킬지를 알고 있으니.

"웬 여자랑 다정하게 어깨동무하고 걷고 있더라고."

"……."

"키는 나보다 좀 큰 정도고, 날씬한 체형에 얼굴은 동그랗고, 눈은 가느다란데 그게 작대기보다는 요염한 느낌을 주는 편이었고, 코는 수술한 것 같지는 않은데도 상당히 오뚝하고, 입술은……."

혀를 내두를 만한 기억력, 혹은 묘사력. 하지만 지금의 상황은 묘사에 충실하기보다는 빠른 전개 쪽이 나았다.

"머리는 찰랑거리는 단발인데다가 하얀 모피 코트를 입고 있지는 않았어?"

유신은 경악을 금치 못하고 단말마와 같은 소리를 내질렀다.

"어, 어떻게 알아?"

한낱 독자가 이렇듯 작가에게 예상치 못한 반전의 기쁨을 주게 될 줄이야.

"나도 봤어, 그 여자."

"뭐? 그럼 너 벌써 차인 거야?"

"……그러길 바라냐?"

지원은 주변을 두리번거렸다. 아무래도 국자보다 더 강력한 흉기가 필요했다.

"그럼 어떻게 된 거야? 그 여자는 누구야?"

"나도 몰라."

"몰라? 안 물어봤어?"

"물어보기야 했지."

"근데?"

"답을 듣지 못했어. 그럴 만한 상황이 아니었거든."

"그럼 아직 정체 불명이란 말이군. 좋아, 어디 한번 밝혀보자."

한때는 추리 소설 광이었다는 유신은 아예 밥상을 물리며 본격적인 원맨쇼에 돌입했다.

"남자가 웬 묘령의 여인과 함께 있는 장면이 목격되었다. 보통 사이가 아닌 듯 보이는 이 남녀. 흠, 이건 당연히 여주인공의 질투를 유발하고 오해를 증폭시켜 갈등 구조를 만든 다음 클라이맥스로 가려는 장치지. 이런 경우 가장 상투적인 설정은 혈연 관계의 가족인데, 일단 여동생이나 누나는 없다고 했으니 엑스 표. 그래도 오해였음이 밝혀지고 자연스레 이어지려면 친인척 관계가 가장 설득력이 있는데…… 혹시 사촌 여동생?"

"어디 사촌 동생이 오빠 이름을 함부로 부르니? 버릇없게. 게다가 유진이라고 한 것도 아니고 제임스라고 불렀어."

"오케이. 제외. 다음으로 생각해 볼 수 있는 것은 단순한 친구라는 거지. 제임스라고 불렀다면 미국에서의 동창일 확률이 높은데……. 이럴 경우 여자가 저 혼자 좋아해서 엉겨 붙었다는 식의 설정이어야 해. 그래도 이건 엄연한 남남이니까 완전한 면죄부를 얻기 힘들지. 아무리 친한 사이라 해도 멀쩡히 애인이 있는 남자가 그런 식으로 행동하면 독자의 공감대를 이끌어내기가 힘드니까."

"그런 거지? 내가 너무 유치하게 반응한 거 아니지?"

"뭐, 물론 남자 주인공이 정말 매력적이면 용서가 될 수도 있어."

"……."

식탁이라도 뒤엎을 것 같은 무시무시한 표정에 유신은 재빨리 주위를 환기시켰다.

"어쨌든 정리해 보자. 가족은 분명 아니고, 그렇다고 친인척도 아니고, 남은 건 친구라는 건데 그러기에는 친밀감의 강도가 상당히 높았다. 그리고 남자의 반응 역시 전혀 싫은 눈치가 아니었다. 그렇다면?"

짐짓 골똘히 생각하던 유신은 일 분도 채 못 되어 다시 머리를 쥐어뜯었다.

"아휴! 정말 모르겠다. 좌우간 여주인공의 친구 역할도 아무나 하는 게 아니에요."

"간단한 해결책 알려줘? 로맨스 소설 포기하고 주말 연속극으로 해. 그러면 돼."

"그게 뭔 소리야?"

"가장 일반적인 추측대로 새 애인이라는 거지. 아님, 기존 애인과의 양다리거나."

유신은 잠시 멍한 얼굴로 지원을 보았다. 그러더니 세차게 고개를 저었다.

"아니야. 그럴 리가 없어. 이건 오해가 분명해. 아니, 반드시 그래야 해!"

"유신아!"

지원은 마치 자신의 일처럼 걱정을 해주는 친구의 우정이 눈물나게 고마웠다.

"만일 그렇지 않으면 강유진 그 친구 다신 미국 땅 밟지도 못하고 여기서 송장 치르게 될 거 아냐! 난 로맨스 소설의 소재를 찾는 거지, 스릴러물의 소재가 필요한 게 아니라고!"

……아니, 정정.

진정 눈앞의 여자가 자신의 친구인가 의심스러웠다.

"미안해, 쉬고 있는데 불러내서."

"아니오, 괜찮습니다."

로맨스 소설의 플롯에 맞춰 페르시안 고양이 정체를 밝히다가 십년지기 우정이 비극적 종말을 맞이할 뻔한 찰나 걸려온 전화. 성혁이었다. 지나던 길 근처에 들렀다며 잠시 할 애기가 있는데 나올 수 없냐는 것이었다.

"사실은 민 팀장한테 부탁이 있어서 왔어."

"부탁이라뇨?"

차라리 명령이라면 모를까, 사장이 일개 직원—이건 언젠가 정애란이 썼던 표현이다—의 집 근처까지 찾아온 것도 부담스러울진대 난데없이 부탁이라니.

"강 이사 말인데, 어제 민 팀장이 조퇴한 이후 나한테 찾아왔어. 그러면서 딱 부러지게 말하더군. 전략기획팀 총책으로서 이 프로젝트의 진행을 반대한다고."

입으로 향하던 커피 잔이 테이블 위로 회항했다. 아무래도 커피보다는 담배가 필요한 대화 같았다.

"겉으로는 프로젝트의 성격이 회사가 추구하는 방향과는 다르다는 이유를 들고 있지만 왠지 그게 다가 아니라는 생각이 드는군. 그중의 일부는 아무래도 민 팀장 때문이 아닐까 싶기도 하고……."

애매하게 말끝을 흐리는 성혁. 지원은 펄쩍 뛰며 이의를 제기했다.

"전 프로젝트 자체를 접자고 말씀드리지는 않았습니다."

"물론 그렇긴 하지. 하지만 프로젝트에 대해 부정적인 의견을 표명한 것이 영향을 미친 모양이야."

사태가 그렇게 돌아가는 것이라면, 입이 열 개라도 할 말이 없었다. 어제 회의석상에서 유진이 보였던 태도만 보더라도 성혁과 독대를 한 자리에서 어떤 식으로 반응했을지가 훤했다.

"민 팀장도 알겠지만, 강 이사는 우리에게 자금을 대준 리얼테크에서 파견한 인물이야. 현 상황에서는 그쪽을 대신해 발언권을 갖고 있다고 할 수 있지. 그러니 그 친구가 지금처럼 계속

반대를 할 경우 이 프로젝트는 진행이 어려워.”

그 말에 지원은 짐짓 놀랐다. 유진이 가지고 있는 권한이 성혁을 견제할 수 있을 정도라고는 꿈에도 생각하지 못했던 까닭이다. 그녀에게 있어 그는 무늬만 상사에 가까웠고, 유진 역시 공식적인 자리에서도 여간해서 나서는 일이 없었다. 그런 그가 실제로는 권력의 실세였다니.

“그래서 말인데 민 팀장이 강 이사를 설득해 줬으면 좋겠군. 그간 함께 일을 했던 만큼 사내 누구보다도 친분이 두터울 것이고, 또 강 이사가 민 팀장 의견은 상당히 존중하는 것 같으니…….”

관자놀이가 욱신거리기 시작했다. 성혁이 이런 말을 한다는 것 자체만으로도 얼마나 난감한 상황인지 짐작이 갔다. 하지만 아무래도 이건 아니었다.

“죄송합니다만 그건 제가 할 수 있는 부분이 아니라고 생각합니다.”

성혁의 눈이 미묘하게 일그러졌다.

“저 역시 현재의 상황에서 이 프로젝트를 진행시키는 것에는 무리가 있다는 것에 동감합니다. 하지만 그건 어디까지나 제 개인적인 의견이고, 결국은 회사의 결정이나 사장님의 지시에 따를 것입니다. 마찬가지로 강 이사님 역시 어떠한 배경을 가지고 있든 간에 일단은 저희 회사의 한 구성원입니다. 강 이사님의 생각을 돌리도록 해야 한다면 그건 제가 아니라 사장님께서 하셔야 할 몫이라고 생각합니다.”

침착하게 말을 끝맺은 지원은 임금 앞에 상소문을 올린 신하처럼 처분을 기다렸다. 그야말로 피를 말리는 시간 동안 성혁은 가타부타 아무 말도 없었다. 그저 가만히 지원을 바라보고 있을 뿐이었다.

그리고 어느 순간 성혁이 피식 웃음을 터뜨렸다.

"닮았군, 두 사람."

"네?"

"지나치게 순진하고, 지나치게 고지식하고, 지나치게 이상적이야."

"무슨 말씀이신지……."

성혁은 그녀의 궁금증을 풀어주는 대신 엉뚱한 말을 꺼냈다.

"언젠가 말보로 얘기했던 거 기억해? 민 팀장은 참 로맨틱하다고 여겨서 한 얘기일지 몰라도 난 무척이나 화가 나더군. 그도 그럴 게 마치 내 얘기 같았거든."

지원은 여전히 이해하지 못했다. 그저 화제가 전환된 데에 당혹감을 느꼈을 뿐이다.

"아, 물론 난 아직 그 스토리 속의 남자처럼 성공을 하지도 못했고, 또 설사 그렇게 된다 해도 정애란한테 돌아갈 생각은 추호도 없지만 말이야."

만면에 떠도는 자조적인 미소.

지원은 그의 말을 다시금 곱씹어 보았다. 가진 것이라고는 자기 자신밖에 없는 남자가 강성혁이라면 그런 그를 배신하고 떠난 재벌집 딸은 정애란? 그제야 모든 상황이 파악되었다. 그러니까 유진이 말한 대로 그 둘 사이에는 모종의 썸씽이 있었던 셈이다.

"그런 눈으로 볼 것까지는 없어, 민 팀장. 지금의 난 오히려 애란이한테 고마워하고 있으니까. 내게 앞으로 달려갈 수 있는 확실한 동기를 부여해 준 것에 대해서."

성혁은 천천히 담배를 빼어 물었다. 내뿜는 연기 사이로 보이는 얼굴이 예전과는 달리 매우 낯설었다.

"이런 말까지 하고 싶지는 않았지만 강 이사 그 친구, 유복한 가정 환경에서 어려운 걸 모르고 자라서 그런지 야망이 너무 없어. 주어진 것에 만족할 줄만 알지, 없는 걸 얻는 방법은 모르는, 아니, 고민조차 하지 않아. 그런 면에서 강 이사와 나는 많이 다르지. 마치 물과 기름처럼 본질적으로 섞일 수 없는 그런 게 존재하는 것 같다고 할까?"

"……."

"그런 둘이 부딪친다면 결국 어느 한쪽은 부러질 수밖에 없겠지."

지원은 저도 모르게 마른침을 삼켰다. 언뜻 미소를 띤 것처럼 보였지만 그들을 감싼 어둠만큼이나 짙은 눈은 의미심장하게 빛났다.

"그래서 부탁하는 거야, 민 팀장."

"너 핸드폰 두고 나갔어? 아까부터 계속 벨소리 울리더라. 확인해 봐."

지원은 방으로 달려들어 가 스탠드 테이블 위에 놓여진 휴대
폰을 집었다. 부재 중 통화가 열 통이라고 찍혀 있는 게 보였다.

혹시나…… 유진?

지원은 떨리는 손으로 확인 버튼을 눌렀다. 그러나 통화 수신
목록을 가득 채운 행렬은 '이쁜 은미'였다. 실망인지 안도인지
분명하지 않는 기분에 지원은 한숨을 내쉬었다. 그리고는 잠시
망설이다가 통화 버튼을 눌렀다. 아무리 갑작스럽게 낸 휴가라
고는 하나 사장의 방문에 팀원의 긴급 호출까지. 상황이 그녀가
생각했던 것 이상으로 심각하게 돌아가고 있는 모양이었다. 신
호음이 떨어지기가 무섭게 수화기 저편에 은미가 튀어나왔다.

[팀장니이임…… 왜 이렇게 전화를 안 받으셨어요…….]

거의 흐느낌에 가까운 목소리였다.

"왜 그래, 은미 씨? 무슨 일 있어?"

[글쎄 말이죠, 강 이사님이… 강 이사님이…….]

'아아, 이로써 백한 번째 강 이사타령인가.'

순간 맥이 풀리면서 지원은 침대 머리맡에 주저앉았다. 평소
라면 애교로 넘겼겠지만 오늘은 도저히 그에 장단을 맞춰줄 상
황이 못 되었다.

"미안하지만 은미 씨, 나 지금 무척 피곤하거든? 내일 만나서
얘기하자."

[안 돼요! 끊지 마세요!]

버럭 울리는 고함 소리에 하마터면 귀청이 떨어질 뻔했다. 그
절박한 부름에 놀란 지원은 핸드폰을 다시 얼얼한 귓가로 가져

갔다.

[저…… 여기 경찰서예요.]

"경찰서? 거긴 왜?"

의아해서 되묻는데 이어지는 단어들.

[강 이사님이 지금 유치장에 계세요…….]

*

"은미 씨, 어떻게 된 거야?"

파리한 안색의 은미가 지원을 보자마자 대기실 의자에서 일어서며 달려왔다.

"다 저 때문이에요. 제가 얘기만 제대로 했어도 이런 일까지는 없었을 텐데."

"알아듣게 차근차근 말해 봐."

"어제 팀장님이 일찍 들어가신 후에 강 이사님이 저를 부르셨어요. 그리고……."

이어지는 설명은 이러했다.

유진은 은미에게 그날 회식에서 무슨 일이 있었는지를 물었고, 은미는 자기가 본 그대로 솔직하게 말했단다. 원래부터 지원에게 흑심을 품고 있었던 조 사장이 여느 때보다도 더하게 치근대더라고. 계속 자기 옆에 붙어 앉아 있게 했고, 억지로 술을 권했고, 손도 잡아끌었고 등등. 잠자코 이야기를 듣던 유진이 어느 순간 자리에서 일어났단다. 그리고 걱정하지 말라고, 다

잘될 거라고 은미를 안심시켰단다. 그렇게 말하는 그의 표정은
이제까지 한 번도 본 적이 없는 그런 것이었다.

"전 그냥 클라이언트의 비위를 맞춰야 하는 저희 처지가 한심
해서 그러시는 것인 줄만 알았어요. 그때 제가 빨리 눈치만 챘
었어도……."

은미는 채 말을 끝맺지 못하고 울먹였다.

"그 다음부터는 제가 말씀드리죠."

성 실장이었다.

"오후 늦게 강 이사님이 사무실로 찾아왔습니다. 그날 회식
자리에 참석했었어야 하는데 피치 못할 사정이 있어 그러지 못
했다고, 인사를 드릴 겸해서 왔다고 하더군요. 그래서 저랑 조
사장님이랑 자리를 같이했죠. 이번에 함께할 프로젝트가 어떤
것인지 꼼꼼히 물어보시더군요. 제가 이것저것 설명을 드렸고,
다 이해하는 것처럼 들었습니다. 그런데 이야기를 다 듣고 나서
는 그러더군요. 이 프로지는 참여하지 않겠다고."

성 실장의 얼굴에 희끄무레한 미소가 떠올랐다.

"저나 사장님이나 당연히 놀랐죠. 그래서 물었습니다, 그게
강 사장님의 뜻이냐고. 민 팀장님도 아시겠지만, 강 사장님은
이 프로젝트에 대해 상당히 호의적인 반응을 보이셨으니까요.
그러자 강 이사님이 단호하게 말씀하시더군요. 이 프로지에서는
경영자의 의견 못지 않게 실무 책임자의 의견을 존중한다고."

정말 대책없는 고집이었다. 그 올곧은 마음에 지원은 눈시울
이 뜨거워졌다.

"그러자 조 사장님이 빈정거리듯 말한 겁니다. '이런, 민 팀장이 그 일로 삐쳤나 보군. 그래도 프로 근성이 있다고 봤는데 아직 멀었군' 하면서요."

순간 지원의 얼굴색이 확 변했다. 그리고 그것은 유진도 다를 바 없었다. 조 사장의 말에 유진의 얼굴이 일순 험악해지면서 물었단다, '그 일'이라는 게 뭐냐고.

"사장님은 못 들은 척 이래서 여자랑은 일을 못한다, 그래도 예쁘게 봐주며 오냐 오냐 했더니 머리끝까지 기어오르려 한다. 뭐, 이런 얘기를 하셨죠. 그리고 말이 끝나기가 무섭게 강 이사가 어느 새 조 사장의 멱살을……."

이후의 사태는 듣지 않아도 불을 보듯 훤했다.

난데없는 난투극에 누군가가 경찰에 신고를 했고, 유진은 현행범으로 체포가 되었다. 성 실장은 지원에게 급히 연락을 했지만 통화가 되지 않았고 결국 은미에게로 연락이 간 것이었다.

"정통으로 얼굴을 얻어맞았는데 운 나쁘게도 코뼈가 나갔어요. 전치 4주가 나왔고 고소장이 제출된 상태입니다. 아까 언뜻 담당 형사한테 들은 바로는 내일 중으로 정식 구속 영장이 청구될 거라고 하더군요."

"구속 영장이요? 그럼 법정까지 가는 건가요?"

"양쪽 다 합의를 거부하고 있어서 아무래도……."

성 실장은 안타깝다는 듯 중얼거렸다.

"유진…… 아니, 강 이사님 어디 있어? 만나려면 어떻게 해야 해? 면회 신청해야 해?"

“진정하세요, 팀장님.”

은미는 마치 정신 나간 여자처럼 발을 구르는 지원의 손을 잡았다.

“강 이사님, 지금 모습 아무에게도 보이고 싶지 않으실 거예요. 아까 저 보셨을 때도 무척이나 놀라고 당황하는 눈치셨어요. 게다가 절대 팀장님께는 알리지 말라고, 걱정시키고 싶지 않다고요.”

지원은 은미의 손을 뿌리치고는 몸을 돌렸다. 지금은 자존심을 세울 때가 아니었다.

“팀장님! 팀장님, 어디 가시는 거예요?”

은미의 절박한 외침을 뒤로한 채 지원은 달려나갔다. 유진을 저곳에서 꺼내는 문제가 시급했다.

“아니, 이게 누구야? 민 팀장 아냐?”

침대에 누워 TV를 보며 낄낄거리고 있던 조 사장은 지원을 보더니 반색을 하며 외쳤다.

“여기까지 문병을 다 와주시고 감개무량인걸?”

“고소 취하해 주세요. 지금 당장!”

지원은 거두절미하고 싸늘하게 내뱉었다. 그러자 조 사장은 안면을 싹 바꾸더니 코를 움켜쥔 채 비명을 질렀다.

“아이고, 내 코야! 이거 안 보여? 코가 완전히 나갔다고! 주제를 알아야지. 무릎 꿇고 사과해도 모자랄 판에 어디 와서 행패야, 행패는!”

"그래요?"

지원의 입가에 섬뜩한 비웃음이 서렸다.

"그럼 할 수 없군요. 이쪽도 고소하겠어요."

"뭐?"

무언가 잘못 들은 게 아닌가 싶은 얼굴로 쳐다보는 조 사장을 향해 지원은 또박또박 말했다.

"조성태 당신, 성추행 죄로 고소하겠다고요."

"민 팀장, 이거 왜 이러시나."

잠시 어안이 없다는 듯 보던 조 사장이 혀를 차며 웃었다.

"가만히 있는 사람 때려서 병원 신세지게 만들어놓고 이렇게 생떼를 쓴다고 문제가 해결될 거 같아?"

"생떼라고?"

지원의 표정이 납처럼 굳었다.

"당신, 나 끌고 화장실 가서 뭐 했어?"

"뭘 하다니? 내가 뭘 어쨌기에?"

"억지로 키……."

차마 입 밖으로 말이 나오지 않았다.

"그래서? 그걸 법정에서 얘기하겠다고?"

조 사장의 만면에 비열한 미소가 떠올랐다.

"잘 생각해 봐, 민 팀장. 그거, 그렇게 생각만큼 간단한 거 아냐."

"……할 수 있어."

지원은 이를 악물며 말했다.

"당신 때문에 억울한 사람, 철창 신세지는 거 보다는 훨씬 나아. 내가 못할 거 같아?"

매섭게 노려보는 지원을 향해 조 사장은 콧방귀를 끼었다.

"어디 한번 해보시지. 난 부러진 코라는 엄연한 증거가 있지만 그쪽은 뭐가 있지? 무고죄까지 추가되면 딱 좋겠군."

지원은 주먹을 꽉 쥐었다. 당장이라도 달려가 뻔뻔스럽게 이죽거리는 조 사장의 얼굴을 치고 싶었다. 하지만 그럴 수 없었다. 유진의 안위가 걸려 있는 이상 섣부른 행동은 금물이었다. 분했다. 너무나도 분했다.

"사장님, 그러지 마시고 합의를 보시는 게 좋을 거 같습니다."

치밀어 오르는 분노에 어찌할 바를 모르고 있는데 어느새 뒤를 쫓아온 성 실장이 지원을 거들었다.

"경찰에서도 피의자가 아무런 이유 없이 때렸다는 것에 미심쩍어하는 눈치입니다. 지금이야 강 이사가 입을 다문 채 버티고 있지만 법정으로까지 가게 되면……."

"웃기지 말라고 해!"

자기 밑의 사람까지 가세하자 조 사장은 리모콘을 집어 던지며 버럭 소리를 질렀다.

"어디 엉뚱한 생사람 잡고 난리야! 누가 봤어? 내가 그러는 거 본 사람 있어?"

"저 있어요!"

지원과 조 사장, 그리고 성 실장의 눈이 병실 입구로 쏠렸다. 은미가 가쁜 숨을 몰아쉬며 문가에 서 있었다.

"제가 봤어요. 모두 다."

뜻밖의 복병이 등장한 데에 조 사장은 적이 당황하는 눈치였다. 은미는 앞으로 한 걸음 나아서며 조 사장을 노려보면서 침착하게 말을 이었다.

"전 그때 앞에서 노래를 부르고 있었죠. 그래서 다 볼 수 있었어요. 조 사장님이 의도적으로 민 팀장님을 부둥켜안았고, 룸의 화장실로 끌고 갔고, 그리고…… 억지로 입을 맞추는 거, 다 제 두 눈으로 똑똑히 봤어요."

지원은 조 사장의 면상이 무참하게 일그러진 것을 보았다. 기회는 지금이었다.

"자, 이제 어떻게 하겠어요? 그래도 한판 붙어보겠어요?"

폭행과 성추행은 죄질 자체가 달랐다. 파렴치범을 멸시하는 세 쌍의 눈초리 앞에서 조 사장은 금이 간 코를 씰룩이며 와락 소리를 질렀다.

"두, 두고 봐! 내가 그냥 이대로 있을 줄 알아!"

지원과 은미는 상기된 얼굴로 병원을 나섰다. 묵묵히 걷는 두 사람 모두 조금 전까지의 흥분이 채 가시지 않은 상태였다.

조 사장은 막판에 모든 범행 사실이 드러나자 궁지에 몰린 범인이 대개 그러하듯 온갖 상소리와 더불어 발악을 했다. 성 실장은 재빨리 두 사람을 내보내며 조 사장이 진정되는 대로 책임지고 고소를 취하해 주겠노라고 약속을 했다. 한시라도 빨리 유진을 자유롭게 해주고 싶은 마음이 굴뚝같았지만 뻔뻔스러운 조 사장의 면상을 더 이상 보고 있기도 힘들었기에 지원은 서둘러 은미를 데리고 나올 수밖에 없었다.

"이게 다 은미 씨 덕분이야. 정말 고마워."

환히 웃어 보이며 건네는 감사의 말에 은미는 눈물만 글썽거리며 고개를 저었다.

"아니에요, 전 너무 죄송해요. 그때 아무런 도움도 돼드리지 못해서……."

지원은 가만히 그녀를 끌어안았다.

"무슨 소리야. 이것만으로도 충분해."

진심에서 우러나오는 말이었다. 만일 그녀가 없었다면 저 철면피 조 사장의 가면을 벗겨낼 수 없었을 터였다. 그리고 유진을 구해낼 수도 없었을 것이다. 이 모든 게 은미의 덕분이었다.

그녀를 감싸 안은 팔에 힘이 들어갔다.

"정말 많이많이 고마워."

은미의 어깨 너머로 연말을 맞이해 전구로 장식을 해놓은 나무들이 보였다. 차가운 어둠 속에서 촘촘히 빛나는 작은 불빛들이 썩 아름다웠다. 야경을 좋아하는 유진이 보면 감탄할 만한 풍경이었다.

'유진…….'

지원은 마음속으로 가만히 그의 이름을 불렀다. 자신을 대신해서 고통을 감수하고 있는 그를 생각하니 다시금 마음이 저렸다.

그때 떨리는 목소리가 귓전에 닿았다.

"저 사실 팀장님께 말씀드리지 않은 게 있어요."

은미는 지원의 품에서 몸을 떼며 말했다. 마주 보는 표정이 사뭇 비장하기까지 했다.

"팀장님께 알리지 말라는 것 말고 강 이사님이 부탁하신 게 하나 더 있었어요."

"그래? 그게 뭔데?"

"이사님, 댁에서 기다리고 있는 사람이 있대요."

부산하게 구르던 지원의 눈동자가 한순간 멈춰 섰다. 안타까움을 담은 시선이 그녀를 처연하게 바라보고 있었다.

"갑자기 출장을 가게 됐다고, 그래서 며칠 집을 비울 거라고 그 사람한테 전해달라고 하셨어요."

초인종을 누르기가 무섭게 경쾌한 여자의 음성이 들렸다.

"제임스! 왜 이렇게 늦었어."

며칠 전의 그 페르시안 고양이였다. 물론 지금이야 하얀 털을 벗고 앙증맞은 핑크 색 앞치마를 두른 채였지만.

낯선 이를 경계하듯 바라보는 까만 눈동자를 향해 지원은 고개를 꾸벅 숙여 보였다.

"안녕하세요. 전 강 이사님이랑 같은 회사에 있는 사람인데요. 강 이사님이 갑작스럽게 출장을 가셔서 댁에 못 들어오신다고 전해 드리러 왔어요."

"아, 그래요?"

여자의 얼굴에 실망한 빛이 어렸다가 곧 밝아지며 말했다.

"어머, 내 정신 좀 봐. 들어오세요."

"아뇨, 전……."

지원은 손을 내저으며 몸을 뒤로 뺐다.

"그래도 일부러 여기까지 오셨는데, 그러지 말고 잠깐 들어오셨다 가세요."

여자는 어느새 그녀의 팔을 잡은 채 막무가내로 끌어당겼다. 지원은 못 이기는 척 안으로 들어섰다.

"차 뭐로 드실래요? 커피? 녹차? 아니다! 혹시 오므라이스 좋아하세요?"

"네?"

"혼자 있자니 심심해서 야참으로 만들었거든요. 잔뜩 만들었는데 제임스도 안 오면 먹을 사람도 없잖아요. 물론 손님한테 대접하기에는 부끄러울 정도의 실력이지만요. 제 음식 솜씨는 정말 꽝이거든요."

뭐랄까, 참 스스럼없는 태도였다. 처음 본 사람을 대하는 것치고는 지나치다 싶을 정도로. 하지만 왠지 밉지 않았다.

"그러고 보니 좀 출출한 것 같기도 하네요."

여자는 깡충깡충 주방으로 뛰어들어 가 전자레인지에 오믈렛을 데우기 시작했다. 지원은 식탁 의자에 걸터앉아 부산한 여자의 움직임을 지켜보았다. 가까이서 본 여자는 더 상큼하고 귀여웠다.

"어때요?"

지원이 한입 뜨자마자 여자는 침을 꿀꺽 삼키며 물었다. 마치 선생님이 시험지를 채점하기만을 기다리는 어린애 같았다.

"맛있는데요?"

"에이, 그냥 예의상 하는 말 말고요. 솔직하게요."

"약간 싱거운 거 같기는 해요. 고기랑 야채를 볶을 때 소금 간을 하시면 괜찮을 거예요."

"아, 맞다! 소금 넣는 걸 까먹었구나!"

여자는 아차 하는 표정이더니 주먹으로 머리를 콩콩 쥐어박았다.

"어휴, 제가 늘 이래요. 결혼하기 전까지 빨리 실력을 향상시켜야 하는데 큰일이에요. 이러다 제임스 말대로 정말 소박맞는 거 아닌가 모르겠어요."

입 안에서 따끔한 통증이 느껴졌다. 혀를 깨문 모양이었다. 얼얼한 혀가 부자연스럽게 말소리를 만들어 냈다.

"결혼…… 하세요?"

"네. 내년 봄예요. 그래서 지금 좀 정신이 없어요."

여자는 수줍게 웃었다. 얼굴에 찬연한 화색이 도는 것이 눈이 부실 정도로 행복해 보였다.

"좋으시겠네요. 축하드려요."

지원은 떨리는 마음을 애써 진정시키려 옆에 놓인 잔을 집어 들어 목을 축였다. 그러나 물조차도 모래가 섞인 것처럼 껄끄러워 제대로 넘어가지 않았다. 물끄러미 지원을 주시하던 여자가 묘하게 눈을 껌벅거리더니 말했다.

"제임스, 회사에서는 어때요? 여전히 여자들한테 인기 많은

가요?”

“아, 네. 뭐 그렇죠.”

“그럼 혹시 거기 요리 잘하는 여자 분은 안 계세요?”

“요리요?”

질문의 의도를 파악하지 못하고 의아해하는 지원에게 여자는 쿡쿡 웃으며 말했다.

“글쎄 말이죠, 제임스의 이상형이 음식 잘하는 여자래요. 다른 건 다 필요 없고, 자기가 맛있게 먹을 수 있는 요리를 할 수 있으면 된다지 뭐예요.”

순간 자신이 해주던 음식을 맛있게 먹던 유진의 모습이 눈앞에 떠올랐다.

“이렇게 맛있게 요리를 할 수 있는 사람은 이 세상에서 민지원 선생님밖에 없을 거예요.”

그리고 뒤를 이어 기억의 편린이 슬라이드처럼 스쳐 지나갔다.

“난 다 기억해요. 선생님에 관한 것이라면, 아주 세세한 것까지 다.”

“선생님이랑 같이 있는 순간순간이 데이트하는 것과도 같았어요.”

“사랑하는 사람이라서였으니까요.”

"당신은 나의 엔비."

"난 믿으니까."

참 신기한 일이었다. 매 순간이 바로 어제 일처럼 생생하게 되살아났다. 그리고 떠오르는 하나의 의문. 어떻게 잊고 있을 수 있었을까? 그가 한결 같은 마음으로 줄곧 전해온 수많은 메시지들을. 왜 믿지 못하고 있는 것일까?

"단기 파견이라고 했던 사람이 6개월이 지나도록 안 오지 뭐예요. 아직 시민권이 없어서 가뜩이나 어머니가 걱정하고 계신 마당에 이번 크리스마스에도 들어올 수 없다고 통보를 해왔으니. 그래서 제가 잡으러 나온 거죠. 저 보기에는 이래도 힘세거든요. 근데 어디 불편하세요?"

팔뚝을 들어 올리며 배시시 웃던 여자가 눈을 찡그리며 지원의 안색을 살폈다. 멍하니 넋이 나간 표정으로 있던 지원이 문득 정신이 든 듯 자세를 바로했다. 논리를 앞선 무언가가 그녀의 입을 열었다.

"실례지만 두 분은 어떤 관계죠?"

지원은 확인하고 싶었다. 하지만 차마 직접적으로는 물을 수 없었다. 내년 봄, 결혼한다는 그 상대가 제임스냐고. 어쩌면 두려웠기 때문인지도 몰랐다. 유진을 믿고 싶으면서도 마음 한구석에는 있는 일말의 불안이 남아 있었기에. 바로 이런 대답이 나올까 봐.

"그야 물론 사랑하는 사이죠."

여자는 아주 자연스레 말했다. 그리고 싱긋 웃으며 되물었다.

"가족이니까 당연한 거 아닌가요?"

"그렇죠, 당연한 거…… 잠시만, 가족이라고요?"

지원은 번쩍 고개를 들었다.

"왜 그렇게 놀라세요, 민지원 선생님?"

그녀의 반응이 무척이나 재미있다는 듯 여자의 얼굴에는 웃음기가 가득했다.

"가족이라니, 아니, 그보다 제 이름을 어떻게?"

"아무렴 제가 하나뿐인 오빠의 첫사랑의 이름도 모를까 봐요."

"그게 무슨 뜻이죠?"

"한국에 들어간 지 얼마 안 돼서 제임스한테서 전화가 왔어요. 사진 하나를 급히 파일로 보내달라고 하지 뭐예요? 그것도 새벽 4시에 말이에요."

"아……."

지원 역시 기억이 났다. 유진이 자신의 정체를 밝히던 날, 증거 자료로 첨부했던 사진.

"하지만 유진은 분명 외아들인데요?"

"한국에서의 강유진은 그랬을지 몰라도 미국에서의 제임스에게는 한마리라는 동생이 있답니다. 제임스 어머니랑 저희 아빠가 재혼하셨거든요. 그러니 의붓오빠라도 가족인 건 사실 아니겠어요?"

여자는 콧잔등을 찡그리며 귀엽게 웃었다. 반사적으로 터져 나오는 탄성에 지원은 입을 막았다. 그러니까 유진이 간간이 통화하던 '마리'라는 이름의 주인공이 바로 이 여자였던 것이다.

"그럼 아까 결혼을 한다는 건……."

"네, 저 내년 3월에 결혼해요. 제임스 대학 동창하고요. 둘이 합세해서 어찌나 저를 놀려대는지 제가 아주 죽을 지경이라니까요."

마침내 모든 의혹의 베일이 벗겨졌다. 질투라는 비닐로 만들어진 오해의 우산은 진실의 폭우 속에서 이미 찢어진 지 오래였다. 지원은 이제 쓸모가 없어진 그 우산을 저 멀리 던져 버렸다. 그렇게 폭풍우가 지나간 그녀의 마음속에 신뢰라는 이름의 무지개가 아름답게 펼쳐졌다.

"아하, 그렇게 된 거였구나."

흥미진진하게 지원의 이야기에 귀를 기울이던 유신은 무릎을 탁 내려쳤다.

"어머니의 재혼으로 생긴 여동생이었다니. 아, 내가 왜 그걸 생각 못했을까? 나중에 꼭 이 설정을 써먹어야겠다. 그건 그렇고, 그래도 내 말이 어느 정도 일리는 있었지? 혈연 관계가 가장 설득력있다고 했잖아. 게다가 다 오해일 거고. 그래서 결국은 해피 엔딩일 거라고도 했고."

"해피 엔딩이라……."

지원은 가만히 그 말을 되새김질했다. 의기양양해서 떠들던 유신은 궁상맞은 표정으로 술잔을 기울이는 지원을 보며 고개를 갸웃거렸다.

"왜 그래? 모든 게 해결된 마당에 왜 그런 얼굴을 하고 있는 거야?"

"아직 얘기가 다 끝난 게 아니야, 유신아."

"안 끝났다니? 그럼 에필로그라도 남은 거야?"

여전히 로맨스 소설의 구도에서 벗어나지 못하고 있는 친구를 보며 지원은 씁쓸히 웃었다.

"그가, 떠난대."

16년간의 기다림

"**도**대체 이게 무슨 일이야!"

출근을 하자마자 지원을 맞이한 호출 메시지. 성혁은 지원이 들어서기가 무섭게 노발대발하며 고함을 쳤다.

"무비즈의 조 사장이 통보했어. 컨소시엄 얘기는 없던 걸로 하자고. 아니, 이번 건뿐만 아니라 아예 거래 자체를 다 끊겠다 더군."

익히 예상했던 바였다. 조 사장과 같은 인간이 공과 사를 구분할 정도의 이성을 가졌으리라고는 털끝만큼도 기대하지 않았다. 그러나 전후 사정을 알 길 없는 성혁에게는 청천벽력 같은 소식이었으리라.

"이유를 물어보니 민 팀장에게 물어보라고 하던데, 어찌 된 일이지?"

노기등등하여 다그치는 음성을 마주 대한 채 지원은 크게 심호흡을 했다.

"죄송합니다, 사장님. 제가 책임을……."

그때 문이 벌컥 열리며 성난 목소리가 지원의 말을 가로막았다.

"민 팀장님과는 아무런 상관 없습니다."

유진이었다. 심장이 불규칙적으로 뛰면서 가슴이 저렸다. 며칠 만에 보는 얼굴은 핼쑥하다 못해 반쪽이 되어 있었다. 그는 죄인처럼 앉아 있는 지원을 일견하고는 또박또박 말했다.

"제가 거절했습니다."

성혁의 매서운 눈초리가 지원에게서 유진에게로 건너갔다.

"거절했다니? 나한테 일언반구도 없이 말인가?"

"사전에 말씀드렸던 것으로 기억합니다."

"난 분명히 허락하지 않았던 것으로 기억하는데."

"회사는 경영자 개인의 소유가 아닙니다."

두 사람은 한 치의 물러섬도 없이 서로를 노려보았다.

"이대로 넘어갈 거라고 생각하면 오산이오, 강 이사. 리얼테크에 강하게 컴플레인하겠어."

"그러실 필요까지 없습니다. 제가 그만두겠습니다."

"뭐라고?"

누가 먼저라고 할 것도 없이 터져 나온 외침이었다.

지원은 놀라서 벌떡 자리에서 일어섰다, 경악에 가까운 표정이 그를 향해 묻고 있었다, 방금 자신이 들은 말이 사실이냐고.

"그동안 감사했습니다."

그 애처로운 물음을 외면한 채 유진은 싸늘한 미소를 남긴 채 방을 나섰다. 어이가 없이 바라보던 성혁이 짜증스레 말했다.

"민 팀장, 이게 어떻게 된 거야? 잘 좀 설득해 달라고 했건만."

말소리가 점점 희미해지면서 아무것도 들리지 않았다.

어느새 한달음에 유진의 방으로 달려온 자신을 발견한 순간, 지원은 문을 열어젖히며 외쳤다.

"그만두겠다는 말, 진심이야?"

구태여 확인할 필요가 없었다. 유진은 어디에서 준비해 왔는지 종이 박스에 책상 위의 짐을 넣고 있었다. 홧김에 충동적으로 한 말이 아님을 알리는 증거였다.

"혹시 나 때문이야?"

그는 아무 말도 없었다. 거칠게 상자 속에 물건을 내던지는 것으로 대신하고 있을 뿐이었다. 조금씩 새어 나오는 가느다란 흐느낌에 유진은 고개를 돌렸다. 그의 경직된 시선을 맞대는 순간 지원은 일시에 다리 힘이 풀리면서 그 자리에 주저앉았다.

"미안해……. 내가 잘못했어."

투명한 유리창 밖으로 무슨 일인가 싶은 사람들이 하나둘 모여들며 웅성거리기 시작했다. 유진은 서둘러 상자를 집어 들고는 지원을 일으켜 세웠다.

"나가서 얘기하자."

유진이 그녀를 데리고 간 곳은 지하 주차장이었다. 그는 상자를 트렁크에 넣고는 조수석의 문을 열어주었다. 차에 올라탄 지원이 안전벨트를 매려 하는데 건조한 목소리가 그 손을 잡았다.

"그냥 여기서 얘기해."

유진의 차가운 태도에 지원은 흠칫 놀랐다. 그는 전방을 주시한 채 그녀의 시선을 피하고 있었다.

"나 마리 씨 만났어."

"응, 얘기 들었어."

"왜 말 안 했어? 동생이 와 있다고."

"정식으로 소개하려고 했어. 타이밍을 놓치긴 했지만. 그게 이렇게 엄청난 오해를 불러일으킬 줄은 몰랐지."

어이가 없다는 듯 번지는 쓴웃음에 지원의 마음도 쓰라렸다.

"나한테 많이 실망했지?"

유진은 잠시간 그녀를 보다가 고개를 끄덕였다.

"그래, 실망했어."

마침내 유진이 그녀에게 얼굴을 보였다.

"그간 내색은 안 했지만 날 여전히 어린애 대하듯 할 때마다 신경 많이 쓰였어. 아무래도 내 자격지심 같은 거겠지만. 사무실 사람들에게 우리 관계 알리지 말자고 했을 때도 속상했지, 내가 그렇게 못미더웠나 싶어서. 그리고 세상 모든 연인들의 비극 운운하는 말을 들었을 때는 정말 충격이었어."

지원은 입술을 깨물며 고개를 수그렸다. 입이 열 개라도 할 말이 없었다.

"하지만 유치장에 있는 동안 나 자신을 돌아보니 그럴 수도 있겠다 싶더군. 늘 노력하면서 자신의 힘으로 무언가를 이뤄온 반쪽에 비해 난 거저 얻은 것 같은 생활을 해왔으니까. 단순히 나이 차이가 아니라 삶의 깊이가 달랐던 거지.”

유진은 담담하게 웃었다.

“얼마 전부터 계속 생각해 왔어, 내가 진짜로 하고 싶은 게 뭘까, 하는 거. 난 지금 어디에 있고, 무엇을 하고 싶은지, 앞으로 어떻게 살고 싶은지. 말하자면 무슨 초콜릿을 집어 들까 고민이 되기 시작한 거야.”

가슴속의 막연한 두려움이 점점 커지면서 울컥 핏덩어리 같은 슬픔이 숨구멍을 막았다.

“어차피 결정을 내려야 했어. 그 시기가 좀 급박하게 왔을 뿐이야.”

지원은 마지막 힘을 짜내어 말했다.

“정말 다시 돌아가야 하는 거야? 가지 않으면…… 안 돼?”

유진은 아무런 대답도 없었다. 그저 막막한 눈길로 그녀를 바라보고 있을 뿐이었다. 조금 전까지의 차가운 태도를 말끔히 지운 그 눈빛이 너무나도 서글퍼서 저도 모르게 눈물이 흐르기 시작했다.

“바보같이 왜 울어?”

유진의 손이 가만히 그녀의 눈가를 쓸었다. 그 손길이 하도 부드러워 오히려 눈물이 그치지 않았다.

“그거 생각나? 정이란 무엇이기에……. 요즘 들어 자꾸 그 책이 다시 보고 싶어진다.”

정이란 무엇이기에 생사를 가름하느뇨.

천지간을 나는 두 마리 새야,

너희들은 얼마나 많은 여름과 겨울을 함께 맞이했는가?

사랑의 기쁨과 이별의 고통 가운데에서 빠져나오지 못하는 여인이 있으니

임께서 응답해 주셔야지.

아득한 만 리에 구름 가득하고 온산에 저녁 눈 내릴 때

한 마리 외로운 새가 누구를 찾아 날아갈지를.

김용의 영웅문 2부 〈신조협려〉에 나오는 시조였다.

학창 시절 무협지에 빠져 있던 유진이 열광해 마지않던 소설. 왜 새삼스레 다시 보고 싶어진다고 하는지 지원으로서는 그 이유를 알 길이 없었다.

"이제 그만 들어가, 일해야지."

아련한 여운을 남기며 마지막 구절을 읊은 유진은 곧 표정을 가다듬으며 말했다. 하지만 지원은 움직일 수 없었다. 지금 헤어지면 다시는 보지 못할 것만 같았다. 그런 그녀를 안심시키려는 듯 희미한 미소를 띠며 그가 조용히 말했다.

"다시 연락할게."

그리고 일주일이 지나도록 그에게서는 아무런 연락도 없었다.

"유신아, 나 지금 너무너무 괴롭다. 나 좀 어떻게 해주라."

"어떻게 해줄까? 죽여주기라도 할까?"

"응…… 차라리 죽었으면 좋겠어……."

정신을 잃을 정도로 마시고 싶은데 유진의 모습은 점점 또렷해지기만 했다. 지원은 가물거리는 의식 속에서 중얼거리기 시작했다.

"나 미처 몰랐는데 유신아, 사람과 사람 사이에도 강이 있는 거 같아. 왜, 굽이굽이 흐르는 강을 따라 가다 보면 폭이 넓은 부분도 있고, 또 갑자기 좁아지는 부분도 있잖아. 그와 나 사이도 그랬어. 그는 감히 뛰어넘을 수 없을 정도로 넓은 폭을 뛰어넘어 내게로 왔지. 자칫하면 물에 빠져 급류에 휘말려 떠내려갈 수도 있었는데. 걔는 어디서 그런 용기가 나왔던 것일까? ……나 지금 다시 그 강을 보고 있어. 어느새 폭이 너무도 넓어져 겁쟁이인 나로서는 도저히 넘을 수 없게 되어버렸어. 강 저편에 그가 서 있고, 이편에 선 나는 그저 먼발치에서 강줄기를 타고 내려갈 뿐. 이제 얼마 후면 저 강은 바다보다도 더 넓어지겠지? 그렇게 되기 전에 내가 넘어볼 수 있을까……."

점점 희미해져 가는 목소리.

측은한 마음으로 지원을 보던 유신은 그녀의 어깨 위에 담요를 덮어주었다.

얼마나 지났을까. 지원은 눈살을 찌푸리며 몸을 일으켰다. 거실을 가득 채운 환한 햇살 아래 찌부러진 맥주 캔이 뒹굴고 있었다. 어디선가 계속 신경을 거슬리게 하는 얕은 소음이 들려왔다. 머리가 깨어질 것처럼 아팠다. 비틀거리며 그 발현처를 찾아나섰던 지원은 그것이 식탁 위에 놓인 핸드폰에서 나는 것임을 알고는 부리나케 달려갔다. 부재 중 통화 표시와 함께 메시지 알림 표시가 있었다.

낯선 번호.

지원은 생수를 따른 컵을 들고는 음성 메시지 청취 버튼을 눌렀다.

[나야.]

너무나도 애타게 기다리던 음성. 지원은 하마터면 들고 있던 컵을 놓칠 뻔했다.

[지금 여기 공항이야. 나 오늘 떠나.]

머리가 윙윙 울리기 시작했다. 무언가 잘못 들은 거지 싶었다. 그럴 리가 없다고 부인하면서도 지원의 눈은 거실 벽에 걸린 달력을 쫓고 있었다.

[크리스마스 약속…… 지키지 못해서 미안해.]

Letter #1

안녕, 유진?

지금쯤이면 무사히 도착했겠지?

혹시라도 잘 도착했다 연락이 오지 않을까

계속 전화기만 지켜보다가 이렇게 편지를 써.

네가 남긴 메시지, 수십 번도 더 들었어.

처음에는 무지 섭섭했지만 이해하기로 했어.

막상 나를 보면 떠나지 못할 것 같았다는 너의 심정이,

아마도 너를 보면 떠나보내지 못했을 것 같은 내 마음과도 같을
테니까.

이별이란 말이지,

그것이 영원한 것이든 잠시간의 것이든 그 대상이 누구든 간에

가슴이 아픈 일에는 틀림없는 거 같아.

단지 강도의 차이가 있을 뿐.

그리고 문득 그런 생각이 들더라.

사람과 사람 사이에 존재할 수 있는 감정의 종류는 과연 몇 가
지나 될까?

그리고 너와 내가 가지고 있는 감정의 색채는 어떤 빛깔일까?

지금 당장은 답을 낼 수 없을 것 같아.

언젠가 시간이 보다 확실하게 말해 주겠지.

우리가 서로에게 가졌던 그 마음은 이런 것이었노라고.

대신 난 내 방식대로 널 마음속에 담아두려 해.

네가 나를 마음속에 담아두고 있었던 것처럼

나 역시 다시 만날 그날까지 너를 기다리며
이렇게 조금씩 너에게 다가갈 거야.

안타깝게 읊조리던 네 음성이 아직도 귓가에 생생해.
'너를 두고 내가 어떻게 떠날 수 있을까…….'

　　　　　　　―누군가의 부재가 아직은 실감이 나지 않는 이가.

Letter #7

유진, 그거 아니?
내 주위에는 온통 너를 떠올리게 하는 것뿐이야.

너와 함께 갔던 장소들,
너와 정식으로 첫 키스를 나눴던 벤치,
하다못해 집으로 가는 길까지…….

지금은 비어 있는 네 방으로 자꾸만 눈길이 가고
남자 향수 냄새라도 맡을라치면 반사적으로 돌아보게 돼.
참 바보 같다고 느끼면서도 나도 모르는 사이 무의식중에 그렇
게 돼.

하지만 네게는 없겠지?
나를 떠올리게 하고, 생각하게 하는 것들이.

그곳에서의 네 생활 속에는 내가 있었던 흔적들이 없을 테니까…….

어쩌면 넌 보다 쉽게, 보다 빨리 나를 잊을 수 있을지 몰라.
그리고 아무렇지 않게, 그렇게 살아갈 수 있을지도.
그저 스쳐 지나갔던 하나의 바람처럼…….
……아무래도 이건 불공평하다는 생각이 드는걸?

　　　　　　　　　―오늘은 다분히 유치 모드인 당신의 엔비.

Letter #12
오늘 회사에서 송년회를 했어. 그것도 호텔에서.
작년만 해도 회사가 어려워서 제대로 마련할 수 없는 자리였는데 일 년 만에 이렇게 달라진 환경에 모두가 감개무량한 듯하더라.

인간사 새옹지마라더니,
과연 옛 성현들의 말씀은 틀린 게 없나 봐.
무비즈와의 관계가 끊겼을 때는 사무실이 초상집 분위기였는데
다행히 더 큰 프로젝트를 수주한 데다가 인력도 새로 충원돼서
지금은 완전히 축제 분위기로 변했으니 말이야.

근데 참 이상하지?
그렇게 들뜨고 즐거운 분위기 속에서 난 마냥 기쁘지만은 않더라.

뭐랄까, 성취감보다는 허무감이 찾아들었다고 할까?
힘겹게 달려온 그간의 시간들이 주마등처럼 스쳐 지나가면서
온몸의 힘이 빠지면서 마음 한구석이 뻥 뚫린 것 같았어.
그래서 조용히 무리에게서 빠져나와 집으로 향했지.

돌아오는 길, 무심코 올려다본 하늘에는
참으로 맑은 하늘에 별이 총총하게 빛나고 있었어.
근래에는 보기 드물 정도로 많은 별이.

원래 우리가 보는 별은 이미 산화된 것에 지나지 않다지?
별은 내부의 수소나 헬륨의 지속적인 폭발과 연소로 빛나기 때문에,
그러니까 아주아주 멀리 떨어진 우주의 어느 곳에서 탄생했다가 폭발한 것이 먼먼 시간을 흘러 지구까지 와 닿아서 비로소 그 존재를 알리게 되는 거라네.

사람도 그래.
누구나 가슴속에는 그렇게 사라진 별이 존재하고 있을 거야.
그리고 문득 '별이 빛나고 있구나' 라는 것을 새삼 느끼게 되는 그런 날도.

별이 참 아름다운 밤이야…….

—지금은 곁에 없는 별을 그리워하는 이가.

Letter #19

오늘은 12월 31일.

조금 전까지 유신이랑 같이 TV를 보다가 슬쩍 들어왔어.

앞으로 1분 후면 올해를 마감하는 종소리가 울릴 거야.

그리고 또 다른 한 해의 시작되겠지.

…….

해피 뉴 이어, 내 사랑.

지금은 멀리 있는.

—당신의 반쪽.

Letter #27

살면서 제일 슬픈 건

내가 잊혀져 가고 있구나, 라는 생각이 들 때야.

세상 사람 모두 나랑은 아무런 상관도 없는 존재구나, 싶을 때.

너도 그런 때가 있겠지?

먹먹한 외로움 속에서 혼자라는 생각이 점점 커질 때,

그리고 자신이 비참해질 때가.

나는 요즘 그게 너무나 자주 와.

그래서 겁이 나고, 그래서 화가 나곤 그래.

나는 누군가가 너무나 좋아 매사에 그가 신경이 쓰이는데,

그에게 있어 나는 그런 존재가 되지 못하는 거 같아서.

내가 말하는 그가 누구인지……

넌 알고 있겠지?

—나를 당신의 누구라고 말하리.

Letter #29

오늘 퇴근 후 집에 오는 길에 엔비를 샀어.

네가 늘 뿌리고 다니던 향수를.

두근거리는 마음을 안고 오자마자 샤워를 했지.

그리고 온몸에 뿌렸어.

하지만…… 너한테서 나던 거랑은 다르더라.

잘못 산 게 아닌가 이름도 확인도해 보고,

머리가 아플 정도로 많이 뿌려도 봤지만

너를 느낄 수가 없더라.

왜 그랬을까?

똑같은 향수인데.

한참이 지나서야 알았어.

내가 맡고 싶었던 건 향기가 아니라……

너의 냄새였나 봐.

　　　　　　　　　　　　　　　　　－맛있는 유진이 그리운 엔비.

Letter #33

안녕, 유진?

잘 지내고 있어?

많이 바쁜가 봐, 통 연락이 없는 걸 보니.

요즘 내 일과 중의 하나는 연애 상담 게시판을 보는 거야.

참 다양한 사연이 많더라.

그 글들을 보다 보면 연애라는 거,

사랑이라는 거 참 다 별거 아니구나, 하고 느끼게 돼.

애인이 전화를 안 한다는 여자의 한탄에 어떤 남자가 이런 말을
했어.

남자가 여자에게 전화를 하지 않는 이유는 단 두 가지.

전화기가 없는 남극에라도 있거나 전화하기가 싫거나, 라고.

만일 그 얘기가 진실이라면……

넌 지금 어떤 경우에 해당되는 것일까?

—스키라도 타다가 열 손가락이 모두 부러진 게 아닌가
걱정 중인 반쪽이.

Letter #35

지금은 멀리 있는 이가 있습니다.
어느 날 마음속에 들어오더니
어느덧 기억 속에도 자리 잡았습니다.
기억하기 때문에 마음이 아픈 것일까요,
아니면 마음이 아파서 더 기억하게 되는 것일까요.

게시판에 이렇게 글을 올려볼까 하는데 어때?

—연애 상담이 필요한 노처녀가.

Letter #40

어느새 마흔 번째 편지야.

그간 내가 보낸 메일들을 읽어봤더니
오뚝이 같다는 생각이 드네.
하루는 감정에 휘둘렸다가 다음날은 다시 마음을 다잡았다가.
이렇게 약한 모습 보이면 안 되겠지?

그래, 세헤라자드는 무려 천 일 동안 수다를 떨었다는데
나라고 못할 거 없지.
힘내자, 민지원!

　　　　　　　　　—파이팅을 외치며 다시 일어서는 오뚝이가.

Letter #44
지금 시각 새벽 3시.
그쪽 시각으로 하면 오후 1시쯤 됐겠다.
뭘 하느라 지금까지 안 자고 있냐고?

그때 우리 마지막으로 만났던 날 네가 말했던 시조,
그거 김용의 영웅문 2부 〈신조협려〉에 나오는 거 맞지?
그 책이 다시 보고 싶다고 한 네 말이 생각나서 읽기 시작했어.
네가 지난 세월 동안 내 흔적을 더듬어보고 싶다고 말했듯이
나 역시 네 마음을 느껴보고 싶어서…….

지금 2권 중간 정도까지 읽은 상태인데
　처음에는 걸핏하면 싸우고 사람을 죽이는 분위기에 거부감이
일었지만
　조실부모하고 주변의 천대 속에 외로움과 싸우며 자란 주인공
이 엄하기 그지없는 여주인공을 만나 사부로 모시게 되면서부터

는 빠져들기 시작했어.

　소용녀가 양과를 엄히 가르치는 장면이 나올 때마다 얼마나 웃었는지 몰라.
　예전에 네가 왜 나더러 그 여주인공을 닮았다고 했는지 알 것 같더라.
　너도 주인공처럼 내가 괴팍한 마녀 같다고 느꼈나 보지?

　잠시 때늦은 분노가 치솟기는 했지만
　하늘에서 하강한 선녀처럼 아름다운 여자라니까 용서하기로 했어.
　내일 출근하려면 조금이라도 눈을 붙여야 하는데
　쉽사리 손에서 놓아지지 않네.

　　　─아무래도 지각할 것 같은 예감이 드는 군기 빠진 벤처인.

Letter #45
〈16년 뒤에 이곳에서 다시 만나요.
부부는 정이 깊으니 약속 지키는 일을 잊지 마세요.
소용녀가 부군 양도 령에게 부탁하오니
소중한 몸 부디 잘 보전하여 서로 만나도록 해요.〉

[16년 전 양과 부부는 모두 중상을 입었는데 양광에게는 치료할

약이 있었지만 소용녀는 독이 퍼져 회복하기가 어려웠지. 양과는 사랑하는 아내가 치유되기 어렵다는 것을 알고는 자신도 살고 싶지 않아서 선단묘약이라 할지라도 먹으려 들지 않았어.]

[만약 내가 소용녀였다면 몸이 다 나은 것처럼 가장해 그가 단약을 복용하도록 하였을 거예요.]

[그래, 당시에 소용녀도 그렇게 생각했기에 양과 곁을 떠난 거지. 그녀는 부부의 정이 깊고, 약속을 어기면 안 된다고 말하고, 또 무슨 일이 있더라도 다시 만나야 한다고 말하면서 아주 간절히 부탁했지. 그녀는 16년이라는 기나긴 세월이 흐르면 양과가 옛 정에 대해 담담해지리라 생각한 것이지. 그러면 그가 설사 마음은 괴롭더라도 자신을 생각해서 또다시 자살을 기도하지 않으리라고 생각했던 거야.]

양과는 3월 초 이튿날에 절정곡에 도착하였는데 16년 전에 소용녀와 약속한 날짜보다 닷새나 일찍 왔다. 고통스럽게 닷새를 기다리다 보니 3월 7일이 되었다. 그는 이미 이틀 낮 이틀 밤 동안 눈을 붙이지 못했고 이날이 되어서는 단장애에서 단 반 걸음도 떠나지 않았다. 아침부터 한낮까지, 다시 한낮부터 저녁까지 바람이 나뭇가지를 흔들 때마다 꽃이 숲속으로 떨어질 때마다 가슴이 쿵쾅거려 사방을 이리저리 둘러보았지만 소용녀는 그림자조차 보이지 않았다.

태양이 서서히 산 너머로 기울어지는 것을 바라보면서 양과의 마음도 태양과 함께 가라앉았다. 태양의 반쪽이 산 끝에 걸리자 그는 외마디 소리를 크게 지르며 급히 산봉우리로 뛰어올라 갔다.

몸이 높은 곳에 이르자 태양의 둥근 모습이 다시 제대로 드러나 다소 마음이 놓였다. 제발 태양이 산 저편으로 사라지지 말고 3월 7일이 다 지나가지 않기만 바랄 뿐이었다.

그러나 비록 가장 높은 산봉우리에 올라갔지만 태양은 마침내 저 멀리 땅속으로 들어가 버렸다. 그는 1시간 이상이나 산꼭대기에 우뚝 서서 아득하고 끝없는 사방을 바라보았다. 어둠이 몰려오면서 그는 한기를 느꼈다. 다시 한참이 지나자 밝은 반달이 천천히 중천에 떠오르더니 이 하루가 지나갔을 뿐만 아니라 이 한 밤마저도 빠르게 지나가 버렸다.

소용녀는 끝내 오지 않았다.

[당신은 직접 글씨를 새겨놓고 어째서 약속을 지키지 않았는가. 어째서 당신은 약속을 지키지 않았는가? 어째서 당신은 약속을 지키지 않았는가? 약속을 지키지, 약속을 지키지…….]

'바보! 그녀는 이미 죽었어. 16년 전에 이미 죽었어. 그녀는 독을 치료할 수 없으면 네가 결코 혼자 살지 않으려고 하리라는 것을 알고는 네가 자살할까 봐 자신을 16년 동안 기다리라고 속인 거야. 바보, 그녀는 너를 이토록 깊은 정으로 대해주었는데 너는 왜 오늘에 이르기까지 그녀의 심경을 제대로 모른단 말이냐?

단장애 앞의 깊은 골짜기를 바라보니 입구부터 안개가 자욱이 깔려 있었다. 그가 매번 여기에 왔을 때도 구름과 안개 밑의 골짜기 바닥을 보지 못했는데 지금도 여전히 그러했다. 고개를 들고

소리 내어 길게 휘파람을 부니 단장애에 있는 수백 송이의 다 시든 용녀화만 어지러이 흔들릴 뿐이었다. 그는 나지막이 말했다.

[당년에 당신이 돌연 자취를 감추어 어디로 갔는지를 몰라서 나는 이리저리 산을 온통 찾아 헤맸지만 당신을 찾지 못했소. 그때 분명히 이 만장의 깊은 골짜기에 뛰어든 것일 게요. 16년 동안 당신은 적적하지도 않았단 말이오?]

양과의 눈에는 눈물이 어른거려 마치 눈앞에 소용녀의 하얀 옷이 나부끼는 그림자가 보이는 듯하고 소용녀가 골짜기 밑에서 은은히 외치는 것도 같았다.

〈양낭군, 양낭군! 너무 상심하지 말아요, 상심하지 말아요!〉

양과의 두 발이 붕 뜨는가 했더니 몸이 날아올랐다가 깊은 골짜기로 떨어져 들어갔다.

방금 여기까지 읽었어.

너무 울어서 눈도 제대로 뜰 수가 없어.

16년 동안 한 사람만을 향했던 변치 않는 마음.

현실에서는 도저히 있을 수 없을 것 같은 그 지고지순한 사랑에

생각하면 할수록 가슴이 먹먹하게 저리면서 눈물이 쏟아질 거 같아.

—할 말을 잃은······.

Letter #46

유진,

나 이제 알 것 같아.

네가 왜 이 책을 다시 보고 싶다고 했는지를.

정이란 무엇이기에…… 로 시작해

정이란 이런 것이다…… 로 끝난 이야기.

그 속에 담긴 네가 전한 메시지,

이제 그에 대한 답변을 할 때가 된 거 같아.

Out of sight, out of mind.

눈에서 멀어지면 마음에서도 멀어진다는 뜻이지.

하지만 오늘부로 이렇게 바꾸려 해.

Out of sight, into the mind.

　　　—당신의 첫사랑이자 마지막 사랑이 되고픈 이로부터.

Someday My Prince Will Come

달칵.

지원은 라이터의 불을 댕겼다.

출근과 동시에 담배를 피우는 것은 정례화된 습관이었다. 하지만 유독 담배 맛이 달랐다.

깊은 숨으로 들어갔다가 허공에서 부서지는 연기를 주시하던 눈이 천천히 움직이기 시작했다. 마치 지난 삼 년간 자신이 토해낸 한숨의 흔적을 찾으려는 듯 곳곳에 머물렀다. 처음 흡연실을 만들 때 중고 가구상에서 헐값에 사들인 의자, 옆 건물 지하의 호프집에서 가져온 재떨이, 미약한 소음을 내며 돌아가고 있는 공기 청정기까지. 모두가 그녀의 손길이 배어 있는 사물들이었다.

'과연 옳은 선택이라고 할 수 있을까?'

무심코 중얼거리던 지원은 이내 피식 웃으며 고개를 저었다. 어차피 답은 내려져 있지 않은가.

작은 노크 소리와 함께 문이 열렸다. 은미가 핸드폰을 내밀며 들어섰다.

"역시 여기 계셨군요, 팀장님. 아까부터 계속 벨이 울려서요."

"아, 고마워. 네, 민지원입니다."

[안녕하세요, 베스트 HR의 안지훈입니다.]

"아, 네. 안녕하세요, 안 과장님."

슬쩍 은미를 곁눈질했다. 아니나 다를까 문을 나서던 발걸음이 멈칫했다.

[일전에 말씀드렸던 것은 생각해 보셨는지요?]

"그게 아직은……. 일단은 좀 쉬면서 생각해 보고 싶습니다."

[그렇게 말씀하시는 건 거절을 의미하시는 건가요?]

"아니오, 그렇다기보다는…… 저 혹시 누가 저를 추천하셨는지 알 수 있을까요?"

[죄송합니다만 원래 그건 말씀드리지 않는 게 상례라서요.]

"그 입장은 충분히 이해합니다. 하지만 그걸 알면 제가 결정을 내리는 데 도움이 될 것 같은데요."

잠시간의 머뭇거림 후에 상대는 어쩔 수 없다는 듯 중얼거렸다.

[윤진기 사장님이라고 아시죠? 예전에 함께 계셨던…….]

역시 그랬구나 싶으면서 모든 의문이 풀렸다.

수화기 저편의 상대로부터 전화를 받은 게 지금으로부터 일주일 전. 헤드헌팅 회사의 직원이라고 신분을 밝힌 상대는 혹시 이직의 의사가 없는지를 조심스럽게 물어왔다. 새로 설립되는 벤처 회사가 있는데 관련자가 그녀를 지목하며 다리를 놓아달라고 했다는 것이다.

[본인이 거론되면 아무래도 민 팀장님이 결정하시는 데 부담을 줄 것 같다고 하시면서 저희 쪽으로 부탁을 하셨던 것입니다.]

"잘 알겠습니다. 제가 직접 그분과 얘기를 하도록 하겠습니다. 감사합니다."

핸드폰의 폴더를 닫자마자 은미가 기다렸다는 듯 물었다.

"팀장님, 혹시 회사 그만두세요?"

"누가 그래?"

지원은 애써 태연함을 유지하며 되물었다. 그러나 어조에는 반박의 의지가 담겨 있지 않았다.

"경영지원팀의 정 팀장님이 저한테 물으시더라고요. 팀장님 요새 무슨 일 있냐고. 회사도 어려운 때 다 지나고 이제 꽃피는 춘삼월로 접어들었는데 갑자기 그만두겠다고 하시니 영문을 모르겠다고 하시면서요."

그렇게 당부를 했건만, 천성이 촉새 같은 입은 어쩔 수 없는 모양이었다. 하기야 사내 소식통으로 꼽히는 은미의 안테나를 벗어날 수 있으리라고는 생각했던 것 자체가 무리였는지도.

"그래, 사실이야. 아직 다른 사람들한테는 얘기하지 않았으면 좋겠어. 사장님이 유보하신 상태니까."

"그럼 만일 사장님이 허락을 안 하시면 계속 계실 수도 있는 거예요?"

"아니, 그런 일은 없을 거야. 이미 결정을 내렸으니까."

은미의 눈이 흔들렸다. 불안이랄까, 안도랄까. 어느 것인지 명확하지 않은 빛깔을 담고 있었다. 섭섭한 것이리라. 이 년 넘게 같이 일해왔던, 그것도 바로 위의 상사가 아무런 통고도 없이 갑작스레 퇴사를 한다는 사실을 접했으니 충분히 그럴 만했다.

"미안해, 이런 얘기 다른 사람을 통해 듣게 해서."

"뭐, 저한테 사과하실 필요는 없어요. 저도 어느 정도 짐작은 하고 있었으니까요. 게다가 사실 저도 팀장님께 말씀드리지 않은 게 있어요."

의외로 말끔한 목소리였다. 지원은 은미의 반응이 담담한 데에 어리둥절해 되물었다.

"말하지 않은 거라니?"

"곧 아시게 될 거예요. 그건 그렇고 팀장님, 이따 점심 먹고 초콜릿 사러 가요. 밸런타인데이가 얼마 안 남았잖아요. 갈 땐 가시더라도 사무실 남자들한테 선심이나 쓰고 가셔야죠."

"결국 그렇게 하기로 했단 말이지."

톡톡. 톡톡.

담배의 필터 부분이 테이블 위를 두들겼다. 말을 고를 때면 나오는 성혁의 습관적인 행동이었다. 그는 어떤 식으로 반응을 해야 할지 난감했다. 사실 이곳으로 올 때까지만 하더라도 지원이 며칠 전의 생각을 접었을 거라고 기대했던 것이다. 두 해 넘는 시간 동안 봐온 그녀는 늘 그를 지지하며 의사에 따라주었다. 이번에도 당연히 그러리라 생각했다. 게다가 예전보다 훨씬 파격적인 대우를 해주겠노라고 하지 않았던가. 그런데 저처럼 확연한 태도를 보이는 데에 성혁은 일말의 배신감마저 느꼈다.

"아무래도 무비즈 건 때문에 나한테 많이 섭섭했나 보군."

"아니오, 꼭 그런 것만은 아닙니다."

"그런 게 아니라면 어디 더 좋은 곳에서 프러포즈라도 받은 건가?"

농담처럼 던진 말이었지만 지원은 가슴이 뜨끔했다. 도둑이 제 발 저린 격이라고 할까. 성혁은 그런 반응을 놓치지 않았고 이내 설마 하는 눈길이 와 닿았다. 잠시 망설이던 지원은 마음을 굳히고는 조심스럽게 입을 열었다.

"사실은 윤진기 사장님이 새로운 일을 시작하신다는 얘기를 들었습니다. 아시겠지만 윤 사장님은 제가 새로운 시작을 할 수 있도록 기회를 주신 분이에요. 조건이 여기보다 나은 것은 아니지만 그래도 가서 힘이 되어드리고 싶어요."

성혁은 한동안 아무 말도 없었다. 처음 사직서를 제출했을 때보다도 더 충격을 받은 듯한, 아니, 보다 정확히 말하자면 어이없어하는 쪽에 가까운 표정이었다.

"이거 참, 너무 뜻밖의 이유라 뭐라 말을 해야 할지 모르겠군."

마침내 그가 너털웃음을 터뜨리며 고개를 가로저었다.

"그래, 윤 사장님 학식이나 인품으로 볼 때는 충분히 존경할 만한 분인 거 맞아. 그러나 그건 비즈니스와는 별개의 문제야. 나 역시 작년 이맘 때 그분을 내치면서까지 회사를 살려야 하느냐의 문제로 나름대로 고민도 했지. 하지만 난 기회란 녀석이 온 걸 내 눈으로 보았고, 사사로운 정에 이끌려서 놓쳐 버리고 싶지 않았어. 그래서 결단을 내렸던 거고 지금까지 올 수 있었던 거지. 이상이나 인정만 가지고는 세상을 살아갈 수 없다는 거 민 팀장도 충분히 느꼈을 텐데 이런 치기 어린 결정을 내리다니……."

치기 어린 결정이라.

그의 말이 옳은지도 몰랐다. 어느새 서른 셋. 새로운 시작을 하기에는 벅찬 나이였다. 그냥 지금의 상태에 만족하고 안주하며 살아가는 것이 현명할 수도 있었다. 하지만 머리로는 알면서도 마음으로는 쉽사리 그럴 수 없었다. 배가 항구에 정박해 있을 때는 안전하지만 배는 그러자고 있는 것이 아니라는 누군가의 말처럼 다시금 항해를 나설 때가 되었다는 사실을 본능적으로 느꼈던 것이다.

달칵.

지원의 담배에 불이 일었다.

"사장님 말씀을 들으니 타이타닉이 생각나네요. 왜, 영화 후

반에 그런 장면이 나오죠. 타이타닉호가 침몰하기 전 아비규환 상태에서 승객들은 구명보트에 오르느라 혈안이 되어 있을 때, 선상 위의 악단은 한 치의 흐트림도 없이 묵묵히 연주를 하는."

성혁의 눈에 물음표가 떠올랐다. 그는 난데없는 사직서와 영화 사이의 연관성을 찾고 있었다.

"이프로지는 그간에 제가 가지고 있던 것을 다 버리고 아무것도 없는 상태였을 때 새로운 시작을 할 수 있도록 해준 곳이에요. 제가 의지를 가지고한 최초의 선택이었고, 그만큼의 애정과 책임감을 느꼈죠. 그래서 전 회사에서 어려운 일을 겪을 때마다 그 장면을 떠올렸어요. 그리고 다짐했죠. 만일 회사가 타이타닉처럼 된다면 나는 마지막까지 남아 바이올린을 연주하는 악사가 되겠다고. 만일 회사의 상태가 작년처럼 안 좋았다면 이런 결정을 내리지는 않았을 거예요. 하지만 지금은 그렇지 않으니까 떠날 수 있어요. 아마 지금이 아니면 영영 떠날 수 없을 거라는 생각마저 들어요."

회사가 어렵다면 모를까 오히려 좋으니까 떠날 수 있다니. 성혁은 점점 더 이해가 안 간다는 표정을 지었다. 그처럼 현실적인 계산이 앞서는 사람으로서는 도저히 납득할 수 없는 논리였다.

"그리고 한 가지 더 이유를 덧붙이자면 사장님 때문이기도 해요."

"나 때문이라니, 그건 무슨 뜻이지?"

지원은 성혁을 똑바로 보았다. 그리고 아주 오랫동안 마음속에만 담아두었던 말을 꺼냈다.

"사장님은 제 첫사랑이셨어요."

"……뭐?"

"기억 못하시겠지만, 저희 대학 다닐 때 동아리에서 처음 만났어요. 이른바 첫눈에 반한 선배님이셨죠. 유학 가신다는 소식 듣고 참 많이 고민했었는데 끝내 고백도 못했어요. 여기 회사 들어왔을 때 사장님 계신 것 보고 얼마나 놀랐는지 몰라요. 그리고 생각했죠, 이건 신이 다시 주신 기회라고. 네, 그랬어요. 사장님은 제가 애정과 열의를 가지고 회사 생활을 할 수 있었던 아주 큰 이유였기도 해요. 그저 보는 것만으로도 좋았고, 같은 공간에서, 같은 목적을 향해 갈 수 있다는 것만으로도 행복했어요. 마치 학생 시절 선망의 대상인 선생님을 바라보는 것처럼."

어지간한 충격에도 포커페이스를 유지하던 성혁이었지만 지금의 대담한 고백만큼은 감당하기 어려운 모양이었다. 시시각각으로 동요하는 빛이 짙어가는 얼굴을 보는 지원의 입가에 어렴풋이 미소가 걸렸다.

"최근에 누군가 제게 가르쳐 주었어요. 자신을 안전지대에 놓고 상대를 마음의 위안으로 삼는 것은 사랑이 아니라 동경이라는 것을. 표현하지도 않고서 알아주기만을 바라는 것은 이기적인 욕심에 지나지 않다는 것을. 정말 자신을 버릴 정도의 용기를 수반하지 않는 감정은 사랑이라고 부르기에 턱없이 부족하다는 것을."

이제 그 가르침을 행동으로 옮기는 것만 남았을 뿐이다. 드디

어 졸업인가. 지원은 새삼스러운 감격에 휩싸여 눈앞의 상대를
보았다.

"그 사람이…… 강 이사인가?"

바라보는 시선만큼이나 멍한 음성. 지원은 무언의 미소로 답
변을 대신했다. 그리고 가만히 자리에서 일어서 정중하게 고개
를 숙였다.

"그동안 감사했습니다, 선생님."

✻

"은미 씨랑 동철 씨, 오늘 우리 술 한잔해야지?"

"앗, 전 약속이 있어서 어려운데요."

"죄송합니다. 저도 오늘은 좀……."

지원은 눈살을 찌푸렸다. 질문의 의도는 절대 의사 타진이 아
니었다. 어디로 갈까를 묻는 표현에 불과했다.

올해도 어김없이 찾아온 밸런타인데이. 매년 초콜릿을 줄 사
람이 없는 두 여자와 받을 대상이 없는 한 남자가 만나 술을 마
시며 한탄을 하는 것이 정례화되어 있었다. 게다가 오늘은 지원
의 퇴사가 공표된 날이기도 했다. 어차피 공식적인 송별회야 업
무 인수인계가 끝난 후에 있게 되겠지만 그전에라도 단출하게
술자리를 하고픈 생각이 있었고, 당연히 오늘이 가장 적시라고
여겼다. 그러니 사전에 입이라도 맞춘 듯 예기치 못한 답변에
당황하지 않을 수 없었다.

"뭐야, 두 사람 애인이라도 생긴 거야?"

"에, 또, 그게⋯⋯."

"저기, 그러니까요, 팀장님⋯⋯."

농담 삼아 던진 말이었는데 되돌아오는 반응이 심상치 않았다. 당황한 기색이 역력한 은미와 동철의 모습에 도리어 놀란 것은 지원이었다.

"정말인가 보네? 그런 거야?"

재차 확인하듯 묻자 두 사람이 동시에 고개를 끄덕였다.

"이런, 난 전혀 몰랐네. 언제 만났어?"

"얼마 되지 않았어요."

"저도요."

은미는 얼굴이 달아올랐고, 동철은 멋쩍은 듯 머리를 긁적였다.

"잘됐다. 두 사람 다 소원 성취했네."

아무렇지 않게 말하려 했지만 잘되지 않았다. 철석같이 믿었던 동지들이 막판에 배신을 때린 마당이니 표정 관리가 될 턱이 없었다.

"팀장님, 같이 가실래요?"

"그러시죠. 어차피 알게 되신 거니까."

"싫다. 주책 부릴 게 따로 있지, 어떻게 연인들의 자리에 내가 껴?"

"에이, 그러지 마시고요. 팀장님이 언제 뭐 그런 거 따지셨나요? 저희도 팀장님이 계시면 더 좋을 거 같아요."

지원은 딱 부러지게 고개를 저었다.

"마음은 고맙지만 안 돼. 은미 씨야 상관없을지 몰라도 상대방이 불편할 거 아냐."

그러자 듣고 있던 동철이 갸웃거리며 끼어들었다.

"제가요? 왜요?"

처음에는 무슨 뜻인가 싶어 껌벅거리던 눈이 점차 크게 열렸다. 동철이 야릇하게 웃더니 자연스레 은미의 어깨에 손을 얹는 것이 아닌가.

"그럼 설마 은미 씨의 그 사람이……."

지원은 그제야 알 수 있었다, 며칠 전 흡연실에서 은미가 비밀이라고 했던 것의 정체를.

그들의 눈이 맞았던 것은 초가을 워크숍에서였다고 했다.

"그때 팀장님이랑 이사님이랑 나가시고 저희끼리 올라왔잖아요. 몸은 피곤해 죽겠는데 왠지 잠을 자기가 아깝더라고요. 그래서 거사를 치른 동지들끼리 오붓하게 한 잔을 더 했죠. 같이 일한 이래 그렇게 진솔하게 얘기를 나눈 것은 처음이었어요. 늘 껄렁이는 모습만 봐왔는데 의외로 속이 깊은 사람이더라고요."

"말도 마십시오. 동갑내기 여자가 대리 먼저 달았다고 사사건건 토를 다는데 정말 어디로 끌고 가서 한 대 패주고 싶은 마음이 굴뚝같았죠. 그런데 워크숍 준비를 같이하면서 보니 정말 생각지도 못했던 세심한 부분까지 사람들을 챙기는 거예요. 일정이 다 끝나고 완전히 파김치가 되어 있는 모습을 보는데 갑자기 아, 이 여자를 내가 챙겨주어야겠구나, 하는 생각이 들지 뭡니까."

"그날 이사님 차를 타고 올라오면서 하마터면 큰 사고가 날 뻔한 거 아시죠? 순간 옆에 있는 동철 씨가 저를 확 감싸 안는데…… 저 정말 감동했어요."

"거의 본능적인 움직임이었죠. 덕분에 뒤통수에 혹이 하나 생기기는 했지만 그게 대수입니까. 난생처음 지켜야겠다고 느끼게 된 여자를 만났는데. 아직도 제 팔 안에서 파르르 떨던 은미 씨의 감촉이 선연합니다."

왜 몰랐던 것일까, 서로를 바라보는 눈빛이 저렇게 다정한 것을. 말 한 마디 한 마디 은연중에 드러나는 애정이 보기에 좋았다. 지원은 그 부러움을 담뿍 담은 어투로 말했다.

"드디어 사내 커플 1호가 탄생했네? 정말 축하해."

그러자 은미가 대뜸 이의를 제기했다.

"사내 커플인 거야 맞지만 저희가 1호는 아니죠. 강 이사님과 팀장님이 먼저 테이프 끊으셨잖아요."

심장이 헉 소리를 내며 높이뛰기를 했다.

"……알고 있었어?"

"그럼요. 제가 원래 다른 사람들 눈치를 많이 살피는 편이잖아요. 근데 굳이 주의를 기울이지 않아도 팀장님이랑 이사님 사이에는 묘한 기류가 흐르더라고요. 말로 딱 꼬집어 설명하기는 어렵지만 단순히 공적인 관계 이상의 것이 있는 것 같은……."

건다, 만다, 건다, 만다…….

"정말 그런 게 느껴졌단 말이야? 언제부터?"

"이사님이 처음 오셨을 때부터요. 왜 그런 말도 있잖아요. 세상에서 숨길 수 없는 세 가지는 바로 가난과 재채기와 사랑이라는. 팀장님은 몰라도 강 이사님, 정말 여러모로 팀장님을 챙기시는 게 보였어요. 제가 강 이사님한테 반했던 게 그런 이유였다니까요."

일사천리로 이어지는 은미의 말에 브레이크를 건 것은 동철이었다.

"잠깐! 반했다니? 그럼 나는?"

"에이, 그거야 멋진 상사에 대한 동경 같은 거지. 내가 사랑하는 사람은 자기뿐이야. 다 알면서 왜 그래?"

은미가 콧소리를 내며 동철의 어깨를 두들겼다. 일순 긴장한 빛이 돌았던 얼굴은 그 애교 어린 몸짓에 봄눈 녹듯 풀어지더니 언제 그랬냐는 듯 따사로운 봄기운을 머금었다. 그런 둘의 광경을 지켜보던 지원은 핸드백을 들며 가만히 몸을 일으켰다.

"저기, 나 먼저 일어날게."

"왜요? 같이 더 계시다 가세요."

"됐어. 여기 더 앉아 있다가는 닭이 돼서 날아갈 거 같아. 다시 한 번 정말 축하하고, 이런 말 하기는 좀 이르지 모르지만 두 사람 결혼할 때 꼭 부르기야. 나 회사 옮겼다고 빼놓기 없기다."

짐짓 으름장을 놓는 말에 은미와 동철은 잠시 서로를 바라보며 쿡쿡 웃었다. 그리고는 벌써부터 일심동체가 된 듯 합창조로 외쳤다.

"염려 마세요. 절대 그런 일은 없을 거예요!"

조금만, 조금만 더 기다려 보자.

지원은 쉽사리 미련을 버리지 못한 채 중얼거렸다. 꽃샘추위가 기승을 부리는 밤. 벌써 삼십 분 가까이 오지 않는 버스를 기다리고 있는 상태였다. 코트 깃을 여미며 발을 동동 구르는 지원과는 대조적으로 곁에 선 연인들은 전혀 움츠러든 기색이 없었다.

"자기, 추워?"

"아니야, 하나도 안 추워."

"그러지 말고 이리로 들어와."

남자는 앞 단추를 풀더니 코트를 열었다.

"아이, 보는 사람도 있는데 어떻게……."

여자가 지칭하는 사람이 자신이라는 것을 깨달은 지원은 황급히 고개를 돌렸다. 그러자 여자는 기다렸다는 듯 흐뭇한 얼굴로 남자의 품 안으로 달려들었다. 여자를 감싸 안는 남자의 손끝에는 커다란 초콜릿 바구니가 들려 있었다.

갑자기 담배 생각이 간절해졌다. 슬쩍 옆에 선 남녀를 보니 둘은 사랑의 밀어를 속삭이느라 여념이 없었다. 서둘러 핸드백을 열고 담뱃갑을 꺼내는데 손에 잡히는 또 다른 사각형의 사물이 있었다. 초콜릿 박스였다. 특정한 누군가를 위해 난생처음으로 사본, 그러나 끝내 전해지지 못한.

순간 가슴이 찡하게 저렸다. 얼어붙었던 시선이 머물 곳을 찾지 못하고 황망히 방황하는데 저 멀리 버스가 한 대 오는 것이 보였다. 혹시나 하는 마음에 눈을 가느다랗게 뜨고 전방을 주시하던 지원은 이내 한숨을 내쉬었다. 헤드라이트 불빛을 빛내며 다가오는 버스는 번호판이 없는 관광버스였다.

'그럼 그렇지…….'

씁쓸한 입맛을 다시며 담배를 물었다. 그리고 있는 힘껏 깊게 한 모금을 빨고 뱉었다. 살을 에는 공기 사이로 퍼져 나가는 연기를 보고 있자니 불현듯 언젠가 유진에게 했던 말이 떠올랐다.

"그러니까 아주 추운 겨울 밤, 자정 무렵에 버스 정류장에 서 있는 거야. 집에 가는 버스가 분명히 있기는 한데, 이게 몇 시까지 다니는지 모르는 상태인 거지. 조금 있으면 버스가 오겠지 하며 기다리는데 시간은 자꾸 가고 버스는 영 보이지 않는 거야. 너무나 춥고, 집에는 가고 싶고, 그런데 버스는 오지 않고……. 그럴 때 얼마나 막막하고 외로운지 아니?"

그가 뭐라고 답했더라.

"그럼 택시를 타지 왜 버스를 기다려요?"

부질없는 기다림을 탓하는 퉁명스러운 음성이 생생하게 맴돌았다. 바로 어제 일처럼 떠오르는 기억. 지원은 시큰해지는 코를 손등으로 쓸었다.

'그래, 이젠 그만둘게.'

그렇게 발길을 돌리던 때였다. 한밤의 정적을 깨는 요란한 경적 소리. 지나가는 택시가 없나 주변을 두리번거리던 지원은 깜짝 놀라 고개를 돌렸다. 서로를 부둥켜안고 온기를 나누던 연인들 역시 눈살을 찌푸린 채 난데없는 훼방꾼을 바라보았다. 세 개의 시선이 한데로 모였다.

조금 전의 그 관광버스였다. 정류장 바로 앞에 정차한 버스는 전방이 뻥하니 뚫려 있음에도 불구하고 계속해서 경적을 울리고 있었다.

"뭐야, 저건?"

"혹시 길이라도 물어보려는 거 아닐까?"

그들의 질문에 답이라도 하듯 천천히 버스의 문이 열렸다. 호기심에 선뜻 발걸음을 떼지 못하고 지켜보던 지원의 눈이 크게 벌어졌다.

환한 웃음을 띠며 계단을 내려서는 남자.

유진이었다.

"아야 아야, 말로 하십시오, 민지원 선생님."

어지간히 급한 모양이었다, 그의 입에서 선생님이라는 호칭이 나온 것을 보면.

그러나 모처럼 나온 존대에도 불구하고 지원은 계속 투포환 선수라도 된 마냥 사정없이 핸드백을 휘둘러 대고 있었다. 그렇게 계속되는 공격에 요리조리 피하기만 하던 유진이 마침내 그녀의 손목을 부여잡았다.

"이거 매일 눈물 젖은 편지를 썼던 사람의 환영 인사치고는 너무 폭력적이라고 생각되지 않아? 내가 그 메일들을 읽으면서 얼마나 감동했는데. 이거 돌아가면 완전히 키스나 포옹 세례가 이어지겠구나 기대했단 말이야."

짐짓 인상을 찌푸리고 있지만 눈길은 따뜻했다.

"키스? 포옹? 웃기고 있네. 그렇게 감동했다는 사람이 답장 한 통도 없었어?"

"그거야 깜짝 놀라게 해주려고 그런 거지. 바로 지금처럼."

어둠 속에서 유진의 미소가 환하게 부서졌다.

"그래, 너무나 놀라서 심장이 멈춰 버리는 줄 알았어! 누구 심장 마비로 쓰러지는 거 보고 싶어서 이러는 거야?"

"나 심장 마사지 할 줄 아니까 응급 처치 정도는 할 수 있어. 아, 인공호흡도 할 줄 안다. 마우스 투 마우스."

앙칼진 대꾸를 되받아치는 넉살 좋은 웃음. 여유가 흘러넘치는 그와는 달리 지원은 떨리는 마음을 도통 주체할 수 없었다.

하루에도 몇 번씩 그와의 재회를 그리기는 했지만 이렇듯 아무런 예고도 없이 이루어지리라고는 생각하지 못했다. 아니, 놀란 것은 차치하고 유진이 너무나 태연한 것에 화가 났다. 눈물로 지샌 시간들이 아무런 가치가 없는 것처럼 느껴졌던 것이다. 순간 울컥 걷잡을 수 없는 설움이 북받쳐 올랐다.

"지금 농담이 나와? 나쁜 자식! 이 나쁜 자식! 그렇게 일방적으로 통고하고 사라지고는 연락 한 통 없다가 이런 식으로 나타

나서는 기껏 한다는 소리가…….”

성난 고양이처럼 마구 발버둥을 치던 지원이 결국 무너지듯
주저앉았다. 긴장이 한순간에 풀리면서 지난 시간 고여 있던 슬
픔이 한꺼번에 터져 흘러내리기 시작했다.

“너 그렇게 가버리고 내가 얼마나 속상했는지 알기나 해? 네
가 없다는 사실에 얼마나 절망하고 보다 빨리 마음을 열지 못했
던 것을 얼마나 후회했는지…….”

사람들은 모른다, 당연한 것의 소중함을. 그래서 사람들은 종
종 있기에 잊는다, 그 소중한 것의 가치를.

지원도 그랬다. 먼저 손길을 내민 것은 항상 그였다. 그녀는
그가 내미는 손을 잡기만 하면 됐었다. 곁에 있는 것도, 늘 자신
을 돌봐주는 것도 당연하게 생각했다. 그러던 것이 어느 순간
사라졌을 때의 상실감을 어찌 말로 표현할 수 있을까.

지원은 더 이상 그의 선생님이 아니었다. 체면 따위는 아무래
도 좋았다. 자신을 얽어매던 이성의 굴레를 던져 버린 그녀는
오직 한 명의 여자일 뿐이었다.

“다시는 볼 수 없을지 모른다는 생각이 들 때마다 얼마나 불
안했는지…….”

날이 섰던 고함은 애처로운 흐느낌으로 바뀌었다.

유진이 가만히 그녀를 끌어당겼다. 따스한 온기가 미세하게
요동 치는 어깨를 감싸 안았다. 등을 어루만지는 손길만큼이나
부드러운 목소리가 귓전에 와 닿았다.

“그래도 알고 있었지 않아, 내가 다시 돌아오리라는 거.”

“…….”

“믿었잖아. 그리고 기다렸잖아.”

“그래도 많이 아팠어. 정말 힘들었단 말이야…….”

“알아, 충분히 알아. 나도 그랬으니까. 하지만 앞으로는 절대로 아프게 하지 않을게. 힘들게 하는 일도 없도록 할게. 약속해. 아니, 맹세해.”

차분하게 달래는 음성이 습자지처럼 그녀의 슬픔을 조금씩 빨아들였다. 점차 잦아드는 흥분을 감지한 듯 유진은 나지막하게 말했다.

“그거 알아? 난 한시도 반쪽 곁을 떠난 적이 없어.”

그녀의 눈가를 쓰다듬던 손이 아래로 내려갔다.

“여기에 항상 있었으니까.”

그의 손끝이 그녀의 왼쪽 가슴에 닿았다.

“마찬가지로 반쪽 역시 항상 내 곁에 있었어.”

물끄러미 와 닿는 눈동자를 반기는 애틋한 미소.

“바로 여기에.”

지원은 느낄 수 있었다. 자신의 가느다란 손가락을 타고 전해지는 그의 심장 박동을.

“나가고 싶지 않아도 달리 도리가 없었어. 원래 이민을 가도 시민권을 얻지 못하면 국적은 한국 국적으로 남잖아. 영주권을 받아서 병역 의무를 면제받기는 했지만 취업이라도 해서 일 년 이상 국내에 거주할 때는 다시 부과되게 되어 있어. 그러니 집에서도 매일 하루라도 속히 들어오라고 성화셨지. 계속 여기 눌러 있다가는 어느 날 갑자기 군대로 끌려가는 불상사가 발생할지 모르니까."

유진은 그간의 사정을 차분하게 털어놓았다. 그가 급작스럽게 출국을 해야 했던 이유를 알게 된 지원은 또 다른 걱정이 앞섰다.

"그럼 이번에 들어온 건? 지금은 괜찮은 거야?"

"괜찮지야 않지. 그래서 이제부터 그 애기를 해야 하는데……."

유진의 지원의 손을 잡았다. 다시는 놓지 않으려는 듯 깍지를 끼더니 말했다.

"나 영구 귀국했어."

"뭐?"

유진은 그녀의 반응을 예상했던 듯 침착하게 말을 이었다.

"내가 떠나기 전에 했던 말 기억해? 결정을 내려야 할 때가 왔다는. 사실 어머니가 갑작스럽게 재혼을 하시게 된 터라 따라가기는 했지만 난 한국이 그리웠어. 그래서 시민권을 받는 문제도 차일피일 미루고 있었지. 앞으로 어떻게 살아야 할지 늘 고민만 할 뿐 답을 못 내리고 있었는데 이번에 결심을 한 거야. 다 정리하고 새롭게 출발하기로. 그쪽에서 투자했던 주식들 다 처분하고 현금으로 바꿔서 들어왔어. 그리고 이 버스를 산 거야."

"버스…… 를 샀다고?"

"응. 이제 내게 남은 것은 이 버스뿐이야."

쉽게 이해할 수 없는 말이었다. 그가 가지고 있던 돈이 어느 정도인지는 정확히 알 수 없지만 적어도 버스 한 대 정도는 새 발의 피였을 것이다. 그런데 이 버스를 사는 데 모든 돈을 쏟아 부었다니?

"이 버스가 그렇게 비싸?"

"그럼, 돈으로 환산할 수 없을 정도지. 직접 확인해 보라고."

유진은 씩 웃더니 기합이라도 넣듯 두 손을 비비고는 핸들을 잡았다.

"어디 가는 거야?"

"버스를 샀으니 사람을 태워야지."

선생님을 놀려먹을 계획에 들떠 있는 악동처럼 그는 유유히 휘파람을 불며 운전에 열중했다. 도대체 무슨 꿍꿍이속인지 궁금했지만 지원도 더 이상 묻지 않았다. 사진 속의 피사체처럼 기억 속에 정지되어 있던 그가 활기 차게 움직이는 모습을 지켜보는 것만으로도 충분했다. 더는 아무런 의구심도 없었다. 그가 가는 곳이 어디든 자신의 행복이 있는 곳임을 알았기에.

잠시 후 버스는 후미진 골목길 안의 어느 건물 앞에서 섰다. 유진이 헤드라이트를 몇 번 깜박이자 기다렸다는 듯 건물 입구에 서 있던 사람이 움직였다. 그리고 마침내 버스에 오르는 사람을 보는 순간 지원은 자신의 눈을 의심하지 않을 수 없었다.

"여, 민 팀장, 잘 있었어?"

"윤 사장님? 어떻게 여기에……."

어안이 벙벙해 묻는 지원을 보며 윤진기 사장과 유진은 모종의 눈빛을 교환했다. 그리고 릴레이 경주라도 하듯 들려오는 낯익은 목소리.

"민 팀장님, 오랜만입니다!"

"성 실장님!"

"기다리다가 얼어 죽는 줄 알았습니다. 아무리 재회의 기쁨이 크다고 해도 기다리는 사람 생각 좀 해주셔야 하는 거 아니겠습니까?"

"이게 어떻게 된 거야?"

지원은 유진을 보며 물었다. 그러나 그는 말없이 웃기만 할 뿐이었다. 그녀의 놀라움을 거기서 그치지 않았다. 윤진기 사장과 성영민 실장을 태운 버스는 다시 출발을 했고 이윽고 두 명의 승객이 더 올랐다.

"은미 씨? 그리고 동철 씨까지?"

지원의 입이 딱 벌어졌다.

"도, 도대체 이게 무슨 일이에요?"

기절하기 직전의 상태인 그녀를 바라보고 있는 네 쌍의 춤추는 눈동자.

"새로운 아이템이 생겨서 투자자를 만나고 다니던 차에 여기 강 이사와 연락이 닿았지. 미국에 있는 자산을 처분하고 들어와서 새로운 사업을 하려는 계획을 가지고 있다고 하면서 투자를 해주겠다더군."

"그렇지 않아도 연말의 사건 때문에 조 사장님 눈 밖에 나서 아주 고생하던 참이었는데 어느 날 연락이 왔지 뭡니까. 저야 당시 강 이사님의 남자다운 심성에 반했던 터라 생각하고 자시고 할 게 없었습니다. 단번에 오케이했죠.”

“저 팀장님과 함께 일을 하는 동안 정말 열정을 가지고 정말 만족감을 느끼면서 일할 수 있었어요. 팀장님은 저의 멘토와 다름없어요. 그런데 어떻게 제가 이런 기회를 마다할 수 있겠어요?”

“아무렴요. 저희만 빼놓고 다른 데로 가실 수 있을 거라고 생각하셨습니까? 뭉치면 살고 흩어지면 죽는다! 이걸 가르쳐 주신 분이지 않습니까?”

모두가 제각각 소리를 높였다. 열정이 가득 찬 한 마디 한 마디에 지원은 코끝이 시큰해졌다. 벅차오르는 감격을 주체치 못하며 고개를 돌리자 경탄에 가까운 시선을 마주 대하는 눈이 싱긋 웃고 있었다.

“그럼 네가 샀다는 버스라는 게…….”

“Good To Great이라는 책에서 그러잖아. 좋은 회사를 넘어 위대한 회사가 되기 위해서는 사람이 먼저이고 할 일은 그 다음이라고. 이제 좋은 사람들을 버스에 태웠으니 우리는 그 출발점에 선 거야. 난 이 버스에 탄 사람들이 언제라도 우리가 함께한 시간을 쓸모있는 시간이다, 라고 느낄 수 있는 회사를 만들어보고 싶어.”

지원은 그제야 깨달았다, 그가 전 재산을 털어 산 버스가 갖는 의미를.

“어때, 이 정도면 그동안 기다리게 한 것에 대한 사죄가 될까?”

“충분해, 아니, 과분해…….”

정말이지 예기치 못한 선물. 지원은 넋이 나가다시피 고개를 끄덕였다. 그녀의 마음을 헤아려 준 그가, 그 부름에 호응해 준 이들이 너무나 고마웠다. 그런 지원을 대하는 일동의 눈에도 따뜻한 미소가 감돌았다.

“참, 선물 하나가 더 있다.”

유진이 은미를 향해 눈짓을 했다. 은미는 기다렸다는 듯 운전석 쪽으로 몸을 돌렸다. 잠시 후 스피커에서 나오는 여자의 노랫소리가 실내를 메우기 시작했다.

“자.”

지원의 의아한 눈길을 향해 유진은 손을 내밀었다.

“이게 뭐야?”

“안 받을 거야?”

유진은 장난기 어린 미소를 띤 채 재촉했다.

“글쎄, 받을 수 있어야 받지. 이건…….”

“어서. 나 팔 떨어지겠다.”

확신에 찬 어투에 지원은 눈을 껌벅거리며 다시금 시선을 주었다. 하지만 아무리 봐도 활짝 펼쳐진 손 안에는 아무것도 없었다. 그랬다. 그의 손은 빈손이었다.

“저기, 이런 장난은 우리 둘이 있을 때나…….”

주변의 시선을 의식하며 눈치를 줄 때였다. 유진은 아무것도 들려 있지 않은 손을 뻗친 채 한 발자국 앞으로 다가섰다. 그리고 조용히 말했다.

"나."

"뭐라고?"

"내가 바로 선물이야."

"……."

"언젠가 반쪽이 말했지? 인생이라는 게 초콜릿 상자에서 초콜릿을 집어 드는 것과 같다면 원하는 것만 집어 들고 싶다고. 그 말이 아직 유효하다면 부디 나를 집어줘."

"……."

"나, 반쪽이 기다리던 그 버스가 되고 싶어. 더 이상 언제 올지 모르는 버스를 기다리느라 추위에 떨지도, 외로움에 힘들어하지도 않을 수 있도록 곁에 있고 싶어."

"흠흠, 이거 말로만 듣던 공개 청혼이로군."

"강 이사님, 짱입니다!"

"아, 저도 이런 식으로 프러포즈를 했으면 좋았을 것을."

"팀장님, 뭐 하세요? 이사님 팔 떨어지시겠어요!"

모두가 조바심을 내며 지원의 답변을 재촉했다. 그러나 정작 지원은 손가락 하나 까딱할 수 없었다. 전율과 환희. 그 복잡 미묘한 느낌이 그녀의 몸과 정신을 온통 옭아매고 있었던 것이다.

시야가 부옇게 흐려졌다.

오랫동안 한결 같은 마음을 지녔던 남자.

무심코 한 말, 아주 사소한 것까지 모두 다 기억하고 담아둔 남자.

그래서 말갈기 빛나는 백마도, 호화찬란한 리무진도 아닌 버스를 끌고 온 남자.

이제 그 남자가 자신을 향해 하나뿐인 손을 잡아주기를 기다리고 있었다.

"물론 문제가 없지는 않아. 이제 다시 정식으로 대한민국의 건장한 남아가 된 이상 군대를 다녀와야 하고, 그러려면 반쪽은 이 년 넘는 시간 동안 다시 독수공방을 해야 하니……."

초조한 듯 사족처럼 따라붙는 말에 마침내 울먹임이 소리가 되어 흘러나왔다.

"이 바보야! 원래 인생이라는 게 그런 거야. 늘 기다림의 연속인 거라고!"

두 시선이 엉겼다.

"마음이 막연하지만 않으면 돼. 사랑에 확신만 있으면 돼. 그러면 이 년, 아니, 아무리 오랜 시간이더라도……."

두 개의 손이 맞붙었다.

"기다릴 수 있는 거야……."

두 개의 심장이 맞닿았다.

"그게 사랑인 거야……."

그렇게 하나가 된 목소리 사이로 새로운 시작을 축복하듯 요란한 박수 소리와 함께 청량한 노래가 울려 퍼졌다.

Someday My Prince Will Come이라는.

오랫동안 로맨스 소설을 읽으셨다는 한 독자께서 이런 말씀
을 하셨습니다.

"로맨스의 강점은 아마 설레임이 아닐까 싶어요. 아, 이런 사
랑 한번 해보고 싶다! 하는. 그런데 항상 읽을 때는 설레다가도
책을 덮은 후에는 어떤 내용이었는지, 조금 더 시간이 지나면
제목조차 기억나지 않는 것도 많이 있지요. 그것은 아마 내가
처한 현실과 맞지 않아서가 아닌가 해요. 내게는 거의 일어날
수 없는 일들이 배경이다 보니 재미는 있었어도 가슴까지 와 닿
아 오래 기억되는 것은 아닌 거겠죠. 그런데 〈선생님〉은 많이
달랐습니다. 읽는 동안 많이 따뜻했고, 계속 주위를 두리번거렸
답니다. 주인공 유진 같은 남자 어디 없나, 찾느라고요."

이 감상글을 읽고 얼마나 기뻤는지 모릅니다.

눈과 눈으로 하는 사랑보다는 마음과 마음으로 하는 사랑.
한순간 빠져드는 사랑보다는 차곡차곡 쌓아가는 사랑.

누구에게나 있을 법한, 그런 사랑을 그려보고 싶었기에 말입니다.

일과 소설, 두 마리의 토끼를 함께 쫓아 정신없이 달려온 나날들.

돌이켜 보니 감회가 새롭습니다. 무척이나 지치고 힘들 때도 많았지만 그래도 포기하지 않고 여기까지 올 수 있었던 데에는 끝까지 지켜봐 주시고, 성원해 주시고, 격려해 주셨던 독자님들의 힘이 큽니다.

그간 지원과 유진의 사랑을 응원해 주신 분들께 이 자리를 빌어 감사의 말씀을 전하며 한 분 한 분 따뜻한 그 마음, 제 가슴 속에 모두 담아두겠습니다.

여러분, 고맙습니다―! ^――――――^

2004년 3월 19일 편편 드림.

김은아

1971년 10월 1일생
2003년 6월부터 인터넷에서 연재 시작
현재 마이문우(cafe.daum.net/mimunoo)와
신영미디어, 로망띠끄에서 활동 중

완결 작으로 〈그대가 곁에 있어도〉,
〈그래도 난〉, 〈커플〉
현재는 〈사랑만은 아름답게〉 연재 중

『커플』

"나 나갔다 올게."
"다녀와요."
한나는 자기도 모르게 눈물이 고이더니 시야가 뿌옇게 흐려졌다.
그래도 현을 믿어보자. 그럴 사람이 아니잖아.
합리적인 이성이 한나를 만류했다. 한나는 마음을 다시 다잡았다.

"혹시 늦을지도 모르니까 기다리지 말고 먼저 자."

● 김은아 지음 값 9,000원

도서출판 **청어람**   E-mail : eoram99@chol.com
부천시 원미구 심곡1동 350-1 남성빌딩 3층 우420-011 ☎ 032-656-4452 FAX 032-656-4453